約束の森

沢木冬吾

角川文庫
18660

目次

登場人物
characters

奥野侑也（49）　元警視庁公安部特別装備部隊隊員。

葉山ふみ（23）　国際的無政府主義者集団〝N〟幹部の娘と目される女性。

坂本隼人（19）　自称陸自出身。公安部作戦管理官から工作員としてスカウトされた。

マクナイト　モーターモウテル・光芒に飼われているドーベルマン。

どんちゃん　葉山ふみのペットのオウム。

奥野冬子（故人）　奥野侑也の妻。二十年前に殺害された。

緒方（30代）　警視庁公安部公安第一課第四捜査係極左集団捜査担当。〝N〟追跡班長。

石崎（50代）　特別装備部隊、現場作戦統括。

太田（50代）　警視庁刑事部捜査第一課強行犯第六係長。侑也のかつての上司。

西和田（50代）　警視庁刑事部部長補佐。

入江（50代）　警視庁監察官室主任。

ウチカワ、エンドウ　特別装備部隊隊員。

神之浦（50代）　警視庁公安部長補佐、管理官。

仙波治子（70代）　モーターモウテル・光芒及びガソリンスタンドのオーナー。

井辺恵造（70代）　同支配人。

稗田（50代）　モーターモウテル・光芒フロント主任。

丹野（20代）　光芒の宿泊客。プロカメラマン。

赤城（30代）　土地のならず者。

ダイナマイト　赤城の犬。シベリアン・ハスキー。

上田（30代）　土地のならず者のリーダー格。

加賀幸夫、久保田範子　光芒の従業員。

玉田、西原、鎌田、藤代　ガソリンスタンドの従業員。

チョーク、ソード、ブリット、ショック　スカベンジャーグループ幹部のコードネーム。

宮田　獣医師。

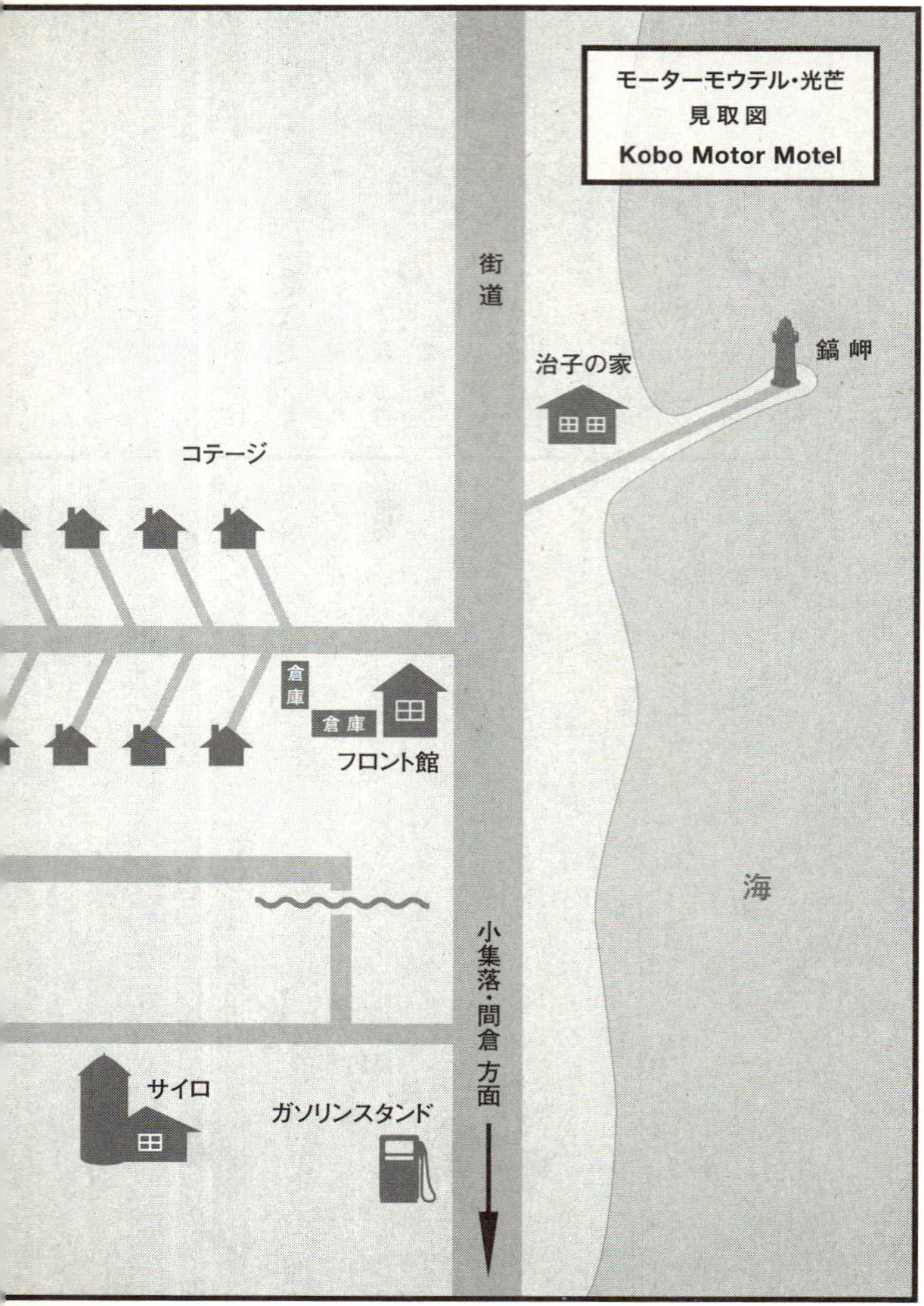
モーターモウテル・光芒
見取図
Kobo Motor Motel
街道
鎬岬
治子の家
コテージ
倉庫
倉庫
フロント館
海
小集落・間倉 方面
サイロ
ガソリンスタンド

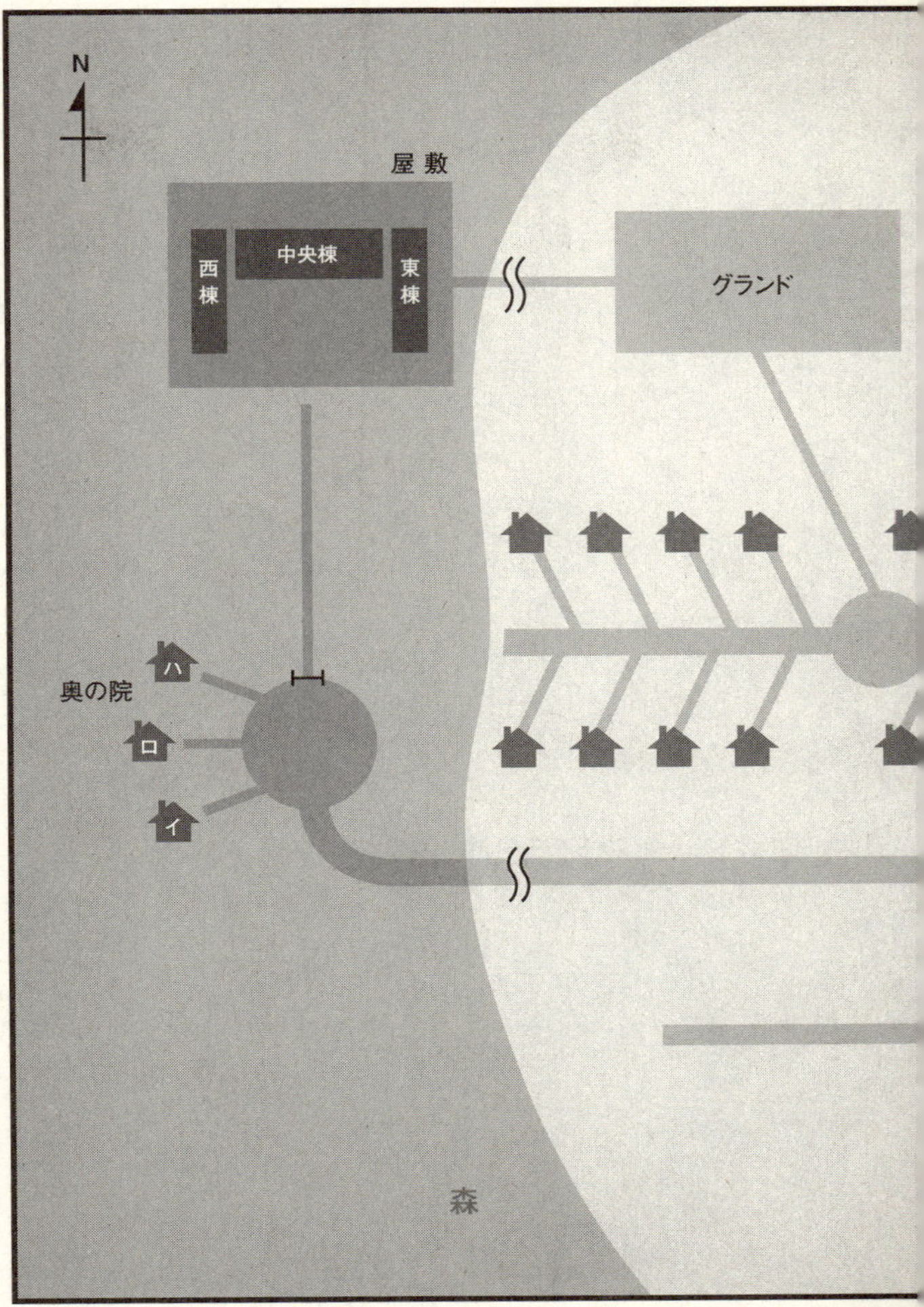
N
屋敷
中央棟
西棟
東棟
グランド
奥の院
ハ
ロ
イ
森

序章

奥野《おくの》侑也《ゆうや》はかつての上司を仲介役にして面会を求めてきた男、緒方《おがた》に尋ねた。

「なぜおれに？」

「あなたが元公安の刑事だからですよ」ふっと軽く手を振った。「そりゃわたしは、元刑事専門の歩くハローワークというわけじゃない」

「元公安刑事なんてほかに幾らでもいる。なぜおれなんだ」

「ざっくばらんに言うと、リストの中から選んだ。というところです」

「どんなリストなんだ。ざっくばらんに言うと？」

「こちらの息がかかっている人物です」

「息がかかっていたのは五年前までの話。今は民間人だ」

「あなたがどう思おうと、こちらはそう考えています。あなたの経歴に汚点はないし、退官したあとの暮らしぶりを見ても、それは信用できる」

「おれの暮らしぶりが信用できる？」

「気を悪くしないでもらいたいが、退官したあとのあなたは、毒にも薬にもならない存在だ」

侑也は反論しなかった。〝降りている〟のは事実だ。

「金銭欲も物欲もなく、女に入れ込むわけでもない。奥野さんあなた……死にたいんですか」

大仰に目を丸くしてみせた。「もう充分死んでる」

緒方は小さく声を上げて笑った。「死には充分も不充分もない。死んでいるか、生きているか。二択でしょう？」

七月初旬。梅雨明けはもう間近に迫っている。東京、西新宿にある地下ショッピングモール内の小さなコーヒーショップ。駅へ向かう人、駅から出てきた人の足音が絶え間なく流れる。

緒方は三十代半ばの小柄な男だった。所属は警視庁公安部公安第一課第四捜査係、係長心得。公安第一課といえば、極左集団捜査担当だ。五年前まで警視庁公安部にいた侑也だが、緒方は初見だった。侑也と緒方の間に入ったのが、侑也の元上司である太田《おおた》だから、義理で仕方なく面会した。現在の太田は公安部を離れ、刑事部捜査第一課強行犯第六係の長を務めている。

侑也は言った。「初対面の相手に〝死にたいんですか〟とは……恐れ入ったね」

「自殺願望があっちゃ困るんです。斡旋《あっせん》先に迷惑がかかります」

「自死の度胸はないよ」

この不躾《ぶしつけ》な若造のすまし顔へ、皮肉の笑みを送った。体に無理はかけられない」

「極左グループに潜入せよ？　おれはもうすぐ生誕半世紀だ。体に無理はかけられない」


緒方は薄く笑った。「まさか。安心してもらっていい。ただの再就職話です」

「一点間違っている。さっきあんたは、おれの経歴に汚点なしと言ったが、おれの経歴には汚点がある」

「同情の余地は充分あります」

緒方の提案は、東京から六百キロあまり北にある〝モーターモウテル・光芒《こうぼう》〟の従業員として働かないか、というものだった。

「モーターモウテル？」

「正式名称がそうなんです。しかしモウテルとは――」苦笑い。「まさしく昭和の命名ですね。車でくる客がメイン。モーテルというとラブホテルを連想しがちですが、ここは違います。アメリカの映画に出てくるモーテルがあるでしょう？」

「逃亡者が泊まるか、バンパイアやゾンビが追ってくる場所だな」

緒方は鼻で笑った。「あなたはB級映画しか見ないんですか。それはともかく、街道沿いにあり格安料金。あんなイメージでモウテルと名乗ったんですよ、きっと」

緒方が差し出したパンフレットを受け取って開いた。ホテルは海岸そばの月ヶ原《つくがはら》という場所に建っていた。一九七五年創業。コテージは十八室。基本、料理提供のサービスはない。客室のすべてが一戸建て。一階建てワンルームタイプ、一階建て2LDKタイプ、二階建て2LDKタイプとあり、料金は大人一名四千円代から六千円代まで。ホテルというより、貸別荘に近いのかも知れない。

　航空写真が掲載されている。街道沿いにフロントらしき大きな建物の屋根が見え、その屋根を起点に、広大な敷地の中を木の幹と枝の関係よろしく、幾筋か車道が敷かれ、コテージが点在していた。

「一面の緑だな」

「まさしく緑の大海です。まあ本物の海がすぐそばにあるんですがね」

　強風の名所だという。一年中、強い風が吹き付ける大地だそうだ。

　緒方は待遇に言及した。戸建ての一軒家を提供、日常の足として車を一台貸与。仕事は管理業務。手取りは十八万ほど。経済的に疲弊し続ける地方、その地方の中でも特に辺鄙《へんぴ》な地域。初任給であることと四十九歳という侑也の年齢を考えれば、妥当な給与だという。

「格の高いホテルじゃない。気楽にやれます。物価も安いし生活には充分な給料だと思います」

　緒方の瞳《ひとみ》はこう言っていた。日雇い生活に比べたら、随分とましだと思いますがね。

「で、この安月給で引き受けたとして、おれはなにを？」

緒方は片方の口の端をひん曲げて笑みを作り、両手をテーブルの上で組んだ。快活な若造は消え、禍々《まがまが》しさを醸す公安デカの顔になっている。

「日々の仕事は仕事。ごく普通に働いてください。実際、雇用契約はモウテルと結ぶことになるし、給料もモウテルから支払われます。ここはれっきとした民間運営のホテルですから」

「ただ〝息〟はかかっている、と」

「そんなところです。もちろん一般客も相手にする宿ではあるんですが――」緒方は声を潜めた。「ここはある筋の御用達《ごようたし》なんですよ」

「公安お抱えか」

「だけでなく、県レベル、国レベル……多数の機関がそれぞれの事情、必要に応じてここを利用しています。用途はさまざま。極秘の会合、極秘の聴取、一時保護。一時のお楽しみ、一時のほとぼり冷まし」

「そんなものはこんな辺鄙な場所を使うより――」

「言ったでしょう。それぞれの事情、必要と。他の機関の事情など知らないし、知らなくていい。どの機関の書類にも載らない非公式な〝おすすめの宿〟ということです。この存在は人伝《ひとづ》て、口伝てで引き継がれていく。実際幾つの機関、部署がここを利用しているか、我々も把握していない。そういう事情ですから、公安だけのお守りというわけではありません。そのへんはホテルの上司に従うことです。我々は関知しない。裏の仕事自体は楽にこなせます。客の受け入れ、もしかしたら周辺監視、そして客の送り出し。これだけです。裏の客がいないときは、通常のホテル業務についてもらいます」

「あんたが関知する部分で言うと？」

「あなたがモウテルへ赴くなら、そのときからある目的でささやかな作戦がスタートします。だがあなたがやることは変わらない。日々をそこで過ごす、それだけです。詳細はあなたが引き受けると決まるまで明かせません。正確に言うと、現地に着いてから、ということになりますが」

「作戦主体は？」

「〝横断的未承認ユニット〟と言っておきましょう」

〝横断的〟とは複数部署にわたるという意味、〝未承認〟とは非公式を表し、〝ユニット〟とは集まりという意味。複合的目的のために、非公式に組織された、複数部署共同による、臨時部署の作戦。侑也はそう認識した。

「相変わらずだな。それでも作戦名ぐらいはついているだろう」

「横断的未承認ユニットa―１４１１」

慣例から考えれば〝11〟は２０１１の11。〝a―14〟がなにか、だ。

――見当もつかない。つかなくて当たり前か。

「あんたが主任指揮者なんだな？」

「そうです」

「〝横断的〟な作戦の主任？」

「若造のくせに、と言いたい？」

「そんなところだ」

「あなたに関してはわたしが全責任を負う」

「今まで幾つの嘘をついた？」

鼻で笑った。「あなたの言う〝今まで〟の定義によります」

「今日ここでおれと会ってから」

侑也の問いがどこか心のボタンでも押したのか、緒方は声を上げて笑った。

「愛《いと》しのカレと初めての日を迎えた乙女に見えてきましたよ」

「そんなに初々しく見えているとは、逆に嬉《うれ》しい」

「まさかまさか」くっくつ笑った。「歴戦の古強者《ふるつわもの》にしか見えませんね」

この件の追及はここで諦《あきら》めた。ろくな答えが返ってこない。

緒方が続けた。「作戦終了後はあなたのお好きに。気に入ったならそこに住み続けていい。嫌なら辞表を出して辞めればいい」

「結果的に違法行為の幇助《ほうじょ》をすることにはならないか」

「言ったでしょう。他の機関のことは知らないと」

「あんたらのことを訊《き》いたんだが」

「我々の大義を考えれば、目を瞑《つむ》ってもらえる範囲だと考えてください」

「微妙な表現だな」

「あなたなら分かっているはずです」

緒方がホルダーを取り出し、侑也へ手渡した。モウテル周辺の写真だという。草原の中に点在するそれぞれ古びた建物、海岸線、切り立つ崖《がけ》、崖地から海へと延びる鋭く切り立った岬、岬の端にある灯台。

「怒らないで聞いていただきたい」

「準備はしておく」

「当然、あなたの履歴は調べさせてもらった。勤務評定はよかった。刑事部特殊班係への転属話もあった」

「そうかい」依然写真に目を通しながら、さもつまらなそうに言った。だが実際は興味を引かれていた。そんな話があったとは初耳だった。

「一兵卒スタートにしては大栄転ですよ。あなたの元上司、太田さんが推薦していたようです」

「いつの話だ」

「二度、あったようです。一度目は……二十年前」

記憶の針がちくりと胸を刺す。「……だろうな」

「だろうなとは?」

「妻の事件があった。転属話は潰《つぶ》れた」

最悪級の心理的ストレスに見舞われた場合、転属話は保留になるのが慣例だ。転属先が特殊班係というエリート部署なら、それはなおさらである。

「潰れたのではなく、保留扱いになったんです。その証拠に、五年前にも転属話がありました。移動先は刑事部捜査第一課。このときも太田さんが動いていた。よほどあなたを買っていたんでしょうな」

これも初耳だった。「五年前か。そのチャンスをおれは自分の行いでふいにしたのさ……おれが怒りそうな話は？　まだ出ていない」

「わたし個人の感慨ですよ。あなたの現状は、遠慮を排して言うと、ホームレスだ」

「住処《すみか》はある。一歩手前と言ってほしいね」

「家賃を半年滞納している。気の長い大家でよかった。奥野さん、一度街を出るべきです」

「ここはおれのふるさとだ」

「第二のふるさとと言えるところはありますか？」

「ない」

「なら作るべきだ」

「なぜそんな必要がある」

「東京に縛られているあなた、元警官だったあなた、妻を失った過去のあるあなた……それ以外にもうひとりのあなたを、新しく作ることができる。たとえ月ヶ原を離れるこなるはずです」

とになっても、新しく作られた〝月ヶ原のあなた〟は生き続け、きっとあなたの救いに

「熱い口説き文句だな」

「熱くない口説き文句に意味などない」

「クールに口説くのがスマート、という考えの奴もいるさ」

「とにかく、今回の話はあなたにとって想定外でしょう。ですが、こんな想定外、なかなか得られるチャンスはない。人生最後の想定外だと思って、この話に乗ってみませんか。あなたにとって良い想定外になると、約束したっていい」

　ある建物の裏手らしき場所が写った写真があった。日陰の陰気な場所。ぬかるみが広がり、泥にまみれたプラスチックごみが散乱している。風雪で傷んだ犬小屋の脇に、脚から腹まで泥まみれの一匹の黒い犬がいた。顔はこちらに向いているが、目はどこか遠くを見つめていた。

「こいつは？」

「犬です」

「そんなことは分かる。酷《ひど》い環境だ」

　侑也は、犬の虚《うつ》ろな瞳を見つめた。筋肉質であるはずの四肢は細く、精悍《せいかん》な顔つきであるはずの顔には生気がない。地面のぬかるみの中には、この犬の排泄物《はいせつぶつ》らしき塊が散在している。

すべてを諦めている顔。すべてから降りている顔。

人間はもういっさい信用しないという、誇りある犬種ゆえの決意。あまりに悲しい決意。

緒方が言った。「以前ここにきた客が置いて帰ってしまったとか。いらなかったんですかね」

「……ドーベルマン・ピンシャーだな？」

「ピンシャー？」

「ドーベルマンだな、と訊いたんだ」

「ええ。血統書つきらしいです。しかも、警備犬を目指して訓練を受けていた犬だとか。優秀な成績だったそうですが惜しくも採用に至らず」

「里親が現れて野に下った、と」

「で、この有様です……そうそう、警備犬と言えば奥野さん、あなたも因縁がありましたね。あなたの公安時代の所属先は？」

わざとらしい話の運びだ、そう思わずにいられない。「知ってて訊いてるんだろう」

「他意はありませんよ。まあ知ってはいますが……公安部特別装備部隊でしたな」

公安のお偉いさんが、刑事の持ってるような玩具《おもちゃ》を欲しがった結果できた日陰部隊だ。刑事のいわゆる特殊急襲部隊と同じようなものだが、刑事と同じ〝急襲〟を名乗らないのは、体面を気にしてのことか。ただ実際のところ、隊は公安庶務課装備係内に置かれていた。

「公安ですから活動内容は喧伝《けんでん》されませんが、友軍部隊として各部署のバックアップに回り、ご活躍だったそうじゃないですか」

刑事部で言うところのSATだとかSITだとか、耳触りのいい略称さえ与えられない、陰の部隊だった。

「看板だけ仰々しい、その実ただのなんでも屋だったさ」

「あなたは警備犬のハンドラーでもあったそうで。相棒はシェパードですか。それともドーベルマン？」

ドーベルマンだった。名前はアルファ。侑也が退官する四ヶ月ほど前、突然死んだ。日頃完璧《かんぺき》なケアを受けている警察犬、警備犬だが、こういう死に方をする犬は多い。職業犬には、訓練、任務の苛烈《かれつ》さからくる短命という問題がつきまとう。

「かわいそうですが、ここにきた経緯が経緯ですし、人慣れしないそうでして、この犬には飼い主がいません……」

緒方は嫌らしい間を置いて、言った。

「その気があるなら、連絡しておきましょうか。この犬をあなたが引き取る、と」

――嫌らしい弾を撃ってきやがる……。

「名前は？」

「マクナイト、というそうです」

答えを保留して、緒方と別れた。新宿西口の地下。〝動く歩道〟に乗って、都庁方向へ運ばれていた。緒方の指示である。

――京王プラザホテル二階にあるカフェで一服してから帰ってください。

この指示は、自分が網の中にあることを意識させた。緒方は侑也に接触者が現れると予想しているのだ。息がかかっているとはいっても今では民間人だし、緒方に従う義理はない。だが従わないという強がりを見せてやるほど、若くもない。

――妙な雲行きになってきた……第二の故郷を、か……。

いったん街の空気を吸うのは止め、見知らぬ土地の空気をしばらく吸ってみるのも悪くないかも知れない。

――人生最後の想定外……。

あとは、死ぬまで生きるだけと思っていた。

だが選択によっては、もうひと祭り、待っているらしい。

――どうしたもんかな、冬子《ふゆこ》。

妻はいつもと同じく、なにも答えてくれない。

第一章

1

八月一日。夏らしいこんもりとしたちぎれ雲が漂う空。

侑也は昔の木造校舎によく似た戸建ての前でタクシーを降りた。

「それじゃあ頑張って——」別れ際、タクシー運転手が言ってきた。「とにかく、はいはいって言うこと聞いてりゃいいんだからね——」

車中、侑也が通称〝モウテル〟で働くと聞いた運転手は、顔をしかめて言っていた。

——そりゃご苦労なこったなあ……あそこのオーナーはとんでもない鉄火婆《ばばあ》でさ……。

建物の右端に正面玄関。玄関の上に〝モーターモウテル・光芒〟の大きな看板がかけられている。看板も建物もいい案配に古びて枯れた雰囲気を醸している。

建物を背にして辺りを眺めた。街道を渡った先は崖地《がけち》だ。崖の先は青い海が広がるばかり。侑也は大きく伸びをした。風が起こす葉擦れの音と波の音以外、耳に入ってくるものはない。

南北へどこまでも続く街道沿い。周囲には、二百メートルほど離れた辺りにガソリンスタンドがあるほか、建物は見当たらない。空は青いのに、ちぎれ雲は眩《まぶ》しく輝いているのに、なぜか荒涼とした印象を受ける。木立の群れは多くない。緒方の言っていた風のせいなのか。

磨《す》りガラスの嵌《はま》った木枠の引き戸を開け、建物の中に入った。カウンターの上に置いてあったベルを鳴らした。反応はない。もう一度鳴らし、待つ。カウンターの向こうに事務室へ通ずるドアがあり、半開きになっているが、だれも出てこない。大声で呼んだが、応答はない。

玄関の脇に長椅子を見つけ、腰を落ち着けた。緒方の指示では、支配人の井辺《いべ》恵造《けいぞう》に会って指示に従え、ということだった。無人とは予想していなかった。

波の音を聞きながら惚《ほう》けていると、ひたひたと睡魔がにじり寄ってくる。僻地《へきち》だということは覚悟していたが、東京を朝一番で出た侑也がこの長椅子に辿《たど》り着くまで、七時間もかかった。

東京から空の便で最寄りの空港へ到着。最寄り駅までバス。そこから五両編成の電車で一時間半。降りて支線に乗り換えようとしたが、目的の駅に停まる電車には、時間が合わず乗れなかった。電車は朝に一本、夕方に一本、夜に一本だけだったのである。仕方なくタクシーを使った。

——タクシーに二時間も乗るなんて、はじめての経験だな。

首の凝りをほぐしながら独りごちた。

侑也が緒方へ仕事を引き受けると連絡したのは、会った日の翌日だった。田舎暮らしをしたことがない。これもいい機会かと。そんな台詞《せりふ》を吐いたように記憶しているが、侑也を決心させたのは、マクナイトのあの瞳《ひとみ》だった。この世もそう捨てたもんじゃない、と思わせてやりたかった。自分自身が日頃抱く諦観《ていかん》を、棚に上げていた。

定職についていないので、生活の転向は簡単だった。僅《わず》かな家財を処分し、アパートを引き払った。滞納していた家賃の始末は、緒方に丸投げした。転出届を手に入れ、東京をあとにした。実際に彼《か》の地へ住民として転入すること、これは緒方の言によると絶対条件だった。

我ながら、なんと胡散臭《うさんくさ》い話に乗ったことか、と思う。

――おれを待つ最後の〝想定外〟がどんなものか……。

このままだと本格的に寝入ってしまう。侑也は腰を上げ、辺りを検分した。

侑也はL字型のカウンター越しに、開け放したままの大きな窓から身を乗り出した。建物の横手は大屋根のかかった車寄せだった。簡素な木製のゲートが渡してあり、その先には二車線ある一本道が広大な敷地の奥へと延びている。アスファルトが溜《た》め込んだ熱のせいで、道路の遥《はる》か先が揺らいで見えた。

部屋の中へ視線を戻したとき、開け放したままの表玄関から一匹の猫が入ってきた。茶虎で、小さな鈴のついた首輪をしている。大柄で不遜《ふそん》な目つきをしていた。猫は侑也に目もくれずカウンターを回り込み、半開きのドアから事務室の中へ消えた。

部屋の左手に視線を転じた。まずあるのが商品棚コーナー。ぶら歩きして近づいていく。

さながらコンビニエンスストアと言っていい品揃えだった。普通のコンビニと違うのは、生鮮品と冷凍食品の品揃えが豊富なこと、キャンプやバーベキューの道具、釣り用の仕掛けや餌、虫取り網や虫かご、花火などアウトドア関連用品が豊富なことだった。薬類の品揃えも多い。

昔懐かしいオートスナック自販機まである。ハンバーガー、うどん、そばなど温かい食べ物を出す自販機だ。昔は街道筋でよく見かけたものだ。

商品棚コーナーを抜けた先には、ソファセットやベンチが並ぶラウンジがある。さらにその先の壁際には六畳の小上がり。小上がりの脇には〝ザッツ・エキサイティング！〟ゲームコーナーなる空間と、右隅角にトイレがあった。

ゲームコーナーへ近づいていった。昔喫茶店などに置いてあったテーブル型のゲーム機が四卓並んでいる。四卓すべて、インベーダーゲームだった。卓上には小さな籐《とう》のかごが置いてあり、中には透明テープによる補強のあとが汚らしい〝ゲームウォッチ〟の数々が詰まっていた。

我知らず苦笑が漏れた。今時の子供がこれを見たら、なんと言うだろうか。

「ザッツ・エキサイティング……ただし三十年前な……」

呟《つぶや》いたとき、一台の古びたピックアップトラックが建物脇の車寄せを潜り抜け、敷地の奥へ消えた。侑也はカウンターに寄って待った。ややあって人がひとり入ってきた。形の崩れたパナマ帽をかぶり、白い〝昭和風〟開襟シャツを着て〝田舎のおじいちゃん色〟のスラックスを穿《は》き、仕上げに猟銃を袈裟《けさ》に背負った、かなり年配の男だった。

口を開きかけた侑也に先んじて男が言った。「奥野さんかい？」

「はい」

「待ってたよ」

そういうわりには留守にしていたな、と思いながらも詫《わ》びた。「遅くなりまして」

男は猟銃を下ろしながら言った。「事務室へ」


「夏はそら暑い、避暑地だなんてとても言えん。でも熱帯夜はあんましねえな。蚊は多いぞ、ぶうんぶうんとな。奥の森に入ればなんでもいる。かぶとむしくわがたかまきりとんぼかえるとかげ。へびもいる。あおだいしょうしまへびまむし。へびは殺すな。縁起が悪い。やまびるがいるところもあるから気をつけるこった。あいつらはほんと始末に負えん。血ぃ吸われた日にはもう森ごと燃してやろかと思う。たぬききつねうさぎりすむささびやまねおこじょいたちしかくま。ほたるがいる沢もある。蚊が多いんだ蚊が。油断してっとすぐ刺される――」

愛想笑いをしながら、相槌《あいづち》を打つしかない。支配人、井辺恵造は確実に七十を過ぎている男。オーナーは仙波《せんば》治子《はるこ》という女性で、恵造と同年配だという。しごくゆっくりとした言葉運びで、絶えず独り言の風情のする話し方。話しはじめると止まらない。

侑也が、自然の豊かなところですね、と言ったとたんひとり語りがはじまってしまった。

フロント館と呼称されている建物の中、簡素な事務室でふたりは向かい合っていた。

「猛禽《もうきん》も多い。とびのすりはいたかくまたかはやぶさおおたか。あいつらはかっこいいな。車に譬《たと》えればさしずめフェラーリってところだな。スピードも凄《すご》い――」

鳥を乗り物に譬えるなら、車より戦闘機のほうが合っているのではないかと思ったが、黙って聞いていた。どだい、口を挟む隙がない。

そしてまた、蚊の話に戻る。「とにかく蚊が多い、蚊柱を見かけたらうさぎみたいに逃げるこった、脱兎《だっと》というぐらいに。脱兎って字はうさぎと書く、言い得て妙だな。とにかく――」

蚊が多い。重々承知した。

恵造が茶をすすり、訊《き》いてきた。「釣りはするか?」

ほとんど興味はない。が、儀礼と思いこう訊いた。「いいのが釣れますか」

「釣りにも魚にも興味ねえ」

「わたしもです……」話が途切れたところで、最前から気になっていたことを尋ねた。

「その猟銃は?」

「熊が出てな。人手が足りねえって言うから、今さっき帰ってきたとこだ」

熊は西の山を越えた集落にある小学校付近に出たのだという。モウテル辺りに出ても、捨てておいている、と恵造は語った。

「駆除できたんですか」

「姿も見えなかった。どんがらどんがらと騒いで、警告してやった。怖がってしばらくは出てこねえだろうよ」

モウテル自体の説明を受けた。従業員は八人しかいないという。ここに侑也も加わることになる。仕事は明後日《あさって》から。仕事に慣れたら三日から四日おきに一日、夜勤がある。コテージの稼働率は春から秋が平均七〇％から八〇％。冬場はぐっと下がって五〇％。夏場が稼ぎどきなわけだ。

恵造が書類を取り出し、侑也へ差し出した。雇用契約書、と書いてある。

「最初の三ヶ月はパート契約って聞いてるかい？　ならいい。四コマ漫画も載ってないつまらん文書だから、目を通したふりして署名してくれ。印鑑は？　なければ拇印《ぼいん》でいい」

契約内容はごくありきたりな内容だった。拇印を押して恵造へ渡した。

「そう言えばさっき、猫が事務室へ入っていきましたが」

「ここのもんがみなで飼っている。だれもいねえの分かって、窓から出てったんだろう」

〝ここのもん〟に自身は入っていないような口調だ。猫嫌いなのだろうか。

口に出しては訊かなかったのだが、恵造は答えた。

「おれは動物好きだがペットは嫌いだ。自然のままがいいんだ。ペットは好かん」

「なるほど」

「そうだった。ペットと言えば、だ」恵造が腰を上げた。「あの犬っころを飼う？　本気かね？」


事務室の奥へ向かう恵造のあとをついていった。奥には休憩室や更衣室、備品室や従業員用洗面室などが並んでいた。勝手口から出るとそこはフロント館裏手で、テニスコートが六面ほど取れる広場があった。フロント館の壁際は従業員用駐車場。広場中央に煉瓦《れんが》積みの円形花壇が設えてある。無造作な寄せ植えだが、丈も色もそれぞれ違う十数種類の花々が風にそよいでいた。二棟の倉庫が広場を囲い、フロント館を含めてコの字型を形作っている。


恵造が肩越しに振り返った。「中の詳しい案内は働き出してからでいいだろう」

広場をフロント館とともにコの字に囲む倉庫二棟の、触れ合いそうな軒と軒との僅かな空間に、崩れかけた犬小屋が置いてあった。本来なら南側が開けているので日差しは充分なはずだが、背の高い木の塀がぐるり回されていて、陰気で湿った場所だった。

地面に打たれた杭《くい》に繋《つな》がれたずしりと重そうな鎖が、犬小屋の奥まで伸びている。侑也たちがきても、様子を見に出てくる気配はない。犬小屋周辺の地面は尿と糞《ふん》が入り交じり、悪臭を放つぬかるみと化している。汚物には無数のハエやアブがたかっていた。餌を与えるためのものだろう、プラスチックのボウルが転がっていた。

恵造へ、まずなにから尋ねていいものか、分からなかった。

息を吐いて胸の中に生まれた炎を鎮めた。

恵造が呟いた。「掃除しておけって言ってるのにな……すぐこれだ」

「散歩はちゃんとさせてるんですか」

「たぶんな。従業員のだれかがしてるだろう」

「たぶん……ですか」

現役の警察犬及び警備犬は、臨場先を汚染させないため、犬舎に併設された決まったトイレでしか排泄《はいせつ》させない。決まった時間、決まった回数だ。一度臨場すると、排泄はいっさいしない。そう訓練される。臨場が長時間、ときには数日間に及ぶ場合のみ、臨場先で排泄させる。ハンドラーの指示によって、である。

現役引退後の犬が辿《たど》る道は幾つかある。一例として老後ボランティアの家庭に引き取られた場合、飼い主が犬に散歩先でしてもよいと新たに教え込む場合を除いて、犬は現役時代と同じ排泄行動を取る。決まった時間、決まった場所。マクナイトは警備犬になりそこねた。その瞬間から家庭犬の道を歩んだはずだ。その後の飼い主のしつけ方針がどのようなものかは推し量るしかないが、少なくともこの場には、決まった時間も決まった場所も、散歩先でのマーキングの機会も、与えられていないように見えた。

「飯はちゃんとやってる。残飯処理にちょうどいい。毎日おれたちより栄養のいいもん食ってるくらいだ」

「水のボウルが見えませんが」

恵造の答えはこれだけだった。「そう言やそうだな……まったくあいつら」

あいつらとは従業員たちのようだ。

侑也はしゃがみ込み、犬小屋の奥を覗《のぞ》いた。ふたつの光が鈍く光った。まったく興味がないわけではないらしい。ふたつの光る瞳《ひとみ》が、一心にこちらを見つめている。

「ここにきて何年です」

恵造は考え考え言った。「一年は過ぎてるな……えーと二年は経ってねえ……一年半ぐらいか」

都会で建設業を営んでいるという男が、女房子供とマクナイトを連れてモウテルに宿泊した。男は何食わぬ顔でマクナイトを置き去りにしていった。宿帳に記載されていた電話番号は架空のものだった。男たちの泊まったコテージのテーブル上に、血統書が残されていたという。由緒正しい犬だから自慢になる。だから飼えよ、とでも言いたげに。

見栄えのいい犬だし、と玄関先に繋いでいたが、だれにもまったく懐かない。可愛げがない。ほとんど吠《ほ》えないので番犬にもならない。マクナイトは急速に株を下げた。やがて宿泊客の幼児の手を咬《か》む、という決定的な不祥事を起こし、マクナイトは奥へと押し込められた。

人を、しかも子供を傷つけた。処分されてもおかしくなかった。怪我はたいしたことなかった、なにも殺さなくても、と、幼児の父親が助命を主張したお陰で助かった。母親のほうは治療費云々《うんぬん》弁護士云々、と火を噴いていたそうだ。

ぎりぎり命を繋いだマクナイトだが、独房と言ってもいい不潔な場所に幽閉され、今に至る。

地面には幾重にも鎖の届く範囲いっぱいに、歩き回った足跡が残されていた。人がいなくなると、出てきて歩き回っているのか。自らの糞を踏みしだき、なにを期待して歩き回るのか。置き去りにした飼い主の姿を求めてか。同じ犬舎で育った兄妹《きょうだい》、親、友人たちの姿を求めてか。

湧き上がるどす黒い憤怒《ふんぬ》を必死で抑えた。

「マクナイト――」大きくはっきり、呼びかけした。

恵造が言ってくる。「気をつけろ。飛びかかってくるかも知れねえぞ」

「マクナイト――」

出てこない。

「マクナイト――」

微《かす》かに、鎖のこすれる音がした。やがて、ごろり、と重々しい金属音がした。そんなに重い鎖だったのか、と改めて悟る。

飛びかかってはこなかった。ゆっくりとした所作で、マクナイトが出てきた。短毛のブラック種。四肢の先端、口吻《こうふん》周りの毛は濃い茶色。両瞼《まぶた》の上にも小さな茶色の点がある。断尾、断耳はきちんと処理されていて、形はいい。

生命力に溢《あふ》れ、流線型の気高く美しいスマートな体軀《たいく》。顎《あご》、頸《くび》、四肢と続く強さ速さの象徴である筋肉。硬めで短め、だが素晴らしい光沢を放つ体毛。

本来そうあるべきなのだが、今のマクナイトには、そのどれもが失われていた。汚物まみれの毛並み、やせ細った四肢の筋肉。尻《しり》、背、肩周りのしまりのない皮膚。諦観《ていかん》と絶望の色を持つ瞳。人間を見つめてもそこになんの感情も浮かばない瞳。

十九世紀末に人間が作り出したドーベルマン・ピンシャー種。飼い主に対する絶対の信頼と忠誠。力と速さ、しなやかさを併せ持つ完全体。飽くなき忍耐力と追求心。揺らぐことのない剛胆さ。古くから数々の戦場で兵士たちと生死をともにし、警官たちと街を守り、警備員たちと国民の財産を守ってきた、誇り高き犬種。

その誇りは、永遠に失われたかのように見えた。

2

居間のソファに落ち着いた。古そうなソファだが、埃臭《ほこりくさ》くもなければ湿った感触もなく、座り心地はよかった。耳に届くのは、退いては返す葉擦れのさざ波だけだ。埃まみれの振り子時計がかかっているが、針は死んでいた。

侑也はモウテルから貸与された一軒家にいた。フロント館から内陸側へ南西方向に一キロほど離れた場所にある、サイロだったものを改造した風変わりな建物だった。建物の周りはほどよく草が刈り取られていた。敷地は百坪ほどある。道に面して柱と波形トタンだけで造られた車二台分の駐車場。駐車場の横手に小さな納屋。その後ろに元サイロの母屋があった。

昔はここに酪農一家が住んでいたそうだ。一家が廃業して街に去ってしばらくのち、女の踝《くるぶし》とハイヒールだけを描き続けていた日本画家がここを気に入り、サイロを人が住めるように改造したのだという。母屋や牛舎だった建物はあっさり壊された。普通逆だろうに、と侑也は思うが、芸術家の考えることだから仕方がない。今はこの辺りもすべて〝モウテル〟の所有だという。

お隣さんと言える民家は、モウテルを勘定に入れないとすると、一軒もない。

建物は四階建ての円筒形。一階だけ石造りで、二階より上は鉄骨造り。一階は仕切りのないLDKになっている。ソファの置いてある居間スペース、食卓セット、キッチン。キッチンには、型の古いシステムキッチンが円形の壁に沿って無理矢理設置されている。西側にドアがひとつ。このドアは、物置や風呂《ふろ》、トイレなどが収まった小屋と繋がっていた。建物北側の壁に沿って階段がある。どの階も一部屋しかないが、その一部屋がやたら広い。二十畳ほどはある。どの部屋も円形。二階から四階まで見回ってみたが、中はみなまったく一緒だった。床は板張り。押し入れがひとつ、戸袋がひとつ、タンスがひとつ、ベッドがひとつ。引き出しのついた四角いベッドサイドテーブルに、竹製シェードのついたランプ。すり切れたイグサのマット、その上に座卓。座布団がひとつ。窓は南向きと西向きにひとつずつ。

四階まで昇り窓から辺りを見回すが、やはり、茫洋《ぼうよう》たる野原の海が広がるばかりである。この辺り一帯、一面の田畑だったそうだが、元から痩《や》せた土地ゆえ、耕作放棄されて久しい、とか。かつて農道だった小径《こみち》が縦横に走っているというが、今は夏の盛んな茂みの中に埋もれている。

家賃はなし。光熱費は自前払い。服以外の備品は一通り揃っている。固定電話は設置されていない。固定電話が欲しければ自前で、だという。水は井戸水を使っているが、電動ポンプとタンクが設置してあるので、蛇口を捻《ひね》れば普通に水が出た。そしてその水が、やたらとうまい。

トイレは和式の汲《く》み取り式だった。使ったことがないわけではない侑也だが、このタイプを目にするのは久方ぶりだ。ゴミステーションはモウテルフロント館のそばにある。ゴミ出しに車を使わなければならない環境に住むのは、はじめてだった。

ほかに日常のアシとして、骨董品《こっとうひん》なみに古いステーションワゴン一台、古びた自転車一台が貸与された。

これだけの建物を独り、どう使えばいいのか。生活は居間だけで足りそうだ。使わなければ掃除もしなくていい。ほかの部屋は封印すればいい。と、恵造が渡していった鍵《かぎ》束《たば》を思い出し、手に取った。玄関と勝手口の鍵が三つずつ、各部屋の鍵がひとつずつ。納屋の鍵がひとつ。

納屋の鍵は除くとして、なぜこんなに鍵が必要なのだろう。恵造がキーリングから外すのを面倒がっただけ、ということだろうか。

南側に面した掃き出し窓に目を向けた。コンクリートのたたきがあり、屋根がかかっている。屋根の柱にマクナイトの鎖を繋《つな》いであったが、マクナイトの姿は見えない。気配も感じない。

侑也はタオルを巻いた左手を見つめた。侑也がこのソファに落ち着くまでにマクナイトには、二度咬まれかけ、一度、咬まれた。

初対面を済ませた直後のこと。

リードが見つからなかったので、ずっしり重い鎖ごと外し、あの汚物溜《だ》まりからマクナイトを救った。恵造のダットサントラックの荷台に乗せようとしたのだが、とにかくマクナイトは言うことを聞かない。抱き上げようとすると警告なしに咬もうとする。吠えもしない、唸《うな》りもしない。怒りの表情は浮かんでいないのだが、反射的にだろうか、ただ咬もうとする。

――こりゃ無理だな。

と恵造。恵造の言う〝無理〟とは違う意味で、侑也も無理だと思いはじめていた。トラックの荷台に乗せる以前の問題だ。侑也はマクナイトと信頼関係を結べないのではないか、と。

荷台に乗せるのを諦《あきら》め、侑也はマクナイトを引っ張ってこの家まで歩いた。ときに明後日《あさって》の方向へ走り出し、ときに進むのを嫌がって脚を踏ん張り、家へ着くのに小一時間はかかった。恵造はトラックを徐行で先行し、いらいらしながらも侑也たちの道案内をした。

道すがら、マクナイトはマーキングをした。外でのトイレを以前の飼い主が許可した、あるいはそうしてもいいと教え込んだことが推測できた。手ぶらなので糞《ふん》の回収はできない。放置しかない。放置したところでだれからも文句の出なそうな場所ではあるが。

――まあ、とりあえずよかったな。じゃあな犬っころよ。

恵造はそうマクナイトへ声をかけた。侑也は、恵造への静かな反感を拭《ぬぐ》えなくなっていた。動物好きを自認する恵造が、幾らペットが嫌いだからと言ってマクナイトを放置していたことは、理解に苦しむし、許し難かった。

柱にマクナイトを繋ぎ置き、恵造から家の説明を受けた。恵造が帰ってからマクナイトの元へ戻った。まず真っ先に体を洗ってやる必要があった。やせ細っているとはいえ、相手はドイツ人が武器として作り上げた犬である。備えはしておくべきだ。

洗面所へいってタオルを二枚用意し、外へ。納屋の備品を調べる。ちょうど水道ホースがあったので、玄関脇の流しへと運ぶ。流しへホースを繋ぎ、マクナイトを引っ張って連れてきた。

タオルを両手首に巻き、鎖をたぐり寄せ首輪を掴《つか》む。咬まれないよう自らの体はマクナイトの脇にぴたりと寄せる。この時点でマクナイトは激しく体をよじっていた。片手でホースを掴み、マクナイトへ浴びせようとする。

嫌がるマクナイトはその場で右へ左へと旋回。それにつれて侑也も旋回することになる。レスリングの試合を思い起こした。試合序盤に展開する激しい主導権争い。

ダメ、マテ、トマレ、ヤスメ、スワレ、フセ、タッテ、タッテマテ。犬への指示である〝声符〟を幾つも試したのだが、なにひとつ従うことはなかった。英語の声符だろうかとノー、シット、ステイなども試したが、効果はなかった。

丸腰の人間は絶対に勝てないと言われるドーベルマンだが、今はこちらに有利な点がふたつあった。ひとつはマクナイトが鎖に繋がれている、という点。もうひとつが——。

——なんて弱い……。

本気で暴れるドーベルマンを押さえつけるなど、大人三人がかりの大仕事のはずだ。容易ではないものの、侑也ひとりでなんとかなっている。

——初対面ですぐこれだから……ますますおれを嫌いになったろ、マクナイト。

こうなったら仕方がない。背後から抱きつき、侑也自身もろともホースの水を浴びた。声をかけながらの乱闘だ。水で湿らせたタオルを使ってマクナイトの体をごしごしこする。

――おれがなにやってるか、分かってくれ。様子はだいぶ違うが、こうされたことあるだろ。思い出せ。

体を洗われた経験はきっとあるはずだ。幸せな家庭の中で。あるいはいい料金を取るプロのトリマーの手によって。

激しくもみ合いながらも、侑也はタオルでマクナイトの口に轡《くつわ》を嵌《は》めることに成功した。

――お前のコンディションが万全ならば……。

息がきつくなってきた。ひとつ大きく深呼吸をした。

――おれは今ごろ死んでるだろうな。傷だらけの肉の塊となって。

信頼関係を築くことは重要だ。だがやらなければならないことは、相手がどんなに嫌がろうとも、やらなければならない。侑也は牙《きば》を封じられたマクナイトを、隅々まで洗い上げた。

観念したのか終わるころには、マクナイトは暴れなくなっていた。それでも用心しながらマクナイトの口からタオルを外した。と、一瞬の隙を突かれマクナイトに左手を咬《か》まれた。重く鋭い感触は確かなものだった。

侑也という悪夢を逃れたマクナイトは、しきりに体を振って水滴を払い、侑也へ一瞥《いちべつ》をくれた。

――そんな目をするなよ。さっぱりしたはずだ。そうだろ。正直どうだ？

マクナイトは知らん顔である。左手を確かめた。手の甲、二カ所から血が滴っていた。

――狂犬病予防注射なんて受けてないんだろうな。

だとしてもマクナイト自身にはなんの責任もない。左手の傷をホースの水で流した。

――知ってたら教えてくれ。狂犬病の潜伏期間は何ヶ月だった？

マクナイトは侑也に尻《しり》を向け、自らの体を嘗《な》めはじめた。


そして今、乾いた服に着替えてソファに座り、左手に巻いたタオルを横目にしつつ、姿の見えないマクナイトの気配を感じ取ろうとしているのだった。傷は浅いようだがときおり疼《うず》く。居間にひとつ、キッチンにひとつあるチェストを漁《あさ》ったが、中はほぼ空だった。

侑也はサイロを出ると建物をぐるり回って歩き、たたきを覗《のぞ》いた。マクナイトはすでに半身を起こし、こちらを見つめていた。

「おれだよ」

夏の日差しを浴び、体はすでに乾きかけている。日差しが強すぎる。日よけが必要だ。

「ちょっと出かけてくる」

マクナイトはふっと視線をずらし、揃えた両前足の上に顎《あご》を乗せ、そっぽを向いた。

「まだ怒ってるのか？」

反応はない。

モウテルから貸与されたステーションワゴンに乗り、車を出した。食料はなにもないし、傷の手当てに薬が必要だ。侑也は街道に出ると、車の進路を南へとった。さきほど恵造から家の説明を受けたとき、この辺りの地理についても幾らか聞いた。街道を南に十キロほどいくと、市町村合併する前は村役場があった中心集落、間倉《あいくら》があるという。個人経営の小さな商店や飲食店が幾つかあり、町役場の支所も置かれているとか。今必要な買い物は間倉で済むだろうと思い、南へ向かった。

ちなみに、いちばん近いホームセンターは北へ四十キロほどいった、北山《きたやま》という街の中にあるという。いちばん近くて四十キロ先？　驚く侑也を恵造はなぜか誇らしげに眺めていた。都会人はみなびっくりする、と悦に入っていた。恵造によれば、北山なら動物病院も幾つかあるそうだ。

モウテルの販売コーナーにいけば食料も薬も手に入るが、いく気になれなかった。引き取ったマクナイトにさっそく咬まれたことを、恵造に知られたくない。咬まれたと知った恵造が言いそうなことは二、三、すぐに思いつく。

——やっぱりドーベルマンなんか危ねえ犬なんだな。他人に懐きゃしねえ。

悲しいかな、ドーベルマンにはそんな印象がつきまとう。気質として、犬の中でも他人に懐きにくい種であることは確かだが、これは完全に間違っている。手間を惜しまず接して新しい信頼関係を作り上げられれば、懐いてくれる。

職業犬として半生を過ごした犬には、老後の生き方のひとつとして、里親に引き取られてのんびり余生を過ごす、という道がある。ちなみにもうひとつの道は、引退した身のまま所属していた訓練所で、ほかの犬たちと一緒に余生を過ごす、という道である。犬にとってどちらがいいか、一概には言えない類《たぐい》の問題だった。足腰立たなくなりつつある体で、若い現役たちの訓練風景を眺める引退犬の姿は、寂しくもの悲しい。弱り切った体で、訓練に参加させてくれ、と訴える犬もいる。人間側の勝手な感傷でしかないと言われれば、確かにそうだ。

侑也個人としては、どこまでも優しい里親家族に囲まれ、縁側の日向《ひなた》で寝そべっていて欲しい、そう思う。侑也は以前、里親と余生を楽しく暮らすドーベルマンと会ったことがある。里親家族たちとすっかり打ち解け合って、縁側で昼寝するただの家庭犬になっていた。

——今はだらしないですが、いざというときはわたしらを守ってくれますよ。きっと。

里親の老人が目を細めて言っていた。

だからひとりにしか懐かないということは、断じてない。だが……。

——総論賛成、各論……。

答えは出さずにおく。

ドーベルマンは他人どころか、他の犬種ともなかなか打ち解けない性質である。その点は、侑也がドーベルマンを好きな理由のひとつでもあった。ふいに思う。マクナイトは鳴かない犬だ。普通の犬のように、不平不満を咆哮《ほうこう》として辺りに轟《とどろ》かせたら……。

――駄目だ。そんなことをしたらたぶん、動物愛護センター行きだったろう。

マクナイトが置き去りにされたとき、客室に残されていたという血統書のことを恵造に尋ねてみたが、彼はその行方を知らなかった。

なぜか突然、現役時代最後の相棒アルファを思い出した。互いに全幅の信頼を置いていた。アルファに、日向の縁側は永遠に訪れなかった。

汚物まみれのマクナイト。素晴らしくスマートな看板犬としての期待はどこへ消えたものか、だれにも顧みられない日々を送ってきた。他者と打ち解けづらいという、マクナイト自身に責任のない生まれつきの性質を、だれにも、いっさい考慮してもらえなかった。

左手の傷が疼く。痛みも構わず、力いっぱい握りしめた。

――信頼関係は結べないかも知れない……おれを友と思わなくたっていい、あそこに縁側はないが、日向ぼっこくらい好きなだけさせてやろう。

自身の体験上、この世が理不尽であり不平等であることは重々承知している。今年の冬がくれば生誕半世紀の身、青臭いことを言うつもりはない。ただ、当たり前の処置ができない大人には一言言いたくなる。マクナイトが置き去りにされたとき、客室に残されていたという血統書。置き去りにした男が正式な飼い主なら、血統書の登録には譲渡記録や所有証明が記載されているはずだ。これらの記録がなければ血統書には意味がない。血統書とは、ただ純血種であることを証明し飼い主が悦に入る、という類のものではない。生まれた犬舎号と繁殖者名、両親から五代さかのぼった祖先までの名、一緒に生まれた兄弟すべての名、繁殖種別や個体情報などが記載された、犬のすべてが分かる戸籍謄本のようなものである。これらの情報がない血統書は、公的にはいっさい認められない。言ってしまえば紛《まが》い物である。

マクナイトが警備犬を目指していたというなら、恐らく日本警察犬協会かジャパンケネルクラブにその名は登録されているだろう。

――門外漢に難しいことをしろとは言ってない。

車のコラムシフトをがつんと入れる。

――ただ、協会に連絡して所有者を捜すか、でなきゃ里親を探してもらえばよかった。それだけのことだった。こんな簡単なことがだれの頭にも浮かばなかったから、マクナイトは……。

ぐいぐいと左手を握りしめる。だが胸の裡《うち》でくすぶり続ける小さな火花は、なかなか消えてくれない。

3

間倉では食料とビール、傷薬に加え虫除《むしよ》けスプレーや防虫マットなどを購入した。ペットショップはなかったが、運良く雑貨店でドッグフードとリード代わりのロープを手に入れられた。途中小さな医院を見かけたが、億劫《おっくう》の虫が出て素通りした。正直もう、疲れ切っていた。

買い物を終え街道を戻ってきた侑也の目に、ようやくサイロの尖塔《せんとう》が飛び込んできた。未舗装の道をサイロへと近づいていく。サイロの前、野原を透かして車が見えた。

車が二台停まっている。一台は目立たないRVタイプの軽自動車。一台は運送業者のものと思われる二トントラック。

車を停め、サイロへ入った。運送業者が段ボール箱を階段から上へと運び上げている。キッチンのテーブルに女がひとり、居間のソファに男がひとり。ふたりは同時に、侑也を見つめた。どちらもだいぶ若い。女は二十歳そこそこに見える。テーブルの上に大きな鳥籠《とりかご》。中には真っ白な羽毛を生やした、巨大なオウムが鎮座していた。位置関係からして女のペットか。

男も若い。だが、佇《たたず》む姿は挑戦的で剣呑《けんのん》なものだった。

侑也はふたりを交互に見た。「どうやって入った」

一瞬の間。女のほうが答えた。「開いてた」

鍵《かぎ》をかけていかなかったか。そう言われればそうだったかも知れない。

「それで……だれだ?」

男が言った。「こっちの台詞《せりふ》だよ」

「先に着いたのはおれだ。先に訊《き》いたのもおれだ」

階段から人が降りてきた。運送業者の制服を着ているが、仕事をしている風情はない。

「部屋割りはこっちで決めさせてもらった。奥野さんが四階、葉山《はやま》さんが三階、坂本《さかもと》くんが二階――」

緒方だった。

窓から茜色《あかねいろ》の光が差し込んでくる。運送業者が入り込まない四階で、会合がはじまった。

緒方が言ってくる。「奥野さんの荷物はそれだけ？」

彼の視線の先には侑也の旅行鞄《かばん》三つがあった。離京する前、緒方から引っ越し荷物の配送について問い合わせがあった。業者を指定したいので云々《うんぬん》、と。荷はごく少ない、と断ったのだった。

「もともと物持ちじゃなかった」

「物の所有を嫌う？　スナフキンみたいですな」

「本題に入ってくれ」

緒方がテーブルにつき、侑也はその辺の床の上に腰を下ろした。女、葉山ふみはベッドに腰掛け、男、坂本隼人《はやと》は窓際に立ち強面《こわもて》を保っている。

「あなたがここへ移住したのは偽りのない事実。ここに住むつもりでやってきた。

そうですね」緒方がひとりひとりの表情を確かめる。「よろしい。だれかと同居すると
は聞いてなかったろうが、この点は以前話したささやかな作戦に不可欠な要素であり、
いっさいの抗議は受けつけない。どうしても不服と言うなら以前いた場所へとんぼ返り
していい。こちらとしては別口を当たるだけの話だ」
だれも異議を唱えないだろう、そんな確信の滲《にじ》む声音だった。だが、ふみが口を開い
た。
「同居はいつまでですか」
「そう。死ぬまで一緒に、というわけじゃない。期間は確定していないが、短ければ明
日にも終わる。長ければ、一年」
ふみが声のトーンを上げた。「一年？」
明日か、一年先に終わる作戦。侑也には分かってきた。待ち伏せ型囮《おとり》捜査。罠《わな》を設
定し、標的が必要とする、あるいは注目を誘う情報を流す。あとは、標的が接触してく
るのをただひたすら待ち続ける。標的がある犯罪行為に荷担している不特定の者か、個
別事案の特定された者かによって、作戦期間に変動が出る。緒方は明日か、一年かと言
った。ならば、特定されただれかをおびき出す作戦、ということになる。
侑也は訊いた。「釣り上げたいのは個人か、組織か」
「組織であり個人でもある。奥野さん――」緒方が意味深な含み笑いをした。「通称
″N″を聞いたことは？」

「Nか……」溜《た》め息が出た。「……Nね」

緒方は笑みを大きくした。「知っているらしい。奥野さんなら当然でしょうがね。だからといって、わたしに同情などしてもらわなくて結構」

「本気なのか」

「もちろん」

「同情はしないが、気の毒にとは思う」

「それは立派な同情ですよ」緒方はふっと笑みを消した。「釣ってやります」

「だがNは……都市伝説だぞ」

「そう言っているといい」笑みの消えた瞳《ひとみ》に凄《すご》みが表れた。「あとで吠《ほ》え面かくなよ、というやつです」

吠え面云々は、緒方を同情視してくる、あるいは嘲笑《あざわら》っている警視庁内部の仲間たちへ向けた言葉に違いない。つまりNとは、N自体もN担当者もそんな扱いを受けるネタ、ということだ。

緒方が隼人へと視線を転じた。「Nとは国際的な極左無政府集団だ。ノーネームの頭文字でN。彼らは自らの存在をいっさい喧伝《けんでん》しない。集団として名乗りもしない。特定の国に拠点を持つでもない。人と人とのネットワークのみによって成り立っている」

侑也はつい口を挟んだ。「極左無政府〝主義〟集団だろう？　あんたが極左担当なのは聞いたが、あんたのところが扱うのは極左〝暴力〟集団だ。Nが暴力集団なんて聞いたことがない」

聞いたことがないどころか、存在さえ信じていないが。大きな柱のひとつが情報売買であることが分かってきたんです」

「彼らの資金調達方法はさまざまあるらしいが、大きな柱のひとつが情報売買であるこ

Nを国際的スパイ組織とでも言いたいのか。次はブロフェルドだ、スペクターだと言い出さないことを祈る。

「彼らはどこでも仕事をする。ならば日本が標的になってもおかしくはない」

Nは、二十年以上前から公安の中で流布し続けてきた。はっきり言うと刑事に比べて暇な公安のだれかが、仕事をしている振りをするために自分で作り出した空想の捜査対象。それがNだ。空想の産物Nの捜査をしている振りをしながら、その充分な時間を昇任試験の勉強に活用する。実際はそんなところなのだ。公安部に属することは昇任の定番コース、などと表現されることはある。見込みのある奴が必ず通る道、という意味で広まっている話だが、実際はまったく違う。公安は暇だから、昇任試験対策に多くの時間をつぎ込める。結果として出世しやすい、というだけのことだ。

Nを産み出したのはだれなのか、幾つか実在する名前まで挙がる。当たり前だが、N産みの親だと名が出た人物たちは、悪意ある噂話の被害者でしかない。

「そこまでNの実在を確信している理由を聞かせてくれ」

「アメリカＣＩＡの認定リストに載ったことです」

だからと言って大したことではない。認定リストは全世界の組織、団体すべてを網羅してある膨大な資料である。〝全世界の団体〟だから、日本で例を挙げるなら民主党や自民党が載っているし、星の数ほどあるNPOもすべて、加えて農協や地方の生協まで載っている。ここにNが紛れ込んでもまったくおかしくない。

ただ、日本で産まれた噂話が海を渡った、というのはちょっとおもしろい。

緒方が続けた。「N発祥の地であるイタリアが――」

「イタリア?」

「そうです。イタリアが発祥ですよ」

「Nは日本産まれだろう?」

「いいえ。イタリア人が作ったんです。そうか。あなたが退官したあとに判明した事実かも知れません」

そういうことか。そういうのは判明ではなく〝肉付け〟と言ってほしいところだ。

「イタリアの公安当局が老舗《しにせ》の地下銀行を摘発したんですが、利用者の中にイタリア人幹部である人物の名前がありました。Nが利用していたんですな。利用者リストを探ると、数名、日本人らしき名前が出てきました」

なんともふんわりした話だ。まじめに耳を傾ける気が失《う》せてくる。

「うちひとりが、葉山ふみさんの父親と同姓同名だった。地下銀行の利用は一度きりで、送金先はふみさんとはまったく接点のない相手でしたが、念のためふみさんやふみさんの母親に会いました。調べてみると、その人物は二十年以上にわたって世界各国から、日本へ送金し続けていたことが分かった。送金先は葉山ふみさんのお母さんです」

ふみは俯《うつむ》き、その小さな顔をショートボブの髪の中へ隠した。

「養育費、と我々は考えました。捜査の結果ふみさんの父親は、ふみさんが産まれる前後に消えた。失踪《しっそう》です。失踪という消え方もN構成員に多く見られる特徴のひとつです」いったん間を置く。「国という、あるいは政府という組織に属して生きていくのが、心底嫌になった者が流れ着く。Nはそんな存在なわけです」

侑也は訊いた。「彼女の父親の前歴は？」

「我々の先輩に当たります。公安の外事課にいたようです」

外事か。ならば国際社会との接点は多い。葉山ふみと父親の話はほんとうらしい。だが、侑也の中では依然Nと繋《つな》がらない。イタリアの幹部、地下銀行、同じ地下銀行を利用、失踪したふみの父親。どこが繋がっている？　そう、どこも繋がっていない。偶然同じ場所を共有した履歴がある、というだけのことだ。だが分かってもいた。緒方が情報を全部出していない可能性がある。ほかになにか確定的な情報を握っているのか。あるいは――。

――〝横断的未承認ユニット〟というくらいだ……。

Nは表の大看板。つまりただの目隠しという可能性が高い。看板の裏に隠れているほんとうの標的はなんだ。

――緒方がNを追うのはほんとうかも知れない。ただ、この作戦に一枚咬《か》んでいる別の作戦がある。なにせ横断的なユニットなんだからな。

ふいに悟った。作戦名a―1411。アルファベットの十四番目の文字はN。

――2011年のN作戦、だと……こんな分かりやすい……。

侑也の中でNの信憑性《しんぴょうせい》は完全に消えた。

隼人が苛々《いらいら》した声を上げる。「その人の父親が狙いなのか」

「そういうことになる」

「おれたちはなにすりゃいいんだ?」

「ここで暮らしてもらう。いずれ顔を合わせる機会もあるだろうが、この辺りの大地主、仙波治子さんの遠縁の知り合い、という設定だ」

「それだけかよ」

「ああ……だが忘れるな。きみたちは今この瞬間から家族として暮らす。奥野さんが父親、葉山さんがその娘、そしてきみ、坂本くんが弟だ」

緒方は口の端で笑みを作り、隼人を見つめた。

「若夫婦という案もあったのだが――」ふみと隼人を交互に見た。「バランスを考えた結果、姉弟《きょうだい》のほうがいいと判断した」

侑也の目から見ても、緒方の判断は適切のように思えた。実際、夫婦より姉弟のほうが演じやすいだろう。それほど仲のよくない姉弟もいるのだし、無理に親しさを演じる度合いが減る。

隼人は口の端を微《かす》かに曲げてみせた。不服の表れ。緒方の配慮に対してのもの、のように見えた。だとしたら、この若者の特性のひとつが分かったような気がする。

ふみという女と夫婦を演じたい、という明確な動機があるわけではない。できない、と他人に判断されるのが我慢ならないのだ。一人前の大人としての扱いを渇望している。

「坂本くんは若干幼い顔を――」

隼人が言葉をぶつけた。「童顔だと言ってもらいたいね」

緒方は感情の消えた瞳で隼人を見た。「それは大した問題かね？」

「話を先に進めろよ」

――青い若造……面倒なことにならないといいが。

「この先は個別に話す。ふみさんと隼人くんはそれぞれ自室で待っていてくれ」

ふたりは前後して出ていった。

緒方は侑也へ視線を転じた。「分かってくれましたね？」

「実の父親か、父親の代理が事情を探りにくると？　母親は？　所在不明なのか」

「いや。居場所は分かっています。放蕩《ほうとう》が過ぎたんでしょう、体のあちこちを壊して、ボランティア団体運営のホームレス向けホスピスにいます。もう長くないそうです。まあ、当然の報いだと思いますがね」

「どういう意味だ」

「ネグレクト……四肢麻痺《まひ》の叔母《おば》の看護をふみさんに押しつけ、自分はほとんど家に寄りつかなかった。父親から送金されていた金は、我々が押さえるまでは、一円もふみさんに渡っていません。彼女は叔母の貯金と、障害者手当で暮らしていました」

「酷《ひど》いもんだ」

「酷いどころの話じゃありません……彼女は今二十三歳ですが、行政が彼女の存在に気づいたのは、彼女が十五歳のときです。それまで叔母の世話をしながらひっそりと……信じられない話ですが、彼女は保育園も小学校も中学校も、いっさい通ったことがない」

「そんなことがあるか。絶対だれかが気づく」

「気づくすべがなかったんです……母親は彼女を産んだとき、出生届を出さなかった。つまり戸籍がない。戸籍がないから住民票もない……彼女が就学年齢に達しても、通知ひとつこない。当たり前です。だれも彼女を知らなかったんですから」

さっき会ったばかりのふみの横顔を思い返す。不安げではあったが強い意志を秘めた瞳《ひとみ》は揺るぎなく、聡《さと》い表情に見えた。苛烈《かれつ》な幼少期を感じさせるものはなにも見いだせなかった。

「日本の話だと思いたくないな……母親はなぜ彼女を無戸籍にしたんだ」

「母親はある無政府主義集団に籍を置いていました。いずれはふみも仲間に加える気でいたようです。そのとき、ふみの無戸籍は彼らの思想の旗印になる、そう考えていたんですよ」

「今回の作戦は彼女の父親が標的だ。そのことについては？」

「彼女が父親をどう思っているか、本心のところは分かりません。口では興味ないと言っていますが、事は実の父親、興味がまったくないわけではないでしょう。彼女には頼れる身内が皆無です。経済的不安という現実的な悩みもあるし、父親を頼りたい、援助の手が欲しい、そう思ってもおかしくない。ネグレクトには違いないが、送金だけは怠らなかった父親ですし。ちなみに、口座は凍結されています」

気の毒だが、これは仕方がない。なんらかの犯罪行為による利益が流れている可能性があるからだ。

「母親が属していたという集団は過激な思想だったのか」

「いいえ。コミューンを作って集団生活し、下界に降りては作物を売り、子供向けに紙芝居や人形劇をやって小銭を稼いでいたそうです。コミューンそのものは無害だった。ふみにとっては有害以外のなにものでもなかったでしょう……現在はもう瓦解《がかい》状態です」

のどかな暮らしといえばそうだ。無害にも見える。だがそういう集団は社会批判を唱え続けるうちに、暴走して極左テロ集団へ変質する場合がある。おとなしく山の中で朽ちていくなら好きにしていればいい。だがそこに危険な思想が生まれかねないとなると、公安としても監視の必要が出てくる。それに加え、所得の申告をしない彼らは、国税局からすれば脱税常習犯ということになる。

「なんで母親はふみを同行させなかった。子供は入れないのか」

「叔母の世話をする人間が必要だった。母親には叔母が重荷だったようです。叔母はごく普通の市民で、ねたきりになる前は彼女の思想に批判的でした」

――まさに巻き込まれ型だな。親が僧侶《そうりょ》だからお前も僧侶をやれ、という話のレベルじゃない。

緒方が続けた。「ふみの戸籍は新しく作られています。彼女が発見されたのは十五歳のときだが、その数年後には、正式に母親の娘として戸籍が作られた。そのときにはもう、母親は体を悪くして入院しており、一緒に暮らすことはなかったそうです」

これを、と緒方が小さな箱を侑也へ手渡した。中には携帯電話がひとつ。型の古い折りたたみ式で、最新のものに比べると厚くてゴツい。常に身につけておけ、風呂《ふろ》にもトイレにも持っていけ、というのが緒方の指示だった。

「民生用など玩具《おもちゃ》に見えるほどの高性能GPS発信機が備わっています。こちらはいつでもあなたがたの正確な位置を把握しています。煩わしく思うのはお門違いですよ。もしかしたらあなたがたの命綱になるかも知れないんです」緒方は平然とした顔で、侑也所有の携帯電話を自分に預けるよう言ってきた。「うっかり自分の携帯だけ持って出られては困ります」

「おれは素人じゃない」

「今は素人。従ってもらいます。必要なデータは移して構いませんから。どうせ持っていても使い物になりませんよ」

私物の携帯電話を確かめた。圏外になっている。

「勝手に解約したのか。おれの経験からしても、これは乱暴すぎる処置だ」

「ここではわたしの基準がすべてです。それと、解約ではなく一時停止処置です。わたしの一存ですぐに使えるようになります。〝紐《ひも》つき〟の可能性があるので、と当局からの正式な要請に基づき停止措置をとらせました。あなたが独自に携帯電話会社に連絡しても無駄です」

犯罪行為に使われている可能性あり、と偽装したのだ。従うしかなかった。

ほかにも、タバコの箱より二回りほど小さな黒い箱を手渡された。ネックストラップがついている。緒方はそれを〝パニックベル〟と呼んだ。

「GPS機能つきの防犯ベルとほぼ同じものですが、警戒音は鳴りません。ただ、作動した瞬間にこちらへ緊急発報が届く仕組みです」

侑也はモウテル内のだれがなにをどこまで知っているのか尋ねた。

「オーナーの仙波さん、支配人の井辺さん、フロント主任の稗田《ひえだ》さんは背景をまったく知らないながらも、ある作戦が進行中であると把握しています。必要な便宜は図ってくれます」

「あんたのことは?」

「知っています。ただ、どこのだれか明確には知らない。あなたがたが親子である、という点は信じています。ただ、小うるさい噂話はさっそく流れはじめるでしょうね。明日からあなたに対して示威的監視がつきます。車両一台、人員ふたり。意味は分かってくれると思いますが？」

示威的監視。侑也に対して〝あからさまな〟監視がつく、という意味だ。侑也だけでなく周囲の人間もそれと気づく、圧迫監視とも言われる監視方法である。対象者に心理的圧迫を与えて追い込む、という目的のもと取られる手法なのだが、今回のケースは意図が違う。

「おれと内緒話をしたいなら、監視の目を潜る、という手間がいるわけだ。時間も場所も限られてくる。そこをあんたは狙っている」

「モウテルの従業員たちには井辺さんらがそれなりに説明するでしょうが、詮索《せんさく》を受けることは覚悟していてください」

「だろうな。井辺さんはどういうごまかしかたをするんだ」

「いちばん簡単な偽装を話します。あなたの身内が逃亡犯で、あなたに接触する可能性がある、とね。いざとなったらあなたは、苦渋の表情を作り、警察の指示で話せないんだ、とぽつり呟《つぶや》くのです。それで万事ＯＫ」

「で、そのうちに義手を嵌《は》めた男を追うキンブルがくる、と。ジェラード役はあんたか」

「なんの話です？」

「なんでもない」

「監視がつくのはあなたとふみさんだけです。ただし、ふみさんの場合は潜伏監視です」

本人にも周囲にも監視の目を隠すやり方だ。

「なぜ隼人には監視がつかない？」

「隼人くんは監視する側の人間です」

「彼の来歴は？」

「あなたの息子ですよ」

「本来の、だ」

「明かせません」

ふみはいいとして、隼人についての設定には無理がある。標的であるふみの父親は、突然現れた息子をどう思うだろうか。自身が知らないうちに、妻がほかの男との間に作った子供、という設定だとしても、もし標的が現在の妻の行方を知っていたら、あるいは突き止めたら、調べるのはいともたやすい。

と、思いかけて、自分の馬鹿さ加減に気づいた。この作戦は最初から無理筋なのだ。Nの幹部が日本に残した娘のもとへ、父親だと名乗る別の男が現れ、娘を遥《はる》か遠くへ連れ去った。という無理筋をあえて晒《さら》し、標的を釣るのだ。

「おれとふみの監視体制が違うのはどうしてだ」

「水は低きに流れる、です。あなたに接触するよりは、一見野放しに見えるふみのほうが近づきやすい」

そう聞いてもどこか納得できないものがある。

――侑也とふみ、監視体制の違い……。

「緒方さん、あんたを気の毒に思う」

「またそれですか」

「おれに示威的監視なんかしたら、相手は罠《わな》だと思って近づいてこない」口を開きかけた緒方を制した。「罠だと分かって近づいてくる奴が怪しい、と言いたいんだろうが、そうじゃないんだろう？　ふみとおれ、ふたりとも圧迫監視にするか、ふたりとも潜伏監視にするか。通常はこのどちらかだ。監視体制が違うのは、筋がふたつあるからだ。Nが実在するとしよう。おれに示威的監視がついていたら、Nはおれに接触しない。ふみに事情を聞くほうが簡単だからな。おれへの示威的監視にはもうひとつ、目的がある」

緒方はおもしろがったが、彼の発する雰囲気は尖《とが》ってきた。

「あなたがそんなに妄想好きとは知らなかった」

「筋がふたつあるんだろう？　だから気の毒と言ったんだ。あんたのa―1411に、他部署が乗っかってきた。あんたは断り切れなかった。違うか？」

「違いますよ、もちろん」

「あるいは逆か。あんたのほうが乗ったのか。だとしたら、気の毒という言葉は撤回させてもらうが」
緒方は冷笑を浮かべ、時間もないので、とこの話題を打ち切り、親子を演じる上で記憶しておくべき偽の来歴について話しはじめた。

4

《ついにお前も半世紀か。おれたちの仲間入りだな。で、そっちの様子はどうだ》
電話の相手は緒方との間に入ったかつての上司、太田である。今は刑事部に移り、捜査第一課強行犯第六係長を務めている。
侑也は苦笑混じりに答えた。「まだ仲間じゃありません。今年の冬がくるまではまだ四十代です。こっちの様子ですか……なにもない、ただの僻地《へきち》ですね」
太田からは、月ヶ原へ〝着任〟したら一度電話しろ、と言われていたのだった。
《引き受けるとは思っていなかったがな。思い切ったな》
「気分転換になるってしきりに勧めたのは太田さんですよ」
《まあそうなんだがな……あれから五年か？》
「ですね」
《馬鹿なことをしやがって——》

「よしましょう。済んだことです」

午後十時近い。緒方はとうに運送業者とともに消えた。会話らしい会話がないまま、侑也が買い出ししてきたレトルト食品に加え、緒方の差し入れである冷凍食品の数品を温めて食べた。その後、風呂の順番決めを提案したが、みなが譲り合うので、じゃんけんで決めた。これまでの人生でいちばん陰気で盛り上がりのないじゃんけんだった。他人の家で他人の気配を身近に感じながら入る風呂は、特に女性であるふみにとっては辛《つら》いものだろう。

ふみと隼人は早々に自室へと引っ込んでいった。

侑也は表に出て、マクナイトの個体番号を探す、という大仕事をした。暴れ逃げ惑うマクナイト相手に、大汗をかいた。風呂の前にすればよかったと後悔した。

マクナイトは今、侑也の視界の隅で丸くなっている。

《お前は退官してから五年……奥さんの〝あれ〟からは？》

「二十年になります」

機械的に平静な声音で答える。古狸の太田には見透かされているかも知れない。妻の事件は、時効法改正の隙間からこぼれ落ち、二度と顧みられないファイルと化した。

《任務については？　いや、いい。明かせないんだろう？》

「そんなところです……のんびり田舎暮らししながら、釣りをするみたいですがね」

《釣りか……獲物はでかいのか》

「大きくはありません」なにせ架空の組織が標的だ。「ボウズに終わる可能性が大ですね」
《獲物は咬《か》む魚か》
「いえ。今のところは、ですが」皮肉の笑みが零《こぼ》れた。「ここでしばらくのんびりしますよ」
《なにかあったらいつでも電話しろよ》
「ええ。ですから今、電話しています。さっそく助力を願いたいと――」
日本警察犬協会やジャパンケネルクラブ、その他当たれるだけの団体に当たって、マクナイトという名を手がかりに血統書を捜してほしい、と頼んだ。
《手がかりは名前だけなのか》
「検索は可能なはずです。耳の内側に個体番号らしき入れ墨があるんですが、皮膚病のせいで酷《ひど》く爛《ただ》れていて、読み取れないんです。一民間人であるわたしが個人でやると、申請書がどうだこうだと時間がかかりそうでしてね、頼みますよ」
《しかしな、おれは犬については門外漢だ》
「人を使うんですよ。あなたの今の仕事でしょう?」
《馬鹿を言うな。おれも人に使われている身だぞ》
そう言いながらも太田は調査を請け負ってくれた。
《東京にいたときより声が元気そうだ》

「まさか。まだなにもはじまっていないのに」

《すでになにかがはじまっているのさ……とすると、今年の〝葉月〟はそっちで過ごすのか。ま、たまにはいいだろうよ》

〝葉月〟とは八月のことだが、侑也を知る者たちには別の意味がこもっていた。

《彼女が東京にいるわけじゃないしな》

妻、冬子の遺体は見つかっていない。当然、遺骨はない。捜査は結局未解決のまま終わった。命日という呼び名を使いたくないという心情は、侑也だけのものではなかった。いつからか仲間内では、冬子が消えた日を葉月と呼ぶようになっていた。

《土地のうまいもの食べて、のんびりやれよ》

通話を終えた。直後、ふっと直感が降りてきた。侑也は素早くサイロを見上げた。二階も三階も、明かりは消えていた。窓は開いておらず、カーテンも閉まっている。

だが、見られていた、という印象だけは消えずに漂っていた。

——気にいったなら住み続けていい、そう緒方は言ったが……冬子、どうやらそうはならない気がする。

例年にない葉月になりそうではある。

——難しいことは考えずに、マクナイトだけを考えて暮らそう。そのほうがいいよな？　冬子。

葉月。侑也自身と侑也を知る者には特別の意味がある言葉。厳密に言うと、冬子が消えた日、では充分な表現ではない。冬子とお腹の中の子が消えた日、がより正確な表現だった。

5

いきなり男がこちらを振り仰いだので、ふみはとっさに顔を引っ込めた。窓から離れ、座卓の前に座った。〝どんちゃん〟がまん丸の黒い瞳《ひとみ》で、ふみの様子を探っている。

オウムのどんちゃんに訊《き》いてみた。「見られたかな？」

籠《かご》から出され、人の背丈ほどの高さがあるT字型の止まり木にいるどんちゃんは、不確かに首を傾げた。どんちゃんとの付き合いは長い。ふみが産まれた翌日には家にやってきて、ふみの枕元にいたという。平均寿命四十年という長寿命のオウムだった。

部屋を見回す。円形の部屋。殺風景極まりない。昨日まで住んでいた神奈川県川崎市から持ち込んだのは、洋服や身の回り品など、段ボール箱八個ほど。愛用のギター。あとは、どんちゃんとどんちゃんの籠、高さがそれぞれまちまちな止まり木が五つ。

止まり木が五つもあるのは、どんちゃんの運動のためだ。運動不足にならないよう、止まり木から止まり木に飛んでもらう。止まり木の下には糞《ふん》を受け止める皿もついている。ただ、今までは狭いアパートの一室に止まり木を無理矢理散らしていた。こんな広い一軒家に住むなら、ここだけでなく居間にも止まり木を置いてやりたい。自分はここで家事をすることになるというし、ならば、どんちゃんにはそばにいて欲しい。

彼らがそれをよしとするかどうか。鳥嫌いでないことを祈る。暗澹《あんたん》たる思いに包まれた。大英断とでも言える決断で移住を決意したが、見知らぬ男ふたりと同居とは、とんでもない選択ミスをした気がする。話が違うとは言えない。話は現地へ着いてから、というのが緒方のやり方だった。作戦終了後、気に入ったならここに住み続けていいと緒方は言った。魅力的な話に思えた。自然豊かな大地、仕事の斡旋《あっせん》、家賃はない。ここに腰を落ち着け、そして――。

「ドンチャン――」急にどんちゃんが叫んだ。

「しぃっ、怒られちゃうよ」

環境が変わったので、どんちゃんもストレスを感じている。今までいたところよりは断然広い。いっぱい飛べる。環境はこちらのほうがいいはずだ。早く慣れてくれるのを祈るしかない。

すべてを引き払ってここへきた。戻る場所はない。十五歳まで暮らしていた〝蔦《つた》の家〟から救い出されて以来の、生活の激変だった。緒方の話では、ふみの実の父という人が犯罪者なのかどうか、今ひとつ分からない。日本国内でなにかした、というわけでもないのだから。

溜《た》め息が出た。奥野侑也という人を父と呼ばなければならない。これは実際、つらい。

――どこでだれが見ているか分からない。だから外に出たら常に。

だが、それではつらいだろう、と家の中は免除となった。

坂本隼人が弟役か。横柄で粗雑な印象の若者だ。出会った瞬間から人を馬鹿にしているように思えた。今ふみは二十三歳だが、彼は何歳なのだろう。

——きみが坂本くんか……。

空港で引き合わされたとき、緒方が発した言葉だ。緒方はそれまで隼人を知らなかったのではないか。隼人の緒方への態度もよそよそしい。これはなにを意味するのだろう。まあ、考えても仕方がない。分かるはずはない。ところで、さっき侑也はなにをしていたのだろう。大きな黒い犬とじゃれあっていた、というより、格闘しているように見えた。

——見ようによっては虐《いじ》めているようにも。

どんちゃんを見つめた。「大丈夫。どんちゃんには手出しさせないよ」

どんちゃんが叫んだ。「ドンチャン——」

「しぃったら。今はおとなしくして」

6

いきなり男がこちらを振り仰いだ。坂本隼人は素早く顔を引っ込めた。見られたか。しばらく待って、そっと外を窺《うかが》う。侑也はすでにいなかった。

窓のそばを離れ、ベッドへ腰掛けた。大きく息をついて気持ちを切り替えた。ありったけの忍耐と持久力が必要な本物の任務が、ようやくはじまる。どれだけ待ち望んでいたことか。

——てめえは呑気《のんき》に犬でも虐めてろ、おっさん。

くたびれ、薄汚れた元汚職警官なんぞに、なにができる。聞けば、警察で犬の世話をしていたという。あんな男がなぜこの任務に選ばれたのか、緒方とかいう男の見識を疑う。

隼人は手のひらサイズの小型拳銃《けんじゅう》ワルサーPPKを取り出し、左手を使って器用に手入れした。かなり古い銃だが本物だ。世界中の警官、要人警護官が愛用した名銃。これを手にすると、ついに実戦配備か、と胸が躍る。

銃の手入れを終わると、横になった。今日ぐらいは大丈夫だろう。そう勝手に判断し、右の義手を外して枕元に置いた。ただ丸くなっているだけの右腕の先を、タオルケットで拭《ふ》く。油断しているとすぐにアセモができる。

まずは、やって見せなければならない。

——おれがガラクタでないってことを、充分すぎるほど分からせてやる。

7

翌朝。侑也が一階へ下りていくと、ほかのふたりはすでに起き出していた。食事もすでに終えている。ふみは食卓そばの椅子に腰かけていて、隼人は居間のソファに寝そべってテレビを見ていた。こちらに注意を向けもしない。

朝食はふみが作ったそうだ。緒方の命により、家事いっさいをふみが担当することになる。食事はすべて冷凍物かレトルトだった。冷凍おにぎり、冷凍コロッケ、インスタント味噌汁《みそしる》。

そそくさと食事を済ませ、出かける、と言い置いてサイロを出た。

──あの中は真夏でもエアコンいらずだな。

嫌がるマクナイトを無理矢理車の中に押し込めた。万が一運転中に首筋を咬まれないよう、リード代わりのロープは短めにシートベルトのバックルへ結びつけた。運転席に収まり、汗をぬぐう。〝暴れ犬ダイエット〟なるものが思い浮かんだ。馬鹿らしい、すぐに打ち消す。

車をスタートさせた。バックミラーに映るマクナイトは動揺していた。こんな僻地《へきち》に連れてこられたくらいだ。車に乗るのははじめてではないだろうが、久しぶりなのは確かだろう。移動の多い職業犬は車移動におとなしく耐えるよう、訓練される。マクナイトはどうだったのだろう。どの程度の訓練を受けたところで、里親に引き取られたのか。

今のマクナイトは、落ち着きなく辺りを見回している。

「怖くないぞ──」

まった。

マクナイトが侑也を見た。はじめて目があった。だがそれも一瞬、そっぽを向いてし

「慣れろよな。これからそこがお前の指定席になるんだからな」

街道に出て、進路を北へとった。役場なら南方向十キロに支所があるそうだが、マクナイトのための買い物もある。ホームセンターのあるという街、北山へと進路を取った。三分も走らないうちに丁字路に差しかかった。〝鎬《しのぎ》岬入り口〟のかすれた看板。暇ができたら寄ってみよう。距離的には散歩の範囲内だった。

バックミラーの中。排煙を透かした向こう、黒塗りのセダンが映っている。セダンは一定距離を置いてついてきた。

「メン・イン・ブラックだな……ご苦労なことだ」

ふと気づく。昨日に続いてトミー・リー・ジョーンズの登場だ。

――ジョーンズなら〝歌え! ロレッタ、愛のために〟がいちばん好きなんだがな。主役じゃなかったが。

思い出した。もともとこの映画を好きだったのは、自分ではなかった。

町役場に着いて順番が逆だったことに気がついた。先に獣医を見つけ、マクナイトを診せ、そこでしばらく預かってもらい、買い物や用事を済ます。このほうがマクナイトの負担は少ない。

ちぎれ雲駆ける、炎天下。

侑也は車のエンジンを切り、マクナイトを置いて車を出ると小走りに役場へ駆け込んだ。受付にいき、保健所の場所を確かめる。棟続きの隣だという。小走りでそこへ向かった。ここでも案内へ向かい、動物病院のおすすめを訊いた。相談係へと引き継がされた。待つこと五分。担当が現れた。同じ質問を繰り返す。端的にこう説明した。

――悪い噂のない、苦情の少ない獣医を。

こういう情報はここに集まるものだ。担当者は、犬ならここで間違いない、という獣医をひとり紹介してくれた。

車へ引き返す。近づく侑也を、マクナイトが車内からじっと見つめている。車へ乗り込んだ。と、マクナイトは興味なさそうにそっぽを向き、シートに腹をつけた。

「隠すな。ほんとはおれに興味津々なくせに」

車を出す。こちらにきてまだ二日目。いきなり独り言が多くなったな、と感じる。

――いや、マクナイトが聞いている。独り言じゃない。

国道沿いは洋服屋、レンタルビデオ、ファミリーレストラン、パチンコ店、ホームセンターなど、どれもこれも広大な駐車場を完備しているさまざまな店が並んでいる。そんな中、紹介された動物病院を見つけた。建物は小さいが、やはり駐車場は広い。

マクナイトを連れて中へ入った。車に乗るのはあれだけ嫌がったのに、降りるときはすんなりだった。だがすんなりはそこまで。連れていこうとするとまた嫌がる。病院が嫌なのではない。侑也の言うことを聞くのが嫌なのだ。力任せに引っ張り、病院へ連れていった。待合室では四組ほどが順番待ちをしていた。受付で係の女性と話をした。

「――そういうことですと総合検診になります。事前にご予約いただければよかったんですが、今からですと二時間ほどお待ちいただくことになってしまいます」

しばし考え、相談を持ちかけた。

「――よろしいですよ」

話は決まった。入院用のケージにマクナイトを預け、侑也自身は所用をかたづけてくる。融通の利くところでよかった。マクナイトの暴れっぷりを聞いた係の女性はスタッフを三人集めてくれた。だが悔しいことに、マクナイトはいっさい抗《あらが》わずに大型犬用ケージの中に収まった。複雑な思いの侑也に、スタッフが声をかけた。

「得てしてそんなものです。これもあなたを意識している証拠ですよ」

病院を出る前、病院側の求めに応じて免許証のコピーを取った。置き去りにされては困る、という意図からだった。


役場にとって返し、転入届を提出。一緒に国民健康保険取得手続きもした。モウテルとは最初の三ヶ月だけはアルバイト契約なのである。小一時間で用は済んだ。出がけに受付へ寄り、警察署の場所を聞き、次にホームセンターのことを聞いた。どこにどんな店があるのか、品揃えの特徴は、など。侑也自前の地図に直接ペン入れをしてもらい、役場を出て車に乗った。

走り出す。黒塗りセダンはずっとついてきている。

警察署へ。免許証の住所変更の手続きを済ませる。ここでの用事はすぐに済んだ。

次にホームセンターへ。ペット用品コーナーを回って見て思う。犬小屋本体は車に入らない。建材を買って自作するしかない。木材いろいろ、よしず、ドッグフード、犬用ガム、犬用クッキー、ボウルふたつ、大型犬用オープンケージなどなど。工具はモウテルから借りればいい。

散歩用のリードももちろん買った。一般的長さのものを二本選んだあと、ロングリードを探したがここには見当たらなかった。ロングリードとは、訓練時に使う長さ十メートルから数十メートルもある長いリードである。

首輪も、と思い棚を見た。今は家庭犬の身、普通のものでいい。だが、なぜか後ろ髪を引かれる。マクナイトがどれくらいやれるのか、見てみたい。なにせ、警備犬を目指していたのだ。

首輪には特別な意味がある。訓練された犬は、首輪が変わることで自分に課せられた任務の内容を理解する。足跡追及などのときは鎖の首輪に鈴をつける。制圧や警戒警備任務のときは、厚く幅広の黒い革製首輪をつける。

鑑識課に属している警察犬は、全国に数百頭いる。警備犬の数は、侑也でもはっきり把握できないものの、警察、自衛隊、海保の各特殊部隊で、すべて合わせても恐らく五十頭ほどと思われる。エリート中のエリート。それが警備犬である。警察犬と警備犬、役割にそう違いはない。警察犬でも犯人制圧訓練は受ける。また一方、警備犬も臭気選別や追跡の訓練を受ける。

　警察犬より警戒警備及び襲撃任務に特化した訓練を受けるのが、警備犬である。臭気選別能力により犯人を追う鑑識課の警察犬、特殊部隊員とともに突入作戦に従事するのが警備犬。ざっと分けるとこういう区分けになる。

　そういう職種だから、犬種はジャーマン・シェパードかドーベルマン・ピンシャーということになる。職業犬ではメジャーな種であるレトリーバー種は、気持ちが優しすぎてこの職種に向かない。

　そもそもこの売り場には、簡素な鎖のものはある一方、華やかな意匠をこらした首輪が並ぶばかりだ。無骨な〝突入首輪〟などあるわけはない。首輪は赤い革製のものを買った。あくまでも念のため、と言い聞かせながら、小さな鈴も買った。

いささか感傷的な気分を感じながら、木製のダンベルも買うことにした。あいつがこれを手元まで持ってきてくれる日がくるだろうか、と思いながら。

　ホームセンター出入り口そばの休憩コーナーに腰を落ち着けた。缶コーヒーを飲んでひといきつく。

　と、携帯電話が着信した。

太田だった。《調べたぞ。というか調べさせたぞ》

祈りながら訊《き》いた。「結果はどうでしたか」

《まず日本警察犬協会だが、該当なしだ》

日本警察犬協会というからには警察犬だけを扱う、と勘違いされがちだが、門戸は広い。協会員である各犬舎で産まれ、ペットとして一般家庭へ引き取られた犬も、日本警察犬協会の血統書をもらうわけであり、登録件数は膨大な数である。

《ええと》太田の口調が読み上げ口調になった。《マクナイトというと頭文字はM、アルファベット十三文字目ですから、さすがにね……とは担当者の言だそうだが、どういう意味だ》

はっと思い出す。同じときに産まれた仔犬《こいぬ》たちを同胎犬と呼び、血統書には同じ頭文字ではじまる名を載せるのだが、その頭文字は母犬の出産回数で決まる。初産ならA、二回目ならB。Mはアルファベットの十三文字目。一頭の母犬の出産回数としては、かなり多い。母犬の体調を考慮に入れず無理をさせないと届かない回数だ。

やはりか。犬舎を出たとき名が変わったのだ。そして、飼い主は名称変更届を出さなかった。

名前を変えるケースは珍しくない。新たに家庭へ犬を迎えるに当たり、家族好みの名前をつけ直す、というケースだ。よほど頭が悪い犬を除いて、犬はそのうち新しい名前に順応するものだ。飼い主が名称変更届けをしていれば問題ない。その事実も血統書には記載されるのだ。

名称変更されておらず、皮膚病が治っても耳の番号が読み取れなかった場合、マクナイトのルーツ探しはほぼ不可能と言っていい。

《続けるぞ……えー、マイクロチップが埋め込んであるかも知れないがドーベルマンなら〝VWD〟の可能性もある。簡易なものとはいえ外科手術は避けたかもしれない。いずれにせよ、獣医師に検診させることをお勧めする。耳の個体番号について。日本警察犬協会は、耳の登録番号はシェパードのみ義務で、ほかの犬種は任意。繁殖犬の雄なら犬種問わずDNA情報の登録は必要だが、それ以外の犬についてはこれも今のところ任意。検体を送付しての照合は可能。獣医に頼んで検体を送ってみては。ただし、検体調査は自分で外部民間機関に依頼することになる。分かった結果を協会へ送り、照合してもらうという。費用は飼い主の全額実費負担……だそうだ》

「考えてみます」

幾らかかるのだろうか。正直、手元不如意である。情けない。

《ジャパンケネルクラブも該当なしだ。ここは雄犬のDNA登録が義務づけられている。検体を送って照合させてもらえるとか。だがそれにはまず、鑑定依頼書を取り寄せ云々の手続きが必要だ。ほかに、ドーベルマンのみ扱う認定団体にも当たった。ここでは古くから耳の個体番号管理をはじめている。検索してもらったが、名前はここでもヒットしなかったそうだ。とにかくまずは個体番号が頼りということだな……役に立たなくて

すまん》

「とんでもない。ありがとうございました。なにかお礼をさせてください」

《馬鹿を言え》鼻で笑った。《そっちでお前が生まれ変わってくれりゃ、それが礼ってもんだよ》

続けて緒方へ電話をかけた。「頼まれてくれ」

《なんです？》

「マクナイトのDNA登録を調べてほしい——」

これ以上太田に頼むのは気が引けた。だからこの先の使い走りは緒方にさせる。緒方にこれまでの経緯を説明した。

「口腔《こうこう》粘膜か体毛を送ることになると思う。検査キットを送付してくれ」

《それはどうしても必要な——》

「じゃ、またな」

車を走らせる。

侑也が血統書に拘《こだわ》るのは、自らの自尊心のためでは決してない。

マクナイトの出生時の情報が得られる。何年何月に産まれたのか。本名はなんなのか。両親も訓練を受けた犬なのか、兄弟が何頭いたのか。先祖まで分かる。今は、親兄弟、先祖などの情報はさほど重要ではない。マクナイトの産まれた犬舎が知りたいのだった。

血統書を見れば登録上の現在の所有者が分かるが、それ以上に大事なのは繁殖者が分かるということである。繁殖者と話ができるかも知れないのだ。

手探りで同居をはじめるより、マクナイトの性格を事前に知っていたほうがいいに決まっている。実際的に知っておきたいこともある。産まれてから訓練を受けはじめるまでの様子や訓練の進度。競技会や審査会、資格試験には挑んだのか。どの段階で、どんな里親に引き取られたのか。

もし繁殖者が把握しているなら、その後マクナイトが辿《たど》った流転のはじまりと終わりをも、知りたかった。


次に外科病院へ向かった。インターネット上の電話帳から近いところを適当に選んで出向き、マクナイトに咬《か》まれた左手を診てもらった。簡単に考えていたが、小手術になった。手に部分麻酔をかけ、ふたつある傷を奥まで開き、洗浄と消毒をする。

——できれば昨日のうちにきてほしかったんだがね。

とは医師の弁。破傷風ワクチンを打たれた。狂犬病に関してはとりあえず経過観察でよし。今後半年以内に、急激な食欲減退や風邪のような症状、けいれん発作などが起きたらすぐ病院で検査してもらうように、とのことだった。


やっと所用がすべて済んだ。二時間はとうに過ぎていた。

動物病院へ向かった。タイミングよく、侑也が着いたところで診察がはじまった。宮《み》田《た》という獣医は若く誠実そうな男で、気軽に話せる印象だった。

マクナイトのこれまでと自分の関わりを話し、診察がはじまった。マクナイトが急にすべてを嫌がりだした。スタッフが総出でことに当たる。侑也は手を出すなと言われたこともあり、ただ見守っていた。

マクナイトは高めに設定してある診察台に乗せられた。だが、おとなしくはならない。

「普通の犬は高いところが苦手だから、怖がっておとなしくなるものですが――」

訓練を受けた経験があるらしい、と話した。高い場所にも慣れている可能性が高い。現役採用されたら、特殊部隊員とともにヘリコプター降下や壁面垂下をこなさなければならないのだ。

「なるほど……でもマクナイトくん、やはり注射は嫌いのようで」

全身の視診と触診、血液検査、レントゲン撮影。事は進んでいく。

宮田はマクナイトの年齢を、六歳か七歳、と推定した。


一時間ほどで結果が出た。マクナイトとともに、宮田と相対する。

宮田がまず言ったのは、個体情報を記録したマイクロチップは、マクナイトには埋め込まれていない、ということだった。リーダーで全身調べたが反応はなかったという。

「これまでのことを考えると奇跡ですが、命に関わるような疾患は見られません」

まずはほっとひといきだ。

「骨格は各関節含めて正常に形成されています。ただし、筋肉量が極端に少ない。運動をさせてください。急に激しい運動をさせないように。普通の散歩からです。奥野さんは経験がおありだから分かっていると思いますが、朝晩の二回必ず、一回当たり最低一時間は必要です」

「分かっています」

「内臓は気になる点がふたつ。ひとつは脂肪肝です。油の多い人間の食べ物を与えられていたからだと推測します。犬用の食事に切り替え、充分に運動させれば、脂肪は抜けていくでしょう。もう一点は腎《じん》機能の低下です。こちらのほうはとても気になりますね。今すぐどうこうということはありませんが、経過観察が必要です。やはり主な原因は食事内容でしょう。食事を変えることで脂肪肝とともに改善していくと思われます。そうですね……二週間後、来院してください。ご予約を忘れずに。また長い時間待つことになりかねませんから」

「了解しました」

「口腔内のクリーニングをしておきました。歯石がたんまり取れましたよ。虫歯が——」カルテの模式図を示す。「二カ所。マクナイトくんのストレスも最高潮でしょうから、今日は処置しません。二週間後にやりましょう。耳の爛《ただ》れは疥癬《かいせん》ですね。かなり痒《かゆ》かったのでしょう。ひっかき傷が無数にあります。そのせいもあって、個体番号が埋没してしまったようです。塗り薬を出します。だが、程度が酷《ひど》いので、かなりしみるでしょう。処置するときは気をつけて」

体を洗うのに一苦労、車に乗せるのに一苦労、そして薬か。「分かりました」

「肛門《こうもん》付近及び臀部《でんぶ》に肌の炎症、同じく両前脚の付け根にも炎症が見られます。これは不潔な環境からきたものでしょう。清潔を保てば勝手に消えてくれると思います。薬用シャンプーを出しましょう。しばらく市販のものは控えてこちらを使ってください。洗いすぎはよくない。水浴びなら毎日でもいいですが、シャンプーは週に一度程度で」

そういえば、と思い返す。犬用シャンプーは買っていない。「はい」

「ビタミンサプリメントと虫下しもお出しします。餌に混ぜてあげてください。眼球にも炎症が出ていますので、目薬もお出しします」

しかしまあ、どんどん出てくる。「はい」

「爪切りもしておきました。散歩をするようになればその必要もないでしょうが、危険なほど伸びていましたので」

侑也のせいではないのだが、なぜか申し訳なくなってくる。「すみません」

「日本は狂犬病清浄国ですが一応、調べておきました。感染はありません。狂犬病予防、フィラリア予防の注射もしておきました」

ということは侑也も狂犬病はクリアということだ。

宮田が続けた。「あと、ＶＷＤのことはご存じですか」

「マクナイトくんはＶＷＤです。心配ご無用。ドーベルマンには珍しくない遺伝病です」

「もちろん」

出血病であるところの遺伝病、フォン・ヴィルブランド病は、特に理由がないのに体のどこかから出血がはじまったり、アザができたりする病気だ。獣医の言う通り、ドーベルマンには珍しくない。同じ病気を患ったほかの犬種の中には命に関わる大出血を起こす種もあるが、ドーベルマンの場合は症状も軽微だと聞く。端的に言うと、出血が止まりにくい、という病気である。

宮田は侑也の認識を肯定しながらも言った。「血液採取のため耳の内側をほんの少し傷つけましたが、見てください――」宮田はマクナイトの耳の絆創膏《ばんそうこう》を指し示した。「小一時間経ちましたが、ようやく血が凝固しはじめたところだ。奥野さんの家から病院まで、結構な距離があります。大きな出血を伴うような怪我や内臓疾患などが発生したら、処置が間に合わないかも知れない。あなたがどんなにマクナイトくんを愛していても、救急車は犬のために動いてくれません」

「もしそんな怪我をした場合、ここなら大丈夫ですね」

「輸血しながらの手術になります。代用血液もありますし、ここまでこられたら平気です……あと、まあ、それにも関係することなんですが……」

「なんでしょうか」

「いずれも軽微なんですが、体中に傷の跡がありますね。傷を負っては治り、負っては治りを繰り返しています」

「……つまり？」

「あなたがきてくれるまで、マクナイトくんは、だれかに虐待されていたふしがあります」

耳の中の、熱い血流の音が聞こえてきた。

宮田は続けた。「話を聞けば聞くほど、よくぞ無事に耐えたな、と感じます」

宮田はマクナイトを撫《な》でようと手を伸ばしかけ、思いとどまった。「がぶり、でしたな」

声を絞り出した。「ええ」

「でも今はあなたという人がいる。もう大丈夫でしょうね？」

「もちろんです」

宮田の顔に暗い影が差す。「どんな事情を抱えていようと、他人を咬んで怪我をさせたら、事件化されます。保健所のお出ましです。充分気をつけてあげてください」

侑也は宮田に、人への信頼を失ったマクナイトとどう接していけばいいか尋ねた。宮田の答えは簡潔だった。

「そばにいてやることです」

「それだけですか」

「それ〝しか〟ありません。こまめに世話をし、そばにいてやる。話しかける。毎日必ず、彼のそばにいてやる時間を作ることです。そのうち、あなたのいる風景が、マクナイトくんには当たり前の日常なのだと思うようになります。今は逆です。あなたのいる風景が、非日常な風景としてマクナイトくんには見えている。だから不安を感じ、反射的に防衛行動をしてしまう」

「……なるほど」

「大丈夫。奇跡はきっと起きます……ある日突然にか、目に見えないぐらい徐々にかは分かりませんがね」

宮田が続けた。「特別飼養届というものをご存じですか」

記憶を探る。「確か……大型犬を飼うときに必要な……」

「ということは届けを出していない？」

「はい」

「都道府県によっても違いがありますが、マスチフやセントバーナード、土佐や秋田、ブル系の幾つかの犬種など、特定の大型犬を飼うときに必要な手続きです。悲しいことに年数件は咬傷《こうしょう》事件が起きています。行政としては適正な飼養を確認する必要があると考えているわけです。ここの行政区ではドーベルマンも届けが必要です。保健所にいって書類を提出するだけですよ。飼養場所、つまり犬小屋とその周辺の見取り図を描く必要がありますが、難しいものじゃないし、不備があったからといってすぐ保健所の職員が乗り込んでくる類《たぐい》のものでもありません。ただ、書類は提出しておいたほうがいい。ついでに狂犬病予防注射済みの登録をして、犬鑑札をもらってください。犬鑑札をもらえば、来年からは保健所から予防注射の案内が届くようになります。犬鑑札は首輪につける。先ほど血統書の話が出ましたが、実生活においてはこちらのほうが重要ですよ。登録が済めば、マクナイトくんは公的にも晴れてあなたの家族です」

「分かりました。届けを出します」

宮田は最後に、とこう言った。「警察犬や警備犬が去勢されるのはご存じですね」

「もちろんです」

発情期がくると、各個体の能力にムラが出て、精密な仕事ができなくなる。一時的になにひとつできなくなる犬もいるほどだ。

「プロの犬はそうなんですが、マクナイトくんは途中で家庭犬になっている？」

「はい」

「マクナイトくんは去勢されていません。子供を作れますよ」

第二章

1

汗を拭《ぬぐ》い、空を見上げた。雲の大艦隊が西へ向かって移動中。微速前進といったところか。

絶えないヒバリの鳴き声。はるか上空を旋回するトビ。海側から吹きつける強い風が心地いい。

仕事を再開した。侑也はモウテル敷地内の、中央路から〝グランド〟へ向かう横道にいた。十メートルにわたって朽ちた木の柵《さく》を直す作業である。

ここへきてからちょうど二週間が経っていた。

解体した柵を一まとめにして担ぎ、軽トラックの荷台へ放り込んだ。運転席に回り、水筒から冷えた麦茶を注いで喉《のど》へ流し込む。素晴らしくうまい。麦茶の入った水筒は事務所の冷蔵庫に常備してある。外で働く者は水筒ごと持ち出していいことになっていた。だれがどこで煮出しているのかは知らない。事務所にある小さな流しではないようだった。

古びたダットサントラックがやってきた。恵造である。車を降りた恵造が、侑也へタバコを差し出した。

「いただきます――」タバコは二十年前にやめたのだが、空気の清浄なこの地へきて、再び吸うようになってしまった。東京の汚れた空気で吸うより、ここの綺麗《きれい》な空気で吸うほうがおいしく感じる。

恵造は侑也が外で仕事をしていると、日に一回は必ず見にくる。新米だから仕事の進捗《しんちょく》具合や仕上がりを確認にくるのだろうと思っていたが、同僚の加賀《かが》幸夫《ゆきお》に尋ねると、彼のもとにも顔を出すという。仕事場を巡るのが恵造の日課だそうだ。初日、侑也へ見せた饒舌《じょうぜつ》は、客向けのそれだったようだ。大した話もせず、辺りをぶらついてから恵造は去っていく。

恵造が去り際に言った。「ほれ、ふみとかいう娘っこだがな。毎日頑張ってる」

「仙波さんのところでお世話になっているそうで」

「あの子は……あれだ、大丈夫だろうな?」

どういう意味です、と聞こうとしたが、恵造は走り去った。彼は実質〝任務〟のことをどこまで知っているのだろうか。

そろそろ盆休み期間も終わりである。お盆期間中のモウテルは満室続きだった。客の大半が子供連れである。夏場はバイクツーリングの客も多い。近くに砂浜はあるが、海水浴場としては整備されていない。波が荒いのでサーファーがよくくる。磯釣りや投げ釣りには適している。登山客だとかハイカーも利用するし、バーベキューだけやりにくる客もいる。ありがちな話だが、地元の人間はほとんど利用しない。景勝地といっていい場所がひとつ近所にある。〟鎬岬〟という岬だ。全長半キロほどで、両岸ともほぼ垂直に切り立った崖《がけ》の上に木道が作られている。岬の突端には灯台があり、客寄せにはなっているそうだ。風の強い場所で、冬季は立ち入り禁止になることもしばしばだとか。過去には転落事故も起きているという。

二週間も経っているので、モウテル内の様子はだいたい把握していた。

地を這《は》う丈から人の背をゆうに超える丈のものまで、さまざまな種類の野草が夏の陽を受けて勢力争いをしている野原の中、フロント館脇のゲートから〟中央路〟と呼ばれる二車線の一本道が、僅《わず》かな起伏を繰り返しながら西へと延びている。中央路から、各コテージへと続く横道が延びていた。上空から見ると魚の骨、あるいは木の葉表面の筋のような模様だろう。それぞれの横道は配置がずらされ、十字路にならないよう配慮されていた。横道には緩やかなカーブがつけられていて、コテージの姿は中央路からは見えない。野原の中ところどころ、二階建てコテージの二階部分が海に漂う船のように浮かび上がって見えた。野原の中に埋もれるように、計十八棟のコテージが点在している。

横道への入り口にはそれぞれ、い、ろ、は、に、と大きな表示があり、これが各コテージの部屋番号だ。各コテージはそれぞれ、最短でも二百メートルは離れている。平屋、二階建ての違いはあるが、各コテージはどれも似たような造りだった。コテージ周辺は草花が刈り取られ、円形の敷地。南側にバルコニーが設《しつら》えてある古びた木造コテージだ。やや離れた場所に東屋《あずまや》があり、屋根の下にはバーベキュー用の煉瓦《れんが》造りの竈《かまど》と水場が設置してある。中の家具も備品も意匠も至って簡素な造りである。

中央路は総延長二キロほどもある。中央路は中間地点辺りで車線が左右に分かれ、人工林を挟む形になる。ブナやナラなどの広葉樹が生えている小さな林で、冬場の雪囲いなどを行い、林を維持しているとか。人工池や簡素な児童遊園があり、小動物コーナーもある。ウサギやモルモット、リス、アヒルが飼われていた。厳寒期は死なせないよう、結構気を遣うという。ペット嫌いを公言する恵造は止めたがっているような口ぶりだった。

——おれは競馬もいっさいやらん。

だそうだ。競走馬が広義だとしてもペットの範疇《はんちゅう》に入るのか、意見の分かれるところだろう。

中央路は、森の突端にぶつかって終わる。舗装路は唐突に途切れ、その先には獣道めいた小径《こみち》が森の中へと続いていた。この森も虫取りをする子供たちのものだ、と恵造は言った。蛍のいる沢やタヌキやキツネの巣もあるとか。森の中の獣道は二百メートルほど続いている。突端には立ち入り禁止の柵が渡してあり、先にはいけないようになっている。森の奥には〝奥の院〟と呼ばれるコテージが三棟、それぞれ数百メートル離れて建っているという。そのコテージは、一般向けのパンフレットには載っていない。

——ある筋の御用達《ごようたし》……。

侑也はまだ、奥の院を目にしてはいない。稗田から密《ひそ》かに説明があった。客は三種に区別される。I、T、Hの三種である。意味は単純に頭文字。一般客のI、特別客のT、秘匿客のHである。Tこと特別客は、特に配慮をする必要があるが、使うのは一般のコテージである。侑也もまだ目にしていない森の中のコテージを使うのが、Hこと秘匿客である。TとHの客はチェックイン方法もほかとは違う形式を取る。予約自体、フロントは通らず、オーナー直結電話が使われる。

そして〝グランド〟。中央路の小動物コーナーそばにある横道を北へ半キロほどいった辺りにある大空間である。サッカーグラウンド一面はゆうに取れる、意図的に除草してある平坦《へいたん》な土地だ。恵造が説明した。

——〝グランド〟と呼ばれてる。

——グラウンド？

——そうだ、グランド。

あくまでもグランドのようだ。花火や大きな焚《た》き火をしたい客にはここを使ってもらう。グランドを越えた向こうの野原には岩場が多く、トレールバイクや四駆を持ち込んで走り回る客もいるし、サバイバルゲームに興じる団体も利用している。これらの客は物好きなので、客の減る冬場にも定期的にやってくるいいお客さんなのだとか。

——なにかやりたきゃグランドでってことだ。とにかく叫びたきゃここで。ストレス発散に大きな空間が入り用なら、ここで。

——叫びたきゃって？

そのためだけにくる奴もいる。来週には穴掘りクラブがやってくるぞ。ひたすら穴を掘る。ただひたすらそれだけだ。気が済んだら埋め戻して帰っていく。おかしな奴らばっかりだ。

恵造は嘆息していた。


今、侑也はグランドへいく道の途中で柵保全の作業をしている、というわけだった。

午前は客室整備をやり、午後は外での管理業務についた。働きはじめて二週間、毎日外で仕事をした。雨樋《あまどい》の掃除、堰《せき》のごみ取り、縁石や石積みの修復、花壇の手入れ、コテージ外装の手入れや修繕、街路灯の清掃と保守、小動物コーナーの整備、人工池の清掃、児童遊園の保守と清掃、草刈り。特に多いのが草刈りだ。なにせ広大な敷地である。ほぼ毎日、どこかしらの草を刈った。

害虫、害獣の駆除仕事も多い。スズメバチなど刺す虫やヘビ、ハクビシン、イモリやトカゲ、カエルなどだ。なにかが出た、というとお呼びがかかる。昆虫以外は恵造の指示もあって殺しはしない。ヘビは専用のはさみ棒ではさんでその辺の藪《やぶ》に捨てる。スズメバチはとにかく殺虫剤とバドミントンラケットで蹴散《けち》らす。巣が見つかった場合は、素直に諦《あきら》めて業者を呼ぶ。獣はみなで騒いで追い出す。例えばあるコテージの屋根裏にハクビシンが立てこもったときなどは、この方法を使って追い出した。害虫駆除は夏の間、夜勤のフロント係が客から呼び出される理由の筆頭だ。大きなジョロウグモ一匹が出たくらいで、わざわざフロントへ電話をかけてくる。

これまでにモウテルの従業員すべてと会い、挨拶《あいさつ》を済ませていた。みな気軽に話せる感じの人たちだった。中でも一緒に仕事する機会が多い三人、フロント主任の稗田、加賀幸夫、久保田《くぼた》範子《のりこ》とは早いうちに打ち解けた。

稗田が恵造の下で、モウテルのすべてを取り仕切っている。侑也と同年代か少し上。中肉中背。落ち着いた物腰の男だった。加賀幸夫は三十前後で体格がよく、快活な男だ。兼業農家の跡取りで一児の父である。久保田範子は小学生と思うほど小柄で童顔だが、二十代後半で二児の母だ。

彼らを含め全従業員の中に、マクナイトを散歩に連れ出していた人はだれもいなかった。みながみな、だれかが世話をしているとお互いに思い合っていた。マクナイトは食事より大事な散歩を一年以上もしていなかったのだ。

フロント業務専属は稗田と久保田範子だけで、侑也を含めたあとの七人は、なんでもこなす雑用係だった。七人のうち三人は日勤専門で、全員農家の女性だ。彼女らとは昼時に事務室で話す機会がある。それによると休日出ありのシフト勤務だが、ここのパートは魅力的で、欠員を狙っている人が数多いという。求人自体が少ない土地で、時給が相場より高めだそうだ。

フロント勤務は朝から二十三時までが二人か三人体制。二十三時以降朝七時までは一人勤務となる。朝七時から十八時までの日勤、十七時から二十三時までの半夜勤、十七時から翌朝八時までの夜勤である。

雑用担当は、フロント業務につかない者が交番を組んで勤務につく。時間は八時から十八時。侑也はこれまで毎日、営繕担当として日勤をこなしてきた。ただお盆休みがはじまってからは、何回か残業してフロント業務を手伝った。花火だ、バーベキューだと多くの客がフロント館へ押しかけ、一方では各コテージから虫が出たただのコンロがつかないだの問い合わせが相次ぐ。手が足りなくなるのだ。深夜帯を除いて、常時ひとりは電話番を確保しておく必要があるからだ。

侑也は買い物レジの補助や害虫駆除をした。範子の指示のもと、客の車まで商品を運び、棚へ商品を補充し、おぼつかない手つきでレジを打ち、殺虫剤とはさみ棒、ラケットを持ってコテージへ出かけていく。

侑也についている監視の車について面と向かって訊《き》いてきたのは、幸夫だけだった。

——黒い車、刑事なんだって？

——迷惑かけてすまんね。

幸夫は神妙な顔をして頭を掻《か》いた。

——いや、おれはなんの迷惑も被っちゃいない。あんたに尋ねちゃいけないって言われたんだけどさ……その……。

さんざん躊躇《ちゅうちょ》して見せた割に、ずばりとこう訊いてきた。

――親類ってだれ？　殺人とか？

一度空を仰ぎ、そして遠くを見る。息をつきながら俯《うつむ》く。声を絞り出す。

――警察から絶対口外するなと……なにも話せないんだ。

幸夫は大仰に手を振り振り言った。

――いいんだいいんだ。とうぜんそうだろうからな。しかし、たいへんだな奥野さん……で、親類って家族なのかい？　兄弟？　親？


メン・イン・ブラックたちは敷地内には入ってこない。街道沿い、フロント館の前にある駐車場に車を停め、ひたすら待機している。今このときの監視体制はどうなっているのか。道は限られていると言っても、野原を分け入って進む気になれば、どこからでも敷地内への侵入は可能だ。茂みの中にだれかが潜んでいる？　可能性はなくはないが、今のところ監視の目は感じ取れない。

空を見上げる。

――人工衛星？

まさかな、と打ち消し、仕事を再開した。

航空写真を眺めたときは一面の草原に見えたが、実際は低木の群れがいくつもあった。野草たちが群生地確保の勢力争いに躍起だ。まだ青々としているススキ、猫じゃらし様の穂がつくエノコログサなどイネ科の植物が圧倒的に広大な領地を確保している。熊笹も大軍勢だ。ヨモギも負けず劣らず。人の背丈以上の高さがあるオオアレチノギクは群生を作らず、小集団を散らして部隊の数で勝負というところ。背の低い植物も負けていない。白い花を咲かせているドクダミソウ、シロツメクサ。黄色い花を咲かせているのは、カタバミ、ヤクシソウ、オミナエシ。赤系ではアカツメクサ。紫のノアザミも散見できる。

手入れされ一面均等のさざ波のような牧草地も美しいが、こういう手つかずの野原も、眺めていて飽きることがない。

侑也がこういった〝雑草〟でくくられることの多い草花に詳しいのは、警備犬とともにいつ果てるとも知れない警戒任務についたときの、一時の暇つぶしではじめた草花観察のお陰だった。

オーナーである仙波治子とはまだ会ったことがない。ふみはうまくやっているのだろうか。毎日、疲れた顔で帰ってくる。

――とんでもない鉄火婆《ばばあ》でさ……。

初日、タクシー運転手に聞かされた仙波評である。彼女がどれほどの鉄火ぶりか、侑也はまだ知らない。

二週間経ったが、家の中は不安と警戒、遠慮が渦巻く氷の世界だった。

ふみは家事全般をそれなりにこなし、朝八時前には出かけ、五時過ぎに帰ってくる。

雇用されたのは、モウテルフロント館の同じ並びにあるガソリンスタンドで、ふみの正式な肩書きは仙波治子の秘書。だが実際は、治子付きの使用人だという。治子は日中、ガソリンスタンド事務所二階の社長室にいて、あれやこれやと指示を出すのだとか。鎬岬の入り口近くにあるという治子の自宅を掃除したり、町まで買い物に出かけたりしているとか。

隼人はだれとも打ち解ける努力どころか、会話さえしたがらない。なぜか侑也とふみを完全に見下げており、傲慢《ごうまん》な態度をとり続けている。侑也はそんな隼人を、こちらからも相手にしないことにしていた。だが、日々の家事を取り仕切るふみは、隼人と折に触れて関わらざるを得ないときがある。

二日目の夕方。〝緒方さんの指示通り〟朝食と夕食は作る、とふみは言った。

――昼は自力で大丈夫ですよね。

侑也もそのつもりでいた。フロント館でなにか買えばいい。だが、ソファに長くなっていた隼人が言った。

――おれには昼飯が必要だ。作れよな。

ふみを一顧だにせず、携帯電話を取りだし、いじりはじめた。侑也はただ、なにも言わず事の流れを眺めていた。

ふみは虚《うつ》ろな表情で隼人を眺め、ふっと視線を泳がせると自室へと昇る階段へと消えていった。

——お前、今の言い方は……。

隼人も自室へ消えた。

口を出すタイミングが遅すぎた。マクナイトはおろか、会話の通じるふみの信頼を得ることもできない。

——信頼？　あいつらのことは放っておく、そう決めたはずだ。

だいたい、隼人が毎日どこでなにをしているのか、まったく知らない。毎朝、ふみと前後して出かけていく。一度、食事時に尋ねたが、返答はこうだった。

——あんたは知らなくていい。

またある夜。隼人が居間でプロ野球をテレビ観戦していた。通りかかった侑也は訊いた。

——プロ野球が好きなのか。

隼人は言葉を吐き捨てた。

——嫌味《いやみ》かよ。

荒い動作で立ち上がり、自室へと消えた。彼の右手について事情を尋ねたい気になったこともあるが、このやりとりのあとからは、いっさい無視することに決めた。

だが、密かに嬉《うれ》しい変化も起きていた。どんちゃんとマクナイトである。暮らしはじめて三日後ぐらいから、ふみがどんちゃんを連れてマクナイトと話をするようになった。ふみと隼人にはマクナイトの現状を話してある。だからふみもマクナイトへ手を出そうとはしない。そばに座り、どんちゃんを肩に乗せ、ひとりと一頭、一羽で話をしている。

マクナイトは鳥が珍しいのか、鼻をひくひくさせて、興味ありという様である。

マクナイトにとって、毎日関わる人間は多いほうがいい。ただし、守ってもらわないといけないルールはある。一度、ふみがマクナイトにせんべいを食べさせているのを見かけ、事情を話してやめてもらった。すぐに分かってもらえたようだった。

傲慢な態度を続ける隼人は放っておいていい。こちらから関わろうとしない限り、向こうからの接触は皆無だからだ。当初侑也は、隼人よりふみがどういう性向か、いささか危惧《きぐ》を抱いていた。義務教育をいっさい受けたことがないなど、こんな人物とは関わったことがない。

いったい、どれほどエキセントリックな性格だろうか。もっとはっきり言うと、どれだけ社会常識の欠落があるだろうか。常識がいっさい通じない相手ほど、空恐ろしい者はいない。

そんな不安も杞憂《きゆう》だった。今のところふみはどこにでもいるごく普通のお嬢さんだった。

ただ一点、味噌汁《みそしる》が嫌いだ、という点を除いては。三日目の朝だった。ふみが実は、と切り出した。味噌汁が嫌いなので、汁物はほかのスープを作る、と。どうしても味噌汁が飲みたければ、インスタント味噌汁を各自で作ってくれという。

侑也に異存はなかった。隼人は一言呟《つぶや》いたのみ。

――ひょっとして日本人じゃねえのか。

ふみは隼人を冷徹に無視した。

柵《さく》の仕事を終え軽トラックに乗り込み、グランドに向かった。

グランドを一周する。穴は埋め戻されている。いつか恵造が言っていた穴掘りクラブが、きちんと後片付けをしたかという確認だった。月に一度、多いときは二度、どこか都会から数人でやってくる男たちだった。ツルハシ、シャベル、猫車。ヘッドランプを装着し、夜通し、もの凄《すご》い勢いで大穴を掘るのである。ときには奇声を上げながら。恵造言うところの、おかしな奴である。

彼らの基準からすれば、台風などの大嵐時が、いちばん理想らしい。泥まみれになりながら、水没していく穴の水を掻きだしつつ、穴をさらに深くしていく。

彼らは朝まで掘って穴を埋め戻し、コテージでシャワーを浴び、しばらく仮眠して帰る。なぜそんなことをするのか。帰っていく彼らのすっきりした顔を見れば、なんとなく理解できそうな気がする。ただ、なぜ穴掘りを選んだのかは、深く聞いてみないと分からない気もする。

モウテルから貸与されている携帯電話が着信した。稗田からだった。

《こっちに戻れるか》

「今から戻るところです」

《きてくれ。〝H〟がくる》

2

侑也が運転、助手席に稗田、という形で車を出した。バックシートには数日分の食料や菓子、飲料水、リネン類を積んでいる。稗田の指示で、モウテルの敷地を出た。フロント館前面の駐車場には、例の監視車。侑也たちの車を追い、いつも通りついてきた。わずか南下しただけで、原野へ分け入っていく道への右折を指示された。この道は侑也たちが街道に出るため毎日使っている道だ。二分ほど走るとサイロに着く。

指示通り右折した。監視車は右折せず、直進していった。バックミラーに監視車が映ることはなかった。事情は知らないが、ついてこないつもりのようだ。

稗田がまた右折するよう指示してきた。指示に従って右折させる。この横道は侑也も知っていた。以前マクナイトと散歩の途中、道の奥を確かめたことがある。高い木塀に阻まれ、先には進めなかった。

木塀の前まできて車を停めた。

「待っていてくれ」稗田が車を降りて木塀へ近づいた。稗田はポケットから手のひら大ほどもある鍵《かぎ》を取り出し、どこかへ差し込み、回した。軋《きし》みもせず、滑らかに木塀が開いた。ごく単純な仕掛けだが、以前きたときには塀が開くようになっているなど、まったく気づかなかった。

助手席に戻ってきた稗田を乗せ、塀の向こうへと車を進ませた。そこには、西の内陸側へと続く一本の砂利道があった。

侑也は稗田の指示に従い車を出した。この道を隠す意図があって草刈りをしないのだろう。道は平坦《へいたん》だが、両脇の草は手入れされていない。ススキやイネ科の植物が思うままに葉を茂らせていて、草のトンネルの中を走っているようだ。辺りからは、車の音はしても姿は見えないだろう。

砂利道を進んでいく。右手方向はモウテルの広大な敷地、左手方向には侑也たちのサイロとサイロの前に引かれた道路がある。日々、マクナイトを引っ張って、あるいは引っ張られて侑也はサイロ周辺を探索し尽くした気でいたが、この道には気づかなかった。車は野原を過ぎ、森へと入った。小川の上の簡素な橋を過ぎたところで、円形の広場に出た。道が四つに分かれている。右端の道は柵で塞《ふさ》がれており、行き止まりの看板が立っていた。

稗田が車を停めろと言ったので言う通りにした。

「左端の道が奥の院イ号、その隣の道がロ号、その隣がハ号へ通じている。右端の封鎖されている道は途中で切れていて、先はない。覚えておいてくれ」

稗田の指示で左端の道へ進んだ。道は木立の中、くねくねと蛇行しはじめた。

「水場も多いし、この木立の群れだ。温度が違う」

稗田はエアコンを消し、窓を開けた。陽に熱せられた野原の上を渡るのとは違う、涼やかな冷気が車内に吹き込んだ。

「気持ちのいい場所ですね」

窓枠に肘《ひじ》を乗せた稗田が言う。「ガワだけはな」

「ガワ？」

稗田は答えず、物思いに耽《ふけ》っている。侑也はその様に拒絶を感じ、口を閉じた。

深い森の中、ぽっかりと開いた平坦地へ出た。道はここで終わっている。奥の院イ号だ。コテージでもバンガローでもない、ごく普通の二階建てにしか見えなかった。

「食料を冷蔵庫に入れて、電気、ガス、水道に問題はないか、各窓とドアに問題はないか調べてくれ。雨戸も全部開けるように。ブレーカーも入れてくれ。勝手口の上にある」

ちなみに、マスターキーは一般宿泊客用コテージと共通だそうだ。特異な存在の奥の院にしては意外な対応である。稗田に尋ねると、稗田は言った。

「支配人が、管理が面倒だって言っているんでね」

玄関先に買い込んだ品を一まとめに下ろすと、稗田はひとり車で戻っていった。

辺りを見回した。静謐《せいひつ》な空間だった。森の中へと目を凝らしたが、ほかの家は見えなかった。中へ入った。一通りの家具や家電が揃った、ごく普通の家。リゾート仕様めいたところは微塵《みじん》もない、言わば他人の家だった。

雨戸を開けて陽の光を入れ、食料をキッチンへ運んでから、キッチン奥の勝手口にいってブレーカーを入れた。ぶん、と冷蔵庫が始動した。冷蔵庫へ食料を入れ、水道が出るか確認し、ガス栓を開けてコンロの点火と給湯ボイラーの作動を確認。各部屋の雨戸を開けて陽の光を入れ、窓を開けて風も入れた。

二階の窓から外を眺めた。鬱蒼《うっそう》とした森が見えるばかりだった。

いったん外へ出る。蘇《よみがえ》ってしまった悪癖。タバコに火をつけた。丸く切り取られた空に、煙を吐き出す。着いた当初は静謐、などと思ったが、今こうして落ち着いてみると、静謐とは程遠い。虫が鳴き、カエルが鳴き、鳥が鳴き、葉擦れが囁《ささや》く。小川のせせらぎも耳に届いた。

「ただの森だ」なにを期待していたのか、と自らの心中を探る。想像ではこのような〝民家〟でなかったことは確かだ。と、車のエンジン音が聞こえてきた。一台ではない。程なくして三台の車が入ってきて停まった。先頭が稗田の軽自動車。あとの二台は灰色のセダンだった。車に目立った特徴はない。人が降りてきた。スーツ姿の男がふたり、同じくスーツ姿の女がひとり。そして、親子と思われる三人連れ。初老の女性がひとり、中年女性がひとり、就学年齢に達したばかりと思われる児童がひとり。いずれも疲れた顔をしていた。

稗田が案内して玄関まで誘導してくる。途中、稗田が車に戻っていろ、と目配せした。侑也は指示に従い、軽自動車の運転席に収まった。稗田と客たちは家の中へ入っていき、十分ほどして、稗田が独りで出てきた。稗田が助手席に収まり言った。

「戻る」

侑也は車を反転させた。「詮索《せんさく》は無用?」

「そういうことだ。チェックイン、アウトはあの塀のところで行う。奥の院に関して、関わるのはおれと恵造さんだけ。これからはあんたもだ」

「オーナーは?」

「予約受付をする――」

どだい隠しおおせるものではないので、ほかの従業員も奥の院の存在は知っているという。オーナーが特別に招待している上客だと思っているそうだ。

肩を寄せ合い家の中へ消えていく、不安げな親子の後ろ姿が蘇った。

――ガワだけは……か。

車は森を抜け、再び夏の日差しが降り注ぐ野原へと舞い戻った。

3

ここへきた初日。ふみが緒方から聞かされたこと。

――もしだれかが窓から家の中を探ったとして、きみたちがそれぞれの雑事をそれぞれでこなしている様子が見て取れた場合、そのだれかはどう思う? それぞれがそれぞれで自分の洗濯を、炊事を、掃除をしていたのでは、家族という触れ込みが嘘だとばれる。きみは奥野さんをやっと会えたほんとうの父親だと信じ、坂本くんを奥野さんの連れ子だと信じていると示す必要がある。だからきみは、甲斐甲斐《かいがい》しく彼らの世話をする。分かって貰《もら》えたろうね？

日曜の夕方。ふみは食卓の椅子に座り、米が炊けるのを待っていた。傍らには止まり木があり、どんちゃんが居眠りしている。居間のソファでは隼人が脚を投げ出して座り、テレビを見ていた。

ここへきて二週間が経った。唐突にはじまった見知らぬ男ふたりとの同居。給料はそこそこだが、大地主の老婆から公私にわたってこき使われるという、気苦労の絶えない仕事。疲れ果てていた。ここへは安定を求めてやってきた。移住なのだから、変化のち安定という順番なのだろうとは理解していたし、覚悟していた。だがふみを見舞った変化はふみの許容量を超えていた。

ふみはたったひとつの変化を待っていた。ふみの言う変化とは〝作戦〟終了を指す。奥野侑也も坂本隼人もどこかへ去り、静かな毎日が訪れる。仕事はまあ、仕方がない。ふみにとってはこれが、はじめてのちゃんとした就職だった。

どんちゃんの寝顔を眺め、思う。仕事は慣れる、いつか慣れる。あの人にも慣れる。あの人とは、仙波治子である。

仕事初日。治子とはガソリンスタンドの二階で対面した。

ドアには社長室と書いてあるが、中は物で溢《あふ》れたリビングと同じような様相だった。

三十畳ほどはあろうかという広い部屋。ソファセットやワークデスクに〝社長椅子〟もどんとある。オフィスめいたものはそれだけだった。壁中、壺《つぼ》やら掛け軸やらがあると思えば、一方には巨大な道化師たちの操り人形が十数個も吊《つ》られてあり、旅行に出かけた先で撮ったものと思われる写真の数々が張られたコルクボードがあり、窓際にはたくさんの鉢植えが並び、またある一角にはウォーキングマシンやぶら下がり健康器など、フィットネス機器が並ぶ。

治子は小柄で、足下がややおぼつかない七十代の女性だった。いつも赤い花柄が描かれた杖《つえ》をついている。だいたいいつも花柄のワンピースを着ていて、レースの飾りがついた幅広の麦わら帽を被《かぶ》っていた。

いちばん最初に怒られたのがこれだ。

――なんだって？　こんなとこに住もうってのにお前、免許がないってのか。免許はあるんだろうね。そう訊《き》かれ、ないと答えると一瞬にして噴火した。

――車を転がせないのに、なにするってんだ。一日中お茶だけ汲《く》んでお給金貰うつもりかお前。お茶汲みだけして稼ごうだなんて、ほれ、あのアホどもと一緒だ。役場にいる、婿に公務員が欲しいだけの無能パート娘となんも変わらんじゃないか。婿探しにきたのか。

――違います……。

――だいたいなんであんな馬鹿たちを雇うんだ。その金はどっから出てると思ってんだ。独身男どもに、税金使って女あてがおうってんだから、始末に負えない。市町村合併して少しはましになるかと思ったのに、ちっとも変わらん。まんじゅう探すなら自力でやれ。人の金を使うなってんだ。人の金使ってモノにしたまんじゅうはさぞ、いい匂いがするだろうよってんだ……。

なぜ役場のことでふみが怒られているのか分からない。まんじゅうとはなにか、のちに親しくなるモウテル勤務の久保田範子から聞くことになる。この地方で、女性器を差す隠語だという。

――腐れまんじゅう喰《く》らって食あたりしやがれ。一生治らない食あたりだ。ざまあ見ろ。

かくして、苦難の日々がはじまった。出勤直後の日課は、大量の麦茶を煮出すことだ。部屋自体は広いのに給湯室だけはオフィスのそれで、人ふたりも入ればいっぱいになる狭さだった。ここで大鍋《おおなべ》を使って麦茶を煮出す。麦茶を二十本近くある水筒に小分けし、氷水を満たしたたらいに並べてあら熱を取る。その間、下に降りていって、ガソリンスタンド内外の清掃だ。ガソリンスタンド自体の従業員は四人。シフトを組んで勤務しており、いつもだれかひとりが休日だった。

五十代で樽形《たるがた》をした体の玉田《たまだ》店長を筆頭に、四十代後半の男性でいつもおのれの博才のなさを恨んでいる西原《にしはら》、三十代半ばでバツイチ、派手目な女性の藤代《ふじしろ》、農家の次男で嫁探しにいそしんでいる二十代後半の鎌田《かまた》。こういった面々である。下ネタ話を好む傾向のある玉田店長にはときおり困惑したが、それを除けばみな付き合いやすい人たちだった。

ガソリンスタンドの仕事は苦にならなかった。店内とトイレ、整備場の掃除、大量のウェスタオルの洗濯、客に渡すポケットティッシュやキャンディー、ガムなどの補充。客の車を迎えて誘導し、窓を拭《ふ》いたり灰皿を綺麗《きれい》にしたりもする。洗車機にかけたあとの車内クリーニングもやる。まだ、給油機の操作やレジの操作はさせてもらえない。

朝いちばんの掃除を終えると、上に戻って麦茶の入った水筒を下に降ろす。階段しかないので、数往復しなくてはならない。台車に水筒をすべて載せ、出発。行き先はモウテルのフロント館である。鎌田が車で送ってやると申し出てくれたが、治子に却下された。免許がないのがいけないのだ、という理由一点からだった。

強い日差しが陽炎《かげろう》を作りはじめる。とぼとぼと台車を押していく。車だとすぐだが、歩くと十分はかかる。フロント館につき、麦茶を配達。ふみは当初、客に出す麦茶なのだろうと考えていた。のちにこれも久保田範子から聞くことになった。半分は客へのサービスだが、半分はモウテルの従業員に配分されているという。毎日あんなに飲んじゃうんですか、と尋ねてみた。

――外で働く人には半強制的なのよ。倒れられちゃ困るってオーナーがね。

――じゃあ、秋になったら終わるんですね。

――秋からは熱々のコーヒーがはじまるの。

一年中、台車を転がすわけか。雪が積もったらどうしよう。

毎日フロント館に通ううち、そこで飼われている茶虎の猫と仲良くなった。名前はタイガー。恐ろしく喧嘩《けんか》の強い半野良の猫だ。ふみはフロント館にいくたび、タイガーを撫《な》でてあげた。撫でながらこう話しかける。

——絶対どんちゃんには近づかないでね。

ガソリンスタンドでの仕事の合間を縫って、ふみは治子から言いつけられた所用をこなす。割合から言って、治子の所用の合間を縫ってガソリンスタンドの仕事をこなす、が正しいところだった。鎬岬のたもと、松林の中にある治子の家にいく。車は運転できないので移動は自転車だ。洗濯と掃除、十数羽いる鶏の世話、錦鯉《にしきごい》に餌やり。たまに布団干し。花壇への水やりや家庭用に育てている椎茸《しいたけ》の収穫もある。

週に三回、南の小集落間倉への用足しがある。治子は買い出しの運転係に、とふみを考えていたようだ。だからあんなに怒ったのだ。免許がないから買い出しへの同行はないのか、というとそうではない。荷物持ちにはなるだろう、と同行させられる。運転は治子自身が行う。

——立場が逆じゃないか。なんであたしが運転しなきゃなんないんだよ。

間倉では買い出し、診療所での診察や郵便局での用足し、モウテルやガソリンスタンド出入りの商店主たちとの商談、老人会主催のお茶会やらフィットネス講座、絵手紙講座などなどに連れ回される。いく先々で数十分、ときには一時間近い談笑の時間が待っていた。どこにいってもだれか必ず、治子の知人がいるのである。道ばたで出合った知人と井戸端会議を一時間、なんてこともあった。ふみはただひたすら、ときが過ぎるのを待つだけだ。

――これはうちの家政婦でね……。

治子は知人たちにふみをこう紹介した。そして、免許もない役立たずだと笑うのだった。

――親の顔を見てみたいもんだよまったくねえ。


今は頑張ってこの仕事にしがみつくしかない。ハローワークにいったところで、ろくな仕事は見つからない。いい仕事があったとしても、それは絶対ふみに回ってこない。

ただ、いい出会いもあった。井辺恵造という老人である。モウテルの支配人だが、気さくで偉ぶったところのない、気持ちのいい人だった。彼は日に幾度もガソリンスタンドへ顔を出す。ぶらぶらしているだけ、とは治子の弁だが、店のみなは恵造を歓迎し、下にも置かない。それはなぜか。恵造だけが、治子に一言言える人物だからだ。治子の独善や独断に、恵造だけがそれはおかしいとはっきり言える。治子は罵詈《ばり》雑言《ぞうごん》で応じるのだが、恵造にはまったく効かない。

――また恵造さんののれん戦法で頼むよ。

玉田店長の常套句《じょうとうく》だ。治子の雑言はのれんをくぐり抜けていく。のれんの先に、恵造という受け手はいない。のれん自体が恵造だからだ。のれんにはしっかりと、白抜きの文字が大きく並んでいるのだ。その端的なメッセージを、話し疲れ根負けした治子が受け入れてしまう。のれんには例えばこう書いてある。

——掛け売りカードの廃止はよくない。

倒産踏み倒しが数件続いたとき、業を煮やした治子が言い出した。気持ちは分からないでもないが、上客を逃す可能性も高かった。玉田店長が恵造に泣きつき、ことなきを得た。

——漬け物屋の試食活動を従業員に課すのはよくない。

治子が知り合いの漬け物屋から販促活動の相談を受け、スタンドへきた客に漬け物の試食をさせようとした。だれがそれをやるのか。当然、スタンドの従業員である。爪楊《つまよう》枝《じ》の刺さった漬け物をお盆に載せて給油中の客へ、おひとついかが、とお勧めする。給油機のそばで食品を扱うのはよくないと店長は粘ったが、治子は先方と約束してしまった、と譲らない。恵造の出番となった。

結果、漬け物は店内レジ横の物販コーナーへ並べられることになった。

恵造とはじめて話したのは、働きはじめて三日目の夕方だった。ふみはスタンド裏手の大きなゴミ収容箱へゴミを投げ入れ、蓋《ふた》を閉めようとした。ヒンジが曲がっているのか、なかなか蓋が閉まらない。しっかり閉めないと、夜の獣が寄ってくる。悪戦苦闘して、なんとか蓋を閉めた。

と、足下に獣の足跡。犬のような、猫のような。腰を屈《かが》めて眺めた。

——そりゃあタヌキだな。

背後から声がして震え上がった。声をかけてきたのが、恵造だった。

――タヌキですか。いるんですねこの辺に。

――なんでもいるぞ。きつねうさぎりすむささびやまねおこじょいたちしかくま……。

こうしてふみは恵造と知り合った。恵造は野生動物が好きなのだそうだ。昨日はタヌキが子育てしている穴を見に連れていってくれた。スタンド裏にほど近い藪《やぶ》の中に、巣穴があったのである。恵造とふたり、距離を置いてしばらく見守ったが、残念、その姿を見ることはできなかった。

――この辺りに畑が広がっていたころは、獣なんぞ殺して当然の敵だった。畑を守らなきゃなんねえからな。だが、ここらはもう畑をやめた。なら、ここは獣たちの楽園であるべきだ。

だが餌付《えづ》けは論外。これが恵造の持論だった。魚以外の動植物にはやたら詳しい優しいおじいさん。これがふみの恵造評である。こっそり大福をくれたりする。陽気のせいか、大福が少し生温かいのは気になるが。

そんな恵造でも、ふみの日課〝台車コロコロ〟にはなにも言ってくれない。こう言っただけだ。

――早く金貯めて免許を取りな。

店のみんなに治子と恵造の関係を尋ねてみたことがある。そのときは玉田店長、博打《ばくち》打ちの西原、嫁募集中の鎌田がいた。

親戚《しんせき》ではないとのこと。恵造は治子の自宅にほど近い林の中の離れに住んでいる。

――だからさ、いい仲だったんじゃねえのって話さ。

言い出したのは鎌田だった。そこから、みなが知っている情報を照らし合わせながらの昔話がはじまった。治子がこの地へきたのは七〇年代はじめのことだ。その当時でも広大な土地を持っていた仙波家の一人息子が、都会から嫁を連れて帰ってきた。嫁というのが治子だった。跡取りが帰ってきて喜んだ先代夫婦だったが、息子は農業に関心を示さず、リゾート開発を目論《もくろ》んだのである。原野の中に手始めとして三軒の丸木小屋を建て、人に貸しはじめた。ほどなくして、恵造が都会からやってきた。離れに住み込んだ恵造は、跡取り息子の商売を手伝いはじめた。

恵造について玉田は、跡取り息子の大学時代の友人と聞いた、と言い、西原は三人とも大学で知り合った親友だと聞いた、と言った。鎌田が混ぜっ返した。

――つまり三角関係ってことか？　恵造さんが追っかけてきた、と。

ふみはもう質問の答えを得ていた。端的に言って、古なじみ。治子が恵造の意見を無視できないのは、親交を結んだ当初からの関わり方が今に至るも続いている、というだけのことだ。

だが憶測がかなり混じった昔話は続く。

――すぐに跡取り息子が死んだんだよな。その直前に恵造さんがほかの女と結婚していて、陰じゃあ、あと少し待ってればオーナーをモノにできたのにって。

——おれは死んだあとに結婚したって聞いたぞ。

——どっちにしろ、あの家じゃ人がどんどん死んで、ふたりっきりになっちまうんだがな。恵造さんの嫁も早くに亡くなったんだっけ？

——違うよ。出てったんじゃなかったか。

噂や推測を幾つ集めても、信憑性《しんぴょうせい》が増すわけではない。ふみがそう学習できたいい例だった。

炊飯器から、かちん、と音がした。ご飯が炊けた音だ。炊きたてのご飯の香りは心安らぐ香りのはずだった。ソファにいる隼人が目に入る。

——ご飯が炊けたよ。

この台詞《せりふ》は本来、この世でもっとも慈愛に満ちた台詞のはずではなかったか。今は、もっとも口にしたくない台詞だった。

——分かってると思うが、おれはお前のガードだ。おれの言うことを聞けよ。

サイロに着いて二日目、住所変更などの用事があって、間倉へ向かっている車中、隼人がふみへ言った。

——お前は移動のたびにおれへ連絡しろ。ケイタイに思いつくだけの定型文を作っておけばいい。すぐメールで送信できる。連絡は迅速に頼むぜ。

隼人の右手は義手だが、彼は車を運転できた。ハンドルの右手を置く部分に、ベアリングがついた金具を固定し、右手の義手を嵌《は》め金具のついた運転用のものに付け替え、嵌め金具をベアリングに嵌めてハンドルを操作するのだった。

――聞いてんのか。

――はいはい。

――おれに生意気な態度を取るなよ。いざと言うとき――。

――裏切る？　大した奴ね。

隼人は荒く息をひといき吸い込み、呟《つぶや》いた。そんなわけないだろ。ふみの一言は隼人の自尊心をいたく傷つけたらしい。

――従順だろうと生意気だろうとそれが〃任務〃なら、当たり前にこなしてとうぜんじゃないの。自称プロなんだから。

――自称じゃねえ。嘗《な》めてると痛い目……。

これではまた同じ問答の繰り返しになると悟ったらしい。隼人は言葉を飲み込んだ。

――嘗めてるとなんだって？　オトウトクン？

――うるせえな、黙ってろ。あと、オトウトクンってのやめろよな。

自身で運転できないふみだが、助手席に座ったことは幾度もある。義手の関係で右手の位置が固定されているとはいえ、両手はがちがちである。腕の強《こわ》ばり、整いすぎている姿勢、落ち着かない視線。ふみから見れば、隼人は免許取り立てにしか見えない。

——若葉マークつけたほうがいいんじゃない。

いつもの威勢も、このときは本調子ではなかった。

——気が散るから黙っていろよ。

気が散るだって。隣の人と話す余裕もないのね。

せいぜい気をつけてもらおう。隼人は隣に恋人を乗せて車を走らせたことがないに違いない。

寒いほどクーラーが効いている車内。隼人の額に汗が一筋流れた。


ふみには自転車以外にアシがない。いちばん近い鉄道駅は西側の森の中にある無人駅だ。ふみは駅にいったことはないが、話に聞くと電車は日に四本しか止まらないそうだ。自転車なら三十分ほどで着くが、本数が少なすぎて使いづらい。

治子とでかけたときは、当然だが自分の買い物はできない。自然、家の買い物のときは、隼人に車の運転を頼むことになる。モウテルの売店だけでは、生活を維持していくのには無理があった。だから南の中心集落である間倉へ出かける必要がある。

車中ろくな会話はないものの、一緒にいる時間が長いと隼人にも慣れてくるものだ。

玄関が開き、奥野侑也が入ってきた。当初は青白い顔色だったが、今はすっかり日焼けしている。侑也はキッチンへきて、冷蔵庫から出したミネラルウォーターをコップに注ぎ、一気に飲み干した。

侑也がふみの対面に座った。

――今日も暑かったな。

――そうですね。

――ぶんちゃんは平気なのか。先祖は南国生まれだろうけど。

――平気です。

会話は途切れた。心の中で言う。ぶんちゃんじゃなくてどんちゃん。なぜか口にはできない。

緒方は侑也を家の外では父と呼べ、と命令してきた。この件について、侑也から打ち合わせめいた話はいっさいないまま、生活はスタートした。隼人本人はかなり嫌がっているが、ふみは隼人をオトウトクンと呼んでいる。こちらはなんの抵抗も感じない。だが〝父さん〟はかなりハードルが高い。実にしろ育てにしろ、ふみは父親を身近に感じて暮らしたことがないのも大きい。

ガソリンスタンドで働きはじめて五日後、はじめて侑也が給油にやってきた。新米のふみは元気よく飛び出し、客の車を迎えたのだが、そこでようやく侑也だと気づいた。なぜかパニックに陥りかけた。緒方は外では云々《うんぬん》などと言うが、実際暮らしはじめると、侑也と顔を合わせる機会はほとんどなかった。第三者がそばにいる中会ったのははじめてだった。

侑也はふみの表情を見て、心中を察したようである。窓を開け囁《ささや》いた。

——落ち着け。店の人におれを紹介しろ。ガソリンは……レギュラーを千円分。

お金ないんだこの人。巨額なスパイ手当を貰《もら》っているのかと……。妙な考えはすぐに振り払った。

やるしかない。西原と藤代がすぐそばまでやってきた。どうしようか。

——あの、ちょっといいですか。西原たちに声をかけた。

車を降りた侑也が、ふみの耳元に顔を寄せ囁いた。親父か親父さん、おれのことはそう呼べ。

西原と藤代がさらに寄ってきた。

——紹介します。この人……。

ここで親父はおかしいか。

——父です。

自己紹介の時間はあっという間に過ぎた。西原が給油口につき、藤代とふみが内外装のサービスをする。西原が話しはじめた。

——あのサイロに住んでいるんですって？　一度住んでみたいなと思ってたんですよ。住み心地はどうです。

——いいですよ。でも風の強い日は夜中など寝てられません。建物中が軋《きし》むんですから。息子や娘は平気でいびきかいてますがね、わたしは年のせいか眠りが浅くていけません。

あまりに自然にこなしている。これがスパイというやつか。自分も頑張らなくてはいけない。

——ふみ。

侑也から急に名前を呼ばれて飛び上がってしまった。はじめて名を呼ばれた。

——なに？……お、おとう……。

——ウォッシャー液足りているか見ておいてくれ。

侑也は言い置くと店内に入っていった。西原がボンネットを開けて中を改めた。

——ふみちゃん、ウォッシャー液頼む。

できれば店内に入りたくなかったが仕方がない。ふみはウォッシャー液を取りに店内へ戻った。中では侑也と玉田店長が談笑していた。予想通り玉田が言ってくる。

——お父さんなんだって？　はじめてお会いしたよ。

侑也が、ご挨拶《あいさつ》が遅くなりまして云々と答えた。

——いえいえ。モウテルでお仕事ですってね。

この会話では、特にふみは必要ないようだ。ふみはウォッシャー液を探した。確か青い半透明の波の模様の……。

——玉田の声が飛んできた。

——右横の籠《かご》だよ。

——はい。

見覚えのあるボトルを手にし、急いで外へ出た。ウォッシャー液を教えてもらうのは、確かこれで三度目だ。いい加減、ボトルの模様を覚えなくてはならない。ちらりと店の二階に視線が向かった。今ここで治子まで顔を出したらどうなるだろうか。父親と名乗る相手に対しても、ふみは役立たずだとはっきり口にするだろうか。

侑也はなにごともそつなくこなし、車に戻って去っていった。結局、このときは親父と呼ぶ機会はなかった。父さんよりはまだ呼びやすいと、侑也も気を遣ってくれたのだろうか。だが親父という呼称は、娘というより息子が使う呼称のような気がする。

この日から外では侑也を、親父または親父さんと呼ぶことが決まった。隼人はというと侑也を〝おっさん〟と呼んでいる。ふたりで打ち合わせしてそう決めたのかどうかは知らない。

心の中で言う。ぶんちゃんじゃなくてどんちゃん。なぜか口にはできない。

どんちゃんは侑也がきたことで目を覚ました。顔を左右に傾けて、ミネラルウォーターを飲む侑也の様子を探っている。やっぱり、どんちゃんもこの人が……怖いのだろうか。それとも飼い主である自分の感情を察知したのだろうか。

ふみは侑也に畏怖《いふ》を感じていた。彼は底の知れない薄気味悪さをまとっている。侑也に比べて隼人はなんでもない存在だった。隼人はただ、虚勢《きょせい》を張っているだけだ。支給品のパニックベルを、自分はこんなもの必要ない、と下駄箱《げたばこ》に放置してみせたりだとか。

底意地の悪さからくるというより、自分を実際以上に見せたがっているだけの子供だ。隼人は任務という言葉が好きらしい。任務をこなせば一人前、と考えている。面倒臭いこともあるし、本気で腹が立つこともあるが、恐れたことは一度もない。だが、侑也は違う。なにかが漂う。

殺気？　違う。もっと冷たいものだ……。考えてみる。侑也から漂ってくるものはなにか。熱く発散されているような、前向きのものではない。霊気？　違うけどちょっと近い。なにか、ネガティブで薄ら寒い感情……。

緒方が侑也について言ったことを思い返す。元警官、特殊部隊にいた、警備犬のハンドラーだった。こんなものだ。私生活に関する情報は聞かされていない。勘は鋭いほうだと自認している。侑也から漂ってくる雰囲気から、イメージを膨らませていった。

――死の臭い……この人は、死ぬことを考えている。死に場所を求めて、ここへきたのだろうか。先に逝《い》っただれかのもとへ、自分もいくことを望んでいる。だれを喪《うしな》ったのだろうか。

侑也が突然立ち上がった。なぜかふみの体が勝手に反応し、びくんとしてしまった。その様を侑也に見られた。侑也はなにも言わず、四階の自室へ上がっていった。ややあって降りてきた侑也がだれにともなく、中空へ言葉を放った。

「マクナイトと散歩にいってくる」

侑也はだれの返事も待たず、期待している様子もなく、外へと出ていった。

ふみは息をついて、背もたれに体を預けた。

——なにが死の臭いよ。

馬鹿な考えを振り払った。

——おせんべい事件を思い出せばいい。きっと、あの人はただの怒りんぼなだけだ。

ドーベルマンという犬とは、はじめて出会った。一言で言えば、かっこいい犬である。同時に、少し怖い。侑也から手を出すな、と言われていた。今、嚙《か》み癖を直しているところだとか。だが、そばに寄っていっても飛びかかってきたりはしない。ふみは毎晩、毎日の愚痴をどんちゃんに聞いてもらっていたが、その仲間に、マクナイトを加えたのだった。

マクナイトは居間の掃き出し窓の横手に作られた、六畳ほどの広さのケージの中にいた。ケージの中には犬小屋があり、日よけのよしずも立てかけられている。侑也がひとりでこしらえた場所だ。ふみが近づくと、マクナイトはおずおずと犬小屋から出てくる。ケージの際までくることはない。マクナイトは鼻をひくつかせ、一心に臭いを嗅《か》いでいる。

——どんちゃんが気になって仕方ないんでしょ。

どんちゃんは明らかに緊張気味だ。幾ら頼んでも、十八番《おはこ》の歌を歌ってはくれない。仕方がないので、ふみはマクナイトとどんちゃんに、日々の愚痴を語る。玉田店長の下ネタ攻撃、色目を使ってくる鎌田。台車を押して歩く炎天下の道。他人の面前で役立たず呼ばわりされる情けなさ。

家の中で気がつくことも聞いてもらう。水が飛び散ったまま放置された洗面台やキッチンの流し。床に落ちてへばりついたままになっている練り歯磨き。小便が飛び散ったトイレ。トイレの隅に放置してあるトイレットペーパーの芯《しん》。一言の断りもなく消えていく菓子やジュース。放り投げたのだろう、洗濯機のそばに落ちている靴下。汗や脂でべたべたの素足で歩き回る隼人。つい数日前まで赤の他人だった男たちの下着を洗わなければならない惨めさ。役割を厳命されたとはいえ、なにも手伝おうとしない男ふたり。テレビは自分のものとでも思っている隼人。台拭《だいふ》きがありながら、なんにでもティッシュペーパーを使い無駄なゴミを増やす侑也。

そして、マクナイトのことになると一気に怒りんぼになる侑也。ちょっとせんべいをあげただけだった。それを侑也に見つかった。大したことではないと思った。とりなしの笑みを浮かべ、言った。

――おやつをあげようと思って……。

ふみの言葉は乱暴に遮られた。

――そういうのはいっさいやめてくれ。

笑顔は凍りついた。冷徹な瞳《ひとみ》がふみを見下ろしてくる。

――人間の食べ物は犬の内臓によくない。前に話さなかったか。

――はい。聞きました……でも薄味だしいいかなと……。

──薄味だろうが濃い味だろうが、それは人間の食べ物だ。そうだろう？

──はい。

──ならやめてくれ。おやつをあげたいなら、犬用のクッキーがあるからそれを。すみません。呟《つぶや》いてその場をあとにした。


隼人が尋ねてきた。「飯、準備できたのか？」

「スープを温める」重い腰をやっと持ち上げた。ガスコンロに火をつける。

「やっぱり味噌汁《みそしる》じゃねえんだな。ま、徹底してるのはいいことだ」

環境の変化、変化からくるストレス。妙な反応が出てしまった。急に味噌の匂いが駄目になってしまった。なぜか胃にぐっとくる。

「コーヒーも用意してくれよ」

「勝手にどうぞ。お湯はすぐ出るんだから」

隼人はなにか言ったが、なんと言ったかは聞き取れなかった。

コーヒーと言えば不思議なものだ。味噌汁が駄目になったが、コーヒーの香りが大好きになった。以前はそれほどでもなかった。体が無意識にリラックス効果を求めているのだろうか。いずれにせよ、コーヒーだけは淹《い》れてやらない。一昨日《おととい》だったか、ふみの淹れたコーヒーを一口飲んだ侑也が呟いたのだ。

──薄いな……。

本人にしてみれば他意ない独り言だったのかも知れないが、しっかりその呟きはふみの耳に届いていた。ふみはそれ以降、意固地にもこの家でコーヒーを淹れないことにした。

短期間で終わった施設暮らしの日々。スタッフの中に大人の男もいたのだが、彼らは所詮《しょせん》、スタッフ集団の中の一部である。同居という意識は薄い。一日たりとも父親と暮らしたことのないふみが、大人の男と同居するのははじめての経験と言っていい。おじさんの生態がどんなものか、興味津々である。だから、侑也が居間にいるときはふみも居間にいる。恐れを抱きながらも、つい様子を観察してしまうのだった。

でも、コーヒーだけは淹れてやらない。おせんべい事件の復讐《ふくしゅう》である。淹れてやらないし自分で飲むこともしないがなぜか、香りだけは嗅ぎたいふみだった。

4

隼人は食卓についた。

ホッケの一夜干し、ほうれん草のおひたし、タマネギとキュウリと海藻の酢の物、カブの漬け物、卵スープ。ここへきて二週間目の日曜。夕食の献立である。

隼人からすれば、ふみはろくな料理が作れない女だ。凝った料理の出てきた例《ためし》がない。魚か肉を使ったメインのおかず一品、野菜を使った副食一品か二品、スーパーで買ってきた漬け物一品、そしてスープ。毎朝毎晩、この繰り返しである。毎日定食屋のまかないを食べている気分になる。魚は焼き魚だけだし、肉は焼いてざっと味つけしたものしか出てこない。ちなみにゆうべの夕食は豚肉だったが、ただ焼いてケチャップをまぶしたものだった。肉を柔らかくするために料理酒やみりんを使う、という気遣いもない。筋切りを入れている節もない。

まあ、まずくはないが。それに、作ってもらっている立場で文句を言うのはどうか、という常識もわきまえているつもりだ。

隼人が食卓につくと、ふみは鳥を連れて自室へと上がっていった。これも毎回同じである。

——あのおっさんがいるときは、なにかと一階にいるくせによ。

初日に緒方が、ふみを隼人の姉として設定したため、ふみは姉として振る舞い、隼人に対して小生意気な言動をする。

——なにがオトウトクンだよ。

二日目、買い出しや役場の手続きのため、南の中心集落である間倉に出かけたときのことだ。ふみは運転できないので隼人がハンドルを握るのは仕方ない。

——若葉マークつけたほうが、だと?……乗せてもらっているくせになんて言い草だ。

ふみの代わりに数々の買い物袋を運搬するのも仕方がない。普通は男が荷物持ちをするものだ。これぐらいの常識は心得ている。ふみは役場で、自分の分のすべての手続き書類の記入を隼人に押しつけた。めまいがする、などと言い訳してベンチに座り、自身は缶ジュースを飲んでいた。

この女はとんでもないわがまま女だ。先が思いやられる。そのときはそう思った。二週間が経った今、ふみという女がよく分からない。あのときのわがままぶりが再現されることはなかった。

――ところどころ、ヌケているときはあるけどな。

いわゆる〝月のモノ〟がきて、ほんとうに気分が悪かっただけかも知れない。

独り、夕食を食べた。右手がないので、今では文字を書くのも箸《はし》を使うのも左手である。本来は右利きなので、慣れるまでには随分苦労した。隼人は左手で右手の指を一本ずつ動かし、茶碗《ちゃわん》を持っているように形を整えた。そして茶碗を右手で作った緩い輪へ納める。右手はいい具合に茶碗を保持した。指の各関節が再現され、好きな形に保持できるようになっていた。手のひら部分も本物のそれと同じように湾曲する。肌の質感も見事だ。いいものを支給してもらった。

――支給じゃないな。あの人はくれると言った。いい貰《もら》い物をしたよ、まったく。

おのおのの指を折りたためば、砕かれることのないカーボンファイバー製の拳《こぶし》ができあがる。軽くて丈夫。敵の顎《あご》を砕いてみたくなる。隼人を拾い上げてくれた作戦管理官は言っていた。

――今回の結果しだいでボーナスをやろう。筋繊維に流れる微弱電流を感知して指を自由自在に動かせる、人工筋肉仕様の義手だ。義手の世界のマセラティかブガッティかというものだ。

訓練しだいでは、ピアノだって弾けるという。ぜひその義手もモノにしたい。この作戦にリクルートされるまで使っていた義手は、ただ手を再現しただけの模型めいたものが一種と、用途に合わせて先端の金具を付け替えるタイプのものが一種だった。金具付け替えタイプは今も車を運転するときに使っている。新しい義手でもハンドルを握れないことはないが、保持力に少し不安があった。空滑りするのだ。だから運転のときだけは古い義手を使っていた。

現場最前線のお目付役である緒方という男とは、初日、空港に降り立ったときにはじめて顔を合わせた。隼人が与えられた任務は、葉山ふみの監視と警護である。

奥野侑也はNを都市伝説だと言ったが、隼人もそれには賛成だ。緒方だけが必死になっている。あるいは必死になったふりをしている。

——緒方にも分かっているんだ。自分の作戦がなんの成果も生まないだろうとね。

作戦管理官の言葉である。

——彼自身に責任はない。彼がN追跡班を任されたのは、なんの他意なきことだ。これを好機と考えて時間を有効に使うか、体面を気にして無駄なあがきをするか。どちらの道を取るかによって、彼の今後が決まる。彼も歴代のN担当者と同じように、捜査しているふりをして、空いた時間に昇任試験対策でもしていればよかったのだ。だが彼は別の道を選んだ。

――なにも得られないのが分かっているのに、ですか。

――彼はN追跡班そのものを潰《つぶ》してしまおうと考えているのかも知れない。架空の組織相手に人員、予算、時間が無駄に消費されるのを上層部へ見せつける。結果的にN追跡班が潰されれば、緒方は実働している別部署に異動できる。これは大がかりな転属願と言ってもいい。ただ、彼はやけを起こしているだけ、という可能性もあるがね。

人員、予算、時間を費やしながら、結局緒方の目的は自らの転属とは。なんて野郎だ。

サイロ初日の夜。隼人とふたりになった緒方が訊《き》いてきた。

――それで〝スカベンジャー〟についてだが。

――それについちゃおれの口からはなにも言えない。

――きみは勘違いしている。現場指揮官はこのわたしだ。

――とにかくおれはなにも言えない。そういう命令を受けているんだ。嘘だと思うなら確かめてみればいい。

緒方の瞳《ひとみ》に暗い影が躍る。瞳はこう伝えてきていた。この若造が。作戦管理官の言葉が蘇《よみがえ》る。

――緒方には要注意だ。漁夫の利を得ようと画策するかも知れない。我々の獲物を、という意味だ。気を許すな。

夕食を終わらせ、食器を流しに放り込んだ。これはサービスだ。ソファに腰を下ろし、テレビを見る。どのチャンネルもつまらない。隼人は風呂《ふろ》へ入ることにした。脱衣所にいきさっと服を脱ぎ、風呂場へ。まずはシャワーを浴びる。熱い湯がねばついた肌をそそいでいく。

——労働のあとのシャワーは、なにものにも代え難いな。

汗を流し、湯船に浸《つ》かった。ふみの入れる湯はいつも温《ぬる》めだが、これはこれでなかなかのものだ。風呂だけは合格点を出してやろう。首まで湯に浸かり、天を仰いだ。生き返っていく気分だ。

——早く秋にならないかな。

今よりは楽に仕事ができるだろう。と、途端に違う考えが浮かんだ。

——秋がきたらすぐ冬がくるんだな。夏の暑さと冬の寒さ、どっちがつらいだろう。防寒着だって全身いいものが支給されるに決まっている。寒ければ着込めばいい。夏の暑さだけはどうしようもない。ほぼ一日中、藪《やぶ》の中に潜んでいるとなればなおさらだ。

毎朝、隼人はふみが出かけるのに合わせて家を出る。ふみは自転車だが、隼人は小型RV車だ。ふみを追い越さないよう速度を調節しながら走る。ふみがガソリンスタンドへ入るのを確認してから街道に出てしばらく南下し、坂道を下って海岸へ降りる。崖《がけ》の際近くをガソリンスタンド近くまで戻り、車を停めて迷彩網を被《かぶ》せておく。崖上から垂らしてあるロープを使い、十五メートルほどある崖を登っていく。片腕しか使えないが、慣れたものである。

登り切るとそこは、街道側のガードレールと海側の崖に挟まれた、幅十メートルほどの細長い藪で、この中に隼人の仕事場である監視所があった。藪を透かして対面にガソリンスタンドが見える。監視所といっても広さは半畳ほどしかない。草色の短い紐《ひも》が無数に結びつけてある網で作られた、迷彩テントである。野生動物でさえそばを通っても気づかないというほど、周囲に馴染《なじ》んでいた。テントといっても網でできているので、雨も風も素通りだ。風に煽《あお》られ雨に打たれ、ヤブ蚊と戦いながらの日々である。一日の大半をここで過ごし、ふみを見守る。ふみが毎日作る弁当を食べるのも、ほぼ毎日ここでのことだ。ふみが作る弁当は、その日その日の余り物と冷凍物が詰め込まれた、ありあわせ見本と呼べる内容だった。

——まあいいさ。作ってもらっている立場だからな。

配置についてしばらくすると、ふみが現れる。ふみの日課、台車押しだ。隼人も藪の中をふみについて進む。台車押しが毎日なのは分かっているので、そのときにはもうギリースーツと呼ばれる迷彩服を着込んでいる。迷彩テントとほぼ同じ素材でできていて、着ている姿はやや滑稽《こっけい》めいたところがあるのだが、効果は抜群だった。迷彩テントと同じように、周囲の藪にふっと溶け込む。だが配慮は必要だった。藪にも植生や季節によって色に違いが出る。新緑色、枯れ葉色、その両方が混じったもの、雪色など、数種類のギリースーツが支給されていた。

やがてふみはモウテルフロント館の中へ消えていく。最初のころは入るとすぐ出てきたものだが、最近やけに遅いときがある。単眼鏡で覗《のぞ》いてみた。フロント館の女性と立ち話に花を咲かせている。ふみとフロント館の女性久保田範子が親密度を増していく様を、隼人は日々見守るはめになった。最近では、昼食を一緒に取ることもある。

——いい気なもんだぜ。

ふみの移動先は今のところ三ヵ所に限られていた。モウテルへのおつかい、仙波治子の自宅、もうひとつが間倉への買い出しと用足しである。ふみが仙波治子の自宅へ向かった場合は車を使う。極力ガソリンスタンド前とモウテル前を通らないよう、海岸を走るようにしていた。海岸から街道へ上がる小径《こみち》は、獣道じみたものを含めて無数にある。

唯一の遠出が間倉への買い出しである。単純計算すれば往復二十キロということになるが、実際はその程度では済まない。治子は集落内をあちらこちらと移動するのが常だった。

二週間、これまで緊急発報が必要な事態はひとつも起きていない。作戦管理官に対しては連絡を禁じられていた。連絡していいのはふたつの例外だけである。ひとつはふみの身に事変が起きた場合、もうひとつが隼人自身に事変が起きた場合だ。事変とはすなわち、命の危険ということである。以前、作戦管理官とはこんなやりとりをした。

——おれは奥野侑也にはノータッチでいいんですね。

——ノータッチどころか、あまり近づかないほうがいい。彼は彼で大きな餌だ。餌には深く食いついてもらわないとならん。でないと針のかかりが浅くなる。奴らは人の命を羽毛ほどの軽さでしか見ていない。あの餌が特別うまそうに見えるよう、こちらは細工を少々、というわけだ。

——おれが気にかけなくても、示威的監視がつくんですもんね。

——あんなものじゃ防ぎ切れないだろうが、人寄せにはなる。奥野と監視ふたり、計三人を始末するとなったら奴らにとっても大仕事だろう。ひとりふたりでやれる仕事じゃない。現場に集まる数が多ければ多いほど、それだけ獲物が増える。緒方は部下を失うだろうが、それはあちらの損失だ。責任も緒方が取る。いい乗り物を見つけたよ。運がよかった。管理官はそう言って笑った。命が犠牲になる可能性があるにも拘《かか》わらず、屈託したところがない。その様に隼人は一瞬悪寒を感じたものだった。

——あの……一寸の虫にもなんとかって言いますけど……。

——餌の命を気にする釣り人がどこにいるかね。

湯船から出て髪を洗いはじめた。髪を流したお湯に、ヤブ蚊の死骸《しがい》が二匹混ざっていた。

「最悪だな、くそ」

任務が終わったあと、自分はなにを得ているだろうか。ぼんやり考えた。最悪なのは、なにも得られずに終わることだ。管理官言うところのマセラティ級の義手だって、無条件というわけじゃない。なにか成果が必要だ。なにかを得たいなら、隼人は向こうの望むものを差し出さなくてはならない。これが大人の世界だ。

——わたしにはいろいろとコネがある。お前の望むものを用意できるだろう。わたしが口利きすれば、お前はもといた場所へ戻れる。

なにか成果が必要だ。管理官が認めるなにか。例えば。

——奴らのひとりふたり……この手で……。

そうなれば管理官は口封じの意味も込めて、隼人の望むものをくれるのではないか。

まずはふみにしっかり協力してもらわなくてはならない。数日前のもめ事を思い出した。自然、腹が立ってくる。ふみには移動することになったらメールをよこせ、と言い置いた。だがふみはメールを送ってこない。遅れるならまだいい。そもそも送ってこないのだ。

——忘れちゃうんだもの。しょうがないでしょ。

——しょうがないじゃすまないんだよ。こっちの身にもなれってんだ。

——行き先はほとんど決まってるんだし、どこいくかなんて、見てりゃわかるでしょ。

——メールもらったほうがこっちは楽だって言ってんだよ。あんたまさか、メールの送り方を知らないなんてことはないよな。学校いってないからって、メールぐらい送れるだろ普通。

ふみの表情が凍りついた。言い過ぎた、そう思いながらも、言葉がするすると滑り出ていく。

——だいたいよく就職できたよな。学歴欄になんて書いた？　最終学歴はどこよ。

ふみは口をつぐんで背を向け、自室へと消えていった。

確かに言い過ぎた。それは認める。でもいずれ、隼人がなぜメールに拘《こだわ》ったのか痛いほど分かる日がくる。そして、ふみは隼人に対して感謝しきれないほど感謝するだろう。

——忍び寄る刺客を、おれがやっつけてしまうんだからな。

そのときにはもう、オトウトクンなどとは呼ばせない。

——相手は……スカベンジャー。なんてきざな名前を名乗ってやがる。

管理官によればスカベンジャーとは、屍肉《しにく》喰らいという意味だとか。野生において捕食生物はプレデターと言うそうだ。奴らはある意味屍肉を喰らいもするが、一方で捕食者でもある。プレデターを名乗らなかったのはなぜだろう。

——有名すぎるあの映画のせいかもな。

体を洗い上げ、再び湯船へ飛び込んだ。

入浴を終えた隼人は居間のソファに戻った。だれもいない。玄関にいって様子を確かめた。侑也のスニーカーがなく、犬の散歩用リードもない。侑也はまだ帰っていない。

侑也がでかけた時間との兼ね合いを考え、今日は見合わせた。この二週間で隼人は、侑也の自室への侵入を三度、試みていた。二度は鍵《かぎ》がかかっていた。一度だけ、鍵をかけ忘れたのだろう、侵入することができた。

目的は、転向の予兆を探すことである。転向。平たく言えば裏切りのことだ。

緒方の部屋割りを受け入れたことが、あとから悔やまれる。隼人が二階、ふみが三階、侑也が四階。最上階への侵入は気を遣う。ふみが自室にいるときは最大限気配を消して階段を上がる必要があり、どんづまりの四階で侑也と鉢合わせしたら、どんな言い訳をしても怪しさ満点である。

なぜ自室の内偵が必要か、管理官がこう説明していた。

――奥野はかつて、公安部が禁輸品目の輸出に関して内偵していた某企業の、捜査情報売り渡しに関わったことがある。この事案は、警視庁内部の人間が複数関わっていたこともあり、内々に処理された。奥野はこの件がきっかけで警察を追われたのだ。

裏切りの前歴あり、と隼人の脳裏には刻印がなされた。

――奴は金で転ぶ人間ということだ。緒方が張り巡らせた監視網をかいくぐって、敵側と内通する可能性もある。その場合の彼の売り物は、ふみということになる。目を離すな。

緒方がなぜそんな男を選んだのか、理解に苦しむ。もっと言えば、緒方より年齢も立場も上らしい管理官が、緒方の選択を許しているのも同じく理解に苦しむ。管理官の懐は深い。すべては織り込み済みなのだろう。

隼人は侑也を、犬にしか興味のない人間嫌い、と考えていた。

──そりゃ、女房があんなことになれば、おかしくもなるか。

侑也の妻冬子は元警官だったそうだ。結婚後退職し家庭に入ったが、ほどなくして日本定住難民の支援活動を行うNPOに参加することになった。同じく元警官だった知り合いの女性に誘われたのだという。この選択がのちに、悲劇を生んだ。

ある日の朝、NPOの事務所に出てきた職員が、大量の血だまりをふたつ発見した。鑑定の結果、ひとりが冬子の血液で、もうひとりが冬子をこのNPOに誘った元女性警官のものだった。

前日の夜、事務所に最後まで残っていたのが彼女らふたりだった、と別の職員が証言している。当夜、推定される状況はこうだ。冬子が近くのコンビニエンスストアに夜食を買いにいっている間、事務所へ来客があり、第一の殺害が行われた。そのただ中に冬子が帰ってきてしまい、被害に遭った。

残された血液の量からふたりは〝命に関わる重大な損傷〟を負ったと推定される。そんな大怪我を負った状態で、ふたりは消えた。日本中、どこの病院にも運び込まれた形跡はない。はっきり言ってしまえば、ふたりは死んだ。なぜふたりが殺されなければならなかったのか、分かっていない。遺体が見つからないので、傷の状態を調べられない。ただ、部屋の乱れ具合や血液の飛沫《ひまつ》具合などから推測するに、ふたりともメッタ刺しの惨殺だったと思われる。

金銭が強奪された痕跡《こんせき》はない。女性ふたりのうちどちらかに強い恨みを抱いた者の犯行か、NPO活動そのものに対する不満からの犯行か。動機はふたつに絞られた。だが、なにも明らかにならないまま年月は流れ、今に至る。

事件当夜、侑也は極左団体へのがさ入れを支援するため、特殊装備部隊二小隊を率いて中部地方へ遠征中だった。翌朝、事件の報を受けた上司から連絡をもらうまで、なにも知らなかった。

隼人は、そのときの侑也の心情がどうだったのか、などということを推察したりはしない。したところでなんの意味もない。

時効が成立しているので、犯人が追及されることはない。


――だからって陰気なツラしてんじゃねえよ、おっさん。

世界の不幸をすべて背負ったような顔をして、見ていて苛々《いらいら》してくる。一度だけ果たせた侑也の自室への侵入。物が少ないので、捜索自体はすぐに終わった。目を引いたものはひとつだけ。女性が写っている一葉の写真だ。染み入るような儚《はかな》い笑みをたたえた、色白の女性だった。

そのとき直感が湧いた。この写真は見るべきではなかった、と。そして今、隼人の脳裏には女性の面影が焼きついて離れない。やはり写真を見るべきではなかったのだ。浅いえくぼが刻まれる優しげな笑顔と、凄惨《せいさん》な血しぶきが飛び散る殺人現場。あまりにも相容《あいい》れない光景。

侑也は、妻の血で形作られたおぞましい模様を、目にしたのだろうか。

「ああもう、どうでもいいっての――」大きく声を張り、思いを振り払った。どうでもいい、どうでもいい、そう何度も繰り返し口にした。

――あんたはまだましさ。おれに比べればな。妻と言っても所詮《しょせん》は他人だ。おれの場合は違う。おれの場合は……。

玄関の呼び鈴が鳴った。隼人が覚えている限り、はじめてのことだった。侑也のはずはない。侑也は呼び鈴など鳴らさない。立って玄関へ向かい、ドアを開けずに対応した。

「どちらさん？」

新聞勧誘だった「新しく引っ越してきたそうで。わたくし――」

面倒なのでこう言った。「決める権限がない。帰ってくれ」

「権限ですか。その権限とやらはだれが？」

「権限を持っているものはいない。それだけだ」

「ええと、お父さんかお母さん、います？」

愕然《がくぜん》とした。声だけでここの息子と判断され、頭に血が上った。「帰れよ。ぶちのめすぞ――」

ドアの外の気配が離れていった。

「アホが」呟《つぶや》きながらソファに戻る。と、階段口にふみが立っていた。

「なにをかりかりしてんのよ」

「うるせえ。かりかりなんてしてねえよ」

「してるじゃない」

「してねえ」

「ああいう態度してると、この家ごと悪い噂が流れちゃうよ」

「いいじゃねえか。ナメられるよかましだよ」

「あんたはいいかも知れないけど、あたしは困るのよ」

「なんでだよ」

「暮らしにくくなるでしょ」

「暮らすだって？」

「あんたは出てけばいいでしょうけど、あたしはここに住むんだから」

これまでこういう話を交わしたことはなかった。「……ここにか？」

「そうよ」

「なんで？」

「なんでって、そのためにここへきたんだもの」

「本気で言ってんのか」

「本気よ。なぜそんなにびっくりしてるの」

ふみの前歴は知っているつもりだ。ああいう前歴を持っているとはいえ、どこかに生活の基盤は持っているだろう、そんなふうに考えていた。長く暮らした街、友人、仕事仲間。ふみはすべてを断ち切って、ここで暮らそうとしている。

またも呼び鈴が鳴った。あんたはいい。ふみは低い声を隼人へ投げつけ、玄関へと向かった。

「どちらさまですか」

ドア越しのくぐもった声に隼人は聞き耳を立てた。

「アイノウキュウチワリの小島といいます――」

――なにを割るって？

ふみはなんの躊躇《ちゅうちょ》もなくドアを開けた。隼人の位置からは相手の風体は目にできない。声の感じからすると中年の男のようだった。

「こんばんは。アイノウキュウチワリサンジュウバンの小島です」

――外国語かよ。

「半月ほど前に越してきたオクノです」

「話は聞いてますよ。突然すみませんね――」中年男はしばらくふみと立ち話をし、帰った。

ドアを閉めたふみが言った。「建前だってさ」

「タテマエ？」

「来週の日曜十時から。都合がついたらきてくれって」

ふみがなにを言っているのか、隼人にはさっぱりだった。だが、ばれるわけにはいかない。

――建前上、なにかをするわけだな……なにをするんだ？

「で……どんなタテマエなんだ？」

「どんなって」ふみは隼人へ背を向けてキッチンへ歩き出していた。「建前なんて日本全国そう変わらないでしょ」

「そりゃそうだな……」

ふみは冷蔵庫を開けてオレンジジュースを手にした。「あんたメモってよ。あの人に渡すから」

「なんでおれが」

「それぐらいしてくれたっていいでしょ」

「自分でやれよ」

「あたしは今からあんたが食い散らかした食器を洗うんだけど」

「そんなのおれが自分でやったっていいんだ。緒方の指示で――」

「ぐだぐだ言ってないでメモして」ふみが流しの蛇口を捻《ひね》った。盛大に水が流れ出す。

「用意できた？　アイノウキュウチワリサンジュウバンの小島さんちで――」

「ちょっと待て――」そこらを引っかき回し、紙とペンを用意した。「いいぞ。アイノウキュウチ・ワリの――」

「違うよ。なに言ってんの」

「なにが？」

「キュウチ・ワリじゃなくてキュウ・チワリ。住所のことでしょ」

やっと分かった。記憶の隅にあった手がかりを引っこ抜いて、明るいところへ引きずり出す。

「九地割三十番の小島だな」

「そうそう」

「アイノウってどういう字だ」

ふみは一瞬言葉に詰まった。「知らない。自分で調べて」

「まあいいさ。ひらがなで書いておく」

「来週日曜十時から棟上げ式。餅《もち》まきやるって」

「棟上げ式だと？」

「そうよ」ふみは背中を向けたまま。「さっきからそう言ってるでしょ」

棟上げ式なら知っている。棟上げ式を建前と呼ぶとは、知らなかった。「……確認しただけだ」

恥をさらすところだった。紙へ情報を書きつけ、テーブルの上に置いた。そのままではどこかに飛んでいってしまうかも知れないので、とりあえず紙の上にテレビのリモコンを載せた。

口にしてはいけない一言が脳裏をよぎる。

――タテマエか。なんでふみが知っていておれが知らないんだ。普通逆だろ。

「でも、いくのか。棟上げ式」

「さあね。あの人しだいでしょ。ちゃんと書いた？」

「書いたよ」

「ありがとう、オトウトクン」

今、隼人の強面《こわもて》はふみに対する力を失っていた。「オトウトクンってのやめろっていつも――」

呼び鈴が鳴った。

「うるせえな。今夜はなんだよいったい」

「出てちょうだい。今度はちゃんと応対するんだよ」

「あんたもうるせえ。姉みたいな口ききやがって」

「建前上はあんたの姉でしょ」

「建前の話はもういい」腰を上げて玄関へ向かった。「うんざりだ」

隼人はなんの警戒もせずにドアを開けた。「だれ？」

夏の遅い日暮れが訪れた薄暗がり。数人の男たちの影があった。影のひとつが明かりの中に入ってきた。

「奥野侑也ってのはお前か」

――さて、どう答えたもんかな。

心が躍った。影の瞳《ひとみ》に滲《にじ》む剣呑《けんのん》さを眺めながら、隼人は考えていた。

――予想していたほどプロっぽくないが……。

くるものがきた。餌に食いついた獲物、一四目だ。

5

マクナイトはそこらの匂いを嗅《か》ぎ、必要と思った箇所にマーキングする。侑也はそれに根気よく付き合って、のろのろと歩みを進めていた。

――大丈夫。奇跡はきっと起きます……ある日突然にか、目に見えないくらい徐々にかは分かりませんがね。

ここへきて二日目のこと。宮田獣医師の言葉である。侑也はこれまで、奇跡の意味を考えたことはない。奇跡というものが宮田の言ったように、目に見えないくらい徐々に起きることもあるものなのか、侑也は知らない。ただ思う。俗な考えかもしれないが、奇跡はなんの前触れもなく起こるから、奇跡と呼ばれるのではないか。

では、この二週間で起きたマクナイトの小さな変化は、奇跡と言っていいのだろうか。いや、奇跡とは言えない。

――変化は変化。それだけのことだ。

侑也は、変化を促したものが、取るに足らない日常というものの積み重ねであることを、重々承知していた。

侑也がリードを手に近づくと、マクナイトは警戒しながらも近づいてくる。リードすなわち散歩、と分かっているのだ。犬は、そうと教えなくてもサンポという言葉を自然に覚えるそうだ。

マクナイトの首輪へリードを繋《つな》ぐのは造作なくできるが、体を撫《な》でようとすると嫌がり、嚙《か》みつくふりをする。こちらがすぐ手を離せば問題はない。そう。マクナイトの抗議は、空咬《からが》みとも言える、嚙みつく〝ふり〟になってきていた。変化のひとつがこれだった。本気で咬みつこうとすることがなくなってきたのだった。

外へ出た途端、マクナイトはいきたいところへ勝手にいこうとし、侑也の歩調に合わせようとは絶対にしない。力任せに誘導しながら、マクナイトとの散歩は進む。

数十メートル後方、監視の車がついてくる。侑也がサイロにいるときは、サイロからやや離れた藪《やぶ》に、車体を中程まで突っ込むように停め、じっとしている。今では、その存在をすっかり忘れてしまうことが多くなった。

街道を北へ。ゆるゆると歩いていく。マクナイトはときどき立ち止まり、風の匂いを嗅ぎ、遥《はる》か遠くの空へと視線を泳がせた。侑也が好きなマクナイトの、というか犬の仕草のひとつだった。

午後六時を過ぎ、ようやく夏の陽が終わりの気配を微《かす》かに醸しはじめる。車の通行は少ないものの、街道ではみなが飛ばす。マクナイトが飛び出さないよう、リードを短く調整した。

「あっ」あることを思い出し、つい声が出た。マクナイトがちらりと侑也を見た。すぐに何事もなかったように顔を背け、歩き出す。これも変化のひとつ。侑也が声を出すと、毎回ではないが、何事かと視線を向けてくれるようになった。

――当たり前の日常……。

宮田の言葉。宮田が予言した通り、マクナイトにとって、侑也のいる風景が当たり前になりつつあるのだろうか。そうであって欲しい。

そんな感慨に浸っていて、声を出した理由を危うく忘れるところだった。

――ぶんちゃんではなかった。どんちゃんだったな。

さっき、どんちゃんの名前を間違って呼んだ。ふみは呼び間違いを訂正しなかった。侑也のとっさの動きを見て震えた瞬間も、侑也の視界に入っていた。なにがそうさせるのか。年若い女性であるし、丁重に接しているつもりだ。少なくとも隼人よりは優しく接している。

だが、ふみの態度は侑也と隼人で明らかに違う。ふみは隼人へ、言いたいことを言い放つ。隼人も同じ調子で言い返す。簡単に言うと、ふたりは打ち解けていた。

一方の侑也は、ふみから怖がられ、隼人からは見下げられている。正直、理由が分からない。皮肉混じりに、ジェネレーション・ギャップってやつか、などと思う。

彼らは年が近いから近づきやすい。侑也は彼らの親ほどの年齢だ。遠ざけられて当たり前か。

あのふたりとはできるだけ関わらないでおこう、マクナイトだけを見つめて暮らそう。そう決めたはずだ。

――それでいい。今さら若造たちからなにを欲しがっている？　尊敬の念か？　親愛の情か？　馬鹿馬鹿しい。お前は幾つだ。

どうでもいいことだ。妙な思いを振り払った。隼人など、尊敬どころか、という話だ。隼人が侑也の自室を探っていることに、侑也は気づいていた。数日前、侑也の自室の床に間違いなく自分のものでない、汗と脂に汚れた裸足《はだし》の足跡が残されていた。裸足であること、足跡のサイズから、だれが歩き回ったのか予想はついた。

侑也は自室のドアノブとノブを固定しているアームの隙間に、接着剤を一滴垂らすようになった。だれかがノブを回せば接着剤が崩れる、という簡単な仕組みである。幾ら探られても見つかってまずいものはない。だが、気分はいささかよくない。ここ数日、接着剤に破損はない。

モウテルの前を過ぎ、十分ほど歩くと、風雪に晒《さら》され傷みの激しい〝鎬岬入り口〟の大看板が見えてきた。マクナイトを誘導し、街道から右に折れて鎬岬へ向かう。

中央線のない広めの舗装路を進んでいった。辺りは岩場がそここに散見でき、丈の低い松が目立つ。三分ほど歩くと、左方向へと緩やかなカーブを描く横道が現れる。侑也はこの道をいったことはないが、先の行き止まりになにがあるかは聞き知っていた。

モウテルのオーナー仙波治子と支配人井辺恵造の自宅である。侑也はまだ仙波治子と会っていない。モウテルの実務は恵造がすべて取り仕切っている。わざわざ自分が会う必要はないと考えているのだろう。

五分ほど歩くと、車が三十台は停められる開けた場所に出た。敷地の右端に軽食や土産物を出す小さな商店が二軒あるが、今はどちらも営業を終え、戸板を固く閉ざしている。店主たちは午後五時には店を閉め、帰ってしまうそうだ。行楽客の車は一台も停まっていない。

敷地を横断して、奥の門へと向かった。門はいつものように開いていた。風速十二メートルを超えると閉ざされる決まりになっている。監視の車が後方で停まった。この先は接触者など現れる隙のない場所と考えているのだろう。降りてまで追ってくることはなかった。門を通り抜けてしばらくいくと松林が突然消え、視界が大きく開けた。見渡す百八十度、海である。

切り立った崖《がけ》の上、幅一メートルほどの木道がくねりながら先へと続いていた。先端部までは百五十メートルほどだろうか。すっかり錆《さ》びついた鎖の手すりが、風に揺れている。右手側も左手側も、高さ二十メートル以上はあろうか、切り立った崖である。落ちたらただではすまない。

マクナイトを前に、軋《きし》む木道を進んでいった。マクナイトはやはり、高さに対する怯《おび》えをまったく見せない。マクナイトのしっかりとした足取りを背後から眺めた。臀部《でんぶ》の筋肉の動き。はじめて会ったときに比べ、肉がついて引き締まっている。

それぞれ高度も様子も違う雲たちが、夕日を受け、天空に美しいモザイクを描き出す。つい見とれてしまう。それなりに風光明媚《ふうこうめいび》と言っていい鎬岬だが、決定的ランドマークになれない悪条件が、風の問題だった。月ヶ原一帯が強風の名所と言われているが、鎬岬はその最たる場所だ。いつ突風が吹き抜けるか知れない場所で、数年に一度は転落事故が発生していた。役場は風速十二メートルを超えたら通行止めとする、と決めた。さきほどふたりが潜った門はそのためのものだ。

木道を渡りきると、恵造によれば〝鳥居に見えなくもないただの石門〟がそびえ立ち、石門を潜った先に、頑丈なコンクリート作りの灯台があった。灯台自体はもちろん立ち入り禁止で、古びた金網が灯台を囲っている。灯台の周りに遊歩道が作られ、ベンチが備えられており、水飲み場まで設置してあった。

ここが散歩の中間地点。風の強い日を除き、いつもここまできて休憩した。水飲み場から手のひらに水を汲《く》み、マクナイトへ差し出す。マクナイトは慎重な様子で近づいてきて、侑也の手から水を飲む。

侑也の手から水を飲むようになった。これも変化のひとつだった。あと、目立つ変化はひとつだけ。耳の内側に薬を塗るとき、暴れなくなったことである。かなりしみるでしょうと宮田獣医師は言っていたが、実際そうだったようで、マクナイトは暴れて嫌がった。耳に薬を塗る行為は、ほとんど毎回マクナイトと決闘をしているようなものだった。幸い、侑也が深刻な怪我を負うことはなかった。

今、マクナイトの耳はほぼ治りかけている。傷が治ってきたのでしみなくなったからだろう、マクナイトは暴れなくなっている。薬を塗るという行為が自分のためになる、と理解してくれていたらいちばんいいのだが。

侑也はベンチへ腰かけた。マクナイトはリードが許すいちばん遠い場所で、腰を下ろした。

風に吹かれ、流れる雲を眺める。

薬を塗ることでマクナイトの耳は治っていく。分かったことは、個体番号が読めないということだった。それらしき青黒い痕跡《こんせき》はあるが数字は読めない。だれかが意図的に入れ墨を焼いたらしい。疥癬《かいせん》とは様子の違うケロイド状の傷が、マクナイトの個体番号を消し去っていた。

――マクナイトくんは、だれかに虐待されていたふしがあります……。

マクナイトの耳を焼いた者が、マクナイトを虐待していた者と同一であると考えていけない理由は、今のところない。ケロイドに気づいたころから、侑也はモウテルの人々にそれとなく聞いて回った。マクナイトを虐待していた者がモウテルの中にいる可能性も考え、当初聞き込みは慎重に行った。だが、結論は簡単に得られた。

ときどき、地元の若者たちが現れ、マクナイトを借りていったという。

――若者っていっても、みんなこの地の感覚で言う若者ってこと。ほとんどは三十代よ。

モウテルフロントの久保田範子が教えてくれた。

マクナイトが連れていかれた先でなにをされていたのか、知る者はいなかった。夕方から夜にかけて連れていかれ、深夜に戻ってきたという。

遊び人を気取ったクズども。彼らをこう評したのは、フロント主任の稗田である。

モウテルの人たちに対して、こんなことを許していたのはどうか、という気持ちは湧く。だが、今責め立てても意味のないことだ。勝手に連れ出され勝手に戻されていたということだが、とにかく、毎回無事に生きて戻ってくる。問題視するほどのことではない、と思われたのだ。

——いつか非日常が日常に……。

彼らはマクナイトが連れ出されることに慣れてしまい、深刻に考えなかった。たとえある日を境にマクナイトが消えてしまったとしても、大した問題にはならなかっただろう。帰ってくるたびマクナイトが傷を負っていたとしても、それに気づく人間はいなかった。だれにも気づいてもらえないまま、ＶＷＤを抱えながら、必死に傷を舐《な》めていたのか。

——耳をやられたときは、つらかったろうな。

耳は、自分で舐めて癒《いや》すことができない。ただただ、痛みに耐えるしかなかっただろう。無口なマクナイトだが、呻《うめ》き声ぐらいは上げたかも知れない。みなが寝静まった深夜、だれの耳にも届かない、低く悲痛な呻き声を。このことを思うたび、侑也は自分でも驚くほどの憤怒《ふんぬ》に包まれる。自分の中に、燃えるものなどもうなにも残っていない。今まではそう思っていた。

宮田獣医師の助言通り、マクナイトの飼養届を出し、犬鑑札ももらった。マクナイトは公的にも侑也の家族である。それでよし、だ。

緒方に頼んだＤＮＡ登録の調査は、すでに結果が届いている。各団体、該当なし。血統書は残念だが諦《あきら》めるしかない。

マクナイトを連れて街道へ戻った。空は東のほうから青みを増していった。

車道ほどの幅のものから獣道めいた幅のものまで、海岸へ降りる道は無数に刻まれている。そのうちのひとつを無作為に選び、侑也は海岸へと降りた。監視車からひとりが降り、あとをついてきた。と言っても数百メートル後方にいて、それ以上は近づいてこない。無視できる距離だった。夕暮れの浜辺、ひとりきり、黒いスーツ、革靴。入水《じゅすい》自殺を疑われないよう祈る。

遥か遠くまで見通しがいいこの場所は、マクナイトも気に入っているようだった。足取りが楽しげだ。砂の感触が心地いいのだろう。砂浜を歩かせるのは脚を鍛えるのにもいいと思い、侑也は毎日マクナイトに砂浜を歩かせた。

だれもいない砂浜。マクナイトを放し、自由に走り回らせてやりたい。

そろそろ歩くだけでなく、走らせることを考えなくてはならない。リードをつけたままでは、マクナイトに不充分なスピードしか出せないし、侑也の体力もすぐに尽きる。こういう場合は自転車を使うのが定石だが、自転車への併走がしつけられている犬でなければ、危険過ぎてこの手は使えない。今のマクナイトでは、自転車の併走は無理だ。好き勝手に方向を変えるのが目に見えているマクナイトに、自転車に乗った侑也はすぐに引き倒されてしまうに違いない。

マクナイトが波打ち際に見つけた小さなヤドカリへ鼻をつきつけ、誰何《すいか》した。ヤドカリは逃走の一手に出た。マクナイトは前脚でヤドカリをつついた。ヤドカリは逃走作戦から一転、籠城《ろうじょう》作戦へと戦法を変えた。

唐突に思う。

——もう大丈夫じゃないか。

ケージの中だけとは言え、散歩のときは呼べば自ら近づいてくるようになった。侑也の手から水を飲むようになったし、薬の塗布も静かに受け入れるようになった。

ここで放しても、呼べば戻るのではないか。試してみたい思いが強く湧き上がってくる。

「マクナイト」マクナイトはふっと僅《わず》かにこちらへ顔を向け、再びヤドカリ攻略に取りかかった。「そんなもん食うなよ」

今度は片方の耳だけがこちらへ向いた。意味は分かっていないとしても、侑也の声がマクナイトに届いていることだけは確かだった。リードをたぐり、マクナイトへ近づいた。マクナイトはそばまできた侑也を横目で見やり、注意を向けた。侑也はリードを伝って手を這《は》わせ、マクナイトの首輪を摑《つか》んだ。毎日、リードを外すとき踏んできた手順である。マクナイトは予想した通り、抗《あらが》うそぶりを見せない。

侑也はリードの金具を外した。マクナイトは気づかない。侑也はマクナイトの背中を撫《な》でた。マクナイトが体をよじって侑也の手を避けた。と、リードが繋《つな》がっていないことに気づいた。

マクナイトは一瞬侑也の瞳《ひとみ》を見つめた。

「好きに走ってこい」

マクナイトの両耳が侑也へ向き、すぐに外側へと向き、また侑也へと向いた。

「ヤドカリなんかよりも凄《すご》いお宝が見つかるかも知れないぞ」

一瞬後、マクナイトは大きく中空へと身を捻《ひね》らせ、海岸を走り出した。

どこまでも、どこまでも走っていく。まだ体は万全とはいえないはずだがそれでも、犬の世界のサラブレッドと形容されることもあるドーベルマンは、素晴らしいフォームで駆けていく。

豆粒ほどにも小さくなったとき、侑也は声を張り上げた。「マクナイト――」

声は届いた。マクナイトは脚を止め、侑也を見た。「マクナイト――コイ――」

遠すぎてマクナイトの表情は分からない。

ほかの声符も試した。「マクナイト――オイデ――」

マクナイトは自分の足下の匂いを嗅《か》ぎ、また、侑也へと視線を向けた。

英語の声符も試す。「マクナイト――カム――」

海側から渡ってきた風が砂を巻き上げ、藍色《あいいろ》に染まった野原に波を打たせた。

マクナイトは体を翻し、駆けていった。侑也はもう、声をかけなかった。

マクナイトは振り向くことなく駆けていき、やがて、姿が見えなくなった。

6

来客を帰し、隼人はソファへ戻った。

ふみがキッチンから声をかけてくる。「なんだったの」

「なんでもない。おっさんに用があったらしい」

「友達？」

「あんなネクラに友達なんかいるかよ」

――奥野侑也ってのはお前か。

玄関先に現れいきなりお前呼ばわりする者が、セールスやご近所の挨拶《あいさつ》であるわけはない。だが、彼らは隼人が待ち望んでいた者たちではなかった。現れたのは車が二台に男が五人。見たところ全員二十代後半から三十代。車は型が古いものの、磨きあげられ、エアロパーツが仕込まれた、巨大な四輪駆動車だ。型が古い、でも必死に磨きあげられた車体、目立つエアロパーツ。隼人の目にはこう映る。

――田舎もんの馬鹿仕様車。

五人それぞれ、ジャージ姿かスウェット姿だった。隼人は自身の感想に幾つか形容詞を付け足した。

――田舎もんのヤンキーが資金に限りのある中、必死で仕上げた馬鹿仕様車。

馬鹿1を押しのけて、馬鹿2が近づいた。体だけは大きい。身長が百九十はある。

馬鹿2が馬鹿1へ言った。

――初対面でお前って失礼過ぎるだろう。

そして隼人へ向き直る。

――失礼だった。田舎もんでよ、礼儀がなってない。

冷笑が零《こぼ》れそうになったが、必死でこらえた。田舎に住む者ということと、礼儀知らずは同義語ではない。やはりこいつらは、馬鹿ファイブだ。

――おれは赤城《あかぎ》ってもんで、この土地のもんだ。奥野侑也さんはいるかい。

隼人が口を開こうとしたとき、馬鹿3がサイロの側面を覗《のぞ》きにいき、すぐに戻ってきた。

馬鹿2が言う。

――いない。犬小屋はある。やっぱりあいつここだぜ。

――奥野さんがモウテルから犬を一匹引き取ったって聞いたけど？

――それがなにか？

――やっぱりそうなんだな?

――で?

馬鹿2の眉間《みけん》に皺《しわ》が寄る。

――お前、客に対する口の利き方ってもんがあるだろ。

――お前もな。

馬鹿2の唇が歪《ゆが》んだ。

――てめえ……。

――なめてんのか、とかやめてくれよな。三十過ぎた大人が使う台詞《せりふ》じゃない。

馬鹿2が言葉に詰まった。隼人の見立て通り、馬鹿2は三十代というわけだ。隼人はもう、彼らのことなどどうでもよくなっていた。

――どっちにしろ今いない。犬連れて散歩に出てる。そのうち帰ってくるだろうよ。

隼人は言い捨て、ドアを閉めた。

しばらくその場で聞き耳を立てた。馬鹿2の隼人への雑言が聞こえたが、それも一瞬。車の音が聞こえてきて、すぐに彼らの気配は消えた。

――どうしたもんかな。

犬が奴らの仲間を咬《か》んだとか、そういうことだろうか。それとも、侑也が犬を盗んだと勘違いしている? いずれにしろ五人から漂ってくるものは、親睦《しんぼく》を深めたいなどという温《ぬく》いものでなかったのは確かだ。侑也へ警告してやったほうがいいだろうか。

答えはすぐ出た。

――放っておけ。あんな奴、少しは痛い目見たほうが……。

7

辺りはすっかり暗くなっていた。侑也はマクナイトを放した砂浜の同じ場所で、一時間待ち続けた。黒い影が走り寄ってくることはなかった。

雲の切れ間に、星々が煌《きら》めく。風が強くなりはじめていた。侑也は腰を上げ、歩き出した。崖《がけ》に刻まれた小径《こみち》を上がり、街道へ出た。車の通りはほとんどない。しばらく歩いて、フロント館へ立ち寄った。情けなさを押し殺し、マクナイトが逃げたことを告げ、見かけたら夜中でもいいので連絡をくれ、と頼んだ。

重く感じる脚をやっと動かし、再び街道を歩き出す。サイロへ続く横道へと辿《たど》り着いたが素通りし、ガソリンスタンドへ向かった。ガソリンスタンドの終業は午後八時。今は八時半。普段ならもう終業して明かりが消えているはずだが、大看板の明かりがまだ灯《とも》っている。

ガソリンスタンドへ着いた。終業は終業らしい。敷地を囲う鎖が、一ヵ所を除いて張り巡らされている。侑也が敷地に入っていくと、横手のトイレから博打《ばくち》打ち西原が出てきた。

「おう、奥野さん」

従業員たちとは世間話をする間柄になっていた。「こんばんは」

「なんか用かい」声を潜めた。「ならここでおれが聞いておく。今は中に入らないほうがいい」

「よくない？」

西原が未《いま》だ煌々《こうこう》と明かりの灯る店内を暗に示した。

「よくない連中が陣取っていてさ、気分悪くするぜ」

スタンドいちばんの若手鎌田がいるほか、数人の男たちの姿も見えた。

「あの馬鹿でかい四駆を乗り回してる連中でね、ここで人を待つって言ったっきり動かねえんだ。なんでも自分たちの自由になると思い込んでる」

「やくざなのか」

「何人かやくざの舎弟だった奴もいるそうだが、今じゃただの与太《よた》モンさ。この辺りを仕切ってるつもりの連中だ。今、鎌田が捕まってからかわれてる。おれは奴らが出ていくまで、ひたすら外を掃除するよ」

「たいへんだな……なんとかならないのか」

「嵐が去るまで待つだけだよ」

マクナイトを見かけたら連絡してくれ、と伝えた。連絡に必要ということで、互いの携帯番号を交換した。

店のドアが開き、ジャージの大男が大声を発した。「おおい、おっさん」

自分が呼ばれたと思った。が、西原がすぐに応じた。「なんだい」

「ちょっときてくれ」

それじゃ。西原は小走りで店へ向かっていった。

——仕切ってるつもりで商店に無理難題を吹っかける、か。椿三十郎の世界にきたつもりはなかったが。

侑也はきびすを返した。横道の入り口へ戻ったとき、携帯電話が鳴った。緒方からだった。

《犬、どうするつもりです？》

監視から緒方へ連絡がいったらしい。

「捜すさ」

《地元の警察に捜索させます》

「警察は犬なんか捜さない」

《こちらから一言言って、捜させますよ》

「なぜそこまでする？」

《犬が消えたら、あなたも消える。違いますか？》

緒方がマクナイトを気にする動機に、ようやく合点がいった。「そうだな……いる意味はない」

監視車が侑也の横を通り過ぎていった。これもいつものことだった。横道に入ると侑也を追い越し、しばらく先行した先で監視を続ける。
《地元警察へ圧力をかけます》
「やめろ。いらぬ詮索《せんさく》を招くぞ。犬一頭の過度な捜索のせいで……」
なぜ捜索をやめさせようとしているのか、とふいに思う。緒方の作戦がどうなろうと、侑也には関係ない。失敗した懲罰も、成功した報賞も、受け取るのは緒方だ。緒方を使ってマクナイトを捜させて結果なにが起きても、侑也が困ることはない。
「明日まで待つ。家に帰るかも知れない。あるいはもう帰っているかも知れない」
《了解しました》
通話が切れた。と、一瞬後には着信した。さっき話したばかりの西原からだった。
《奥野さんごめんな――》西原は狼狽《ろうばい》していた。《さっき言った連中が待ってたのって、あんたのことだったらしいんだ。うっかりあんたのこと聞かれて喋《しゃべ》っちまった――》
犬のことで用事がある、と男たちが待っていたのだという。
「いいんだ。会う予定だった」
《そうなのか？》
「ああ、こっちも話したかった。慌てることはないさ」
西原は落ち着きを取り戻した。《それならいいんだけど……揉《も》めそうなのか》
背後から車のヘッドライトが近づいてくる。

「犬の引き継ぎについて話があるだけだ。ようやく店閉められて、よかったな」

《まあ、それはそうだけどな》

さっさと帰るよ。西原はそう言い残し、電話を切った。

砂利を踏みしだくタイヤの音がしだいに大きくなっていく。やがて、巨大な四駆が侑也の面前まで迫り、停まった。

二台の四駆車から、ばらばらと五人の男たちが降りてきた。

中央にいる男が声をかけてきた。「あんたが奥野侑也って人？」

髪は古風なリーゼント気味のオールバックに仕上げている。額に刻まれた二本の深い皺と太い眉《まゆ》、がっしりとした顎《あご》を持つ、大銀杏《おおいちょう》が似合いそうな大男だった。

「おれは赤城ってもんだ。間納《あいのう》のほうでいろいろと手広くやってる」

──続きは、この辺りを仕切っている者だ、か？

赤城が続けた。「まあ、こう言っちゃあれだが、おれたちはこの辺りを仕切らせてもらってんだ」

一瞬、椿三十郎と名乗ってやろうかと考えた。くだらない、と自らを戒める。彼らに合わせてこちらも馬鹿になる必要はない。だいたい、彼がこの映画を知っているとは思えない。

「なにか用か？」

ふっと額の皺が深くなった。「あんたは新参者だから知らねえだろうが、この辺りでは年齢に関係なく、おれにはみな、敬語を使うんだ」

　何人かが含み笑いを漏らした。

「それは失礼した。なにか用か？」

　言って、自分を叱る。

　——今年の冬で生誕半世紀だ。年相応の対応をしろ。

　赤城は額に加え、眉根《まゆね》にも皺を寄せた。唇をねじ曲げ、無理に笑みを作った。

「まあ……こまけえことはいいんだけどな……」

　いちばん右端にいた上下安っぽい赤のジャージを着た男が、鋭い笑い声を発した。

「赤城、お前は引っ込んでろ」

　赤城と呼ばれた男がリーダーではないようだ。

「おれは上田《うえだ》ってもんだ。この辺締めてるって聞いて、つい強面《こわもて》作っちまったんだろ。リラックスしろよ。おれたちゃまっとうな市民。あんたと同じになな」

　上田はブラウンに染めた坊主頭を右手でしごいた。「おれの仕事は美容師さ。な？まっとうだろ。定職なしのチンピラはいない。安心してくれ」

　チンピラと呼ばれる種類の人間にも兼業家は多い。だが、この話題で長々と討論したところで時間の無駄だ。いちいち指摘はしなかった。

「用は？」冷静に、冷静に、そう自分に言い聞かせた。胸の奥で産まれた種火が血管を焼き破り、血流に乗って体中を巡りはじめていたからだった。理由はこの一点のみだ。

——ケロイド……耳のケロイド……。

彼らがマクナイトの耳を焼いたとは、まだ断定できない。だが、侑也の中の別人格が、彼らの仕業だと決めつけている。

——思う存分、のしてやれ。

別の侑也が呼びかけてくる。侑也は反論した。

——馬鹿を言うな。分別を失ってどうする。隼人じゃあるまいし。

侑也は体を巡る熱い炎に、新鮮な驚きを感じてもいた。

——怒りに任せて我を忘れようとしている。驚きだな……。

侑也は自分に問いかけた。

——お前……人を傷つけたくて仕方ないんじゃないのか。鬱憤《うっぷん》を晴らそうとしてないか。だれかを、肉の塊になるまでずたずたにしたいんじゃないのか。

マクナイトが逃げたことは鬱憤のひとつに違いない。だがこれは侑也のミスから発した事態だ。

上田が話していた。「モウテルに寄ったらよ、あんたがあの犬を連れてったって聞いたんでね。それできたんだ。今まで何回か、あの犬を借りてたんだよな。その話を通そうって、それだけのことさ——」

最大の鬱憤は、冬子とお腹の中の子が殺され、遺体は見つからず、犯人も見つからないことだ。納得はできない。事実と折り合いもつけられない。あまりの理不尽さに、神を呪う。

佑也は声を絞り出した。「犬を連れ出して、なにをする」

「ちょっとした余興だ。犬の精神安定にもいいと思うぞ。言ってみりゃ、運動会みたいなもんだな」

ほかのだれかが言った。「あのドーベルマンはエースだからな」

「なんのエースだ」

上田が言った。「この辺りの密《ひそ》かな伝統っていうかね。みんなが知ってるわけじゃないが」

「なにをやってるのかと訊《き》いている」

「闇闘犬だよ。酒飲んで、犬の戦いを眺めるのさ。金も賭《か》ける」

「……闇の闘犬」

「死ぬまでやるわけじゃねえし、犬対犬って決まってるわけでもねえ。大したことはないさ」

体の裡《うち》の炎がふっと消えた。と同時に、頭の中が冴《さ》え渡っていく。佑也は自分でも意識しないうちに、五人それぞれとの距離、それぞれの体格、ヘッドライトの角度など、あらゆるものを計算しはじめていた。

「犬対犬じゃなければ、なにをやるんだ」

上田が言った。「鶏とか猫とか、たまには野生のタヌキやキツネが手に入ることもある」

「襲わせるのか」

「人聞きの悪い。戦わせるのさ」

「戦うのを嫌がったら？」

「そのへんは競馬と同じだ。ムチを入れる」

「ムチを？」

「バッテリーに繋《つな》いだ電気のムチだ」

「耳を焼いたな？」

「ああ？」上田が一瞬思案顔になった。「ああ、あれな。あれはおれがやった。自由にしてやろうと思ってよ」

「自由？」

「耳に墨の番号なんて、囚人みてえじゃねえか。だから入れ墨を潰《つぶ》して自由にしてやったのさ」

マクナイトが死んだときの処理を考えてのことではないのか。ほかの犬なら野山に放り捨てればいいが、マクナイトには個体番号がある。第三者が遺体を見つけ、それが保健所へ運ばれれば、簡易ながら検査は行われる。個体番号があれば、飼い主を捜す調査がはじまる。

「電気のムチで……耳を焼いたのか？」

「ああ、そうだ……てめえ、なんだよその目は」

別の侑也が声高に叫んだ。

——やめろ。マクナイトはもう貸さない。こう宣言するだけで、事は終わる。

逃げ道は作ってやるべきか。助言に従い、侑也は言った。「犬はもう貸さない。話は終わりだ」

「おいおい」上田が嫌らしい笑みを漏らした。「そう結論を急ぐなって。月に一、二回でいいんだ。それにな、これで終わりじゃあの犬の勝ち逃げだ。納得しない仲間が出てくる」

「それはそっちの都合だ。おれにもマクナイトにも関係ない」

「おっさんよ」上田の瞳《ひとみ》に暗い影がよぎる。「あの犬はモウテルとおれたち、共同所有の犬なんだ。文句は言えねえんだよ」

「お前らは借りていただけだ。所有権などない」

「借りる権利はあったのさ」

「残念だがその権利は消滅した」勝手に彼女の名前を使わせてもらう。「オーナーの仙波治子さんに確かめてみろ」

上田が渋い顔をした。効果はあったようだ。「……あのばばあか」

「マクナイトはおれの犬だ。保健所に登録もしてある」我知らず含み笑いが漏れた。

「小学生の口げんかか?」

「登録なんかになんの意味もねえさ。どうしてもってんなら、買い取りってのはどうだ。そうだな……ざっと三十万でどうだ」

「ときどき借りていただけのお前に、なぜ金を払う？」

「おい──」上田の声に明らかな恫喝《どうかつ》の調子が表れた。「この土地で無事暮らしたいってんなら、あんまりなめた口利かないほうが身のためだぜ」

赤城が口を挟んだ。「あいつは稼ぎ頭なんだ。あいつがいないとなると、こっちも大損害を被る。あんたはある日急に落下傘みたいに降ってきた人間だろ。ここにはここの、伝統っていうか暮らしっていうか、そういうのがあるんだよ。犬をあんたが引き取る、もうだれにも貸さない、それはそれでいい。だが、あんたが降ってくる前の事情ってもんはあるさ。だからさ、ここは金で収めないか」

上田がにやついた。「赤城、いいこと言った。お前は今デカバカからバカデカに昇格したぞ。でかい馬鹿な奴から馬鹿にでかい奴へな」

赤城が薄く笑った。そのおぼつかない笑みには自嘲《じちょう》が入り交じっている。ふたりの関係性を見た気がした。

「金を払わないと言ったら？」

「そんときはおめえ……」上田が顎《あご》を突き出し、演技めいた強面を作った。「……あんた自身が困るか、あの犬が困るか」

「犬が困る？」

「朝起きたら、あんたのベッドの中に犬の生首が置いてあるかも知れない」

傑作なたとえ話とでも思ったのか、上田が声を上げて笑った。

「お前みたいなチンピラには、そんな仕事はこなせない」

上田が笑みを消した。

侑也は続けた。「映画だからあんなにあっさり描いてあったが、実際の仕事となると……」

——もういい……うんざりだ……。

「つまりお前は、犬を殺すと言っているのか」

「殺すとは言ってない。ある日死んでることもあるだろうよ、と言ってるだけだ」

侑也は話し合いを切り上げるため、誘い水を打った。

「おれの番がきたと考えていいのか？　おれはマクナイトの代理ということになるが」

上田は頓狂《とんきょう》な声を出した。「なんだ？」

「おれがお前の耳を焼く番がきた。順番から言ってそうだろう？　違うか？」

第三章

1

どんちゃんは朝の日課をこなしていた。喉《のど》の調子を確かめるように、歌を一曲歌うのである。ふみはキッチンの椅子に座り、観客役をしていた。この日、どんちゃんの一曲目は〝オブラディ・オブラダ〟だった。野太い声で囁《ささや》くように歌っている。この歌を教えたのはふみだ。ここで疑問がひとつ。オウムは人間の声質まで真似るのが普通だという。どんちゃんは十数曲歌えるが、みな歌声は野太い。

「あたしそんな声じゃないんだけど？　どんちゃん」

どんちゃんは歌うのをやめ、止まり木の端から端まで走り、お気に入りの台詞《せりふ》を喋《しゃべ》りはじめた。

「オンミツドウシン、ココロエノジョウ――」

「あんたそれ好きだねえ。どこがいいのよ」

「ワガイノチ、ワガモノトオモワズ……ブモンノギ……ドンチャン――」

「言うならちゃんと言ってよ。調子狂っちゃうでしょ」

「ドンチャン……ゴカメイ、イカニテモハタスベシ」

「あ、台詞何個か飛ばした。ずるだぞ今の」

「シシテシカバネヒロウモノナシ……シシテシカバネヒロウドンチャン」

聞いているこちらの意気も上がるような、あの壮大なオープニングテーマが蘇《よみがえ》ってくる。同時に〝蔦《つた》の家〟の居間の情景も。昼でも遮光カーテンを閉め切った薄明かりの中、音を絞ったテレビににじり寄って見つめたブラウン管。

友達だったコウクンとユッチャンの顔が思い浮かぶ。

ふと掃き出し窓に目が向いた。窓は開いているが、網戸は閉めてある。「もう……」

網戸の外から茶虎のタイガーが、じっとどんちゃんを見つめている。タイガーがくるのはこれで三回目だ。どうやらどんちゃんに目をつけたらしい。フロント館にいるときは愛くるしいが、窓の向こうにいるタイガーは狩人《かりゅうど》の目をしている。網戸を開けてまで入ってくることはないが、いつまでもそうとは限らない。

ふみは掃き出し窓まで歩いていき、駄目よ、と声をかけてレースのカーテンを閉めた。

どんちゃんが再び台詞を暗唱しはじめた。

「〝大江戸捜査網〟か？」侑也が帰ってきた。「おはよう」

「おはようございます」

侑也は薄く笑った。「そんな古いドラマを知っているのか」

「再放送をいつも見ていて、そのうち覚えちゃったんです」

「頭がいいんだな」

「マクナイトは帰ってきました？」

「いや」

毎朝、いちばん早く起きるのは侑也だった。毎日一時間からときには二時間近く、マクナイトを散歩に連れ出していたからだ。

「どうするんですか」

「警察と保健所に届け出る、ぐらいしか思いつかない」

侑也は見るからに気落ちしていた。マクナイトがいなくなったのは昨日だが、昨日は気落ちというより、怒っているように見えた。マクナイトに腹を立てたのか、自分に腹を立てたのか、判然としなかった。

──ゆうべ、なにかあったのかな。

マクナイト逃走以外に、である。

──鍵《かぎ》という鍵を閉めて、パニックベルとケイタイを握りしめていろ……。

そう言って突如隼人が家を出ていった。しばらくして、珍しいことに侑也と隼人、ふたり一緒に帰ってきた。そのときにはもう、ふたりの間でなにかが違っていた。

──違うな。なにかが違っていたのは隼人のほう。〝親父どの〟はただ怒っていただけ、機嫌が悪かっただけ。

隼人は所作そのものに変わったところはなく、ほとんど喋りさえしなかった。なのに、なにかが決定的に変わった。なにが変わったのか……。

隼人が降りてきた。いつも最後に隼人が起き出してくる。おれはガードだ、が聞いて呆《あき》れる。朝は何事も起きない、と決めてかかっているようだ。

侑也が隼人に言った。「おはよう」

隼人が返す。「どうも」

ふみが言う。「どうもじゃないでしょ」

隼人が口を開きかける。ふみは先んじた。「うるせえ、は聞き飽きた」

隼人は不機嫌そうに唇を結び、侑也を一瞥《いちべつ》してからソファへと歩いていき、テレビをつけた。

――分かった。なにが変わったのか、分かった。

一瞥。これだ。これが今までと違う。これまで隼人は侑也を無視してきた。ほんとうのところは分からないが、無視しているように見えていた。だが、ゆうべから様子が変わった。

――隼人が親父どのを気にするようになった。

侑也が動くと隼人の視線がそれを追う。ほんの一瞬のことだが、侑也の挙動に注意を向けるようになったのだ。なにがあったのだろう。喧嘩《けんか》でもしたのだろうか。

――で、隼人がこてんぱんにやられた。いい気味だ。

ふみは朝食の配膳《はいぜん》をはじめた。侑也が自室へと上がっていく。ふみはふと隼人を見た。

隼人は侑也の背中を密《ひそ》かに見送っていた。その隼人と目が合った。

隼人が言った。「なんだよ」

「そっちこそなんだよ」

「うるせえ」隼人がテレビに視線を戻した。

その瞬間、別の閃《ひらめ》きがふみへと降りてきた。

――もしかして隼人も……あの人を怖がっているんじゃ……。

と、レースのカーテン越しに窓の向こうを黒い大きな影が横切るのが目に入った。

「あれ――」

「なんだよ」

隼人を放っておいて玄関へ向かい、外へ飛び出した。マクナイトがケージのそばにいる。

「マクナイト」呼ぶと、ゆっくり近づいてきた。侑也がいつもやっているように、そっと首輪を摑《つか》んだ。掃き出し窓へ向けて声を張った。「隼人――隼人――」

レースのカーテンが乱暴に引き開けられた。「なんだよ」

「マクナイトが帰ってきたって、親父どのに伝えて」

「なんでおれが――」

「いいから早く」

ぶつくさ言いながら隼人は姿を消した。

ふみはマクナイトをケージに入れようとするが、うまくいかない。「言うこときいて」

つい〝普通〟の犬へやるように頭を撫《な》でた。あっと思って手を引っ込めたが、マクナイトは平然としている。どうした、と言わんばかりに見上げてきた。そっと手を伸ばし、マクナイトの首筋に触れた。マクナイトが荒ぶるようなことはなかった。

「噛《か》み癖は直ってたんだね。ほれほれ——」あとはもう、くしゃくしゃである。マクナイトは舌を出して荒い息をしながら、ふみにされるがままだ。ふみは甘い声でマクナイトに話しかけた。「マクちゃんいいこでちゅねえ、お家分かったの？　えらいねえ——」

背後から声がかかった。「マクちゃんと呼ぶの、やめてくれ。マクナイトが混乱する」

ふみははっと背後を振り返った。侑也が立っていた。ふみはさっと手を引っ込めた。マクナイトが帰ってきたというのに、侑也の表情は強《こわ》ばっていた。

——そんなに悪いことをした？

「すみません」言ってきびすを返そうとしたふみの肩を、侑也がそっと摑んだ。

一瞬のうちに、侑也の表情が変わっていた。自嘲《じちょう》めいた笑みを浮かべている。

「別に怒ったわけじゃない。そう聞こえたら謝る。普通に話したつもりだった」

いえそんな。ふみは口の中でもごもご言い、目を伏せた。

「もっとくしゃくしゃに撫でてやってくれないか。マクナイトには大きなご褒美だ」

ふみの表情にも自然な明るさが戻った。「いいですよ」

ふみが両手を伸ばし、マクナイトの頭を撫で回した。断尾され四センチほどしかないマクナイトの尻尾《しっぽ》が、ぴこぴこ跳ねている。マクナイトがこんなに尻尾をふるのを、はじめて見た。侑也はその様子を黙って見つめている。

「親父どのも撫でてあげたら？」

侑也は不確かな笑みを浮かべて言った。「ああ……そうだな……」

──なんで親父どのは撫でてあげないのかな。

ひとしきり撫で上げたふみは立ち上がった。「帰ってきてくれてよかったですね」

「まったくだよ。警察と保健所に届ける手間が省けた」

「ご飯、できてますから」ふみがきびすを返した。背中に侑也の声が飛んできた。

「それともうひとつ──」

「はい？」

「ぶんちゃんじゃなくてどんちゃんだったな。間違えた」

「そんなこと……あたしは覚えてもいませんでした」

──ぶんちゃんじゃなくてどんちゃんだったな。

ふみはそんなことは覚えていないと答えたが、ほんとうはしっかり覚えていた。名前を間違われたこと、それを指摘できなかった自分。あの出来事は小さな傷になっていた。今朝、傷には絆創膏《ばんそうこう》が貼られた。傷自体は小さい。すぐにも治って、傷跡さえ残らないだろう。

かも。

　――侑也は、ほんとうはいい人なのかも知れない。こっちが勝手に怖がっているだけ
　今朝はマクナイトが帰ってきたし、侑也は優しい言葉をかけてくれたし、いいスタートだった。スタートはよくても、そのあとの展開は変わらない日常が繰り返される。ふみは今朝も、麦茶を煮出すことから仕事をはじめた。

　治子によれば、水出し麦茶は深みが出なくて全然駄目、だという。

　結局ふみは今日も、狭い給湯室で大汗をかきながら麦茶を煮出し、小分けするのだった。麦茶を台車に載せてモウテルまで歩いて届けた。今日は侑也同様、久保田範子も休みだった。ガソリンスタンドに帰ってくると、西原が近寄ってきた。

「ゆうべさ、奥野さん、なんともなかった？」

「えーと」怒っていたようには見えた。店のだれかと揉《も》めたのだろうか。「特になにも」

「ならいいんだ」

「なにか――」言おうとしていた台詞《せりふ》に一語修正を加えた。「父がご迷惑でも？」

「そんなんじゃない。ちょっとやな奴らが奥野さんに話があるってここで待ってて、奥野さんを追っかけていったからさ。なんかあったんじゃないかと」

「やな奴ら？」

「ほら、たまに給油しにくるだろう。前にも教えた大きな四駆の奴ら」

　思い出した。人相も所作もよくない男たちだった。店でいちばん若手の鎌田が、彼ら

を徹底的に嫌っていた。鎌田は彼らからいつも下品な冗談を浴びせられ、からかわれていた。

「犬のことで引き継ぎがあるって言ってたな」

「あの人たちが飼い主だったんですか」

「いや。ただときどきモウテルから借りていたらしい」

「なんのために？」

西原は声を潜めた。「ここだけの話だぞ――」

聞かされたのは、犬やその他の動物を使った闘犬の話だった。

「おれもほら、博打《ばくち》好きだろ？　だから一度だけ誘われていったことがある。おれは二度とごめんだね。見るに堪えないってやつさ。だけどそういうの、平気な奴らがいるんだよな」

それでだ。ゆうべ侑也は彼らから闘犬の話を聞いたのに違いない。だから怒っていたのだ。彼らとの話は無事収まったのだろうか。

――鍵という鍵を閉めて……。

昨夜隼人が言った言葉。侑也たちの話し合いに隼人も加わったに違いない。だからふたり一緒に帰ってきたのだ。西原が去るのを待って、ふみは携帯電話を手にし、登録番号の中から隼人の番号を選択した。耳を澄ます。向こうの茂みから着信音が聞こえてくるかと思ったのだ。だが隼人はそんなへまをしなかった。ふみの携帯電話から呼び出し音が聞こえてくるが、茂みからはなんの音も聞こえてこない。
五コールほどで隼人が出た。《なんだ、突然》
「ゆうべ、なんか揉めたんだって？」
《なんの話だよ》
「闘犬の話」
間があった。《だれから聞いた？》
「今ここで話してたでしょ。その人から。きみもその場にいたの？」
《まあな》
「無事済んだの？　話し合い」
《あんたは気にしなくていい》
「あらそう」ふみは隼人が潜んでいるであろう茂みへ向かって歩き出し、片手を口元に当ててメガホンを作った。大きく息を吸い込み、そして……。
《分かった分かった――》焦った声が届いてくる。《馬鹿な真似はするな》
「なにが馬鹿な真似よ。隠し事するほうが悪いの」
《なんだってんだ急に。あんなおっさん、あんたも無視してただろ》
「無視なんかしてない。接し方が分からないだけ」
《おっさんに聞いたらどうだ。切るぞ》
「ランチ一緒にしようよ。そのとき話そう」

《なに言ってんだ。おれは――》

「オトウクンなんだから、一緒にランチしててもおかしくないでしょ。一時過ぎぐらいに自然な感じでスタンドにきて」

ふみは勝手に電話を切った。抗議の返信が帰ってくるかと待ちながら仕事を再開したが、隼人から電話はかかってこなかった。

――そりゃたまにはゆっくりお昼したいよね。

隼人が疲労困憊《こんぱい》していることを、ふみは見抜いていた。

2

隼人は携帯電話をしまった。

嫌がってみせたものの、クーラーの効いた室内でのランチという申し出は、正直ありがたかった。今日も快晴の猛暑である。藪《やぶ》の中の小さなテントの中、隼人は小さな溜《た》め息をついた。

――さすがにしんどい……だいたい、おっさんやふみは休みがあるのに、おれだけ休みがない。交代要員を用意してくれるもんじゃないのか。

任務がはじまる前にこんなことを思ったことはなかった。今になって、体が悲鳴を上げはじめていた。月曜日の今日、侑也は休日。ふみは出勤である。

——まったく。なにが原因でイレギュラーが起きるか分かったもんじゃないな。

犬一頭のことでいい歳した大人がやりあうなど、想像の域を超えている。いつも侑也を追いかけ回している監視者たちにとっても想像の域を超えた事例だったのか、彼らが止めに入ることはなかった。ただ傍観していただけである。

——昨日犬が逃げたのは、なんと言ったか……思い出した、天の配剤ってやつだったのかもな。

侑也がマクナイトを連れていたら、ゆうべの展開は変わっていたかも知れない。どう変わっていたかは分からないが。とにかく、昨夜の出来事は隼人にある事実を突きつけた。

——おっさんがおれの役目を負ったらおれと同等、いや……認めたくないけど、おれ以上に完璧《かんぺき》な仕事をするだろう。

だからこそ、今まで以上に侑也には注意が必要だ。もし侑也が〝転向〟したら、その脅威は計り知れない。

——ただのロープワークだ。

尋ねた隼人に、侑也はそう言っていた。隼人は自分の右手に目を落とした。こんな手じゃ、あんなことはできない。

世に格闘技は数あれど、あんな戦い方ははじめて見た。

——鍵《かぎ》という鍵を閉めて、パニックベルとケイタイを握りしめていろ。

ふみへ言い置き、外へ出た。車に積んであるギリースーツを着込み、サイロ前の道をスタンド方向へと進んだ。スタンドへ着いたところで、彼らを見つけた。無料だし、テレビはあるしコーヒーサービスもある。時間を潰《つぶ》すにはいい場所だ。隼人はとって返し、茂みの中へ身を潜めた。ギリースーツ、加えて夜の闇。見分けるのはほぼ不可能といってよかった。

なぜこんなことをするのか。貸しを作るためだ。

——いつも馬鹿にした目でおれを見やがって……。

何事もないならないでいい。ばれないように帰るだけだ。もし揉めたらギリースーツを脱ぎ捨て、出ていって間に入る。侑也が窮地に陥るのを眺められるとは、心が躍る。

——おっさんの泣きっ面が見たいもんだ。そうなったら、おれが颯爽《さっそう》と現れて……。

こうして、隼人は侑也と上田たちのやりとりを藪の中から見物したのだった。どういうわけかマクナイトを連れていない侑也と、上田たちのやりとりが続く。

——おれがお前の耳を焼く番がきた……。

茂みの中にいる隼人は、新鮮な驚きを感じていた。それまでのやりとりはやりとりとして、最終的にはなんと侑也のほうから喧嘩《けんか》へ誘い込んだ形になったからだ。上田がほかの四人に目配せをした。三人が後方へ停めていた車に戻っていく。巨漢赤城はただ突っ立ったままだ。

上田がジャージのポケットに手を突っ込み手にしたものは、小ぶりのジャックナイフだった。ヘッドライトの光を受け、刃先が怪しく光る。

突進した上田の左手が侑也の胸ぐらを摑《つか》んだと同時、一瞬侑也が素早く両腕を動かした。と、上田が動きを止めた。隼人もなにが起きたかすぐには分からなかった。

上田がなにか叫んだが、なんと言ったかは聞き取れなかった。隼人は茂みを透かして目を凝らした。侑也が両腕でロープを引き絞っている。マクナイトの散歩に使うリードだ。リードはナイフを持った上田の右手首に一回巻きつき、上田の首の後ろを回って前へきて、再び上田の右手首に巻きついていた。侑也はこれだけのことをするのに、半秒も必要としなかった。

侑也がリードをぎりぎりと絞り上げると、上田の右手が顔に近づいていく。右手にはナイフを持ったままだ。上田が左手を使ってリードを解こうとしている。侑也がリードの持ち手である輪っかにつま先を引っかけ、地面に向けて踏み降ろした。その勢いで、上田の両手が自分の首の辺りまで引きつけられた。自分で持ったナイフの刃が自分の頬に触れている。

上田の後方にいた赤城がようやく動き出した。ふたりへ向かって進んでくる。侑也はそれを上田の肩越しに確認すると、上田の始末に入った。つま先を引っかけていたほうのリードを、上田の左膝《ひだりひざ》に一回巻きつけた。あとは、リードの両端を引き絞ったまま、背負い投げに近い形でぶん回したのである。

投げられた上田は頭から地面に突っ込んでいき、その場で動かなくなった。

侑也の背後に赤城が迫る。侑也は上田の体からリードを引き抜き、赤城と対峙《たいじ》した。赤城は太い腕を振り回して殴りかかった。侑也は体を低くして赤城の右脇をすり抜けていく。と、ほぼ同時に侑也はリードの留め金具がついているほうを放った。

留め金具の重みで遠心力のついたリードが、赤城の体を袈裟《けさ》に一周した。侑也は赤城の背後で留め金具を摑み、赤城を自らの腰に乗せ、ぶん投げた。仰向《あおむ》けに投げられた赤城は、後頭部から地面に突っ込んでいき、その場に横たわった。

車に戻った三人がそれぞれ長い得物を持って戻ったときには、すでにふたりが片付いていた。ふたりが片付くまで五秒とかかっていない。隼人はただ、驚嘆したまま推移を見守っていた。

それぞれ木刀を持ったふたりが同時に侑也へ突進した。侑也がまたも留め金具がついたほうを放った。金具はどこかに巻きつくことなく、片方の男の顔面へめり込んだ。男が叫び、体を屈《かが》めて顔を両手で覆う。

もう一方の男はそのときすでに木刀を上段に振りかざしていて、一瞬後、侑也へ一撃を加えてきた。

間に合わない、隼人は思った。侑也は体を反らしぎりぎりのところで木刀の一撃を避けた。木刀の先端が空を切って地面にめり込み、派手に土煙が上がった。

侑也が攻撃に出た。木刀を握ったままの男の両腕にリードを回し、一瞬きつく絞り上げてから、リードの端を男の左脚に巻きつけた。瞬《まばた》きしていると見逃すほどの速さだ。

侑也がリードの両端を絞り上げた。両腕と左脚を拘束された男がたたらを踏む。侑也が横方向へ男の体をぶん回した。未《いま》だ木刀を握ったままの男は、頭から車のフロントグリルへと叩《たた》きつけられ、ぐったりと地面に横たわった。

その背後に、顔面に金具の攻撃を受けた男が迫る。

侑也は金具を振り回して牽制《けんせい》を加え、男の脇へと飛び込みつつリードの持ち手に留め金具を通して、大きな輪を作った。男の脇をすり抜けながら、大きな輪を男の首へかけ、背後に回り込んでリードをぎりぎりと締め上げた。首を絞められ、男は木刀を取り落として悶絶《もんぜつ》しはじめた。

残ったあとひとりが、持っていた長物を地面に放り投げ、両手を振り回して侑也へ話しかけた。

——悪かったよ、そこまでしなくても……頼むからやめてくれ……。

隼人も侑也につい念を送っていた。もう離せ。殺しちまうぞ……。

数秒後、侑也はゆっくり力を抜いた。男が涎《よだれ》を垂らしながらくずおれた。

侑也が残った男に近づいていった。男は戦意を喪失しており、身を屈めて顔の前で両手を振っている。侑也と男は数語言葉を交わしたが、小さなやりとりだったのでなんと言っていたかは聞き取れなかった。

ふっと気配を感じた。隼人はさっと周囲へ視線を走らせた。そばにだれか、なにかの気配を感じた。一瞬視界の隅に黒い影が動いたような気がしたが、それがなにかは確かめられなかった。まあいい、熊でもなんでもきやがれ。隼人は視線を侑也たちへ戻した。

男がさっきまで自分で持っていた長物について、何事か説明している。侑也は話を聞き終わると、その長物を手にした。絶縁テープが巻かれた細長い棒のようなもので、先端の金具に二本のケーブルが取り付けられている。ケーブルが繋《つな》がっている先は、自動車用のバッテリーだった。肩にかけて持ち運べるよう、ストラップがつけられていた。

侑也は棒を右手に握り、バッテリーを左肩にかけ、横になったままの上田へと近づいた。侑也が手元のスイッチをいじった。破裂音とともに大きな火花が散った。侑也が上田の喉元《のどもと》を踏みつけ動けなくした。侑也は何事か囁《ささや》き、棒の先端を上田の右耳へと近づけていく。背後の男が懇願の声を張り上げた。

上田も必死に抗《あらが》っているが、喉《のど》を踏みつけられ、ろくに動くことができない。

棒の先端が、上田の耳に触れようとした。

ふと、気づく。隼人はヘッドライトのただ中にいた。面前には驚いた様子の侑也の顔があり、その後ろに懇願している泣き顔の男がいて、そこらに四人の男が転がっていた。

隼人は無意識に、侑也が手にしている棒を摑んでいた。

――それはやりすぎだぜ、おっさん。

侑也の顔から驚きが引いた。

――隼人か？

ギリースーツを着たままだった。これでは顔が分からない。顔の部分を脱いだ。

——気持ちは分かるけどやりすぎだ。頭に血が上っておかしくなっちまったのか。

侑也は自嘲《じちょう》気味に笑みを見せた。

——ああ……おかしくなっていたよ。

隼人は周囲に声を張った。

——さあさあ、このおっさんの決意は分かっただろ。犬っころ一匹のことで人を殺しかけるんだからな。おっかねえ奴だから近づかないほうが身のためだぞ。はい解散、解散。

隼人は侑也に目配せをして歩き出した。侑也があとをついてきた。

しばらく歩く。隼人のほうから話しかけた。

——あいつら、結局高みの見物だったたな。ほれ、監視の連中。止めに入るかと思ったけど。

——本筋に関わりのないことは無視するんだろう。

——頼りになる連中だな、まったく。

背後からエンジン音が聞こえてくる。ふたりは振り返った。上田たちが狭い道で車を無理矢理回し、帰っていった。

——殺しちまうかと思ったぞ。

——まさか。

——一瞬でも思わなかったか。

——思わなかった。ただ、あいつの耳を焼こうとは思った。

——まじで？

――ああ……隼人、ギリースーツを着込んでふみを守っているのか。

――そんなところさ。

――今までずっとひとりで？

――そうさ。

――妙な体制だな。

――妙？

――一家を装う潜入工作のはずだ。工作員のひとりに普通の生活を送らせずに、監視業務をさせるとは、体制がはじめから捻《ねじ》れている。

――そうかねえ。そうは思えないけど。

――お前を一日尾行すれば、こちらの偽装はすぐばれる。

――尾行なんかさせねえよ。

――分かっている。もし、されたらの場合だ。

隼人は立ち止まった。侑也もそれに合わせて止まった。

――さっきのあれ、すげえな。縄を使ったやつ。

――ただのロープワークだ。

――ただってことはないだろ。結局あんた、拳《こぶし》も蹴《け》りもまったく使わなかった。

――地面や車はおれの拳より硬いしな。ロープワークという技だ。昔からある捕り縄術が基本になっている。江戸時代の岡っ引きが使っていたやつだ。

——岡っ引きだ？　おれを担いでんだろ。

——ほんとうのことだ。刀を持たせて貰《もら》えなかった岡っ引きが十手術とともに使った捕縛技だ。のちに西洋の投げ縄技術や日本の柔道技が取り入れられて、ロープワーク、ということになる。

——あんたのいたところでは必修なのか。

——おれがいたころはそうだった。今は知らんよ。

——すれ違った女を一瞬にして亀甲《きっこう》縛りできそうだな。

——そんなことはできない。

——分かって言ってんだよ。冗談の通じねえおっさんだな。

隼人は再び歩き出した。侑也が背後から訊《き》いてきた。

——お前のところではロープワークを教えないのか。

——さあな。おれがいたころは教えなかった。今は知らんよ。

見せる気もなかったが突然そんな気になり、隼人は手のひらに収まるほどの木製スティックを取り出した。

——あんたがロープならおれはこれさ。

——ツボ押し棒か？

——そう思ってりゃいいさ。そのうち分かる。

隼人はスティックをしまった。

――お前、元はどこにいたんだ。

――おれは陸自にいた……。

うっかりしていた。念のため自分のことは一切明かさないつもりでいた。次は、陸自のどこだと訊いてくるはず、そう予想し心の中で身構えた。だが、侑也は違うことを言った。

――今日は助かった。礼を言うよ、ありがとう。

――なんだってんだ急に。

――確かにやりすぎた。お前が止めに入らなかったら、おれは奴の耳を焼いていた。

――礼なんていらねえよ。おれはあんたがチンピラたちにぎったんぎったんにされるのを見たくて、あそこにいたんだからな。

――またなにかあったら頼む。

――なにをだよ。

――やりすぎそうになったら、止めてくれ。

――そんなことおれに頼むなよ。いい年なんだから、自制くらい覚えてほしいね。

――これまで静かに暮らしてきたが、やはり、心のどこかで代償行為を求めていたんだと思う。

――なんの代償行為を求めてたってんだ。

――妻が殺されたこと、犯人が時効で逃げ切ったことだ。

——代償行為を求めている、か。

犯人は逃げ切った。神が罰を与えない限り、だれの手も犯人に届くことはない。

——おっさんはどこかぶっ壊れているんだ、きっと。

なにかプレッシャーがかかると、その壊れた部分が外側に現れてくるのだ。

——ぶっ壊れている？　てめえはどうなんだよ。

自問の声が湧いてくる。

——おれは普通だ。壊れている部分なんか……。

侑也は妻を理不尽に奪われた。隼人はどうだったか。隼人がかつて経験したことは、隼人の心のどこかを壊さなかったのか。

——おれは平気だ。あのときおれはまだほんの子供だった。なにも知らなかったんだ。

幼い隼人の命を奪おうと画策していた犯人は、今、拘置所の中にいる。隼人がその手にかかる直前、別の悪事が露見し、逮捕された。

犯人はふたりだった。ふたりとも死刑判決が確定し、拘置所でそのときを待つ日々を送っている。隼人が暮らしていた施設に、年に数回彼らから手紙がきた。当初は施設のスタッフが手紙を預かり、隠していた。隼人が中学校に上がった春、隠されていた隼人の出自がスタッフの口から明らかにされた。それまで隼人は、両親が交通事故で死んだ、と信じていた。

隼人を殺そうとした死刑囚ふたりとは、隼人の両親だった。

3

ふみは隼人が必ずくると確信していた。午後一時、隼人の車がガソリンスタンドへ入ってきた。

ランチといっても、場所はガソリンスタンド店内で、メニューはふみが作った弁当だった。玉田店長には事前に、弟がくるので食事の場所を借りたい、と許可をもらってあった。従業員たちの定位置であるカウンター近辺からいちばん離れた店の隅で、ふみと隼人は弁当を広げた。自然、やりとりは小声になる。店内は冷房が効き過ぎなほど効いている。

「生き返ったような顔してるね」

「うるせえ」

「うるせえっていうの、やめてくれない？」

「うるせえ」隼人は黙々と箸《はし》を使い続ける。「口癖なんだよ」

「こっちは聞き流していればいい？」

「そうだ」

「で、ゆうべの話は？」

「なんでそんなに聞きたいんだよ」

「前も言ったでしょ。あたしは静かに暮らしたいの。トラブルの種を知っておきたいってこと」

「しょうがねえな……おっさんとチンピラたちが揉《も》めたんだよ――」

隼人が詳細を話しはじめた。

ふみはどんどん質問を挟んだ。隼人はそのたび億劫《おっくう》がりながら、ふみの疑問を埋めていった。

「耳を？」

「自分でも言ってたけど、ありゃ本気だったね」

隼人がゆうべからどこか変わった、侑也に注意を向けるようになった、怖がっているのではないか。ふみの見立てはこうだった。話を聞いて、自分の見立ては間違っていないと確信を持てた。

隼人の口がこれまでになく滑らかだ。エアコンのせいなのか、とも思ったが考えをすぐに改めた。隼人だってだれかと話したいはず。サイロの三人はいきなり送り込まれた新参者だが、侑也は仕事があり、同僚もいる。ふみもそうだし、久保田範子という友達もできた。隼人だけがたったひとり、新しい出会いがまったくないまま、茂みの中に潜み続けている。加えて、疲れ切っているだろうし、自分以外のことだから話しやすいということもあるのだろう。

我ながらいいタイミングだった、と自分を褒めた。

「代償行為ねえ……」

「まあ、奥さんは戻らねえわけだし……犬がその代わりなんじゃないの。だから怒るわけだ。自分を見失っちまうほどにな」

「奥さんが戻らないってなに？」

「知らねえのか」

「知らない」

隼人は侑也の妻冬子の事件を語った。話を聞き終わったふみは、ただ黙るしかなかった。

隼人が呟《つぶや》いた。「気の毒は気の毒だけどよ、あんたがそんなに暗い顔しなくたっていいだろ……」

「それであの人、ちょっと怖いんだ」

隼人が鼻で笑った。「陰気なだけだよ……そうなるのもしょうがないけどな」

「遺体も見つからないなんて」ふみが侑也から嗅《か》ぎとった死の臭いの元がなにか、ようやく分かった。「あの人……死に場所を求めてここにきたのかな」

「冗談やめてくれよ。自殺なんかされたら、こっちにとっちゃいい迷惑だ。あの犬がいるうちはおっさんも妙な真似しないだろう。あのおっさん、キレたらえらいことになる。あんたも注意しとけよ」

「ロープ一本で五人倒しちゃうなんて、凄《すご》いね」

「正確には四人だけどな」

「でもさ、よく止めに入ったね」

隼人は答えず、箸を使い続けた。

――やっぱりだ。自分のことになると口が閉じる。

「あの人、感謝してたんでしょ。じゃあ作戦は成功じゃない。貸しをひとつ作ったんだから」

「とにかくおれは、あいつがぼこぼこにされるのを見たかっただけだ」

「前から思ってたんだけど、なんできみはあの人が嫌いなの？」

「あんたはどうなんだよ」

「どっちでもないけど」

「怖いって言ったじゃねえか」

「それは、あの人をまだよく知らないからよ」

「あいつ……」

「なに？」

「ハナからおれのことを馬鹿にしてる」

「なにか言われたの？」

「なにも。ただ感じるのさ。馬鹿にしてやがるなって」

「それはコンプレックスの裏返し？」

隼人が怪訝《けげん》な顔をした。「なんだと？」

「そんな気がしただけ」

「どういう意味だよ」

「怒んない？」

「怒る」

「じゃ話さない」

「怒らない。話せよ」

「なんの根拠もないのに馬鹿にされているって感じるのは、きみの中に思い当たるふしがあるからじゃないの」

怒声のひとつも飛んでくるかと思ったが、そうはならなかった。隼人は唇を曲げ、乾いた笑い声を発しただけだった。

「別に怒ってもいいけど？」

会話が途切れた。ふみは黙々と箸を使い続けた。外では玉田店長が水まきをはじめた。途端、小さな虹《にじ》が現れた。

「ご飯食べたら、隅っこにあるコイン洗車機で車洗えば？」

隼人が顔を上げた。「そんなに汚れてない」

「そうすれば、草むらの中にいる時間を少しでも短くできるでしょ」

「別にどうってことない。仕事だしな」思案顔をする。「でもまあ……たまにはいいか」

「洗車が趣味って感じの人がいてね。一日おきにくる人もいるんだよ」

「ああ、いるな。しょっちゅうきてる奴」

「きみもそんな感じで洗車にくればいい。一休みできるし」

「うーん」またも思案顔を浮かべたが、その表情は作り物めいていた。ふみの提案をありがたがっているように見える。「まあ、考えておく」

「疲れてるんでしょ」

「全然」

「あの家もエアコン入れてもらったほうがいいんじゃない？」

「あればあったでいいけどよ、夏はもうすぐ終わるよ」

「それもそうか……じゃあ来年の夏前にまた考えよう」

隼人が薄く笑った。「本気でここにずっと住むつもりなんだな」

「ほかに居場所ないもの。きみは違うかもしれないけど」

隼人はテーブルに肘《ひじ》をつき、弁当箱を見下ろした。冷凍物のブロッコリーをつきながら呟いた。「居場所か……居場所ね……」

「きみ言うところの任務が終わったらどうするの？　もといたところに戻る？　どこにいたのか知らないけどさ」

「もといたところには戻れ――」素早く言い換えた。「戻らない」

手を失ったせいで戻れないのか、とふみは推測した。「もといたところって、きみも警察？」

「違う」

「どこ？」

「どこだっていいだろ。なんでそんなに知りたがる？」

「せっかく知り合ったんだもの。興味湧くでしょ」

「あんたは恋人の過去に拘《こだわ》るタイプだな」

「きみはオトウトクンなんだから、今の場合は家族の過去ってことになる」

「家族の過去を知らないなんて奴が……いる場合もあるか……」

「そうそう。例えばあたし」

「おれも似たようなもん」

「そうなの」

「施設育ちさ」

「そうなんだ」ふみは席を立ち、無料サービスのアイスコーヒーを紙コップふたつに注いで、再び席へ戻った。「どうぞ」

「どうも」

ふみは食事を再開した。しばらく無言の時間が過ぎる。

隼人が唐突に口を開いた。「それで終わりか」

「なにが」

「質問タイムさ」

「答える気あるの？」

隼人は鼻で笑った。「ないけどな……ほかの奴はおれが施設育ちと知ると、遠慮するふりしつつ、いろいろ事情を聞きたがりもする」

「あ、それ分かる。あたしも施設にいたから。すぐ出ちゃったけど」

「どうして」

「なんか合わなくて」

「集団生活が苦手か？」

「そう」

「今も同居人がいるのは苦痛なのか」

「そうでもない。施設とはいろいろ違うもの。そりゃ最初は別の意味で苦痛だったけど、慣れるものなんだね」

「別の意味ね」またも鼻で笑う。「確かにな……いきなり他人と同居だもんな」

どうなることかと思った。一時は逃げようとも思った。結局、彼らとの生活に慣れてきた。あとは、サイロの中に漂う刺々《とげとげ》しさがなくなればいい。侑也と隼人が自然に仲よくなることはない、とふみは見ていた。だからふみが先陣を切って自分のドアを開けようと考えたのだった。

サイロの中の雰囲気をよくしたい。これはふみ自身の今後にとって重要なことだった。

隼人が言った。「十五歳だっけ？」

「施設に入ったの？　そう、十五。半年ぐらいで出ちゃった」

「早いな」

「どんちゃんを虐《いじ》める子がいて。やめてって何度も言ったけど聞かなくてさ。その子ぶん殴っちゃった」

隼人が破顔した。「あんたが？　そういうキャラ？」

「どんちゃんはあたしの家族だもの。あたしが戦わなくっちゃ」

「確かに」

「中学卒業して高校に進学しない場合は、施設を出て自活しないといけない決まりがあって――」

「おれんとこもそうだった」

「あたしは事情が事情だから特例措置がとられたんだけど、それでも出ちゃった。十六歳になってすぐ」

「なかなかなもんだ」

「褒め言葉？」

「そんなところ」

「ありがと」

「どうも……で、施設飛び出してどうやって暮らしてたんだ」

「路上ライブ」

隼人が目を丸くしてふみを見つめた。「冗談だろ」

「ほんとうよ。路上ライブをして、小銭稼いでいた」

「ライブって……歌を歌ってたのか」

「あたしだけじゃないけど。どんちゃんも一緒に」

隼人が頓狂《とんきょう》な声を出した。「あの鳥と？」

「あたしがギターを弾いて、歌って、どんちゃんが合いの手を入れる。どんちゃんひとりで一曲歌うこともある。そのときあたしはギター伴奏」

「どんな曲を？」

「欧米のスタンダードナンバーだけ。家に叔母《おば》が聴いていたコンピレーションアルバムがあって、それをコピーしたの。日本の歌は全然」

「ギターは独学？」

「独学だったりそうでなかったり」

「なんだそれ」

「教えてくれた人がいたの。でもその人も独学だから、結局めちゃくちゃ」

隼人が声を上げて笑った。「度胸があるな。それは認める」

「度胸なんて関係ないじゃない」

「いや、あるさ。普通の人はそんな選択しない」

「しょうがなかったの。きみもいつか言ってたけど、履歴書になんにも書くものないんだもの。バイトの面接なんて通らない」

隼人は急に仏頂面を作った。「あんときは本気で言ったわけじゃない。おれもちょっと苛々《いらいら》していて……」

「で？」

「で？」

「で」

「分かったよ……悪かった」

「許してあげる……バイトの面接は受けなかった。最初から選択肢になかった」

「学歴不問のとこだって多いし、小中学校は嘘書いても問い合わせなんかされないだろ」

「そうだったかも知れないけど、あのときは選択肢に入れなかったの」

「まあ今さらって話だしな」

「そう。今さらって話」

「今さらだけど、子供のころ、どんな暮らししてたんだ？」

「遠慮しつつも、知りたい？」

隼人は皮肉のこもった笑みを浮かべた。「やられた。これじゃ人のことをどうこう言えない」

「まあいいけど。話すつもりになってたし――」

ふみたちが暮らしていた家は、全面を蔦《つた》に覆われた小さな一軒家だった。軽自動車でも入り込めない狭い路地が入り組んでいる場所で、古くて小さな民家や町工場が密集していた。南側に古びたマンション、東西に町工場、北側に低所得者向け公団アパートと、家の四方は塞《ふさ》がれていた。どこを向いても高い塀、という立地だった。

近所からこの家は無視されていた。こちらが付き合いに応じないから当然の結果だった。ふみが十歳のころまでは、母も週の半分は家にいた。十歳を過ぎたころから母は家に帰らなくなり、実質ふみと叔母のふたり暮らしになっていた。

叔母は旅行やレジャーが好きな、活発な女性だったという。遠い南国の海でスキューバダイビング中、事故に遭った。脳へ重大な障害を負って日本に戻ってきたときには、四肢麻痺《まひ》で、意思の疎通もできない状態だった。

——四肢麻痺の女性が住んでいて、ときどき小さな女の子が様子を見にきている。

——いや、ふたりは親子。女の子は私立の学校に通っているから地元の公立学校とは縁がない。

——違う。本来の住所地がほかにあり、そっちの校区へ通っている。そのせいで女の子は公的にはこの町に住んでいない扱いになっている。

——いじめ被害から逃れるため、遠い校区に通っている。

いろいろな噂が流れた。ふみや母が意図的に流した噂はひとつもない。買い物に出かけたりゴミを出したりなど、日常の用足しがある以上、近所にふみの存在を隠すことはできない。多くの大人がふみという子供の存在を知っていたが、みながふみは〝地域の子供〟ではないと認識していた。あまりにも長きにわたったネグレクトだが、当局に通報されることはなかった。

週に数回、介護サービスのヘルパーがきていたが、ふみはその間、二階の押し入れで息を殺していた。本来なら子供は学校にいる時間だからだ。食事はほぼ自炊だった。母が食材宅配サービスを申し込んでいて、毎日三食分の食材が届いた。料理はふみがした。

ふみはねたきりの叔母の面倒を見ながら、どんちゃんとともに十五年を過ごした。

そんなふみにも友達がいた。コウクンとユッチャン。コウクンがふみと同い年の男の子で、ユッチャンがふたつ下の女の子。隣の公団アパートに住んでいた兄妹《きょうだい》である。

一日中つけっぱなしのテレビと、コウクン、ユッチャンのふたりがふみの教育係だった。集団生活をしたことがないふみだが、ふたりの兄妹のお陰でそれなりの社会性を身につけることができた。

コウクン、ユッチャンの家庭は、ふみのそれと似て非なるものだった。母子家庭で、母親は朝から晩まで働きづめだった。借金だらけ、とコウクンは言っていた。ふみと同じように兄妹も放っておかれていたが、ふみと兄妹には決定的な違いがあった。実存する母親、実感できる愛情の感覚である。ふみにはこのふたつが欠けていた。兄妹のアパートへ遊びにいった夕暮れ時、ちゃぶ台にラップをかけておいてある夕食の光景を、ふみは寂しく眺めたものだった。

ふみが六歳のころ、ユッチャンが飼い猫を追ってふみの家の庭に入り込んできたのがきっかけで、ユッチャンと知り合った。そのくらいの年齢の子供は仲良くなるのに時間はいらない。次の日からほぼ毎日ユッチャンが通うようになった。ふたりは、公団アパートの塀にできた穴を通路として、お互いの家を行き来し合った。

テレビの中でしか見たことのない友達というものが、ふみにもできた。ふみは教育テレビでやっていた幼児向けのミニドラマやアニメなどを参考に、はじめてできた友達と付き合った。

あるとき、ユッチャンがコウクンを連れてきた。コウクンともすぐに仲良くなった。三人はふみの秘密を、守らねばならない宝物のようにとらえていた。学校にいっていないふみは、兄妹からすれば自分たちだけが触れることのできる特別な存在であり、大人から守らねばならないと考えたのだ。だから兄妹の口からふみの異常な状態が大人たちに漏れることはなかった。のちに兄妹の母親と顔見知りになるのだが、それでもふみの秘密はばれなかった。私立学校にいっている、この一言で済んだ。

兄妹、特にコウクンはふみの秘密をうらやましがった。学校が大嫌いだったからだ。貧乏を理由になにかとからかわれ、虐められたそうだ。給食費の滞納者は、事情など斟《しん》酌《しゃく》されずに虐めの対象になるのだった。職員室とはいえ、ほかの児童がそばにいるときに教師が滞納の話をする。偶然話を聞きつけた児童から話は簡単に広まっていく。

コウクンはプライドの高い子供だった。黙ってやられているわけではない。コウクンの日常は生傷の絶えないものだった。ふみがコウクンの負った傷に絆創膏《ばんそうこう》を幾度貼ってやったか、数え切れない。

大江戸捜査網が好きだったのも、ギターの弾き方を教えてくれたのも、コウクンだった。

三人で辺りの路地を駆け回り、川に出かけて釣りをし、自転車の乗り方を教えてもらい、雨の日はふみの家でカード遊びや人形遊びをした。

そんな三人だったが、小学校高学年になるとまずコウクンが、しばらくしてユッチャンも、ふみの家から足が遠のいていった。ふたりとも、学校の友達との付き合いが大切なものになっていく。時間の多くがそのために割かれ、僅《わず》かな小遣いの使い道も変化していく。

コウクンは中学校に上がってからまったく姿を見せなくなり、ユッチャンは小学六年になった辺りで姿を見せなくなった。ふみは彼らが遊びにくるのを待ちながら、叔母とどんちゃんとの暮らしを静かに続けた。寂しかったが、自分にはどうしようもなかった。数度兄妹のアパートを訪ねたことがあったが、いつも不在だった。

近所への買い物の帰り、学校の友達と話しながら歩いていたユッチャンと鉢合わせしたことがある。ユッチャンとは確かに目が合った。ユッチャンはなにも見なかったように歩き去った。

子供時代にありがちな友人関係の切り替わりだが、そのときのふみはまだそれに気づかなかった。ユッチャンはふみの秘密を守るためにふみを無視したのだと思っていた。その数ヶ月後、家の近くの路地裏でユッチャンとばったり出会い、久しぶりに話をした。ユッチャンはよそよそしい態度を崩すことはなく、会話も弾まなかった。ユッチャンはコウクンをあいつ呼ばわりした。ふみの記憶にない呼び方だった。

――あいつはすっかりグレちゃって、学校にもあんまり通ってない。家にも寄りつかないしね。

不良グループに入り、警察の世話になったこともあるという。

――ふみちゃんが学校に通っていないのって、やっぱり異常なことだと思う。母さんかだれかにちゃんと言ったほうがいいと思う。

ユッチャンは大人びた口調でそう言い、歩き去った。じゃあまた、と呟《つぶや》いて。じゃあまた、の機会はそれ以来一度もこなかった。ふみはようやく友達関係が終わったことを悟った。ユッチャンの助言ももっともだ、と思うようにもなっていた。だが、母さんもほかのだれかも、ふみのそばにはひとりとしていなかった。叔母《おば》もどんちゃんも、他人と意思の疎通ができない。

どんちゃんに歌を聴かせ、叔母におかゆを食べさせ、テレビはつけっぱなし。外に出かけるのは足りない食材の買い出しとゴミ出しだけ、というかつての生活が戻ってきた。

いつまで続くのか、と今まで抱いたことのない疑問がふみの心に取りついた。終わったら先、どうなるのか。自分も学校に通える日がくるのか。あんなかわいい制服を着てみたい。

かつてふみはコウクンとユッチャンにとって特別な宝物だった。宝物は時とともに変質し、異様な遺失物になった。その存在の異様さから漂う禍々《まがまが》しい匂いを嗅《か》ぎたくない。目を逸《そ》らしたい。存在に蓋《ふた》をしたい。彼らはふみに触れるのを避けるため、離れていったのだ。

ふみが十五歳になる年の春、そんな悲しい事実を悟ったのだった。

同じ年の秋、叔母が息をしなくなった。母には連絡がつかず、救急車を呼んだ。これがきっかけとなり、ふみは光の中におずおずと踏み出すこととなった。

叔母が自らの命をもって、ふみを光の当たる場所に導いたとも言えた。


「施設に収容され、今に至る……こんなところね」

「施設を出て独り暮らし？」

「どうしても出たいっていうなら仕方ないって、施設の人が口添えしてくれたお陰でアパートを借りられた。風呂《ふろ》なしトイレ共同の酷《ひど》いところだったけど、家賃が安いし、どんちゃんと暮らしてもいいって条件だったし、我慢した」

「住んでいた家は？　処分したのなら金が入ってきたろう？」

「家の名義は叔母だったんだけど、母の代理人が突然現れて、処分の手続きをして、あとはそれっきり。母が属していた団体の人だった」

「金はどこにいった？」

「さあね。うまく掠《かす》め取られたってところじゃないかな」

「母親は？」

「何年か刑務所にいて、出てきたときには体中ガンだらけ。もう長くないってさ」

「その……あれか……やっぱり母親を恨んでるだろ」

「うーん……別に」

「どうしてだよ」小声ながら語気が強くなった。「ひでえ親じゃねえか」

「母親に向いてなかったんでしょ、きっと」

「そんなに簡単にかたづけられるかよ」

——ほんとうは……苦しんで苦しみ抜いて死ねばいいと思ってる。

ふみの母が一般的な母親像からかけ離れているために感じる恨みだった。その意味でふみは母を恨んでいる。だが一方、恨みの感情は不確かだった。ふみは母がどんな人物かよく知らない。母とのエピソードも僅かだ。母を知らないせいで、母への恨みの感情はふわふわふわしていた。

根拠はないが、ふみと同様施設育ちだという隼人には、恨みの感情を打ち明けないほうがいいように思えた。

「あんた、父親とは会ったことないんだな」

「うん。警察の話ではあたしは私生児だったらしい。父親には別に正式な家庭があったそうよ」

「まったく、どいつもこいつも、だな」

「そうね。どいつもこいつも、よ」

ふたり、笑みを交わし合った。

「ここに父が現れたら逮捕するの？」

「事情は聞くだろうが逮捕までいくかどうか。最初は泳がすことになってる」

「泳がせて尾行する？」

「そんなところだ……どう思ってんだ？　父親のこと」

「一度も会ったことがないしね、会ってみるのもいいかな、と」

「それだけか」

父親への感情は、母へのそれとはまた違う。はっきり言ってしまえば、どう捉《とら》えていいか判断がつかない。あまりに知らなすぎた。父親がどういう役割をするものか、テレビドラマで学んだつもりだが、それでもふみには、父親のいる暮らしがどんなものか、想像もつかないのだ。

「そうね。正直言うと、それなりに援助してくれたら助かる、てのが本心」

「そのぐらい要求する権利はあるさ。だが、いざ逮捕となったらまた役立たずだ」

「いざ逮捕ねえ……ほんとうはNなんてないんでしょ」

「おっさんが、公安の刑事の創作だ、都市伝説だって言ってただろう。初日の夜だよ」

「じゃあ、父がここにくることはないのね」

「ないと決まったもんでもない。実際あんたの父親はどこかにいる、それも外国にね。緒方の流した噂が届けば、様子を見にくるかも知れない。調べた結果Nと関係がないと分かれば、長期的な援助をしてもらうのも可能だろうし、なんなら一緒に暮らせるかも知れない」

「暮らす？　それはないな。血は繋《つな》がっていても、あまりに遠すぎて、ほとんど他人だもの」

「父親がいてくれたら、母親もちゃんとしたかも知れなかったな。そしたら寂しい暮らしをすることもなかった」

「叔母がいたし、どんちゃんもいたし、寂しくなかった」

隼人の瞳《ひとみ》がふみの瞳の奥を探ってくる。「それ、嘘だろ」

ふみは微笑とともに答えた。「そう。嘘よ」

だろうな。隼人は呟いて、窓の外に視線を流した。

「子供のころは、叔母とよくお喋《しゃべ》りしたしね」

隼人がふっと視線を戻した。「だってあんた、叔母さんは――」

「そうなんだけど、話せた時期があったの。あれは確かに叔母だった」

隼人の眉根《まゆね》に皺《しわ》が寄る。「意味分かんないんだけど、つまり？」

「今思えば、子供の妄想ね。叔母は実際に話していたわけじゃない。あたしが自分で叔母のお喋りを補っていたのね。でもほんとうに自然な会話だった。十三歳くらいだったかな、叔母が話さなくなったのは。なにがきっかけか分からないけど、叔母が喋っているっていう妄想を自然にやめたんだと思う」

隼人は再び窓の外へ視線をやった。「ほんとうに話していたのかも知れないぜ」

「なにを言ってるの」

「ちっちゃい子供には特殊な能力があるっていうだろ。きっとそれさ。あんたはほんとうに叔母さんと対話していたのさ」

「そんなこと信じるたち？　キャラに合わないね」

「うるせえ……とにかく、叔母さんとの対話はほんとうのもんだ。だから大事にすることったよ」

「言われなくても大事にはしてるつもり」

「いい機会だから教えてやる」隼人は身を乗り出し、さらに声を潜めた。「子供には特殊な能力があるって言ったが、実はおれも特殊な能力があるんだ」

「特殊な能力？」

「おれは見たとおり、右手がない。だが、精神を集中させると、物に触れることができるんだ。内緒だぞ」

「きみ、大丈夫？」

「な？　そう言うだろ。だから内緒だ。いいな？　おれはこの力を、千里眼ならぬ千里掌《しょう》って呼んでる」

「どうやってやるの？」

「義手をとって、触れたいものに向けるんだ。そして精神集中」

「すると、物の感覚がするわけ？」

「おれが頭の中で物の感触を再現している、そう言いたいんだろう。四肢切断した者がないはずの手足に痒《かゆ》みを感じる、という現象もあるしな。だがおれのは違う。例えば対象が人だったとするだろ。おれが触れれば、その人も触られた感覚を感じるんだ」

隼人によると、怪我も癒《い》えたあるとき、右手を失う前の感覚のまま、右手で左腕の痒いところを掻《か》いた。馬鹿、右手はもうないんだぞ、と自分を戒めた隼人だったが、左腕の痒いところが指先によってかかれた感触を、確かに感じたのだ。それが、千里掌に気づいたきっかけだという。

ふみは声を上げて笑った。「まさか……そんなの超能力じゃないの」

「ほんとなんだって。試してみるか」

「いいけど。どこ？　エッチなとこは駄目だよ」

「当たり前だ馬鹿」隼人が義手を外し、切断された箇所をむき出しにした。

「綺麗《きれい》になってるのね」

「医者がよくやってくれたお陰さ……さ、いくぞ。目標はほっぺだ」

隼人が右腕をふみの左頰に向け、目を閉じた。

「呪文《じゅもん》はいらないの？」

「黙ってろ」隼人は顔をしかめ、精神を集中している。

「魔法の杖《つえ》は？」

「うるせえってんだよ」

　ふみは隼人のしかめっ面を眺めながら思っていた。まず自分のドアを開けるという方法はやはり効果があった、と。隼人とこんなに長く会話のやりとりをしたのは、今日がはじめてだった。大きな進歩と言っていい出来事だ。

　ふっと、ふみの頬になにかが触れた。「あ……」

「きたか。きたんだな」隼人は集中を解いた。「な、ほんとだろ」

「でも……」ふみは天井のルーバーに気づいた。「今のは空調だよきっと」

　隼人がさっと天井を見上げた。「いや、違う」

「でもほら……」天井のルーバーの動きを見つめる。「動いてる」

「違うってんだよ」

　右から左、ルーバーが動く。風はこない。

「ほら、風なんかこないじゃねえか」

「もう一回やってみせて」

「やなこった。どうせ難癖つけるんだろ」

「つけないいつけない」

「また今度な。長居しすぎた。車洗ってくる」

隼人は乱暴に弁当をしまい、席を立った。

「もう一回やってよ。たまにはオネエサマの頼み事を聞いて」

隼人が動きを止め、呟《つぶや》いた。

「姉なんかいねえよ……ふたりとも殺された……」

隼人は背中で、それ以上の会話を拒否した。

4

《もう一回やってよ。たまにはオネエサマの——》

緒方は交信に耳を傾けていた。初日、奥野侑也ら三人に状況説明をしたあと、緒方は東京へとんぼ返りし、情報収集を続けていた。月ヶ原へくるのはあのとき以来のことだった。

廃材と鬱蒼《うつそう》とした茂みの中に埋もれていた旧消防団倉庫が、現場監視班の詰め所になっていた。モウテルから二キロほど南下した街道脇にある。街道側からは廃墟《はいきょ》に見えるよう、車両は建物の裏側に置き、出入りも裏口から行う。

今、雑然と並ぶモニター機器の前にいるのは、緒方と隊統括の男のふたりだけだった。

侑也もかつて在籍していた警視庁公安部特別装備部隊が二小隊、展開している。一隊が侑也につき、一隊がふみにつく。一小隊は五人編制。侑也につく五人の隊員のうちふたりは車両による示威的監視として動くため、侑也の身辺には三人しか使えない。正直人員が足りない。監視体制を大幅に縮小できる深夜帯は、隊員たちにはなくてはならない休憩時間だった。二週ごとに東京から別の一小隊がきて現場の一小隊と入れ替わる、というシフトである。

圧迫監視に携わる隊員を除いた隊員たちは、四六時中ふたりを尾行しているわけではない。モウテルやサイロの周辺に複数の待機場所や監視地点を作って待機し、事変が起きた場合に隊員たちが急行するという手筈《てはず》である。車一台に人員一名ないし二名を配置。あとの者は徒歩で野原の中に作られた監視地点を移動する。やっていることは坂本隼人のそれと大差ない。

事変の有無は、モニター機器の音声によって判断する。侑也たち三人の正確な位置とすべての会話は、ここでモニターされるだけでなく、事変への迅速対応に必要な情報共有のため、すべての隊員が聞けるようになっていた。

《姉なんかいねえよ……ふたりとも殺された……》

ふみと隼人、ふたりの会話はそれきり終わった。

「どういう奴なんだろうな、あの若いの」隊統括の石崎《いしざき》という男が訊《き》いてくる。「姉ふたりが殺されたなんて、穏やかじゃないな」

石崎は緒方より二十ほども年が上、階級は緒方と同じ警部だった。石崎はかつて奥野侑也の部下だった。石崎と同じく隊員の中にも何人か部下だった者がいる。監視の配置には配慮が必要だった。ちなみに今、隊に警備犬はいない。奥野侑也とアルファのコンビが消滅したあと、一年近くもう一組が残っていた。その一組にも犬の急死という事態が起こって以来、隊に警備犬チームが復活することはなかった。

石崎が続けた。「姉がふたり殺されている。この証言は奴の人定に役立ちそうじゃないか。陸自にいた、と語ったことも含めて、大きな手がかりになりそうだ」

「調べてみます。ずぶの素人ってわけじゃないのが救いですよ」

「そうも言えない。隊員たちは素人丸出しの動きだと言っている」

「あれだけ若い。仕方ないでしょう」

「現職なのか。出向？　転向組？」

「それもさっぱりですよ」

緒方は初日にここを訪れた際、坂本隼人の指紋を採取するよう石崎へ依頼した。石崎指揮の隊員たちは次の日までに隼人の車から指紋を採取し、データを東京へ送ってきた。犯罪者データベース、退官者含む警察職員のデータベース、いずれもヒットしなかった。

石崎が呟く。「うろちょろしやがって……目障りだ」

――おれに示威的監視がついていたら、Nはおれに接触しない。ふみに事情を聞くほうが簡単だからな。

初日の夜、侑也の言葉。侑也は、監視体制が違うのはおかしい、と緒方へ疑問を呈した。もっともな話と緒方も内心思う。当初の計画ではふたりとも潜伏監視下に置くことになっていた。現在、罠《わな》が罠の体を成していない。今の監視体制は、支離滅裂と言ってよかった。緒方は忸怩《じくじ》たる思いを抱きながら、指揮を執らなければならない。

神之浦《かのうら》が乗り込んできたのは、緒方が奥野にはじめて接触する三日前のことだ。神之浦は公安部長補佐の管理官であり、もちろん緒方と面識はある。この支離滅裂な監視体制を強要したのが、神之浦だった。神之浦の背後には公安部長が控えている。抵抗できるものではなかった。

緒方が立てた計画は、侑也とふみを親子として送り込み、ふたりを潜伏監視下に置く、といういたってシンプルかつ妥当なものだった。侑也に示威的監視をつけたのも、隼人というどこの馬の骨か分からない若者を計画に引き入れたのも、神之浦の独断である。

初日の様子から、隼人が神之浦の子飼いであるのは明らかだ。神之浦からなにを聞かされたのか知らないが、隼人は初対面から緒方を完全に見下げていた。

神之浦は侑也に示威的監視をつけた理由を、水は低きに云々《うんぬん》と説明した。初日、監視体制に疑問を抱いた侑也に緒方がした説明は、この神之浦理論を借用したものだった。侑也への圧迫監視は人払いに近い処置だ。侑也に示威的監視をつけ、標的の注目をふみに集めるという作戦なら、そもそも、侑也の存在はいらない。緒方と神之浦は、違う獲物を狙っている。神之浦は立場を利用し、緒方の計画を自分の標的用に変質させたのだ。

神之浦はNのことなど眼中にない。中間管理職の悲哀を感じざるを得ない。

神之浦が用意した監視員、坂本隼人の存在も謎だ。隼人も監視員として動くというなら、緒方らは隼人と連携する必要がある。だがそれさえ神之浦に拒否された。ふみの周辺に展開する隊員たちは、隼人にも気づかれないようにしなければならなかった。

　神之浦はなぜ隼人を配置したのか。この点について神之浦はろくな説明をしなかった。特別装備部隊がいるのに隼人を配置した理由で緒方が思いつくとすれば、ただ一点だけ。隼人もふみと同じ餌である、ということだ。隼人の行動を半日眺めれば、彼がなにをしているかすぐ分かる。

　神之浦が追う獲物がもし噂通りの人間たちならば、隼人の存在にはすぐ気づくだろうし、隼人を排除する手間を厭《いと》わないだろう。神之浦は隼人という一手間を増やすことで、獲物の数を増やそうとしているらしい。罠がここにありますよ、と示してみせ、背後の本隊を隠す狙いもあるのだろう。Nが現れようがスカベンジャーが現れようが、初期対応するのは特別装備部隊である。Nが現れたら緒方の手に、スカベンジャーが現れたら神之浦の手に、という振り分けがされる。

　神之浦に計画をめちゃくちゃにされた。これが緒方の本心だった。

　緒方は分厚いファイルを手にし、めくりはじめた。これまでの彼らの会話を、石崎がパソコンで書き起こしたものだ。初日からの彼らの会話だけでなく、独り言まで記載されていた。

　もちろん、昨夜の乱闘騒ぎも詳細に記録されている。想定外の事態で、示威的監視担当だった隊員は急行しようとした。だが、その前に乱闘は終わってしまった。侑也が四人をのしてしまうまで、二十秒もかからなかった。乱闘を目撃した隊員は侑也を手品師と表現した。隊員たちはロープワークを習得させられるが、実用的というよりバランス感覚を養うためのトレーニングとしてである。侑也ほどロープワークに練れている者は、現隊員の中にはいないそうだ。

「緒方くんよ」石崎がぽつりと言う。「血が流れるかね?」

緒方は曖昧《あいまい》に答えた。「なんとも言えません」

石崎の問いに、Nが含まれていないことは明らかだった。石崎が気にしているのはその名もスカベンジャー、神之浦が獲物として狙う、汚れ仕事専門の掃除人集団だった。この組織が生まれたのは今から二十年以上前だという。組織を創設したのは、当時はまだ現職の公安刑事だった四人の男である。

屍肉《しにく》を食らうだけでは飽きたらず、長じて暗殺まで請け負うようになったスカベンジャーは、Nと違い、確かに存在している。殺人愛好の趣味がある集団だ。

神之浦率いる闇の部隊がNを名乗り、スカベンジャーと暗闘を続けているのだ。緒方は、スカベンジャーという組織の存在、神之浦がNを名乗ってスカベンジャーを狩っていたこと、このどちらも今まで知らなかった。

スカベンジャーからすれば、葉山ふみは、自分たちを狩るN幹部の係累、ということになる。なんとも美味《おい》しそうな餌であるのは確かだ。神之浦のシナリオでは、奥野侑也はNの幹部で葉山ふみのお目付役、ということになる。監視の車は、奥野侑也についているボディガードに見えてくれれば、と考えている。

血は流れるだろう。その血はスカベンジャーのものでなくてはならない。血にスカベンジャー以外の血が混じるかどうかは、緒方と特別装備部隊、そしてなにより神之浦の意向にかかっている。

石崎が言う。「どうもな……神之浦という奴は信用できん」

「わたしは今まで馴染《なじ》みがなかったもので、なんとも」

「平気で人を踏み台にする奴だ。三人を見ろ。神之浦の意図が透けてくる」

「というと？」

「奥野さんを悪く言いたくはないが、彼は死にたがってる孤独な中年男だ。ひとりは近しい近親者がいない若い女、ひとりは身元不明ながら義手をつけた自称プロの実質素人だ。三人とも捨て石だぞ……隊員たちは神之浦の用意した捨て石を守っている。神之浦がおれの隊員をも捨て石扱いしないという保証はない」

――そうか……それでか。

神之浦の意図が透けて見えた。隼人も餌なら、示威的監視も餌なのだ。手間が増えれば増えるほど人手がいる。神之浦としてはさらに獲物が増えるというわけか。

「捨て石扱いなど、このわたしがさせません。神之浦さんが用意したと言いますが、奥野侑也と葉山ふみはわたしが用意したんですから」

「N作戦に名を借りた監視訓練のつもりが、スカベンジャー狙いとはな」

「訓練？　石崎さんもNを信じていない？」

「あんただって信じちゃいないだろう？」

本音を言うと、Nについては緒方も信じていない。ふみの父親はもちろん実在している。ただし、なにか出るとは思っている。というか、そう願っている。外事課の若手有望株だったという。そんな彼がすべてをなげうって失踪《しっそう》し、日本を出た。元警視庁公安部なにかが出てくる可能性は高い。それが国外を彷徨《さまよ》うただの風来坊だとしても。

――どちらにしろNにひっかかったせいで、なんのキャリアも積めなくなったのは事実だ。

自分なら昇任試験など、どんなに多忙な部署に異動してもやれるはずだ。だから、この大きな作戦を仕掛けてN追跡班を解散させる。そして実のある部署に異動する、つもりだった。

――なのに突然、神之浦が乗り込んできてスカベンジャー云々と……とんだ貧乏くじだな。

人柱として利用されないよう、神之浦には要注意だ。すべての思いを封印して、石崎に答えた。

「もちろん信じていますよ。でなかったらこれほどの作戦を立てませんせん」

5

マクナイトがふみに頭を撫《な》でさせてから三日が経っていた。

侑也がモウテルにきて三週目の木曜日、二度目の夜勤フロントである。一度目は稗田がついていてくれたが、今夜からはひとり勤務だ。盆休みが終わって明らかに宿泊客は減ったが、まだ夏休み期間でもあり、稼働率はそこそこよかった。午前零時が近づいていた。フロント館は明かりを落としている。これまで客からは電話一本かかってきていない。

静かで、暇だった。光熱費削減のため、ラウンジ部分は使わない決まりだが、実は建前で、みな好きに使っている。ラウンジのほうが広くて涼しいし、畳敷きもある。事務室の奥に二段ベッドが備わっているが、そこを使う者はほとんどいない。あそこにいると、独房に閉じ込められている気持ちになる。

先週の日曜日に〝奥の院〟へ宿泊した三人の親子連れは、水曜日に出ていった。どういう事情があったのか、どこへいったのか、もちろん侑也は知ることができない。知ろうとしてもいけない。

その前の日の火曜には、奥の院の〝ロ号〟で何者かの会合が開かれた。親子連れのときと同じように、稗田と侑也が受け入れ、数時間後に送り出した。計四台の車両がきた。四台のうち二台に乗ってきた者たちは堅気に見えず、もう二台に乗ってきた者たちは役人に見えた。

どこのだれがどんな会合を持ったのか、これまた侑也には知るよしもない。親子の泊まったイ号、会合が開かれたロ号とも、使用後の客室整備は侑也が担当した。

侑也は必要最小限の明かりを灯《とも》したラウンジのソファに座り、テレビを眺めていた。

――にゃおん。

表でタイガーの鳴き声がした。タイガーは夜になると一度フロント館を出ていく。夜の狩りを満喫して戻ると、勝手口にきて大声で鳴く。眠い目をこすりつつ夜勤の者が迎え入れると、タイガーは事務室のソファで眠りにつく。ちなみに、タイガーは侑也にはいっさい懐かない。マクナイトの匂いを嗅《か》ぎとっているからかも知れない。これまでタイガーが懐かないのは恵造だけだったそうだが、二番手として侑也がそのリストに入ってしまった。

――猫でタイガーというなら、世界は広い、虎でキャットという奴もいるかもな。

月曜の休日、手に入れたロープは二十メートルほどの長さだった。その日の夕方、さっそくマクナイトに試してみた。マクナイトは好きに走り回った。ロープの限界までいき、首輪を引っ張られ立ち止まる。

――マテ。

侑也は声をかけてマクナイトのそばへ歩いていく。マクナイトは侑也がくるのを待つ。侑也の発する声符に従っているように見えなくもない。だが実際は、侑也が近づかないと先へいけないからだと悟っているだけだ。長いロープを手に入れて、以前より運動させられるようになった。だがやはりロープはロープ。軛《くびき》でしかない。自由に走らせたいが、今はまだ駄目だ。

マクナイトの人への信頼は復活しない。はじめてマクナイトと会ったときそう感じた。だが今の侑也は希望を見いだしていた。表情は柔らかくなったし、呼べば近寄ってくる。いちばんの大きな変化は、呼ばなくても、そばにいるようになったことだ。

今日の朝、マクナイトをひとしきり走らせた海岸でのこと。マクナイトは意気軒昂《いきけんこう》だが、侑也のほうがへばってしまった。侑也は、休憩とマクナイトへ一声かけ、流木の上に腰を下ろした。

マクナイトがそばへきて、砂の上に腹をつけた。二十メートルのロープを繋《つな》いだままで、一切たぐり寄せていない。なのに、マクナイトは侑也の手が届く場所まできて、くつろいでいる。今まではこんなとき、マクナイトはリードの範囲内いちばん遠くに位置を取っていた。

マクナイトの黒い短毛が潮風に揺れる。手を伸ばしかけ、中空で止めた。

どうしても、それ以上手が伸びない。

一夜の家出から戻ったマクナイトをふみが無邪気に撫でたのが、三日前だった。あれからまだ一度も、侑也はマクナイトに触れられずにいた。マクナイトに拒否されるのを恐れている。拒否されたときに受ける傷の大きさを思うと、手が伸びないのだった。

——今はこれでいい。焦らなくていい。

自分に言い聞かせる。リードをたぐり寄せなくてもそばにいてくれるようになった。これはこれで大した進歩ではないか。

——おれとマクナイトはうまくいくかも知れない。

今日の昼飯時、稗田から聞いたばかりの話を思い起こした。支配人、恵造についてである。

——奥野さんが犬を連れていったあと、支配人がえらい癇癪《かんしゃく》を起こしてね……。

散歩や水やり餌やりなど、シフトを組んでいたはずなのに放置していた、と怒ったのだという。

マクナイトとはじめて会ったときに恵造と交わした会話を思い起こした。

——水のボウルが見えませんが。

——そう言やそうだな……まったくあいつら。

あのときは、それほど怒っているようには見えなかった。

恵造は、月々の勤務交番表に担当の印を付けていたはずだ、と言ったそうだ。稗田がよく見たら、名前の下に小さな点がついていた。それが担当の印だったのだ。だがだれも、そんなことは知らなかった。引き継ぎミスだろう、と稗田は言う。恵造がだれかに印の意味を伝えた。伝えられただれかが、みなに周知するのを忘れ、印の意味まで忘れてしまった。辞めてしまった人も何人かいるし、だれが伝言を忘れたのか、追跡不能だとか。

当の恵造が、だれに伝言したか覚えていない。その事実がまた恵造の怒りに油を注いだ。印と言ってもボールペンで突いたような小さな点で、みなは交番表を複写したときにできた汚れだと思い込んでいた。そう思ってしまうのが自然なほど、事務室のプリンタもコピー機も年代物だった。恵造は即座に、定期メンテナンスサービスを受けられる、複合機のレンタルを契約した。怒りに任せてという面もあったが、ああいう場合の恵造は決断が早い。

井辺恵造は、最低限のことはしてくれようとしていたわけだ。以前ふみが、恵造はいい人だという意味のことを言っていたことがあった。タヌキやキツネ、ウサギを見せてくれるとか。そう聞いてもそのときの侑也は皮肉めいた感情しか抱かなかった。ふみが恵造に好意を持っているらしいので、わざわざ侑也の気持ちを晒《さら》すような真似はしなかった。

ここまで分かっても、恵造への反感が消えたわけではなかった。マクナイトがちゃんと世話をされているか、一度も確かめなかったのだから。従業員任せにせず、たまには自分自身で散歩に連れ出してくれてもよかったはずでは、と言った侑也に稗田がこう答えた。

――支配人は腰が悪いから、あんな力の強い犬を自分で散歩できないしな。

分かった。降参だ。

と、稗田が突然訊《き》いてきた。

――息子さん、幾つ？

このときは焦った。隼人の年齢を知らない。とっさに二十一です、と答えた。稗田に侑也の焦りは伝わらなかったようで、腕のことは分かるが、仕事は探さないとな、とぽつぽつ話していた。

携帯電話が着信した。稗田から預かった〝VIP〟専用の電話だった。

《〝ち号〟の者だが——》

〝T客〟だ。今夜、Tが一組宿泊していると稗田から聞いていた。一般客がI、特別客がT、秘匿客がH。奥の院を使うのは原則Hのみ。特別客は一般のコテージに泊まるが、扱いはHに準じていた。客の素性は仙波治子しか知らない。宿帳には客の情報がいっさい載らず、宿泊の事実が消される。どこのだれがT扱いでこようとH扱いでこようと、詳細は治子の頭の中にしかない。

《あなたは奥野侑也さんだね？　あなたに話があるんだが——》

ち号は中央路の半ば辺りにあった。２ＬＤＫタイプの平屋コテージである。軽トラックで前庭に到着した。屋根だけの車庫にセダンタイプの車が一台停まっていた。コテージの明かりは灯っている。

侑也は車を降り、玄関のベルを押した。すぐにドアが開き、男が姿を現した。短髪で浅黒い肌、背は低いががっしりとした骨太の男。侑也と同年配に見えた。

「なにかご用でしょうか」

「エアコンの調子が今ひとつで、見てもらいたい」

「かしこまりました」侑也は中へ入った。

「リビングにきてくれ」

男のあとからリビングに入った。テレビの音がかなり大きい。リビングにもうひとり男がいた。こちらは長身で細身、七三分けの髪に青白い肌の男だった。どこか神経質そうな印象を受ける。長身の男が小さな紙片を侑也の目の前に突きつけた。

——盗聴検査をするので黙っていてくれ。

侑也は男の目の前で動きを止めた。男は紙片を丸めてゴミ箱に放り投げ、ぎざぎざのアンテナがついた小さな黒い箱を手にした。男が侑也の体の隅々をアンテナで調べ上げた。

「OKだ」

「すまんな。そこに——」食卓の椅子を示した。「かけてくれ。話がある」

侑也は言われた通りにした。侑也の対面にふたりがかけた。

浅黒い短髪が口を開いた。「おれは西和田《にしわだ》という。こういう者だ」

警察の身分証を見せ、名刺を手渡してきた。肩書きは短かった。警視庁刑事部部長補佐、西和田健司《けんじ》。もうひとりも自己紹介をした。入江誠《いりえまこと》、肩書きは警視庁監察官室主任。

「きみは監察には——」入江は元から細い目をさらに細くした。「いい思い出がないだろうな」

「終わったことだ」

「話の前にもうひとつやってもらいたい――」入江は侑也に携帯電話を持っているか尋ねた。持っていると答えると、一応電源を切ってくれと言ってきた。入江の要請通り、侑也は入江の目の前で携帯電話の電源を切り、電話をテーブルの上に置いた。

西和田が話しはじめた。「安心できたところではじめよう。きみは奥野侑也、警視庁公安部にいた。きみの前歴はすべて分かっている。偽装は必要ない」

「分かった」

「いきなりだが、きみはなぜここにいる？」

「日雇いのその日暮らしを知った昔の同僚が、ここを紹介してくれたんだ」

「ところで」入江が割って入った。「きみはいきなり敬語を捨てたな。あまり感心できない」

「気に障るなら帰る」

まあまあ。西和田が収めた。「きみは警察が嫌いか」

「愛憎半ばというところだ」

入江が食い下がる。「わたしはきみより歳も階級も上だ」

「今のおれには、あんたらの肩書きや階級はもうなんの意味もない。用件は？」

入江の頬が微《かす》かに痙攣《けいれん》した。

「入江――」西和田が割って入る。「いいからここはおれに任せろ」

ここまでの不逞《ふてい》な態度、実はわざとやっていることだ。下手に出るか、同等の態度で出るか、上手に出るか、三つの道があった。とっさの判断で、対等の立場でいくことにした。

なぜこんな手間が必要なのか。理由は、彼らの人定ができないからだ。警察の身分証など簡単に偽造できるし、名刺もしかりだ。名刺に記された電話ではない、警視庁宛の電話を使って確認しないと、確実な人定には至らない。この態度は、人定の一助になればと思ってしたことだ。元警官であるという侑也にしか使えないやり方だった。

元警官でありながら、階級差を気にかけない態度をとってみたのだった。入江は簡単に気を悪くした。官僚らしいと言えばらしい。元警官にもまだ自分たちの階級が通じると思っている。通例では、退官したあとも現役時代の階級差がそのまま継承されることが多い。

入江は間違いなく本物の刑事だ。偽刑事だとしたら、こんな反応は返ってこない。相手はすでに民間人なのだからこんな態度でも不自然ではない、と納得してしまう。緒方のときはこんな手管は使わなかった。元上司で今も現役刑事である太田が間に入ったからだ。

西和田が言う。「きみをここへ紹介したのはだれか、教えてもらいたい」

「なぜそんなことを知りたい？」

「我々が知りたいからだ」

「なぜだ」

「監察官室の入江が同行していることを、ぜひ鑑《かんが》みてもらいたい」

警官による違反行為を疑っているのか。入江の所属を知ってからそうではないかと思っていた。

「こんな辺鄙《へんぴ》な場所までおれを追ってきたということは、だれが紹介者かなどすでに分かっているんじゃないのか。そもそもどうやっておれに目をつけた」

西和田は薄く笑った。「なかなか鋭い――」

鋭くはない。子供でも分かる道理だ。

「質問しているのはこちらだ、の手がきみには通用しないのだろうね」

「そういうことだ」

「きみに仕事を斡旋《あっせん》したのは、警視庁公安部公安第一課所属の緒方という男だ。そうだね？」

「そうだ」

「目的は？」

「だから、仕事の斡旋だ」

「その仕事とは」

なにを言っている、という表情を作る。「ホテルの従業員だよ」

入江が口を開いた。「そんな戯《ざ》れ言が通用すると思っているのか」

西和田が言った。「では、きみについている護衛の車についていて、どう説明する気だ」

――護衛？……。

頰杖《ほおづえ》をつき、中空へ視線を泳がせた。「おれは知らんよ」

「嘘をつくな――」入江が怒気混じりの声を張った。「お前の身の安全にも関わる話なんだぞ」

「いいか。順序が逆だろう。おれはあんたらに用はないが、あんたらはおれに用がある。あんたらの事情をまず先に説明しろよ」

西和田が大きく溜《た》め息をついた。「捜査中なので詳細は……常套句《じょうとうく》だが聞いたことあるだろう？　かつてきみ自身も口にしたことがあるのでは？」

「ある」

「だがきみには特別に、現段階で明かせる範囲内の話をしよう。我々は某国際的勢力と公安部刑事との間の、癒着を捜査している。きみをここへ送り込んだ人物が、汚職刑事だということだ」

「意味が分からない」

入江がまたも吠《ほ》えた。「いい加減にしろ。お前は利用されている、と教えてやっているんだぞ」

侑也は眉間《みけん》に皺《しわ》を寄せてみせた。「利用だと？」

西和田が言った。「Nだよ。Nに接触するため、緒方が経験のある適正人物として、きみを選抜した。長期にわたる滞在任務であり、きみは嘘偽りなく生活基盤をこの地に確立し、地域の住民として生活する。きみはここで暮らしながら、Nとの日本側連絡員として働くことになる。これがきみの聞かされている話だね？」

——連絡員だと？

西和田はこの作戦を摘発目的とは捉《とら》えていないわけだ。どこかで話が捻《ねじ》れたらしい。

「……とりあえず先を聞こう」

「真実は違う。よく聞いてくれ。きみはNと緒方らが接触するために用意された囮《おとり》だ。きみ……殺されるぞ」

「なにを突然……」

「緒方はNへの贈り物を用意したのだ。Nが欲しがっていたある命をね。それはきみの命なんだよ。きみに心当たりはないだろうが、緒方がそう偽装した。Nはきみの命を受け取り、緒方らと親交を結ぶだろう」

「Nが欲しがっている命とはなんだ。だれのことだ？」

「詳細は明かせないが、Nの幹部を暗殺した者だ。緒方がその人物を用意し、Nへ差し出すという構図だ」

入江が口を挟んだ。「緒方、緒方と言っているが……黒幕が緒方の後ろに控えている可能性はある」

「緒方でも黒幕でもいいが、結局目的はなんだ」

入江が言った。怯《おび》えた様子の侑也に満足している。「組織とコネを持つのさ。いろいろ頼み事ができる組織だ。緒方の側は組織に対して国内で便宜を図る。立派な汚職だ」

侑也は一心に考え込んだ。これは演技ではなかった。あり得ない話ではない。
N、Nと西和田、入江は言うが、Nは存在していない。しかし、彼らはどうやらNが存在していると信じている。なんらかの工作が為《な》され、西和田らはNを信じるに至った。
――工作を行ったのは緒方？

緒方が都市伝説Nを利用し、別勢力との接触を図ろうとしている。

――あり得ない話……と断定はできない。

緒方が汚職刑事かどうか。この点は、判断がつかない。侑也は大きく息をつき、気持ちを切り替えた。平静に、と自分自身へ呼びかける。性急に結論を出すべきではない。耳触りのいいほうを選べばいい、信じたいほうを選べばいい、そういうものじゃない。ここは冷静にすべての事柄を保留とする。

「もしおれがあんたらの話を信じたとして、おれはどうなる？　どうする？」

「このままここでの生活を続けて、様子を逐一連絡して欲しい。緒方らに動きがあったり、妙な指令を受けたりした場合や、それらしい人物の接触を受けたり目撃した場合、連絡が欲しい」

「つまりおれに……二重スパイになれと？」

「その通り」

「あんたはそれらしい人物の接触を受けたら連絡を、と言った。Nの人間という意味だな？」

「そうだ」

「おれはいずれ殺される、とあんたらは言った。それらしい人物が現れ、いきなり背後からズドン……これじゃどうしようもないじゃないか」

「こちらでも護衛をつける。緒方らの陣容を教えてくれ」

ほんとうのことを言った。「おれが知っているのは、あの車一台だけだ」

「とても重要なことなんだぞ。きみの命に関わってくる情報だ」

「ほんとうなんだ。知らないことは、拷問されても打ち明けることができない。このような作戦の常套手段だろう？」

「確かにな」西和田と入江の視線が一瞬結び合わされた。どのような意図が込められた意思疎通だったのか、侑也には摑《つか》み取れなかった。入江がテーブルに手を突き、大きく身を乗り出した。

「お前とおれはそりが合わんようだが、そんなことは些事《さじ》だ。そりが合わないからおれを信じない、という子供じみた道理は捨てることだ」

そんなことは、先刻承知だった。

ち号を出て、軽トラックに戻った。窓を開け、車を出した。夜気が心地いい。

このまま現れないはずのNを待ち続け、作戦は曖昧《あいまい》なまま終わる。そんな終わりはこないようだ。胸ポケットの中には、連絡用の携帯電話番号が記された刑事たちの名刺が入っている。

西和田らは自分たちの来訪を緒方に知らせるな、と要請してきた。

――どちらにつくかはきみが決めることだ。だがいいか。きみの身を案じているのは、我々だけだ。

別れる直前、入江が訊《き》いてきた。

――スカベンジャー……聞いたことはあるか？

今夜、ふたりの刑事がいちばん強い注視を向けてきた一瞬が、このときだった。

――いや、ない。スカベンジャーとは？

――ある集団の呼称だ。ほんとうに知らないんだな？

――ない。スカベンジャーとはなんだ？

入江は侑也の質問には答えなかった。ただ、こう言ったのみである。

――耳にしたら、必ず連絡を。

今夜のことは、緒方の耳に入るだろうか。モウテルの敷地内、侑也の身辺はいつも通り静かなものだった。示威的監視の車は慣例通り、モウテル敷地外に停まっている。

西和田たちのことを緒方に連絡するか、しないか。

――しばらく両天秤《りょうてんびん》、といこうか。

西和田に言われるまでもない。緒方側も西和田側も盲信はしない。

第四章

1

西和田、入江の両刑事が訪れてから、ちょうど一週間が経っていた。

侑也は腿《もも》のあたりまである長靴を履いて、中央路の右路肩を流れる小川へ踏み込んだ。長靴越しに、水の冷気が伝わってくる。小川の水は内陸側にある連山からしみ出てきた雪解け水だそうだ。

中央路と横道を繋《つな》ぐ小さな橋が、敷地内に九ヵ所ある。侑也は鋤《すき》とスコップを使い、橋の下に溜まった流木や草や泥を取り除く仕事をしていた。昨夜、月ヶ原をかすめた台風のもたらした大豪風は、サイロを折らんばかりに揺らし、モウテルを荒らし回った。

今日はみな総出であちこちの清掃や修繕をしている。そばの小動物コーナーでは、加賀幸夫が檻《おり》や柵《さく》の修繕をしていた。幸夫の使う電動工具の重々しい音が辺りに響く。

小川には、清い水を好む水草である梅花藻の群生があちこちに見られた。煌《きら》めく水の中、小さな白い花の群れが揺れる。

橋の内外を綺麗《きれい》にし終わった侑也は、橋はあと幾つだったか、と数えながら小川を出た。軽トラックの荷台へ回収したゴミを積み込み、小動物コーナーにいる幸夫の様子を見にいった。

幸夫はひしゃげた金網の補修をしていた。幸夫が明るい声を発した。「よう、お疲れ」

「それがネイルガン？」

「似てるけど違うよ。建築用ステープラーさ」

侑也には馴染《なじ》みの薄い工具なので、何発か撃たせてもらった。小気味よくコの字型の針が木枠へ突き刺さる。「気持ちのいいものだね」

「ストレス解消にはネイルガンのほうがいいよ。がんがん釘《くぎ》を打ち込むとすっきりする」

「覚えておこう」

「山奥で、たったひとりでログハウスを建てていた人がいてさ、熊に襲われたんだって。なんとか命は助かったけど、太ももをざっくりやられて大出血さ。それでその人、ステープラーを使って傷を縫合したって」幸夫は身震いした。「よくそんなことができるよな。ぞっとする」

「襲ってきた熊にそいつを食らわせりゃよかったのにな」

「そういやそうだな」幸夫は快活に笑った。「でもこんなちっぽけな針じゃ効き目ないかもよ」

軽トラックに戻り、次の橋へと向かった。

この一週間、異変はなかった。侑也は緒方へ西和田らの訪問を報告していない。緒方がすでに事実を摑んでいる可能性はある。入江が入念に盗聴を警戒していたので、あの場に盗聴器はなかったと考えていい。コテージ周辺の茂みの中にだれかいた可能性はあるが、そんな可能性をいちいち考え出したらきりがない。

侑也の隠し事を知ってか知らずか、緒方は先週の土曜に電話をかけてきた。明日の日曜は侑也、ふみともに休みなのだから、家族らしくたまには三人でどこかに出かけろ、ショッピングでも映画でもなんでもいい。どこかへいけ、というのである。

——秋祭りだとか、なにか地域のイベントみたいなものはないのか。

そんなものはない、と答えかけた侑也は建前を思い出した。日曜、月ヶ原に隣接する地域、間納で行われる建前の誘いを受けた、とふみが言っていた。

日曜、三人は間納へ出かけ、建前の餅《もち》まきに参加した。二十人ほどの住民が参加していた。新顔の侑也たちへ、何人かの人が話しかけてきた。侑也はそのたび、丁寧に自己紹介した。彼らとの会話で、月ヶ原には侑也たちが越してくるまで二世帯しかなかったことが分かった。仙波治子宅と井辺恵造宅である。世帯が少ないため、月ヶ原の自治会は間納に統合されているそうだ。

隼人は遠巻きにして餅まきに群がる集団を眺めていただけだった。侑也とふみが餅まきに参加した。屋根の上から紅白の餅がまかれた。侑也は紅《あか》い餅をひとつしか取れなかった。ふみは紅白取り混ぜて四つも取り、侑也へ白い歯を見せて笑った。

餅まきのあとはショッピングへいった。宮田動物病院がある北山へと車を走らせた。昼食を街道沿いのファミリーレストランで取り、ホームセンターで幾つかの小物とどんちゃんの餌を買い、格安ファッションセンターで服を選び、大きなスーパーで食材を買って、サイロへ戻った。

道中、隼人は静かだった。車内では、ほとんどの時間を寝ていた。ふみは快活にふるまっていたが、やはり、どこか疲れて見えた。侑也は隼人の仕事を手伝うことはできない。せめてふみの負担を減らそうと家事の分担を申し出たが、ふみは断った。自分の仕事だから、と。

その日の夜、サイロを自治会長が訪ねてきた。建前への参加がきっかけとなり、侑也たちの転入が自治会長の耳に入ったようだ。自治会長は自治会費と子供会費を支払うよう言ってきた。侑也は小さい子供はいないと言って子供会費の支払いを拒否しようとした。そのとき横からふみが口を出し、子供会費も払うことになった。会長が去ってからふみは言った。心証はよくしておいたほうがいい。

侑也は納得できなかった。隼人も、払う必要はない、と侑也に同調した。ふみはいつもの台詞《せりふ》を口にした。あたしはここに長く住むつもりだから……。

自治会長が去ってすぐあと、今度は地元消防団員が訪ねてきた。目的はもちろん消防団への入団である。侑也は仕事が忙しい、と口実を作ってなんとか断った。

——若い息子さんがいると聞いたんですけど……。

話を聞きつけて隼人が戸口へやってきて、義手を外してみせた。な、分かったろ、というわけだ。消防団員は平然と言った。

——大丈夫、入れますよ。仕事内容は少し制限されますけどね。

隼人はあからさまに驚きの表情を浮かべた。

——とにかくお断りだ。

隼人は言い捨てて奥へ消えた。これまでこんな面倒事は、腕を見せて済ましてきたのだろう。

昼食を挟んで午後二時過ぎ、橋の保守が終わった。台風一過の熱風。体中汗まみれになった。

フロント館へ戻り、空になった麦茶の水筒をプラスチックのトレイの上に返し、別の水筒を冷蔵庫の中から取りだした。この麦茶を入れているのがふみだということは、つい最近知った。

冷たい麦茶を味わう。喉仏《のどぼとけ》がしびれた。

ふみを思う。明らかに疲労の色が濃い。サイロへきて緊張の初週が過ぎ、二週目で幾らか慣れてきて、三週目で気が抜けて、四週目で疲れがどっと出た。こんな具合だろうか。

隼人はさらに酷《ひど》い。日に焼けた肌は健康的というよりは病的に見える。頰がこけたし、食も細くなったようだ。サイロにいるときはいつもぐったりしているか、急に元気になったかと思うとスローイングナイフの練習をはじめる。侑也がロープワークを見せたせいだ。おれにはこれがある、と言わんばかりの様子で、侑也が居間にいるとき、掃き出し窓の外でマクナイトを観客に古びた木板に向けてナイフを放っている。ナイフの腕に関しては、本物と言っていい。

隼人はひとしきりナイフを投げると居間に戻り、ソファへ倒れ込む。

侑也は、疲れているのだからそんなことせず休め、と言いたいが、言い出せずにいる。疲れているという一言が、隼人のいちばん嫌いな一言だと今では分かっているからだ。

ふみにも隼人にも、自分だけの日が必要だ。ほんとうの休日が必要だ。だがふみは家事を侑也へ任そうとせず、隼人はそもそも休みの取れない単独任務に就いている。

どうしたものか、と考え込む。と、稗田がきた。

「あとの仕事はいいから〝そ号〟へいってくれ」

昨日、台風接近のさなかにやってきた予約客だ。ふたり連れの若い男女で、女のほうは車椅子に乗っていた。

「こまごまと手助けしてほしいことがあるそうだ」

そ号は敷地の最奥にある二棟のうちのひとつだった。平屋タイプの2LDKである。森がすぐ裏手まで迫っている場所にあった。

軽トラックで乗りつけ、玄関ベルを押した。現れたのは二十代後半ぐらいに見える、太い黒縁メガネの男だった。自然に伸ばした長めの直毛で、顔の半分ほどが隠れていた。「お手数をおかけしますね」地味な印象に反して口調は快活だった。「二、三時間ほどお手を拝借したいんです」

侑也は居間へ案内された。車椅子に座った女性がいた。幅広の大きな帽子を被《かぶ》っている。テーブルには一眼レフカメラや三脚、カメラバッグなどが散乱していた。

侑也は会釈しつつ言った。「こんにちは」

女性は答えない。男が言った。「彼女はアンリといいます。妻です」

そうそう、と男は付け加えた。ぼくは丹野《たんの》といいます。丹野が腰を気にしつつ足を引きずっているのに気がついた。

「お手伝いを願いたい――」

昨夜、アンリを風呂《ふろ》に入れようとして、腰を痛めてしまったという。

「せっかくの新婚旅行が台無しです」

「それはそれは……」

侑也とアンリは五歩ほど離れている。アンリはいっさい身動きしない。侑也は常ならぬものを感じ取った。

丹野がアンリに近づき、帽子を取った。透き通るほどの白い肌をしていて、目鼻立ちのくっきりした和風美人である。目は常にやや伏し目がちで、遠慮深い性格を表しているかのような――。

「アンリさんは……彼女は人形ですね」

「美人でしょう。オーダーメイドです。総シリコン作り、各関節の可動や保持も完璧《かんぺき》に再現された、ラブドールというやつです」

アンリは精巧に作られた、昔風に言えばダッチワイフだった。顔を突きつけないと本物の人間と見分けがつかない。人間に酷似しながら魂のない佇《たたず》まいは不気味で、空恐ろしささえ感じた。

「まず彼女を風呂に入れてやってほしいんです。ゆうべは入れられなくて」

「……はい」

「そのあと、散歩と写真撮影に付き合ってくれませんか。思い出作りは大切ですからね」

「ええ……まったくです……」


車椅子を押して風呂のそばまでやってきた。

「頼み事をしておいてなんですけど、目隠ししてくれませんか。やっぱり妻の体を見られるのは……ね？」

「ええ……分かります」タオルを巻いて目隠しをした。

「服を脱がしますから」ごそごそと衣擦《きぬず》れの音がする。「お風呂だよ。やっと汗流せるねえ」

丹野はずっとアンリに囁《ささや》き続ける。侑也はなぜか気恥ずかしくなり、耳を塞《ふさ》ぎたくなった。と同時に、どんな体をしているのかと興味も湧いた。

「お願いします」

侑也は丹野の手に誘導されながら、アンリを持ち上げて風呂場へ運び込んだ。質感は驚くほど人間の肉に近い。工業製品めいた油の臭いがするのでは、と思ったが、アンリから漂ってきたのは微《かす》かな香水の香りだった。人形とはいえずっしり重い。侑也の問いに丹野が答えた。

「彼女は四十七キロあります。まずシャワーを浴びさせますから――」丹野はアンリにさっとシャワーを浴びさせてから、侑也へ声をかけた。「アンリを湯船に入れてくれませんか」

侑也はアンリを、俗に言うお姫様だっこで持ち上げ、湯船へ浸《つ》からせた。

「それでは――」丹野が笑顔で言う。「ぼくも入るので居間で待っていてください」

思わず頓狂《とんきょう》な声が出た。「入るんですか」

丹野は当たり前という声音。「そうです」

「あー……分かりました」

侑也は脱衣所の外へ出た。

丹野の声が飛んでくる。「冷蔵庫の中にコーラが入ってますからどうぞ。テレビでも見てて」

侑也は冷蔵庫から瓶入りのコーラを取り出し、食卓の椅子についた。と、風呂場から笑い声が聞こえてきた。寒気を感じた。

コーラを喉《のど》に流し込んだ。まったく根拠はないが、なんとなくこんなことを思う。

――人類の滅亡もそう遠くないかもな……。

丹野はアンリに黄色のサンドレスを着せ、花柄のリボンがついた麦わら帽を被せた。侑也が車椅子を押し、丹野はカメラを首にぶら下げて歩く。丹野の求めに応じ、森へ入った。森の中へ入ったとたん、気温が幾らか下がったように感じる。森の中に踏み込むのははじめてだった。木立の中、幾筋もの小径《こみち》がうねりながら交差していた。小一時間、侑也はふたりの写真を撮影した。木漏れ日の揺れる森の中、木の幹に寄りかかり手を繋《つな》ぐふたり、小川に足先を浸しているふたり、倒木の上でアンリに膝枕《ひざまくら》してもらっている丹野、岩場の上でくつろぐふたり。

侑也は撮影役をこなしながら、丹野の本気を思い知った。丹野は本気でアンリを愛している。紛《まが》い物でない慈愛が伝わってくるのだった。

蔦《つた》のからまる柵《さく》が姿を現した。道の終わりだ。「丹野さん、道は終わりです。先は原野が広がるばかりでなにもありませんし、危険です」

「ふーん」丹野は幅広の木板で作られた柵の隙間から森の奥を覗《のぞ》き込んだ。「深い森だなあ……なんにもない……」

丹野が柵をよじ登りはじめた。思わず声をかけた。「危ないですよ」

丹野は三メートルほどの高さがある柵を登っていき、森の向こうを眺めた。「建物見えないね」

「建物？」

「ほら、このご時世、インターネットを使って旅行先の航空写真を見ておくのって、常識じゃないですか」

そんな常識があるのかどうか、知らなかった。「航空写真によると建物が見えるんですか」

ここから見えるとしたら、いちばん北側に位置している奥の院八号だろう。

「ずっと昔に使われていた廃屋だと思いますよ」

「へえ。なんか大きな陸屋根《ろくやね》が見えたけど……鉄筋コンクリート造りのように見えたな」

陸屋根にコンクリート？　奥の院は三棟とも木造で、見た目はただの民家だ。陸屋根でもない。興味が湧いた。侑也も柵をよじ登っていき、丹野と並んだ。目を凝らすが、森が広がるばかりで、建物は見えない。

侑也は丹野に降りるよう促した。「昔々の開拓民が建てたんでしょう。あとは朽ちるだけです」

「廃墟《はいきょ》かあ……結構興味あるんだけどな。まあいいか。腰が痛いし無理はいけないね」

「すでに無理していますよ。危ないから降りましょう」

地面に戻った丹野が言った。「じゃあ森を出て――」

「はい。わたしも仕事に戻り――」

「車に乗りましょうか。海岸で写真を撮りたいんです」


侑也は稗田に電話して事情を説明した。観光案内までする必要はない、と言われればそれまでのこと。稗田はただ、分かった、と言っただけだった。

侑也は丹野が運転するミニバンの後部座席に座った。アンリは助手席である。車がモウテルを出ると、監視車が少し離れてついてきた。まずは鎬岬へ向かった。岬の木道はでこぼこが激しく、車椅子でいくのは無理だった。侑也がアンリを背負った。

もちろんここでも写真を撮った。丹野はとても幸せそうに見えた。不思議なもので、アンリまで幸せそうに見えてくる。灯台のベンチに座って休憩をとった。ほかに四組の観光客がいたが、アンリへ不審げな視線を向けてくる者はいなかった。

丹野は観光パンフレット用の風景写真を撮る仕事をしているという。旅から旅の日々を送っていて、海外へいくことも多いそうだ。

「物心ついたときから、生身の人間にはあまり興味が向かなくて――」

初恋は小学校三年のとき。家の近所にあった学生服専門テーラーの店先に置かれていた、女学生のマネキンがその相手だとか。

病気ではないか、とは失礼過ぎて訊《き》けなかった。だが丹野のほうから言った。

「どこかおかしいことは分かってます。でも、ぼくが感じる幸せは本物です。だから、このままでいいんです」

ちなみに、初キスの相手も件《くだん》の女学生マネキンだということだ。

鎬岬を去り、モウテル近くの海岸へ降りた。ここでも写真撮影である。侑也は幸せそうな丹野を眺めているうち、彼の普通でない性向の背景を気にするのはやめていた。幼いころの家庭環境や強烈な心的外傷が原因かも知れないし、一方、持って生まれた性向というだけのことかも知れない。もう原因はどうでもいい気がした。実際、丹野は幸せそうだ。なら、それでいい。

「奥野さん、実は気になるんでしょう?」

「なにをです?」

「夜の営みですよ」

正直、興味はあった。「どんな感じです?」

「ちゃんと挿入できます。事後はその部分を外して洗うだけでいい」

なるほど。脱着式というわけか。

「口でもしてもらえます。アンリはすごく恥ずかしそうでね、そこがまた可愛い」

「でも――」アンリの唇を眺めた。「口が開くようには見えないですが」

「フェラチオ仕様の頭と取り替えるんです」

「なるほど……」やはり人類の滅亡は近い。

侑也がサイロを改造した家に住んでいること、ドーベルマンを飼っていることを明かすと、丹野が撮影したいと言い出した。つまらないところなので、と断ったのだが、丹野に押し切られた。

海岸を出て、サイロへいった。サイロの外で写真を撮影したが、ここでの撮影は丹野自身が行った。アンリとの記念撮影という様子はなくなり、プロの顔つきが表れていた。

アンリを前にしたマクナイトの反応はおもしろいものだった。不審がり、絶えず鼻をひくひくさせ、落ち着かない。人間の姿をしているのに魂の存在を嗅《か》ぎ取れないことに困惑している。

丹野はマクナイトの写真もたくさん撮影した。丹野は犬が苦手だと明かし、マクナイトに手を触れようとはしなかった。

——丹野はアンリ、おれはマクナイト……。

侑也も、丹野とそう大きく変わらないのではないかという気がしてきた。

侑也の携帯電話に着信があった。表示はふみの名を示していた。

《ふみです。今、大丈夫ですか——》

なにかあったな、とすぐに感じた。声音の震えが尋常なものではなかった。

「なにかあったのか？」

《仕事中に悪いんですが——》

一瞬衣擦れの音がして、別の声が話しはじめた。《悪いもなにもない。あんたはあたしに雇われているんだからね》地獄の底から響いてくるようなしゃがれ声。《あたしがこいと言ったらすぐくる。当たり前のことじゃないか。だれからお給金を頂いていると思っているんだい——》

顔は知らない。声は、今はじめて聞いた。声の主は仙波治子だった。

2

——そこのガソリンスタンドで働いている娘が呼んでいるので。

——娘さんがいるんですか。お名前は？

——ふみと言います。

——和風でいい名だなあ……ぼくとアンリの娘を購入予定でして、もしよかったら娘さんの名前を拝借しても？

——それは……よしてくれません？

丹野にガソリンスタンドまで送ってもらった。丹野は、西側の森の中にある無人駅にいくと言い残し、きた道を戻っていった。

ガソリンスタンドの玉田店長に挨拶《あいさつ》し、二階へ上がった。物で溢《あふ》れていて統一感のないさまは、場末の古道具屋を思わせる。巨大なソファセットの隅に、制服姿のふみが腰かけていた。窓際の安楽椅子にはタバコを吹かす恵造が座り、ワークデスクの向こうに、仙波治子が座っていた。小さな体に壁のような背もたれ。治子は座っているというより埋まっているように見えた。

ふみがなにか大きな失敗をしたのだ、侑也はそう当たりをつけていた。

「あんたが奥野か？　ふみの父親だな？」

「はい。ご挨拶が遅れ――」

「座れ」

侑也はふみの隣に腰を下ろした。ふみはこちらを見ようとせず、ただ俯《うつむ》いている。手には、しわくちゃになった新聞紙が握られていた。

「うちのふみが――」

いきなりの怒声。「いったいどうなってるんだい――」

ふみが身をすくめた。治子が席を立って近づいた。立っても座っても、背の高さはそれほど変わらない。

「事情を聞かせてもらいたいもんだね。この子、いったいなんだい」

まず事情を知りたいのは侑也も同じだった。「ふみがなにかしたのですか？」

「なにか？」目をひん剝《む》いた。「しれっとよく言えるねえ、まったく」

恵造が口を挟んだ。「あんたが知らねえわけないだろう。なんで今まで放っておいたんだ」

恵造が言い終わらないうちに治子が言った。「なんでこの子は学校に通ったことがないんだい」

そういうことか。ふみの特異な経歴がばれた、というわけだ。

「許されざることが起きてしまったのは分かっています――」

侑也は偽の経歴を話した。弟の隼人が生まれてすぐ離婚した。子供ふたりの親権は母親が持ち、侑也は彼女らと離れて暮らすことになった。しばらくしてふみたち家族は転居し、それをきっかけに連絡が途絶え、所在も分からなくなった。母親の育児放棄が露見し、逮捕されるに至ってはじめて、侑也はすべてを知ったのだ。

「だからって、なんで放っておくんだよ」衝撃的な話のはずだが、治子は同じ調子のまま吠《ほ》えた。「信じられないね。この子にはなんの罪も責任もないじゃないか」

「責任はわたしにあります」

「責任を口にするだけで、実際なにもしてない。どういうつもりで放っておくんだい」

放っておく、が頻発する。なにか雲行きが怪しい。「なにが問題なんでしょうか」

治子は天を仰ぎ、呻《うめ》いた。再び侑也を見たその顔は、怒り爆発寸前、頰と唇が痙攣《けいれん》していた。

治子がまたも怒声を発した。「なにがだと――」手に拳《こぶし》が握られる。「問題だらけじゃないか」

落ち着いた声音が侑也の耳に届いた。恵造だった。「奥野さんよ。その言い草はひでえな」

「すみません」

「ハルちゃんも落ち着け……奥野さん、分かっているならなんでちゃんと教えねえんだ？」

「教えない……とは？」

「ふみちゃん……文字がほとんど読めねえじゃねえかよ」


侑也とふみが治子らから解放されたのは、午後六時過ぎだった。侑也は携帯電話を使って稗田に、オーナーに呼び出されて話していたこと、勤務時間が過ぎたので今日はこのまま上がることを報告した。侑也の車は一晩、モウテルに置かせてもらう。ふみが着替えて出てくるのを待った。今日はもう上がれ、と治子がふみへ言っていたからだ。

店内のベンチに座ってふみを待っている間に、丹野の車がやってきて給油をはじめた。助手席にはアンリの姿がある。藤代と鎌田がウィンドウを拭《ふ》いているが、ふたりに特段変わった様子はない。アンリが人形だと気づいていないらしい。丹野が車を降りて店に入ってきた。と同時に、ふみが更衣室のある事務室から出てきた。

丹野が侑也を見つけた。「やあ、奥野さん」

別の機会ならともかく、今は丹野と長話はしたくなかった。

「先ほどはすみません。娘のふみです。すぐにいくところがあるので――」

ふみを連れて店を出た。自転車を押して歩いてくるふみの隣に並び、一緒に歩く。

いつも拡大鏡を使って新聞を読む治子が今日は急に面倒臭がり、ふみに新聞記事の朗読を命じたのがきっかけで、ふみの秘密が露見した。ふみの秘密を知っていて当然の侑也は、ふみの助けを借りながら話を必死に合わせた。ふみが勉強を嫌がりこちらも流されて放置してしまった云々《うんぬん》。治子は緒方からふみの出自をろくに聞かされていないようだった。ふみに過去を話すよう要求し、ふみは言いつけ通り、物心ついたときからの自分の暮らしを話した。

小学校、中学校に通ったことがないとは、緒方から聞いていた。侑也の認識はそこで止まっていた。施設に保護されてから、最低限必要な教育は受けたもの、と勝手に判断していた。

どんちゃんが虐《いじ》められるからと施設を飛び出したふみは、独学のギターと耳で覚えた英語の歌、どんちゃんの芸で日銭を稼ぎ、ぎりぎりの生活をしていた。侑也にも初耳の、あまりに苛烈《かれつ》な、綱渡りめいた暮らし。学校が合わずドロップアウトする若者は幾らでもいるだろうが、文字が読めないふみのような者が現代の日本に存在しているとは、とても信じられなかった。

しょんぼりと小さな肩を落として歩くふみは、これまででいちばん憔悴《しょうすい》の色が濃かった。

ふみが呟《つぶや》いた。「馘《くび》かな……」

「オーナーはそんなこと言ってなかっただろう？　今日はもう上がれと言ったんだ。明日も普通に出勤すればいい」

ふみは応《こた》えず、黙って歩き続けている。文字が読めないといっても、すべてではないそうだ。ひらがなやカタカナはだいたい読めるし、幾つか簡単な漢字が書ける。葉山ふみという本名も、下手ではあるが書ける。だが、葉山ふみの葉が葉っぱの葉だということは知らなかった。山は分かる。テレビの紀行番組を見ているとよく、なになに山、というテロップとアナウンスが出るからだった。

日々の生活の中で、文字を書かねばならない局面は必ず訪れる。そんなときはめまいがして気持ちが悪い、代行してくれ、とそばにいる人に頼んできたそうだ。ときには、見知らぬ他人に頼んで書いてもらったりもしたという。

ふみと同居してもうすぐ一ヶ月。ふみが文字を読めないなど、そんな疑いが脳裏をかすめた一瞬さえ思い当たらない。ふみが上手に隠していたのか、侑也の注意が足りなかったのか。恐らく両方が作用したのだ。ここへきた当初の侑也は、マクナイトのことばかり気にしていた。

文字以外にも欠落は存在していた。計算はほとんどできない。買い物のときなどどうしているのかというと、数字の桁数《けたすう》と数字の並びを眺め、感覚的に合わせていたという。間違っていたら店員が教えてくれるので、問題はないそうだ。

さらにふみは、時計の正確な読み方を知らなかった。時計の針の位置を覚え、だいたい当たりをつけていたのである。一秒が六十個で一分、一分が六十個で一時間という基本さえ、なんとなく知っているような、という具合である。頭のどこかで、数としてきりがいい、という理由から百分で一時間だと捉《とら》えている部分もあり、その辺が曖昧《あいまい》なまま過ごしてきた。

このような覚え方だから、ふみはデジタル時計の意味がまったく分からない。アナログの時計にも数字は打たれているが、デジタル表示の数字との相関関係が分からないのだ。二十四時間表記が混ざると、もうお手上げだ。同じ形をしているのに、数字の3と時計の文字盤上の3が、ふみの中では結びついていないのである。

体育の授業などもちろん受けたことがない。泳げないばかりか、水着を着たことが一度もないという。

侑也は思う。なにを知っていてなにを知らないか、詮索《せんさく》は必要ない。どこが欠落しているかなど、簡単に把握できるものではないからだ。きみはなにを知らない？　そんな質問に意味はない。

知識は今からでもなんとかなる。侑也は、ふみのために家庭教師をつける決心をしていた。小学一年レベルの国語や算数、社会や理科など、可能な限りの教育を今から受けさせる。

事情を話して、地元の小学校に通わせるという手もある。問い合わせてみる価値はある。

知識はそれでいいとして、情緒面はどうか。侑也はお手上げといっていい。ごく普通のお嬢さんにしか見えないふみの、心の欠落など侑也にはどう探ればいいか見当もつかない。これは医師の仕事だ。

「この前の子供会費のときもそうだし、建前のときもそうだし……きみは隼人よりよほど常識人に見えるよ」

ふみは薄く笑った。「テレビをたくさん見た。そしてその中に入り込んで自分も演じていた。いつか普通の暮らしがはじまったらどう振る舞えばいいのか、自分も舞台に立って、役者さんたちと一緒に演じていたの」

それだけで、そんなことだけで常識が身につくものなのか、侑也には分からなかった。

「地元の小学校に通えるよう、取りはからってやろうか」

ふみは首を横に振った。

「子供たちに囲まれて、楽しいんじゃないかな」

「いや」

「どうして？」

ふみは聞き取れないほどの小さな声で呟いた。恥ずかしいよ。

「なら、よそう」

——家庭教師の話……今は遠慮しておこう。

「疲れてないなら、気晴らしにどうだ？　マクナイトと散歩」

ふみは陰気に笑った。「今日はいい。疲れたし……ご飯作らなくちゃいけないし」

「そうか」監視車が侑也たちを追い抜いていった。侑也は背後へ目をやった。隼人の小型車が見える。隼人は徐行速度を保ったまま、追いつこうとはしない。

ふみとサイロへ到着した侑也は、その足でマクナイトと散歩にでかけた。

道に出たところで隼人の車と行き合った。隼人が車を停め、ウィンドウを降ろした。

「なんかあったのかよ」

「今夜、ふみへのいつもの毒舌は封印してくれ。約束できるか」

「なんだよ急に」

「どんな人でも弱るときはある。ふみにとって今夜はそんな夜だ。優しい言葉をかけなくてもいい。ただ静かにしておいてやってくれ」

「前置きが長いぜ」

侑也はふみの秘密を隼人へ伝えた。話を聞いている隼人の表情に、特段の変化はなかった。ハンドルを握りしめたまま、ただ遠くを見つめていた。

「分かったよ……そういうことかよ……」

「なにがだ」

「ここにきて二日目、役場に転入届を出しにいったんだ――」

ふみがすべての書類記入を隼人にさせた、という。はじめて知った話だった。

「タテマエのメモも、メールをよこさないのも……そういうことだったのか……バイトだって履歴書が書けなきゃ、選択肢に入らないはずだ」

隼人は建前のメモの話、ふみがメールを送ってこないので揉《も》めた話、施設を出たふみがバイト先を探さなかった話を手短に話した。

隼人がくつくつと笑った。「しかしおれたち……間抜けにもほどがあるぜ」

「ふみを間抜け呼ばわりしたら――」

「今の間抜けにふみは入ってない。おれとあんた、ふたりってことさ。文字が読めない？　なんでおれたち、気づかないんだ」

「意外と気づかないものかも知れない。記憶を辿《たど》ってみても、ふみが文字を読む必要に迫られた場面があったかどうか、ひとつも思い出せない」

隼人は考え込んだ。「まあ……確かにな……」

「だから頼むぞ。今日の軽口は封印だ」

「分かってるって。しつけえぞ」

隼人と別れ、歩き出した。「すまんな。さあ、いこう」

――待ちくたびれたよ。

マクナイトの思いが伝わってくる。

侑也はマクナイトを連れて街道へ出た。ガソリンスタンドに目をやると、丹野の車を見つけた。車はガレージに収まり、ジャッキアップされていた。玉田店長が車の下で何事か作業している。藤代と鎌田は夕方の繁忙期を迎えた給油スペースで走り回っていた。丹野の姿は確認できなかった。

——店長、さすがにアンリの異常に気づいただろうな。

アンリが車の中に座ったままなのかどうか、侑也の位置からは見えなかった。

「娘を購入予定か……まいったね」

個人の自由と言ってしまえばそれまでだが、でも侑也は祈った。

——どうか、丹野が娘にふみの名を使いませんように。

なぜそう祈るのかというと、侑也自身明確な根拠を説明できないものの、どこか験が悪いような気がするからだった。

侑也とマクナイトはいつもの経路を辿って散歩し、帰路についた。今日は早く横になりたい。侑也は足を速めた。サイロが目の前まで近づいた。

サイロの中から鋭い物音が聞こえた。侑也は足を止め、砂利を踏みしめるときに発する雑音を消した。

怒号と悲鳴。食器の割れる音が交錯する。侑也は走り出した。マクナイトがぴったり隣を走っている。マクナイトをどこかに繋《つな》ぐこともせず、侑也はドアを引き開け、居間へと走り込んだ。

「どうした――」居間には、侑也の予想に反してふみと隼人、ふたりしかいなかった。

ふみはキッチンの食卓そばに立っていて、隼人は居間のソファを盾に身を屈《かが》めている。

ふたりは侑也を認めると、体を凍りつかせた。

辺りには皿や茶わんが散乱している。それだけでない。今日の夕食だったのだろう、カレイの焼き物やサラダ、スープの飛沫《ひまつ》、漬け物などがそこらじゅうにぶちまけられていた。炊飯器の中身もすべて、床に散乱している。

どんちゃんは、掃き出し窓のカーテンにしがみついていた。

「いったい……なにがあった？」

ふみが惚《ほう》けたように椅子へ腰を落とした。

隼人が早口で言った。「急にあいつが怒り出して――」

「きっかけは？　なにがどうしたんだ」

ふみが床の一点を見つめたまま言った。「隼人が……いやなことを言うから……」

侑也は思わず溜《た》め息をついた。あれだけ言い置いたのに。

隼人は小さく首を横に振った。「いやなことなんか……ただ……」

「ただ、なにを言ったんだ？」

「だからよ、おかず……」

「別に悪気は……」

「だからなんだ」

隼人が唇を歪《ゆが》ませた。その顔によく似合う幼い仕草だった。

「おかず？」

「おかず少ねえなって……大したことじゃないだろ？」

隼人は同意を求めて侑也を見つめた。

——残念だが……大したことだ……。

短い期間だが、侑也も結婚していた期間はある。家事を預かる者に対して絶対に口にしてはいけない言葉のひとつを、隼人はうっかりこんな夜に口にしてしまったのだ。

——この……間抜け……。

だが、と思い直す。隼人はまだ若い。分からなくてとうぜんだ。「とにかく隼人、お前謝れ」

「なんでおれが——」

侑也は視線で隼人を黙らせた。表情と視線だけで自分の思いを隼人へ伝えた。

——いいから頼む。ここはまずお前が引け……頼む。

「分かったよ」隼人はようやく腰を伸ばしてちゃんと立った。「悪かったよ」

——ちゃんと謝れ。

「……すみませんでした……ごめんなさい」

侑也はふみを見た。ふみはカーテンにしがみついているどんちゃんを見ていた。

「どんちゃんおいで、どんちゃんおいで――」どんちゃんがばたばたと無様に飛び立ち、ふみの肩に止まった。ふみはどんちゃんをひと撫《な》でした。

「それだけじゃ駄目」

隼人が呟《つぶや》く。「駄目ったって」

「うるせえって言うの、やめて」

「そんなの今関係ねえだろ」

――頼むから今は逆らうな……。

隼人はうんざり気味に言った。「分かった……分かったよ。もう言わない」

「テレビとソファはあんたの専有物じゃない。あたしだって見たいテレビ番組くらいある」

――ここはとにかく受け入れろ。

隼人は侑也へ向け、分かったよ、とばかりに手で追い払う仕草をした。

「分かった。気が利かなかった」

ふみの声音が、低く押し殺した様子を帯びてきた。はじめて聞く声だった。

「しょっちゅうパンツとか靴下が洗濯機の外に落ちてる。あんたでしょ。いい加減にして」

「分かった。悪かった」

「玄関にしろ、部屋にしろ、冷蔵庫にしろ、とにかくドアの閉め方が荒い。静かに閉めて」

「分かった。悪かった」

「冷蔵庫、好き勝手に漁《あさ》ってなんでもかんでも食べたり飲んだりしないで」

「分かった」

「毎朝、お弁当を受け取ったらありがとうって言うの」

「言う。ありがとうって言うよ」

「どんちゃんを鳥って呼ばないで」

「これからは名前で呼ぶ」

「名前？」

「どんちゃん」

「帰ったあと、脂でべたべたの素足で歩き回らないで。床が汚れるでしょ。だれが拭《ふ》き掃除してると思ってるの」

「つい癖で……悪かった」

「帰ってきたら足を洗うか、スリッパ履いて」

「分かった。足を洗う」

「キッチンや洗面台、なんで水浸しのまま放っておくの。拭く手間なんか一瞬でしょ」

隼人が侑也を見た。その目はこう言っていた。それはおれだけのことじゃないぜ。

侑也が言った。「そうだった。すまない」

「流しの水飲みコップは使った人がちゃんと清潔に管理して。大した手間でもないでしょ。使ったまま置きっぱなしにしないで」

「分かった。これからちゃんとやる」

「床に歯磨き粉落ちたら、自分で拭くぐらいして」

侑也の身に覚えはない。ないが、気がつかなかった、という場合はあったのかも知れない。

「分かった。気をつける」

「ひげ剃《そ》りあとのカス、いっつも洗面台に散乱してる。なんでちょっと水かけて流すぐらい思いつかないの」

「確かにそうだ。気をつける」

「トイレットペーパーの芯《しん》ぐらい、ちゃんと捨てて。なんで隅っこに放置するのよ」

「分かった」

「せっかく台拭きがあるのに、なんでもかんでもティッシュペーパーを使わないでよ」

これは明らかに侑也だ。「悪い癖でね。これからは直す」

「ハサミ、カッター、爪切りその他なんでも。使ったらもとあった場所に戻して」

「そうする」

「少しぐらい、家事手伝って」

「以前、家事を分担しようかって訊《き》いただろう？　ふみが断ったんだぞ」

「あと一回訊いてくれたら頼んだのに……もう訊かないんだもの」

これは気がつきようのないことだ。だが、ここは抑える場面だ。

「配慮が足りなかった。あと一回訊けばよかったよ」

「あと、怖い顔するの、やめて」

侑也は隼人と顔を見合わせた。どちらに言っているのか、すぐに分からなかったのだ。

ふみがそれを明らかにした。「親父どの」

「おれか？」

「うん」

「分かった。努力する」

「努力じゃ駄目」

「分かった。顔を変える」

隼人が吹き出しそうな顔をした。侑也は視線で思いを伝えた。こらえろ、笑ったら最悪だぞ。

ふみは構わず続けた。「親父どの、どんちゃんの前でタバコ吸わないで」

「分かった」

「マクナイトの前でタバコ吸う？」

「吸わない」

「じゃあ、どんちゃんの前でも吸わないで」

「約束する」

「ふたりとも、もっとどんちゃんに興味持って。遊んであげて」

「分かった。遊ぶよ」

ふみの言葉が途切れた。侑也は隼人とともに様子を見守るしかなかった。ふみは焦点の定まらない視線を中空に泳がせていた。

「ふみ？」

ふみは一瞬体を大きく震わせ、突如泣き出した。両手で作った拳《こぶし》を両目に当て、大きな口を開けて慟哭《どうこく》した。どんちゃんが心配して悲鳴を上げた。

「フミチャンフミチャン、フミチャンフミチャン――」

侑也は言葉を失い、ただ見つめた。隼人の顔にも驚愕《きょうがく》が浮かんでいた。ふみの泣き姿はどこか、異様なのだった。空恐ろしささえ感じる。とても二十三歳女性の泣き姿には見えない。まさに幼子の泣き方だった。しゃくり上げ、痙攣《けいれん》し、一本調子の泣き声を響かせ続けるのである。

隼人が呟いた。「……ふみ……壊れちまったのか……」

侑也の思考は止まったままだ。ただ、立ち尽くしていた。

隼人が視線を向けてくる。その目はこう言っている。あんたがなんとかしなよ。

――こんなときばかり頼るな。

――おれは知らないぜ。あんたが年長なんだから、なんとかしろ。

侑也は静かにふみのそばへと歩み寄った。そばまできたが、どうしていいか分からない。迷いながら、ふみの肩に手を置いた。ふみは抗《あらが》うそぶりを見せなかったが、泣き続けている。

侑也はふみの頭に手を乗せた。泣き姿が幼子のそれなら、対応はこれしか思い浮かばなかった。侑也は、ふみの頭を優しく何度も撫でた。

ふみがふっと泣くのをやめた。

侑也もすぐには気づかなかった。マクナイトがふみの膝《ひざ》の上に、顎《あご》を乗せたのである。マクナイトは鼻先を腹へくっつけ、ときどきふみの顔を見上げた。ふみはときどきしゃくり上げながら、マクナイトの頭を撫で、肩の上のどんちゃんに頬を寄せた。

認めるのは悔しいが、ふみを泣き止ませたのは侑也の手ではなく、マクナイトに違いない。

3

「今日はいろいろあってな、いつものような花束はなしだ。勘弁してくれ」

ベッドサイドテーブルには、銀の枠がついたシンプルな意匠の写真立てが置いてある。写真立ては、前の休みにホームセンターで購入した安物だ。写真の冬子はひまわり柄のワンピースを着ている。夏の日差しを浴びながら、柔らかな微笑みを侑也へ送っていた。

「いろいろあって、じゃないな。花束ひとつ買うのも小旅行みたいな土地だからね。白状すると、不精してしまった」

写真立ての前には、赤ワインが注がれたグラスと、家のそばで摘んだヤクシソウが供えられている。赤ワインは冬子が好きだった酒だが、供えられているのはモウテルで売られている安物だ。黄色い可憐《かれん》な花を咲かせているヤクシソウは、外で侑也自ら摘んできたものだ。

二十年前、葉月の今日。冬子が消えた日だった。

ベッドサイドテーブルの引き出しを開け、結婚指輪を久しぶりにはめた。ここにきてからずっと外していた。侑也が演じなければならない偽の経歴に照らして、結婚指輪は外しておいたほうがいいと判断したのだ。今夜だけは特別だった。

開け放ったままの窓から、潮風が吹き込み、カーテンを揺らす。

侑也は月の入りを眺めながら、赤ワインをすすり、いつまでも冬子を思っていた。

4

土曜日、ここへきて四週目最後の日。

昼、仕事中の侑也へ隼人から電話がかかってきた。侑也へ隼人が電話をかけてきたのは、これがはじめてだった。

《気分転換によ――》空元気ともいえる快活さ。《今日の夕食は外食にしねえか？》

――なるほどね……さっそくギブアップか。

苦笑が漏れた。今日の夕食当番は隼人である。

――今までの人生で最大級にばつが悪いです……。

〝おかず少ない事件〟の翌朝、ふみが言ったことだった。侑也も隼人も、昨夜なにかあったっけ、という体で接した。その朝のうちに、家事の分担について話し合いをした。洗濯はふみの仕事となった。侑也は分担制にしようと提案したが、自分で洗います、と言い張るふみの意図が遅まきに分かり、ここは引いた。うら若き女性である。いじられたくないものもあるだろう。それでは洗濯は各々で、と侑也は提案したが、水がもったいないし、ついでだから、とふみがすべて担当することになった。

ゴミ出しは今まで通り侑也の担当で、掃除は場所で振り分け、炊事は曜日で振り分けることになった。侑也は夜勤があるので、その配慮はもちろんしてもらう。朝食作りに関してふみは、今まで通り自分がやる、と申し出た。そうでないとたぶん朝の時間を持て余すし、リズムも狂うから、とのこと。侑也は、爆発してしまったことへの詫《わ》びも含まれている、と感じた。夕食は侑也とふみで、とまとまりかけたところに隼人が口を出した。

――料理ぐらいできるぜ。なめんなよ。

隼人が作れる料理は、カレーとやきそばだけだった。

隼人が電話の向こうで話している。《たまにはぱーっといこうぜ——》

隼人がさっそく夕食作りから逃げ出したことは、明らかだった。日頃の口癖が〝うるせえ〟から〝やかましい〟に変わった隼人へ、侑也は答えた。

「おれは構わない。ふみにも伝えておいてくれ——」

変わったといえばもうひとつ。ふみへの特別講座がはじまった。講師は治子と恵造。国語と算数と理科を治子、社会と英語を恵造が教えるのである。

いつもと同じ時間に出勤したふみはさっそく治子に呼びつけられたという。二階へ上がると、大きなホワイトボードが持ち込まれており、テーブルの上にはノートと教科書が積み上げられていたそうだ。ふみが遠慮すると治子は言った。

——なに言ってんだ。社員研修だよ。あんたにはその義務がある。

と言っても、店の仕事ももちろん兼務する。朝十時までと昼は三時から。それ以外は勉強することになった。治子も恵造も、大学では教職課程をとっていた、だから安心しろ、だとか。

こうして唐突に、治子先生、恵造先生による授業がはじまった。

食事へは侑也の車で出かけた。侑也が運転し、ふみが助手席、隼人が後部座席についた。時刻は午後八時近い。マクナイトの散歩は省けないので、自然と出かける時間は遅くなった。隼人は文句も言わずに待っていた。下手に文句をつけて外食が潰《つぶ》れたら、隼人が料理を作らなくてはならないから、じっと我慢していたのだろう。

北の街へいけば店の選択肢は増える。だが車で四十分かかる。話し合いの結果、南の中心集落間倉へいくことにした。夜遅くまでやっているファミリーレストランが一軒ある、とふみが知っていたからだ。治子の外出に同行するので、間倉のことはふみがいちばん詳しかった。

十数分で間倉にあるファミリーレストランへ到着した。近隣では一軒だけ、土曜の夜ということで、店はたいへんな混みようだった。受付に人数を伝え、テーブルが空くまで待合室で待つことになった。その間中、隼人はしきりに文句を言っていた。ここまできてしまえば、もう外食の予定が潰れることはないと安心したのだろう。

ふみが侑也へ囁《ささや》いてきた。「隼人は料理当番から外そう」

「おれもそう思っていた。奴はまたわいわい言うだろうが、無視な」

「うん」

待合室で三十分以上待たされたあと、ようやくテーブルへ案内された。隼人が気合いを入れた。

「腹減った。がっつり食うぞ。おれの分はおれが払うから心配すんなよ」

「おれが払う。半月分だけだが給料も出たしな」

「いいんだ。おれは借りを作りたくない」

ふみがうんざりした様子で言った。「こんなときに借りもなにもないでしょ」

侑也も言った。「貸しじゃない。ただの奢《おご》りだ。立場上の配慮からくるただの奢りだ。いいな？」

「まあ……そういうならいいけどよ」

隼人はそう言い、マグロ漬け丼、チーズハンバーグセット、ラーメンと餃子《ギョーザ》、チャーハンを注文した。

次からは割り勘にしようと思う。

※

《こちらサイロ前、指示を求む。どうぞ》

モニター機器を前にして椅子に座っている石崎が、立って腕組みしている緒方を振り仰いだ。

「こっちで潰すか？　放っておくか？」

監視車の報告では、侑也たちはまだファミリーレストランの中だ。

迷う。奴らにはこちらの姿を晒《さら》したくない。

「待機車1、聞こえるか、どうぞ」

《こちら待機車1、聞こえます。どうぞ》

「奴らがサイロを出たら尾行しろ。どうぞ」

「サイロ前監視を除いたほかの者全員、急行準備を整えて待機せよ」

《了解しました》

各隊員たちから了解の報告が続々入ってきた。

緒方は石崎を見下ろした。「地元の警察は役に立ちますかね」

石崎が鼻で笑った。「役に立つよう運用するのがあんたの仕事だろ……奥野さんに伝えたほうがいいと思うがね」

侑也へ伝えたら、こちらのサイロ監視がばれる。だが相手は侑也だ、サイロが監視下にあることなど、想定済みだろう。侑也へ今夜の事変を伝えても大した影響はない気がする。

一方、用心の虫も疼《うず》く。侑也がこちらの監視体制を知らないでいることは、とても重要なことだからだ。知らなければ、他人へ教えることもできない。

——西和田と入江のときのようにね。

《こちら奥野バック——》侑也を尾行し続ける示威的監視担当からの連絡だった。《対象が三人揃って店を出ました。以上報告終わり》

緒方は、頭の中に浮かんだ幾つかの連絡経路のうち、どの経路がいちばん効果的かつ迅速対応が可能か、吟味しはじめた。

※

途中コンビニエンスストアへ寄った。隼人は、用事がない、と言い車に残った。

「朝の総菜買っていこうかな。ちょっと手抜き」

「たまにはいいさ」

総菜と口にしながらもふみが最初に立ち寄ったのは雑誌のコーナーだった。考えれば不憫《ふびん》なものだ。ふみはここに並んでいる雑誌のほとんどを読めない。

「なにを探してる」

「幼児向けの絵本みたいなのとか……でもそんなの置いてない？」

書棚を見渡した。「置いてないな。あとでちゃんとした本屋にいこう」

集落に本屋は一軒もなかった。後日ということで本は諦《あきら》めた。ふみは朝の総菜を買った。計算がほとんどできないと言っていたが、金の受け渡しはスムーズで、なんの問題もなかった。

「勉強はどんな具合？」

「毎日ひらがなばっかり書いてる。書けるだけじゃ駄目、いい女になるには字が綺麗《きれい》じゃなきゃ駄目だってオーナーが」

「ま、あの人の言いそうなことだな」

治子が突然教師役を名乗り出た心情は推し量るしかないが、端的に同情という一語に尽きるのではないか、と考えていた。侑也の計画とはだいぶ違うが、任せてみることにした。国語と算数の基本ぐらいは教えられるだろう。プロの家庭教師を考えるのはそのあとでいい。

ふたりが車に戻ると、隼人が言った。「悪い。おれも買い物」

ふみが嚙《か》みつく。「ちょっとあんた、嫌がらせしてんの」

「馬鹿なこと言うな。ケイタイの電池が切れそうなんだ。急速充電器買ってくる」

「すぐ着くのに」

「命綱だぜ。一秒たりとも電源は落としたくない。ケイタイの電池の減りが早いのはおれだけか？」

ふみが言う。「実はあたしのもそう」

侑也も言った。「おれのもそうだ」

「緒方のやつ、なにが高性能のGPSだよ。これ、型はだいぶ古いぜ」

「電池自体が寿命なのかも知れないな」

「あんたらの分も買っておいてやるよ。これはおれの奢りだ」隼人が車を出ていった。

ふみがおかしそうに言った。「今ごろになって、あんなに食べたのを後悔してるのかも」

「あいつに限ってそれはないだろうな」

そのとき、侑也の携帯電話に着信が入った。表示は緒方の名を示していた。

間倉からサイロまで十分のところ、侑也は五分で駆け抜けた。サイロに着くと車を飛び出し、マクナイトの犬小屋へと向かった。ケージの柵《さく》が開いたままになっていて、マクナイトの姿は消えていた。

――どうして止めてくれなかった。

叫びたい気持ちをぐっと抑えた。聞こえたとしても返答が返ってくるはずがないのは分かっていた。この野原のどこかに、恐らく今も緒方の部下が潜んでいるはずだった。

――以前犬のことでチンピラと揉《も》めただろう？　同じ奴らが車で家に乗りつけて、犬を連れ去った。闘犬の話は知っている。こちらで対応するから、家で待て。

これが緒方からの電話の内容だった。

隼人が追ってきた。「緒方が対応するって言ってんだろ。おとなしく待っていようぜ」

しばし風に吹かれて考えていた。

ふみが言った。「たぶん緒方さんが地元の警察を動かしてくれるよ」

マクナイトが消えたらここにいる意味はない、以前緒方に断言した。緒方は動いてくれるだろう。動いてくれたとしても、マクナイトが傷つけられたあとでは、なんの意味もない。

――せっかく人を信じてみようと思いはじめているのに。

もとに戻ってしまうかも知れない。戻るだけで済めばまだいい、殺されるかも知れない。

――そんなことになったら、おれはたぶん、上田を殺す。

侑也は玄関へ向かった。後ろからふたりがついてくる。玄関ドアを開け、ドア脇のフックに掛けているマクナイトのリードを束ねて手にし、ふたりと向き合った。

「緒方は対応してくれるという。たぶん警察を動かして手入れさせるんだろう。警官隊が闘犬場に踏み込むのは何時間後になると思う？」

「気持ちは分かるけどよ……こないだとは数も違うぜ、きっと」

「暴れようっていうんじゃない。返してもらいにいくだけだ」

「こんなことするぐらいだ。やすやすと返すとは思えないね」

「とにかくおれは出かける。お前たちは家で待っていろ」

侑也は車へ向かおうとした。隼人の声が飛んでくる。「場所が分からねえだろうが」

「緒方に訊《き》く」

「試してみろよ。教えるはずねえから。財布の中身を全部賭《か》けたっていいぞ」

侑也はその場で携帯電話を取りだし、緒方へかけた。緒方は、電話に出ることさえしなかった。

「面倒だから避けてんだ。分からねえのか。どうして犬のことになると馬鹿になっちまうんだ」

「おれの命と同等の価値がある、代償行為だからだ」

隼人は一瞬言葉に詰まった。「……場所が分からないんじゃどうしようもねえだろ」

侑也はもう一度緒方へ電話をかけた。幾らコールを続けても、緒方は出ない。隼人の見立てが正しいのだろう。

「場所なら知ってる――」ふみだった。「間違えた。場所を知っている人を知ってる」

「だれだ？」

「スタンドの西原さん。以前知り合いに誘われて一度だけいったことがあるって。二度とごめんだって言ってたけど」

隼人が言った。「スタンドはもう閉まってただろうが。そいつの連絡先知らないだろ。意味ねえんだよ。やっぱり場所は分からないってことさ」

「西原の携帯番号なら……おれが知っている」

今も携帯電話のメモリーに入っている。マクナイトを逃がしてしまったとき、夜のスタンドで番号を交換したのだ。

隼人はうんざりした様子で言った。「出たよまた……天の配剤ってやつがよ」

※

「所轄の警官たちが踏み込むのは――」ざっと計算してみた。「一時間ほどのちでしょう」

「奥野さんが先に着いちまうな」

「彼がうまくやってくれることを祈ります」

「助けないのか」

「正直……思案中です。隊員たちの暴露はぎりぎりまで避けたいので」

※

車中にはふみも隼人もいない。侑也独りきりだった。

ほとんど土地勘のない中、西原から得た情報を書きつけたメモ、紙の地図、携帯電話上に表示される地図サイトの情報を頼りに、山道を飛ばす。後方にはだいぶ離れて監視車のヘッドライトが見え隠れしていた。

——釣甲峠《きんこう》を越える県道一二八号線を西側から昇っていき、十分ほど走った辺り……昔養鶏場があった場所……田野中養鶏場の看板……。

スピードを落とし、左側の路肩に注意を向けながら走る。今までの例から、緒方が手を出さないであろうことは、予測している。自分ひとりでやるしかない。

ヘッドライトの左端、ふっとくすんだ白い柱めいたものがかすめ、通り過ぎていった。勘が働く。急ブレーキをかけて停止、Uターンして白い柱まで戻った。棺桶《かんおけ》ほどの大きさの四角い看板だった。文字はすり切れ、すべてを判読できない。

——田……場……。

ちゃんと読めたのはこの二文字だけだった。看板脇の森の中へ分け入っていく砂利道へ車を進ませた。道は車一台分の幅。入ってすぐ鋭角に右へ曲がっている。曲がった先には一台の軽トラックが停まっていて、道を塞《ふさ》いでいた。車を停めた侑也のもとに、軽トラックから降りた若者が近寄ってきた。侑也はウィンドウを降ろした。

若者が言う。「なんか用？」

「遊びにきた」

「だれの紹介？」

「上田さん」

「ちょっと待って」若者はウィンドウから離れ、携帯電話を使いはじめた。当然、確認するだろう。断られたら押し通るだけのことだ。どういう手を使って闘犬場へ入ったとしても、いささか揉めざるを得ないのは覚悟していた。電話を終えた若者が戻ってきた。

「車どかすんで、待ってて」若者が軽トラックへ戻り、路肩の藪《やぶ》の中へと無理矢理軽トラックをめり込ませ、道を空けた。

侑也はそこを通り抜け、道を奥へと進んだ。道は緩やかな昇り勾配《こうばい》で、左へと曲がっていく。と、突然視界が開けた。林が切り開かれている。二十台以上の車が停まっていて、その先に、縦長の倉庫めいた簡素な造りの建物が一棟建っている。

車を降り、建物へ向かって歩いていく。何事も起きない。

開け放したままの大扉から明かりと、野太い歓声が漏れてくる。大扉へ近づき、中を覗《のぞ》いた。壁の一角に対戦表やオッズ表が貼られている。地面が剝《む》き出しで、中央には、天井まで金網で囲まれた円形の闘犬場が設《しつら》えてあった。その周りを男ばかり三十人ほどが取り囲み、声を張り、体を揺らしている。円形闘犬場を越えた向こう側の壁際に、大小数々のケージが見えた。犬の吠《ほ》え声が響き渡る。

獣の臭い、血の臭い、男たちの汗の臭いが入り交じり、侑也は吐き気を覚えた。

男たちの体の隙間を透かして、闘犬場の中が垣間見《かいまみ》えた。ミックス犬とおぼしき犬が、血まみれの猫を追い回していた。犬の行動範囲は平面だが、猫は立体である。猫は必死に金網を昇ろうとするのだが、そのたびに電気棒が差し込まれ、電気ショックを浴びせられる。猫は電流を受けて地面に落ちる。そこへ異常に興奮した犬が襲いかかる。延々とこの繰り返しだった。

猫は猫でかなりの攻撃力がある。簡単にはやられないし、場合によっては勝つこともあるだろうが、今、猫は明らかに消耗させられていた。犬に負けて死ぬよう、シナリオができているらしい。ではなにを賭けの対象にするのか。

大きなデジタル表示の時計が目につく。猫が死ぬまでの時間を賭けているらしい。

侑也の胸の内に湧き上がるのは怒りでなく、憐憫《れんびん》だった。犬と猫への、金を賭けている男たちへの憐憫の情だった。あんなショーを平気で楽しめる男たちそれぞれが抱える闇、闇を産み育てた環境や背景、金を賭ける動機を思うと、男たちに対して深い憐憫を感じるのだった。

侑也は足を一歩踏み出した、と、そこで意識が途絶えた。

5

突如、意識が戻った。侑也はがらんとした空間の真ん中にいた。酷《ひど》く傷んだ木の椅子に座らされている。意識が戻った途端、右の側頭部が痛みはじめた。鼓動に合わせた痛みの波が襲う。

ややくぐもった男たちの歓声が耳に届く。闘犬場の隣の部屋らしい。裸電球が灯《とも》り、相変わらず獣の臭いが鼻をつく。

目の前にタオルが差し出された。「血を拭《ふ》け」

側頭部から首、肩にかけて血のりがついていた。タオルを受け取り、側頭部へ押し当てた。鉄の臭いが漂ってきた。椅子に座る侑也を男ばかり八人が取り囲んでいた。中には、上田のほか、あの夜侑也が投げ飛ばした男ふたりが混じっていた。巨漢、赤城の姿はどこにもない。

いきなり若者がひとり、侑也の足下へ土下座した。「すんませんでした――」

「悪かったな――」上田だった。「おれの指示を聞き間違えてよ、後ろからバットで殴っちまった。おれはただここへ連れてこいと言っただけなんだ」

「ほんとにすみません。どうかこれで――」若者が紙幣を差し出した。「収めてくれませんか。治療の足しに……おれ、今警察だとか、まずいんすよ」

いつだったらいい、とぼんやり考えた。若者は侑也の膝《ひざ》の上に紙幣を置き、立ち上がって頭を下げた。若者が頭を上げたほんの一瞬、若者の唇の端が微《かす》かに歪《ゆが》んだ。笑みをこらえるような不自然な強《こわ》ばり。合点がいった。警察沙汰《ざた》にしないための猿芝居だ。殴ったのはこの若者ではなく、上田ではないかという気がした。この間の仕返しに自分でバットを振るい、手下に謝らせて大事にならないよう手当てしている。

上田が近づいてきた。「なんとか収めてくれよ。治療代、もっとかかるようならいつでも言ってくれ。これはおれから——」ポケットから紙幣を出した。「服のクリーニング代だ。遠慮せず受け取ってくれ」

侑也が受け取らないでいると、上田は侑也の膝の上に紙幣を置いた。

「よくこの場所が分かったな。だれから聞いた？」

「じいさん」

「どこのじいさん？」

「この間建前で会って立ち話したじいさんだ。名も知らんよ」

上田は疑わしそうな瞳《ひとみ》だった。「まあいい。で、なにしにきたんだ。賭けにきたのか」

「マクナイトを取り戻しにきた」

「あんたんとこのあの犬？　いなくなったのか」

「お前たちが連れ去った」

「言いがかりはよしてくれよ。おれたちは夕方からずっとここにいたんだぜ」

「お前らが連れ出すのを見ていた人がいる。嘘はもういい」

「いってもいねえのにおれたちを見たって？　そう言ってる奴を疑ったほうがいいと思うぜ」

話しているうちに頭の痛みが増していく。「いないと言うなら捜させてくれ」

「構わねえよ。好きにしな」

侑也はやっと立ち上がり、部屋を見回した。目につくものはない。ふらつく足で戸口へ歩いていき、隣の部屋を見た。闘犬場だ。さっきの試合は終わっている。犬がどうしたか、猫がどうなったか、分からなかった。金網の中には血と毛の痕跡《こんせき》があるのみだ。

数々あるケージの中を見回った。犬や猫、鶏もいた。マクナイトはいなかった。

侑也の背後を歩いていた上田が言った。「分かったろ。おれたちじゃない。余所《よそ》を当たるんだな」

「建物はこれだけか」

「そうだよ。用が済んだら帰ってくれ。興が冷める」

今すぐ闘犬自体を止めさせ、動物たちを救うべきだろうとは思う。だが自分ひとりではまず無理な仕事だ。緒方がちゃんと動いてくれていることを祈る。

侑也は闘犬場の大扉まで歩いていった。後ろを上田含め四人がついてくる。

侑也は足を止めて言った。「車の中を確かめさせろ」

上田は笑みを大きくし、言った。「どうぞどうぞ」

自信満々だ。ということは、車の中にもいないのか。

——トランクの中に隠してある、という可能性もなくはないが……。

呼べば吠えて応《こた》えてくれる犬ならいいが、マクナイトは鳴かない。侑也はまだ一度もマクナイトの吠え声を聞いたことがない。侑也の携帯電話が着信した。表示は隼人である。

《まさかそのまま帰ろうってんじゃないだろうな》

ここにいるのか、と言いかけ、瞬時に言い直した。背後で上田が聞き耳を立てている。

「もう帰るところだ。どうした」

《現場把握完了ってところだ。その建物の裏にもう一棟、小さな建物がある。マクナイトはその中だ。計画は？》

「返してもらう」

《そこに至る道筋を訊《き》いてるんじゃねえか》

「もうな……細かいこと考える気力がない……隼人、ケツを守ってくれ」

侑也は電話を切り、きびすを返した。上田たちを放っておき、闘犬場の裏手へと歩いていく。

「待て。どこへいく気だ」

無視して歩を早めた。大扉前を過ぎ、建物の角を回った。確かに建物があった。窓から明かりが漏れている。侑也は走り出した。が、足は言うことを聞いてくれない。

入った。

「止まれ――」上田たちの足音が迫ってくる。

もつれる足を必死に動かす。頭の痛みが激しさを増していった。建物の戸に手がかかったと同時に、後ろから肩を摑《つか》まれた。構わず引き戸を開け、半ば倒れ込むように中へ入った。

肩を摑んだのは上田だった。上田とふたり、もつれ合いながら地面に倒れた。痛みに呻《うめ》きながらなんとか立ち、辺りを見回す。部屋の奥に鉄格子で囲われている一角があり、その中にマクナイトがいた。鉄格子のそばに、長い柄のついた刺叉《さすまた》とナイロン製の網が置いてある。刺叉で隅へ追い立てられ網をかけられたら、さすがのマクナイトでも敵《かな》わない。

やっとの思いで歩を進め、鉄格子に取りついた。「マクナイト――」

かんぬきを外し、マクナイトを呼んだ。マクナイトは侑也のそばへ歩いてきて、侑也の脛《すね》辺りに体をつけた。短い尻尾《しっぽ》がぴこぴこと振れている。マクナイトが喜んでいる。ふみがはじめて頭を撫《な》でたとき、マクナイトは尻尾を振った。マクナイトが尻尾を振るのはそのときがはじめてで、以降、一回もなかった。

侑也は膝をつき、マクナイトを撫でた。はじめてマクナイトを撫でた。記念すべき夜なのに、ふっと意識が途切れかける。もう限界がきていると自覚した。

「マクナイト……捜し――」あとの言葉が続かない。激しい頭痛の波に襲われ、侑也は頭を抱えて痛みに耐えた。五秒か、十秒か。痛みの波がいったん引くのを待って、顔を上げた。

戸口付近に上田たち四人がいた。みな、薄笑いを浮かべている。

「あんたよりおれがいいってよ」上田は声を上げて笑った。「とんだ道化だな、あんた」

マクナイトは侑也のそばにいなかった。上田の足下に、きちんと両足を揃えて座っていた。

「まさに横恋慕、片思いか」下品な笑い声を上げた。「こいつはあんたでなく、おれを選んだ。だから帰んな。見苦しいぜ。ペットショップで別の犬を買うこったよ」

マクナイトはじっと侑也を見つめていた。どこかで見たことのある目をしている。どこで見たのか。そう、かつて通った訓練所で、実戦配備された路上や山の中で、数え切れないほど、あんな目を見た。

マクナイトは、任務中の目をしている。必死に考える。自分がマクナイトになんと言ったのか。

――そうか……。

捜したぞ、と言おうとしてくずおれてしまい、最後まで言えなかった。

それをマクナイトは、サガセ、という犬用のコマンド、声符だと勘違いしたのだ。マクナイトは一心に、次の指示を待っている。なぜ突然、今、こんなときに。そんな疑問はあとでいい。マクナイトがなにを見つけたのか、考えを巡らせた。マクナイトは警備犬を目指していた。ということは、麻薬など違法薬物ではないだろう。

「上田……お前、銃を持っているな？」

警備が主任務のマクナイトは、火薬類やガンオイルの臭いを覚えさせられたはずだ。

上田の顔色が変わった。この変化の意味は危険だった。上田は見せびらかしたいから、箔《はく》がつくから、そんな理由で銃を持っているのではない。銃所持の事実は隠しておきたいのだ。つまり、実用のために銃を持っている。

「なに言い出すんだ、てめえ」

痛みの波がまた襲ってきた。「マクナイトが探知したぞ」

四人の視線がマクナイトへ向かった。

上田がうわずった声を出した。「この馬鹿犬がか？」

侑也はマクナイトの瞳を見つめ、言った。「ヨシ。コイ」

マクナイトは腰を上げ、軽い足取りで侑也のそばにきた。

「ツケ、スワレ」

マクナイトは侑也の左脇に腰を下ろし、侑也を見つめた。侑也はマクナイトの頭を、喉《のど》を、優しくたくさん撫でてやった。マクナイトの顔に笑みめいた柔らかみが浮かぶ。

――おれたちはもう、大丈夫だな？　完璧《かんぺき》だな？　マクナイト。

痛みの波が、侑也の意識を奪いにかかる。

上田たちが顔を寄せてひそひそと話し合いはじめた。侑也は自分とマクナイトにとっていいほうに話が転ぶのを祈るしかない。このまま侑也とマクナイトを帰していいのか、議論しているのだ。侑也が警察に闇の闘犬と賭博《とばく》を通報する可能性はどれぐらいか。加え、上田の銃所持の件もある。どう処置すれば、侑也は口を閉ざすだろうか。

十秒ほど経ち、話し合いは終わった。上田が歩み寄ってきた。「銃なんか持ってねえ」

上田はズボンの背後からハンドガンを取りだした。「こいつは精巧なモデルガンでね。火薬で音も出るし、排莢《はいきょう》もされる。でも偽物だ」上田はしかつめらしい顔を作り、芝居気たっぷりにハンドガンの銃口を侑也へ向けた。「相談だが……幾ら積めばあんたは口を閉ざす気に——」

いきなり照明が落ちた。闇の中、男たちが声を上げた。

突然悲鳴のような奇声が上がる。激しい足運びの音、衣擦《きぬず》れの音、息づかい、呻きや悲鳴が交錯した。侑也は限界を迎えようとしていた。両膝《りょうひざ》をつき、頭を抱えた。マクナイトが侑也の耳を嘗《な》めた。

「大丈夫……心配するな……」

いつの間にか、物音が途絶えている。暗闇の中、人の気配が寄ってきた。

隼人の声だった。「あんたも四人、おれも四人……今のところは同点だな」

上田は金で穏便に済まそうとしていた、とは、口にしないほうがいいだろう。「助かった」

ぼうっと青白い光が浮かびあがった。隼人が小さなランタンをつけたのだった。闇に浮かびあがった隼人は一瞬、悪鬼に見えた。顔に張りついた凄《すご》みは、いつもの若々しさを消し去り、荒ぶる魂を如実に表していた。隼人はギリースーツに、暗視スコープという出で立ちだった。

「殺してないだろうな」

「当たり前だ」隼人がランタンの光の前に左手をかざした。マクナイトが逃げたあの夜、サイロへの帰り道で隼人が侑也へ見せた木製のスティックが握られていた。

「ナイフ使ったら殺しちまう。カーボンファイバー製の右拳《こぶし》とこれを使った。そうだな……スティックワーク、とでも呼んでもらおうか」

「大したもんだ」侑也は再び意識を失った。

6

侑也は五日間、病室のベッドの上で過ごした。頭の骨に異常はなく、各種検査においても異常は認められなかったが、傷所が傷所だけに、五日間の観察入院を申し渡されたのだった。

見舞いにきたのは四人。ふみと隼人、恵造、緒方だった。

あの夜、隼人は闘犬場に現れたが、ふみを放っておいたわけではなかった。サイロ至近で起きた揉《も》め事のときとは、距離が違いすぎる。その選択もどうかと思うが、隼人は念のためふみを同行させたというのだ。ふみは、峠道の路肩に停めた隼人の車の中で、じっとしていたという。

隼人は意識を失った侑也を担いで出ようとした。その矢先、警官隊が殺到してきたという。

その場にいた者は動物も含めすべて拘束された。隼人も、隼人の車で待っていたふみも、マクナイトも拘束された。緒方の口添えが利いて拘束を解かれたのは、翌早朝のことだったという。

闘犬場の一夜は大々的な全国ニュース扱いとなった。動物愛護法違反、賭博開帳容疑のほかに、上田の銃刀法違反容疑も加わった。上田の持っていたハンドガンは、本物だったのである。逮捕者は今現在で三十人を超えるそうだ。

病室に現れた隼人は得意げで、その弁舌はまさに絶好調という様子だった。ふみはその様を、ややうんざりした様子で苦笑混じりに眺めている。サイロ内での変化がひとつ報告された。マクナイトがサイロの中で暮らしているという。ふみと隼人、ふたりで話し合って決めたそうだ。ニュースの情報では、上田の背後に広域指定暴力団の影がちらついているということだ。その歴史二十年以上というシノギを潰《つぶ》された組織が、報復を考える可能性はゼロではない。

報復を予感させる出来事がすでに起きていた。赤城である。サイロそばでの乱闘の夜、上田に馬鹿呼ばわりされていた巨漢で、侑也がロープを使って投げ飛ばした男だ。その赤城が一度、サイロへ姿を見せたという。車を降りもしなかったし、話しかけてもこなかった。ただ、様子を探っていっただけだ。赤城が逮捕されていない理由は分からない。彼の意図もはっきりしないが、警戒するに越したことはない。侑也が入院したその日から、マクナイトは家の中でくつろいでいる。どんちゃんを頭に乗せたまま、窓のそばでひなたぼっこしているそうだ。トイレのしつけも問題ないという。

——どんちゃんを頭に、か。早くその姿を見てみたい。

次に訪れたのは恵造だった。事情を聞きたがったので、話せる範囲で話してやった。恵造はふみの勉強が順調に進んでいることを報告し、言葉少なに去っていった。

最後が、緒方である。緒方はこの病室周囲にも監視の目が蒔《ま》かれていると、暗に臭わせた。

「サイロ周辺には何人配置している？」

「あなたは知らないほうがいい」

予想通りの答えだ。「マクナイトの連れ去りを阻止してほしかった」

「こちらにもいろいろと都合があってね。最善の対応をとったつもりですよ」

「盗聴や盗撮はしているのか」

「まさか。あんな原野でどうやって？　長々とケーブルを引く？　保守がたいへんですよ。信頼性も薄れる。バッテリー式にしたところで、交換だけでも大した手間です」

「電源などサイロから密《ひそ》かに引けばいいだろう？」

緒方はしれっと口にした。「それは気づきませんでしたな」

「本筋では変化なしか」

「ええ。あなたに接触した者のうち目を引く者は……ひとりいましたな」

「丹野だろう？」

緒方はくつくつと笑った。「あれはなんというか……相当ですな。うちの者も最初はアンリが人形だと気づかなかった」

「相当を超えていると思うよ」

丹野はあのあとモウテルに二泊した。新妻のアンリを連れて、方々で写真を撮り続けたそうだ。

「奥野さんは知らないでしょうが、彼は二度、サイロを訪れていますよ」

「二度？」

「一度目は翌日。ドアをノックして不在を確かめると、サイロの写真を大量に撮っていました」

「あの建物を気に入っていたようだった」

「その翌日もきました。このときはただノックして、それで終わりです。宿を出る挨拶《あいさつ》にきたんでしょうね」

挨拶だけで済んだかどうか怪しいものだ。侑也の休みに当たれば、あの日以上に長い時間、方々連れ回されたかも知れない。

「その話し振りだと、丹野の人定は済んでいるんだな」

「あれだけサイロに注目した男ですからね。関西在住のカメラマンです。面通しも済んでいますよ」

緒方の表情を探りながら言った。「地元のチンピラ以外、接触なしというわけか」

「まだ一ヶ月です。元から長期戦を覚悟していますからね」

緒方は西和田と入江、両刑事の接触を知っているのだろうか。今のところ、ずばり訊《き》くしか、確かめようはない。

——いや。ずばり訊いても確かめられないな。

知っていたとしても、嘘をつくに違いない。徹底的に監視体制、規模を隠すやり方はこの世界では常識だ。

——なにがこの世界だ。おれは引退選手、故障者リスト入りしてそのまま消えたポンコツだろうが。

7

侑也はサイロに向かうタクシーの中にいた。九月一日。サイロで暮らしはじめて一ヶ月が経った。穏やかな昼下がり、街道の先にガソリンスタンドの大看板が見えてきた。たった五日離れただけだが、懐かしさを感じた。

ふみに会おうと思いスタンドへ寄ったが、ふみの不在を告げられた。仙波治子の買い出しに付き合って、間倉へ出かけたという。ということは、隼人も付き従っているはずだ。

スタンドを辞し、タクシーに戻ってサイロへ向かった。侑也の車が車庫に収まっている。だれかが届けてくれたのだろう。隼人だろうか、警察だろうか。

タクシーを降り、玄関へ。ドアを開けて中へ入った途端、顔に白い物体が飛んできた。どんちゃんが飛びついてきたのだった。どんちゃんは勢い余って外へ出てしまったが、くるりと円を描いて飛び、また玄関の内側へ戻ってきた。

「びっくりしたぞ」

侑也の肩に止まったどんちゃんがはじめた。「オンミツドウシン、ココロエノジョウ……」

「待て。それは今、やめてくれ。気分じゃないんだ」

マクナイトはすでに侑也の足下へきていて、体をくねらせ、侑也の脛《すね》に体を擦りつける。

——奇跡はある日突然にか、目に見えないくらい徐々にか……。

なにも思い当たることはない。マクナイトの激変はうれしいが、戸惑いもあった。

「帰ったぞ、相棒……」マクナイトを撫《な》でてやった。マクナイトが笑みめいた表情を見せる。

宮田医師の助言通り、そばにいることを心がけてきた。侑也は、これまでの経験からマクナイトには通じない、と結論づけ、声符を試そうとしなかった。日々暮らすうちマクナイトの準備はできていたのに、こちらがそれに気づいていなかったということだろうか。マクナイトがふみに撫でさせたのは、ふみが無邪気だったから、という気もする。なんの気構えもないふみの気持ちがマクナイトに伝わり、マクナイトも自然に振る舞えた。一方の侑也は、心中のどこかで常に身構えていた。侑也の緊張がマクナイトへ伝わり、マクナイトも緊張していたのではないか。

それはそれとしても、マクナイトがあの夜にどうして急変したのか、そのきっかけがなんだったのか、皆目見当もつかない。

8

マクナイトの歓迎も一段落ついて、侑也は荷物を持って自室のある四階へと上がっていった。マクナイトがスムーズにあとをついてくる。本来犬は階段を昇るのが苦手だが、マクナイトは慣れた様子で上がってきた。四階へ上がり、ドアノブに手をかけたところで携帯電話が鳴り出した。

侑也は携帯電話を取り出した。表示はふみだ。「もしもし、今帰ってきたところだ」

《今、大丈夫ですか》ふみの声に異変は感じられない。

「大丈夫だよ。どうした?」

《ちょっと問題が……》

「問題？」

ややあって、違う声が聞こえてきた。《あんたいったいどういうつもりなんだ——》

仙波治子の声だ。《こんなことってあるかい？　あんた今度という今度は知らなかったじゃ済まないよ》

「落ち着いてください——」

すぐに怒声が返ってきた。《落ち着いてるよ。あたしはいつも落ち着いているってんだよ》

「なにがあったんです？」

《やっぱり気づいてないのかい？　自分の娘だろう？　あんたの目は節穴かい》

「とにかくなにがあったか教えてください」

《ふみは——》

次はなんだ。侑也は心中身構えた。治子の答えは、侑也のあらゆる想定を超えたものだった。

《——妊娠してるっていうじゃないか。もうすぐ四ヶ月目だとさ》

第五章

1

隠しておこうと思っていたわけではない。隠しおおせるものでもない。そんなことは分かっている。状況が状況なだけに、様子見をしていただけだ。これがふみの言い訳である。

家と仕事を用意して貰《もら》えるという、またとないチャンスにふみは妊娠を隠して飛びついた。緒方に妊娠を伝えなかったのは、妊娠がばれると緒方の選抜から外されるのではないか、と危惧《きぐ》したからだ。

駅のロータリー隅でどんちゃんと一緒に歌っていたある夜、足を止めてくれた観客の中にコウクンがいた。この再会は純粋に偶然だった。コウクンは痩《や》せていたが背が高く、見栄えのいい若者になっていた。コウクンの母親は急に亡くなり、妹のユッチャンとは音信不通だそうだ。

コウクンは廃品回収会社に勤めていて、独り暮らしだという。ほがらかで優しく、でも頼もしいコウクンは昔となにも変わっていないように見えた。

泊まるところがない、というコウクンを連れて、ふみは自分の風呂《ふろ》なしアパートに帰った。以降、コウクンは四畳半しかないふみのアパートに居座ることとなる。今から考えればおかしな話だ。コウクンは、仕事に就いていて独り暮らししていると言っておきながら、その数分後には、泊まるところがない、と言い出した。ふみは迂闊《うかつ》にも話の不自然さに気がつかなかった。

コウクンは仕事にいく様子もなく、日がな一日ごろごろしていた。仕事はどうしたと尋ねるとコウクンは、今は閑散期だからと答えた。かと思うと週に数回、夜に出かけていき、朝に帰ってくる。どこへいっているのか尋ねると、いろいろ付き合いがあって、と答えるばかりだった。

少々だらしがないところはあるが、コウクンはふみに対してとことん優しく、誠実だった。ふみはいっときの安らぎさえ感じていた。やがて肉体関係を結ぶことになるのだが、自然な流れでそうなった、としか言えない。愛だとか恋だとかの感情がなかったことは事実だった。

やがて、コウクンの仮面が剝《は》がれはじめる。定職にはついておらず、アパートも借りていない。ホームレス同然の暮らしを続けていたのだ。そんな状態のコウクンだがふみに金をせびることはなかった。週に数回、仲間とともに金属資材を盗み、売り払って金を得ていた。

とどめが、薬物中毒の発覚である。

緒方がふみに接触してきたころ、ふみにはまだ妊娠の自覚さえなかった。緒方の提案を保留し、考えあぐねていたところ、体調の異変に気づいた。コウクンとの暮らしを取るか、新天地を求めるか、二択を迫られた。悩みに悩んだ末、ふみはコウクンを捨てた。コウクンに対してはもともと、友情を感じていても愛情は感じていなかった。愛情を抱く相手との別れは辛《つら》いが、友情を抱く相手との別れは、いつかまた会おうね、で済ますこともできる。

安定的な居場所と仕事がどうしても必要になったふみは決断したが、突如、見知らぬ男たちとの同居がはじまり、どうしていいか分からなかった。

「聞いてんのかい？」

ふっと我に返った。一夜明けた昼下がり。間倉へ向かう車中である。治子が運転し、ふみは助手席に座っていた。

「いいかい、ふみ。仕事はぎりぎりまで続けるんだ。そのほうが気持ちの強い子ができる」

そうなのだろうか、と疑いが頭をもたげるものの、治子には逆らえない。「はい」

「運動もすることった。ほれ、ポンコツ親父の散歩に付き合えばいい。いい運動になる」

治子は昨日から、侑也をポンコツとしか呼ばなくなっていた。「勉強をがんばってそれなりに字が読めるようになることだよ。そうしてまずは車の免許を取る」

車の免許など、自分に取れるのだろうか。まったく自信がない。

治子が続けた。「ここで育てようってんなら、車が運転できなきゃ無理だ。分かったかい？」

「はい」

治子はしきりに考え込んでいる。「あとはそうだな、父親だが……どうしようか……」

「……どうしました？」

「いやね。お前には旦那《だんな》がいないだろう？　話の手当をしなくちゃならねえ」

「手当？」

「そうでないと好き勝手な噂が飛び交うんだよ。そんなの面倒だろう？」

ガソリンスタンド従業員の間で交わされた、治子と恵造についての噂話を思い起こした。いつか自分のことも、あんなふうに話されるのだろうか。

「音大生ってのがいいね」

つい頓狂《とんきょう》な声が出た。「はい？」

「才能も未来もある音大生……お前の赤ちゃんの父親の話さ。彼はふみを残してヨーロッパへ留学に出た。彼の才能はヨーロッパで花開こうとしている。お前は彼の将来のため、また家柄が違い過ぎるので、そっと身を引いた……どうだい？」

「どうって……」苦笑してしまう。どこのメロドラマか。「もうちょっとその……普通の話でいいと思うんですけど」

「ヨーロッパ云々《うんぬん》はよそう。音大生の彼は――」

治子は音大生になにか特別な思いを抱いているのだろうか、などとぼんやり考える。

「才能溢《あふ》れる若者だった。お前が暴漢に襲われたとき、彼が助けに入ったんだが、そのとき大事な指を怪我してしまった。指には障害が残り、彼はもうピアノが弾けない。お前は責任を感じ、重荷になるのもいやで、彼の前から姿を消した……待てよ、彼は将来を悲観して自殺しちまった、のほうがインパクトあるねえ……」

治子の顔はどこか楽しげである。しばらく好き勝手に妄想させておこう。

2

恵造が麦茶をすすりながら言う。「任せといたらいい。こう言っちゃ悪いが、ハルちゃんにはいい余興なんだろうさ」

「ご迷惑ばかりおかけして……」侑也は神妙な顔をして答えた。「普段から支配人にもご迷惑をおかけしているようで、すみません」

「いい暇つぶしになるから気にするな。こないだは鎬岬の灯台にいった。灯台の中を見せてやったよ」

「あそこ、中に入れるんですか」

「この辺じゃあ」誇らしげである。「おれだけな。海保から保守協力員を仰せつかってる。といっても大したことするわけじゃねえ。掃除するくらいのもんだが、ちゃんと鍵《かぎ》も預かってる」

ふたりは事務室で一服していた。チェックイン時間にはまだ早い、午後の暇な時間である。

文字の件が露見したときに比べてふみは、どこか堂々としていた。覚悟を決めた顔だった。

ふみの妊娠に気づいて当然だ、と侑也は治子に叱られたが、そう言われてもなあ、とのちに隼人と珍しく意見の一致をみた。ふみはもともとゆったりした服を好んで着ていたし、妊娠によるお腹の膨らみ具合など千差万別だろう。

ふみは急に味噌汁《みそしる》が嫌いだと言って作らなくなったが、これはつわりの一種だという。味噌汁の匂いが駄目になるなど聞いたこともないが、どんな症状が出てもおかしくないそうだ。ふみは月ヶ原へきて今まで平気だった味噌汁が駄目になり、今まで興味のなかったコーヒーの香りが好きになったそうだ。環境の変化によるストレスのせいだろう、と産院の医師は言ったという。産院その他のことは、治子がすべて取り仕切った。ふみははじめて母子手帳をもらった。ふみはテレビドラマなどで母子手帳の存在を知っていたが、母子手帳とは赤ちゃんが生まれてからもらうものだと思っていたという。

ふみがことあるごとに近隣住民への印象を気にしていたのは、つまり、そういうことだったのだ。

侑也は、マクナイトがふみの妊娠に気づいていたのではないか、とそんな気がしていた。出会った当初から、ふみには優しくしていたような気がする。マクナイトがはじめて撫《な》でさせたのもはじめて尻尾《しっぽ》を振ったのも、ふみに対してだった。

——隼人、赤ちゃんが生まれたら、お前がふたりまとめてガードしなよ。

——勘弁してくれ。もうへとへとだよ……。

隼人がはじめて弱音を吐いた。彼の性格を考えて、茶化したりはしなかった。

「マクナイトのことでもご迷惑をおかけして」

「ただいるだけなんだから、迷惑なんかじゃねえけどな。おれの心配は、客に嚙《か》みつかないように、それだけだ」

マクナイトはフロント館裏の勝手口脇にいる。植え込みの作る木陰の下、リードに繫《つな》がれて昼寝でもしているはずだ。水のボウルも犬用ガムも用意してある。赤城が気になるのだ。マクナイトを家の中に入れるという対策を取ったが、昼間は無人であることに変わりはない。あの夜の緒方の対応を思えば、サイロ監視担当者を頼る気にはなれない。侑也は恵造に事情を話し、日中マクナイトをモウテルに置くことを了承してもらったのだった。

「あいつ、すっかり変わったな。体が大きくなったようだし、毛並みもいい」

「お陰様で」

「あいつを今日、はじめて撫でたぞ。嚙みつかないんだな」

マクナイトが他人に対してどうふるまうか、今まで試す場がなかった。それを恵造が確かめさせてくれた。マクナイトはいささか警戒しながらも、恵造が撫でることを許したのである。久保田範子もこわごわ撫でたし、加賀幸夫も撫でた。マクナイトは嫌がるそぶりを見せなかった。

「もう大丈夫とは思いますがね」

だが、以前客の子供を咬《か》んだという前歴がある。念のため、マクナイトの居場所には注意書きの紙が貼られた駐車コーンが置かれた。

注意書きについて侑也は〝咬みます注意〟でいいだろうと提案したが、幸夫が反対した。人を咬む犬を宿泊施設に置いていると、客からクレームがつくかも知れないというのだ。みなで文言を練った末、できあがった一文がこれだった。

――犬はときに、咬むこともある生き物です。

どこか不思議な味わいのある文言である。

侑也の携帯電話が鳴った。恵造へ失礼と声をかけ、事務室からフロントへ出た。

緒方だった。《ふみの妊娠は想定外の事態だ》

「だろうね。ふみの妊娠が分かっていたら、ふみを選ばなかったか？」

《恐らく》

「ところでだれからふみの妊娠を聞いた」

《ふみを尾行しているのは坂本隼人だけではありません》

「産院にいったのを確認した？」

《その通り。ふみはどうすると言っています？》
「ここで産むと言っている。そのために移住を決意したのだと」
《ならば体制に変更なし、ということでよろしく》
「それだけか」
《くれぐれもおとなしく暮らしてください》
「おれはいつもそのつもりなんだがね」
《奥野さんは意外にも、人を引きつける性質なのかも知れませんね》
「それだけは絶対にないな」
軽やかな笑い声を残して、緒方は電話を切った。

夕方、侑也は仕事を終えると、マクナイトを車に乗せて一度家に戻り、マクナイトに散歩用のリードを繋ぎ、すぐに家を出た。二十メートルの運動用ロープはもういらない、はずだ。

いつもの散歩コースを辿《たど》り、海岸へ。この間、侑也ははやる気持ちを抑え、マクナイトになんの指示も与えなかった。

海岸へ降り、マクナイトへ言った。「訓練開始」

マクナイトがふっと侑也の瞳《ひとみ》を見た。

「ツケ」

マクナイトが侑也の左脚そばについた。

「スワレ」

マクナイトが腰を下ろした。

「完璧《かんぺき》だ……」嬉《うれ》しい反面、戸惑いも感じた。なにか化かされているような気持ちになる。

「タッテ」

マクナイトが腰を上げた。

次は脚側行進だ。「アトへ」

侑也は歩き出した。マクナイトは侑也の左脚そばを、侑也の歩調に合わせて歩いている。侑也は足を速めた。マクナイトが速度を合わせてくる。侑也が走り出した。マクナイトも走り出した。

侑也が止まる。マクナイトも止まる。

「ヨシ……ヨシ……」侑也は解放の声符をかけてやり、しゃがみ込んでマクナイトを撫で回した。マクナイトはくすぐったそうに身震いしている。マクナイトがどこまでできるのか、確かめたくて仕方がなかった。じっくりマクナイトと付き合いたかったので、出勤を控えた今日の朝は普通の散歩にとどめ、うずうずしながら夕方を待ったのだった。

「マクナイト、ツケ」

マクナイトが再び侑也の左へついた。

「もう一回だ……アトへ」

佑也が歩き出す。マクナイトが完璧に歩調を合わせてついてくる。

見捨てられ、無視され、虐待され、それでもマクナイトは声符を完璧に覚えている。ぎりぎりのところで人間への信頼の糸を保っていたのだ。人間にされた仕打ちを思えば、声符など忘却の彼方《かなた》へ放ってしまい、二度と人間の言うことなど聞かなくなっても当然のはずだった。だが、マクナイトは人間との絆《きずな》を完全に捨てはしなかった。

九月に入ってから目に見えて陽の落ちるのが早くなってきた。西の空が茜《あかね》に染まりはじめ、綺麗《きれい》な筋雲が茜色に映えた。

佑也はマクナイトのリードを外し、脚側行進を試した。マクナイトは完璧にこなした。停座も試してみた。

マクナイトへスワレと命じて座らせ、マテと声符を重ね、佑也ひとりで離れていく。時々振り返りながら、ゆっくり歩いて離れていった。マクナイトはじっと佑也を見つめている。微動だにしない。素晴らしい。ここまでは満点だ。

十五メートルほど離れたところで立ち止まり、マクナイトへ体を向けた。「ヨシコイ――」

マクナイトが腰を上げ、あっという間に佑也のもとへ走り寄った。走れという指示はしていないが、まあ細かいところはいいだろう。マクナイトは佑也の声符を待たずに、左脚そばについた。次の指示を求め、佑也を振り仰いでいる。ヨシと声をかけ、マクナイトを褒めちぎった。

「おれを信頼してくれ……おれだけはお前を裏切らないからな……」

立止状態での待機のち招呼、伏臥《ふくが》状態での待機のち招呼も完璧だった。あまりに完璧過ぎて怖いほどだ。基本的な服従訓練は完璧にこなせる。狭き門である警備犬を落ちたのは仕方ないとして、警察犬採用試験には受かってもいいレベルではないか。落ちた理由はどこにあるのだろう。

――まあいい……明日から少しずつ、だ。

マクナイトになにができてなにができないか探る旅がはじまる。楽しい旅になることは、間違いない。明日は持来を試そう。木製のダンベルを使って、マクナイトを好きなだけ走らせてやる。

「ヨシ、訓練終わり」マクナイトへ訓練の終了を分からせ、リードを繋いだ。「いい風だな、マクナイト」

ふっと視線が崖《がけ》の上に向かった。街道沿いに続く藪《やぶ》。藪の切れ目に一台の車が停まっていた。大きな四駆である。ボンネットの上に座る人影が見えた。

赤城だった。隠れる様子もなく、じっと侑也たちを見つめている。

胸の内をふっと不安が過《よぎ》った。「いこう、マクナイト。指示は出さないから好きに歩けよ」

崖を昇り、街道へ戻った。濃くなった夕闇の中、赤城の四駆が走り去っていく。遠ざかるテールランプに、不安がかき立てられる。途中、ガソリンスタンド前を通りかかった。「どうも――」従業員ではいちばんの若手、鎌田が声をかけてきた。道路脇に並べた幟《のぼり》を新しいものに取り替えていた。夕方の繁忙期を終えたばかりらしい。「おっす、マクナイト」

鎌田が呼ぶとマクナイトが鎌田へ近づいた。鎌田がマクナイトの頭を撫でた。

「可愛いもんだろう」

「車で言や、スーパーカーみたいなもんですね」

「まあな」侑也は自分で自分を笑った。

――臆面《おくめん》もなく、まあな、だとさ。

「もともと優しい犬だったんでしょうね、きっと」

「そうだろうな」

「子供を咬んだってのも冤罪《えんざい》だしなあ……な、マクナイト」

「ちょっと」声が厳しくなってしまった。意識して声のトーンを下げた。「冤罪ってどういう意味だ」

鎌田は一瞬あっと言わんばかりの顔になった。「いえ……おれちゃんと言ったし……そのう」

そんな気持ちではなかったが、鎌田には効果的と思い、強面《こわもて》を作った。

「なんの話だ。知っていることすべて話せ」

「はあ……あのときおれ、見ちゃったんですよね」

「なにを？」

「マクナイトが客の子供の手を咬んだって話ですけど、その現場を見てたんです――」

今は辞めてしまったものの、当時鎌田が口説いていた若い女がモウテルのフロントに勤めていた。鎌田は暇ができるとなにかと理由をつけ、彼女に会いにいっていたのだという。

「客ってのは、若い夫婦と三歳くらいの男の子でした――」

当時マクナイトはフロント館の表玄関そばに繋《つな》がれていた。そこで男の子は動物に咬まれた。これは事実だという。だが、咬《か》んだのはマクナイトではない。

「子供を咬んだのは、父親が道路の側溝から拾ってきた、キツネの頭蓋骨《ずがいこつ》なんですよ」

「頭蓋骨……」

母親がフロントの中にいて、父親と子供が外で遊んでいた。父親が白骨化したキツネの頭蓋骨を見つけ、子供に突きつけて遊んでやっていた。そのとき、上顎《うわあご》に残っていた二本の鋭い犬歯が、子供の手のひらに突き刺さってしまった。鎌田はフロントの女が手隙になるまで、表の車の中で待っていて、すべてを見ていた。子供の異変に気づいた母親がフロント館から駆けだしてきた。

「父親はキツネの頭蓋骨をひょいと側溝に蹴《け》り落として、あとは知らん顔です——」

半狂乱に陥った母親の様子を見て、父親の動機が読めた。母親が常人より激しやすい性向なのだろう。怒りの矛先が自分に向けられるのを、避けたかったのだ。

「父親はそばにいたマクナイトのせいにしたんです。そのとき、おれと父親の目が合った。父親はおれに近寄ってきて、言ったんです。見ていたのかって。見ていたって言うと、父親はおれに紙幣を握らせた。黙っていて欲しい、犬には迷惑がかからないようにするから、頼むって。妻はいったん火がつくとだれにも抑えられない性格で、怪我が父親のせいだと分かったらたいへんだからって。父親がなんとかその場を収めて、確か治療費の支払いだけで済んだのかな。さっさと車に乗り込んで帰っていきました」

「で、その事実を?」

「それが……」鎌田は取りなすような笑みを浮かべた。「言ったんですよ、フロントの子にね。あの日の夕方デートにいったんで、そんときに」

「それだけ?」

「……はい」

「じゃあそのフロントの子の責任か」

「そう言われると……なんとも……」

フロントの女の子が辞めたあと、鎌田はモウテルへ出かけることがほとんどなくなり、姿の見えなくなったマクナイトのことも忘れてしまった。マクナイトがどこでどういう扱いを受けていたか、やがてふみの口から聞かされることになったという。

侑也は胸の内に膨らむ思いを必死の自制で抑え込んだ。

「過ぎたことだしな……話してくれてありがとう。ふみをよろしく」

侑也はガソリンスタンドを過ぎ、サイロへと続く横道へと進んでいった。

ふっと足が止まる。マクナイトが侑也を見上げた。

侑也は無言のまま、しゃがみ込んでマクナイトをきつく抱きしめた。

3

水のアーチに、小さな虹《にじ》が浮かびあがる。ふみは虹にしばし見とれた。

九月十三日。耳朶《みみたぶ》をくすぐる乾いた風が心地いい。空気は乾きはじめている。

ふみは洗車機周りの床を掃除していた。車に付着した泥やちりが洗車機で落とされ、床にたまるのだ。水を吹きつけて泥を排水溝へ追いやり、こびりついた強い汚れはゴムのヘラを使ってこそぎ落とす。

これまでの十日あまりで変わったことと言えば、毎日ではないものの、ふみが侑也とマクナイトの散歩や訓練に同行するようになったことだ。とにかく運動を、と繰り返す治子の助言に従ったのだった。散歩に付きあって鎬岬の先端までいき、そのあと、海岸で行われるマクナイトの訓練を見物する。本格的にマクナイトの訓練がはじまってから十日ほどだと言うが、マクナイトは侑也の課す課題を簡単にこなしている。可愛いとは思っていたが、マクナイトがこれほどおりこうさんだったとは驚きだ。

行進や停止、待機などの服従訓練を完璧《かんぺき》にこなし、持来訓練や障害飛越も同様だった。ふみも訓練に参加することがある。例えば持来訓練。木製のダンベルを投げ、持ってこさせる訓練だ。ダンベルを放り投げる。〝モッテコイ〟の号令でマクナイトが走り出し、ダンベルをくわえて戻ってくる。〝ダセ〟の号令でふみの手のひらにダンベルを落とす。見事なものだった。

驚いたのは、侑也の〝ナケ〟の号令で、マクナイトが吠《ほ》えるようになっていたことだ。ふみははじめてマクナイトの声を聞いた。重々しく、少ししゃがれた吠え声で、迫力満点である。ふみは密《ひそ》かにマクナイトの喉《のど》には障害があって吠えられないのでは、と思っていた。マクナイトは侑也の指示に従い、一回だけ吠えたり、きっかり十秒間吠え続けたりと、多彩な吠え方を披露した。

ふみはついついマクナイトをマクちゃんと呼んでしまうことがあったが、侑也はなにも言わなくなった。

侑也は毎日機嫌がいい。表情も前と違ってほがらかになった。普段、口数の少ない侑也だが、喋《しゃべ》るのが嫌いというわけではないようだ。侑也はドーベルマンの特性をふみにいろいろ教えてくれた。ドーベルマンとは、交配によりドーベルマンを産みだしたドイツ人の名前であるとか、ドーベルマン氏がなぜ犬の交配に心血を注いだのかというと、税務関係の仕事をしている自分を守ってくれる警護役が必要だ、と強く考えたからだ、とか。

なぜ警護役が人でなく犬だったのか。侑也は皮肉めいた笑みとともに言っていた。曰《いわ》く、人件費がかからない。

〝断耳〟と〝断尾〟のことも聞いた。

ドーベルマンはもともと、小さめの丸い垂れ耳と細くて長い尻尾《しっぽ》を持っているそうだ。幼いうちに耳を鋭角に切り、コルセットを嵌《は》めて固定することで、今のマクナイトみたいなピンと立った耳ができあがる。また、長い尻尾も根元から四、五センチの辺りで切断してしまう。

なんでそんなことを、と尋ねたふみに侑也が答えた。

――ずばり言ってしまえばファッションだろうな。もとからガードドッグとして作られた犬だ。より強面にしたかったんだろう。時は移り、動物愛護が叫ばれる昨今になって、断耳は耳の病気にかからないためにする処置だ、と説明されるようになったが、説得力に欠ける。ビーグルなど、垂れ耳の犬種はほかに幾らもいるが、断耳など必要はないからね。断尾は、任務中、敵と格闘したときに尻尾を摑《つか》まれないために、という建前だよ。この建前は耳にも応用されている。ほんとうのところはやはり、ファッションなんだろうと思う。断耳と断尾はこのご時世、批判されるようになってきて、欧米では法律で禁止する国も出てきている。

てっきりマクナイトは産まれたときからこの姿だと思っていた。

——丸っこい垂れ耳のマクちゃんか。

想像してみた。今より強面具合がかなり減るのは確かなようだ。どちらかと言えば丸い耳のままが可愛くていいかも、と思ったが、今のマクナイトには酷な話か、と反省した。マクナイトには最初から選択権がなかったのだから。

侑也はマクナイトのことだけでなく、子供のころの話や警官時代のエピソードなど、聞けばなんでも話してくれた。隼人から又聞きしていた侑也の妻冬子の事件も、本人の口から聞くことができた。

冬子のお腹には臨月間近の胎児がいたそうだ。すでに男女どちらか判別できていたが、産まれるまで知らないでおこうと約束していたという。冬子の失踪《しっそう》後、侑也は医師に胎児の性別を聞いた。女の子だったそうだ。

携帯電話が鳴った。隼人からだ。《アネさんの右手、電線を見ろよ……もっと手前》

ふみは掃除の手を止めて、隼人の言う方向へ視線を走らせた。電線の上に、鳩ほどの大きさの鳥が止まっていた。茶色と黒の縞々《しましま》で、猛禽《もうきん》らしいすらりとした姿である。

《あれはチョウゲンボウだ。ハヤブサの仲間なんだぜ——》

変わったことがもうひとつあった。侑也の提案により、隼人の休日が作られるようになった。侑也とふみの休日を合わせ、隼人の仕事を侑也が代行する。隼人は一日好きにできる。侑也が隼人の代わりをすると言っても、藪《やぶ》に潜んだりはせず、つかず離れずふみのそばにいる、というだけのことだ。この提案をしたとき、ふみと侑也は隼人の激しい抵抗に遭うものと予想していた。だが、隼人はすんなりと提案を受け入れた。もう限界、というところまできていたのだろう。

この十日の間に二日、隼人の休日があった。隼人は午前中ごろごろして過ごし、午後、車に乗って北の街まで出かける。どこでなにをしたか知らないが、隼人は街の本屋で本を買ってきた。ふみへの絵本が一冊とポケット版鳥の図鑑である。

——藪に潜んでいるといろんな鳥を見かけるんでね……。

「かっこいい鳥だね」

《どんちゃんは要注意だ。食べられちまうぞ》

「窓が開いていようがドアが開いていようが、どんちゃんは外に出て行かないから平気よ」

《どうやってしつけたんだ》

「しつけなんてしてない。いつの間にか、そうなっていた。外が怖いのねきっと」

通話を終えた。最近隼人から、用事という用事のない電話がかかってくるようになっていた。携帯電話をしまい、仕事の続きに取りかかった。

ちなみに昨日、隼人は休日だったが、夕方海岸でマクナイトの訓練をする侑也とふみのもとに顔を出した。北山にでかけた帰りのようだ。なにをしていたかは、詮索《せんさく》しない。

自分の小型四駆で砂浜を駆けてきた隼人は途中、今ではすっかり存在を忘れてばかりの監視者のぎりぎり横を通り過ぎて、監視者を砂浜の上に転ばせた。やってきて車を降りた隼人にふみは小言を言ったが、のれんになんとかというやつだった。隼人は鎬岬の売店で買ってきたというタイ焼きをみなに振る舞った。ちぎったタイ焼きをマクナイトにまであげたので、今度は侑也が小言を口にしたが、やはりまじめに聞こうとはしない。

——いいだろちょっとぐらい。マクナイトはこう思うぜ。なんでおれだけタイ焼きももらえないいんだ？　いじわるされているのかってよ。

隼人はそう言って自分の行いを正当化し、マクナイトに、よう大将、と声をかけて撫《な》でた。ふみがマクちゃんなら、隼人は大将である。隼人が侑也へ言った。

——テレビで見たことあるんだけど、マクナイトはあれできないのか。臭いを当てるやつ。

——臭気選別か？

——それそれ。

侑也によると、臭気選別訓練を試したことはないという。さっそく訓練が行われた。隼人の車の中に置いてあったティッシュペーパーを使った。隼人の臭いをつけたティッシュのボールをふたつ、侑也の臭いをつけたティッシュのボールをひとつ、ふみの臭いをつけたティッシュのボールをひとつ用意した。

ティッシュを、マクナイトから十メートル離れた砂の上へ一列に並べた。風に飛ばされないようティッシュの上に貝殻を置いた。

選別元であるふみのティッシュボールをもうひとつ用意し、侑也がそれをマクナイトに嗅《か》がせて、号令をかけた。

――サガセ、マクナイト、サガセ。

結果、マクナイトは見事にふみの臭いを嗅ぎ当てた。

隼人が呟《つぶや》いた。お前すげえな……。

だれよりも、侑也がはしゃいでいた。侑也はマクナイトを褒めに褒めた。

そのあと、侑也が以前から考えていた訓練が実行されることになった。マクナイトに、ふみと隼人の名前を覚えてもらう、というのである。

まずはふみから。侑也がふみをマクナイトから数メートル離れたところに立たせる。マクナイトは侑也の足下に座ったままだ。

――おれが名を呼んだら返事をしてくれ。手始めに、マクナイトへこの様子を見せる。

――うん。

――いくぞ……ふみ。

――ワン。

――ふみ、返事はハイでいい。

隼人が体をふたつに折って笑い転げた。

「三時だよ――」

頭上から降ってきた声に、ふみは我に返った。二階の窓が開いていて、治子が見下ろしていた。

「そんな掃除にいつまでかかってんだい。授業の時間だ」

「はい。今いきます」

当初は五教科をやるということでスタートしたが、まずは日本語が読めなくては教科書さえ理解できないということで、今は国語と英語に特化した授業が行われていた。ふみは最初、治子の授業がどれだけ厳しいものになるのか、と憂鬱《ゆううつ》さえ感じていた。だがはじまってみると、それは杞憂《きゆう》だと分かった。口調が荒いのは性分だから仕方がない。治子は辛抱強くて丁寧だった。歩みの遅いふみに苛立《いらだ》ちを見せることなく、じっくり付き合ってくれる。

治子は車ででかけると交通標識のクイズを出してくれる。それも、最近できた楽しみのひとつだった。

4

浜辺でふみがワンと鳴いてから五日が過ぎていた。

マクナイトがふみ、隼人の名を覚えるのにそう時間はかからなかった。侑也が付き合った犬の中で、マクナイトはもっとも賢いと断言できる。数回の訓練でマクナイトはふみと隼人を覚えた。

マクナイトは〝フミ、イケ〟の複合的声符を聞くとふみのもとへ走っていく。〝ハヤト、イケ〟で隼人のもとへ走っていく。完璧《かんぺき》だった。

五日の間に〝H客〟が一組だけ奥の院を使った。年齢も服装もばらばらの男五人で、見た目や態度から五人の関係性やそれぞれの背景を窺《うかが》い知ることはできなかった。数時間置いて四人の女性が合流した。女性たちはみな隼人よりよほど若く見えた。それぞれ夏の薄着で着飾っていた彼女らは、中学生ほどにしか見えなかった。中には、大人びた小学生といった風情の子もいた。

背景も事情も分からないまま、ただ受け入れるしかない。彼らが去ったあと、侑也は複雑な気持ちで生臭い臭気を放つ寝室のゴミ入れを掃除した。

H客はどれほどの料金で特別扱いを受けているのだろう。稗田に尋ねてみたが、稗田はオーナーしか知らない、と答えたのみだった。

侑也は、奥の院など燃やしてしまえばいい、と思うようになっていた。

そして、土曜の夕方である。今日は侑也とマクナイトだけだ。ふみと隼人はふたりで間倉へ買い出しに出かけていた。侑也とマクナイトは、流木を組み合わせて作った障害を飛越する訓練をしていた。

この五日の間に、赤城が二度現れた。二度とも、街道脇へ停めた四駆のボンネットに座り込み、ただ侑也とマクナイトの様子を眺めていただけである。

そろそろ限界だ、と侑也は思う。彼とは一度話し合う必要がある。姿を見せることで脅迫でもしているつもりだろうが、意味のないことだと教えてやる頃合いだ。できれば静かに暮らしたい。そのためにあと一度、揉《も》め事を潜り抜ける必要がある。

マクナイトが浜辺の先を気にしはじめた。侑也はマクナイトの視線を追った。四駆が走ってくる。隼人の四駆とはまるで大きさが違う。馬鹿に大きい。

侑也は嘆息した。「……噂をすれば、か」

赤城の車だった。徐々にはっきりしてきた運転者の顔は、確かに赤城だった。

「マクナイト、ハナレロ」

マクナイトが自分で決めた方向へ向けて十メートル離れた。

「ヤスメ、マテ」

マクナイトは砂に腹をつけた。だがその瞳《ひとみ》は油断なく侑也へ向けられている。

車が至近まできて、静かに停まった。赤城が降りてきた。相変わらずいつ見ても大きな男だ。赤城は海を眺めて大きく伸びをした。どこか芝居臭い動きだ。ふうっと大きく息を吐き、やっと侑也へ視線を当てた。

「おれを覚えてるか」

「赤城とか言ったな?」

「そうだ」

「ここらへんの者はみな、敬語を使うんだったな?」

「そんなこた、どうでもいいのさ。忘れろ」

「用はなんだ」

「そう……それさ……」大男の赤城がつま先で砂をほじった。

――なにか……調子が違うな……。

赤城がようやく言った。「あいつ、すげえな」

「あいつ?」

「あのドーベルマンさ」

「ああ、マクナイトのことか」

「マクナイトっていうのか。かっこいい名前だな」

「どうも」

赤城はその場でポケットに両手を突っ込み、マクナイトを眺めた。「ずっとあそこにいる」

「そういう指示を出したからだ」

「そんなことができるのか……すげえな……」

さすがに侑也は焦《じ》れた。「いったいなんだ。なんの用だ」

「おいおい」赤城の視線が侑也の両手を探った。「あのロープ技はもう勘弁だぜ。そんなつもりはさらさらないんだ」

「ではなんだ」

「おれは犬が好きさ」

「なんだ急に」

「あの闘犬だってほんとは大反対だった。だからあそこにはいっさい関わらなかった」

だから赤城は逮捕されなかったわけだ。賭博《とばく》という行為自体を知ってはいたので、参考人聴取はされたはずだ。微罪として起訴猶予にでもなったか。

「黙認していたのは、賛成していたのと同義だが」

赤城は大きな体を縮こませた。「付き合いってもんがあるしさ……しょうがなかったんだよ」

「友達を選べよ」

「ああ……まったくだ……その通りさ……」

今度はひとり考え込んでいる。

「おれの質問に答えていないぞ。用はなんだ」

「おれ、実は何回か、あんたとマクナイトを遠くから眺めていたんだ」

——実は、ときたもんだ。

「それは気がつかなかった」

「すげえなって思ってさ。あんたとマクナイト」

「そりゃどうも。で？」

「おれ、その……」ばつが悪そうに笑った。「あんたとマクナイトと……友達になりたいんだよ」

赤城を避けようにも、赤城は浜辺で侑也たちを待ち受けるようになってしまった。侑也に受け入れる気はない。犬好きを口にしながら闇の闘犬を黙認していたのは、許しがたかった。上田たちとの関係を維持したいなら、彼らには内緒で、匿名告発をしてもよかったはずではないか。

侑也の気持ちを聞いて隼人は言った。

――その考えは厳しすぎるぜ。地元のツレを売るなんて、なかなかできないもんさ。つい流されちまうことってあるだろう？　あいつは友達の出来に合わせて人間が変わるタイプなんじゃねえの。

ふみも言った。

――親父どのが悪い仲間を一掃してくれたんで、真人間に戻ったんじゃない？

そう言われても、侑也はなかなか納得できなかった。侑也は、毎日現れる赤城を無視し続けた。

赤城がはじめて話しかけてきてから、一週間後の土曜日。

今日は朝から一日中、小雨が降り続いていた。今日は散歩とダンベル持来だけにするつもりで、マクナイトと一緒に外へ出た。傘は邪魔になるので、侑也はカッパを着込んでいた。

風が強い。鎬岬は門が固く閉ざされていた。規定の風速を超えたために封鎖されたのである。侑也が通いはじめてから、門が閉ざされたのはこれで二度目だった。一度目は八月の台風接近のときである。

浜辺へ向かった。赤城の車は見当たらない。天候がよくないので、今日はさすがに遠慮したものと見える。底冷えさえ感じる。確実に秋が近づいていた。

「ツケ」マクナイトを側に寄せ、ダンベルを示し、投げた。マクナイトは指示を待っている。「モッテコイ」

マクナイトがダンベルへ向けて一目散に駆けていった。その黒い影の向こう側、大きな四駆が姿を現した。赤城の車だ。つい溜《た》め息が出る。ダンベルのもとへ辿《たど》り着いたマクナイトがダンベルをくわえたまま動きを止め、近づいてくる車を見ている。

「コイ――」マクナイトがそばまで駆けてきた。車は侑也たちからやや離れたところに、こちらへ後ろを向けて停まった。赤城が降りてくる。

いつものように赤城が一声かけてきた。「よう」

赤城は侑也の返答を期待してはいない。後部のハッチドアを跳ね上げて庇《ひさし》を作り、カーゴスペースに腰を下ろした。

マクナイトがしきりに鼻を動かし、赤城を気にしている。

「マクナイト」マクナイトの注意を取り戻してから、再びダンベルを放った。「モッテコイ」

マクナイトが駆けていく。

赤城が声を張った。「雨なのにやるのか」

侑也は答えない。離れていくマクナイトを見つめていた。自分の態度が子供じみているとは、自覚している。ふみや隼人の言葉にも一理あると思ってはいる。だが最初に冷たく拒絶した以上、この態度を続けざるを得ない。態度を変えるきっかけがないのだ。

マクナイトがダンベルをくわえて戻ってきた。

「ダセ」マクナイトからダンベルを受け取り、マクナイトを撫《な》でて褒めてやった。

この天候だ。あと二回か三回マクナイトを走らせたら、今日はしまいにしようと決めた。

「マクナイト、ツケ」

マクナイトが侑也の左についた。が、様子がおかしい。しきりに赤城を気にしている。鼻を突き出し、空気の臭いを嗅《か》いでいた。

「どうした?」侑也はマクナイトの視線の先を追った。視線の先には当然のことに赤城がいた。マクナイトが気にしているのは赤城ではなかった。赤城の股《また》の間に、一匹の仔《こ》犬《いぬ》がいたのである。

赤城が仔犬をあやしながら、ちらちら侑也たちへ視線を向けてくる。

――分かったよ……参った……。

侑也はマクナイトの首輪へリードを繋《つな》いだ。「どうした？　その犬」

「譲ってもらったんだ。ちゃんとしたブリーダーにね」

離れたところから見ても、その特徴はすぐ分かる。毛色の様子、青い瞳。

「シベリアン・ハスキーか。何ヶ月？」

「三ヶ月ちょい」

マクナイトのリードを引き絞り、ゆっくりと赤城へ歩み寄った。マクナイトは仔犬に興味津々である。赤城の面前まで近づいた。侑也はマクナイトへ注意を向け続けた。

赤城が仔犬を抱いて、マクナイトの鼻先へ近づけた。侑也は密《ひそ》かに、いつでもリードを引けるよう身構えた。

マクナイトは仔犬の鼻先や口元を嗅ぎ、ぺろりと仔犬の顔を嘗《な》めた。

侑也は緊張を解いた。「どうやら初対面は無事済んだな」

「犬同士だぞ。そんな難しいもんじゃないだろ」

「そうでもない。ドーベルマンは親和性に欠ける性質でね――」

他の犬種と打ち解けづらい性格である。幼いころにきちんとしつけないと、最悪、咬《こう》傷《しょう》事件に発展することもある。ドーベルマンをドッグランへ連れていくと他の飼い主たちから怖がられ、敬遠される、などという経験談はよく聞く話だ。

赤城はしきりに感心している。「へえ……ドーベルマンってのは、プロの飼い主じゃないと飼うのは無理なんだな」

「幼児期のしつけをちゃんとすればいいだけのことだ。それが済めば、あとは普通の犬と同じに暮らせる」

「へえ」赤城が仔犬を砂浜へ降ろした。仔犬のほうもマクナイトを怖がる様子はない。大きな一匹と小さな一匹は、さらに親交を深めはじめた。

「座んなよ。コーヒーがあるんだ」赤城が水筒から湯気の立つコーヒーを注ぎはじめた。侑也は赤城の隣へ腰を下ろし、赤城からカップを受け取った。「犬を飼うのははじめてか」

「いや。子供のころ飼っていた。十一年生きたのかな。死んだときどうしようもないくらい悲しくてよ、それ以来犬を飼うのはやめにしていた」

「なぜ今になって？」

「だってよ、あんたとマクナイト、すげえだろ。眺めているうちにだんだんおれも相棒が欲しくなってきちまった……あんた、プロかい」

「そうでもない。セミプロだよ」

「セミプロって？」

ここで警察官だったとはばらさないほうがいい。「警察犬の世話を手伝っていたことがある。手伝っていただけ、プロなんかじゃない」

警察犬には直轄犬と嘱託犬、二種類ある。直轄犬は警察直属の訓練所に属し、運用も警察官が行う。嘱託犬は、民間訓練所に属し、警察の要請に基づいて出動して捜査活動に就く。この場合の運用は、民間人が行う。侑也はもちろん直轄犬を扱っていた。

「おれはプロの訓練士じゃない。犬の訓練に付き添うサブ・ハンドラーをやっていた」

「サブ・ハンドラー？」

「ボランティア、お手伝いさ。それだけだ」

「なるほどね」

「犬を飼ったこともない」

赤城は本気で驚いた様子だった。「嘘だろ？」

「ほんとうだ。マクナイトがはじめてだ」

侑也が犬と付き合うようになったのは、公安部特別装備部隊に配属されたあとのことである。それも、辞令一枚を受け取ったのがきっかけだった。自宅で家庭犬と過ごしたことは、実は一度もない。マクナイトがはじめてだった。

「じゃあおれも希望が出てきたぞ――」赤城の家は間納で米農家を営んでいるという。上田は高校の先輩で、ほとんど腐れ縁で付き合ってきたそうだ。闘犬の話はもちろん知っていたが、赤城は動物が苦手、血が苦手と言い訳して自らが関わることを避けてきた。

侑也は尋ねた。「匿名で告発するだとか、考えなかったのか」

「地元の警察に上田のダチが勤めていてさ、ばれるんじゃないかって思って」

突如、赤城は侑也へ礼の言葉を発した。腐れ縁を一掃してくれて助かった、と。強面《こわもて》を作って徒党を組むのがかっこいいと思っていたのは昔の話だ。このごろはうんざりしていたという。

「おれと――」赤城が仔犬を抱き上げた。「こいつ。あんたとマクナイトのようになれるか？」

「ああ。なれるさ」

「まずどうしたらいい？」

「プロの訓練士に預けて、基礎的なしつけをしてもらうのがいちばんだ」

当然、侑也に仔犬のしつけの経験などなかった。

「でもこんなど田舎だからな、いるかな、プロの訓練士なんて」

「いなかったら自力でやるしかない。たくさん本が出ているから何冊か買って、読み比べて自分の信じるやり方をすればいい」

「分かった」

「仔犬に名前はつけたのか」

「ああ。つけたよ」

「なんて名前？」

「ダイナマイトっていうんだ。かっこいいだろ」

赤城は毎夕方、ダイナマイトを連れて現れた。幼いダイナマイトにリードをつけ、教本を片手に基本的な服従訓練をするのである。農家というなら家の敷地にそれなりの空間はあるだろうから、そこで訓練をこなせばいいと思うのだが、赤城はわざわざ海岸へ現れた。

そのうちに赤城はガソリンスタンドへ現れ、ふみとも面識を持った。二日おきに洗車場でくつろぐようになっていた隼人とも面識を持った。さらにはモウテルのフロント館へやってきてダイナマイトを見せびらかし、マクナイトと遊ばせたりするようにもなった。ふみと隼人は彼をおもしろがっていた。侑也は困惑を覚えながらも、彼を受け入れたのは自分自身だとして、半ば諦《あきら》めていた。

モウテルの同僚たち、ガソリンスタンドの従業員たち全員が、侑也へ赤城について警告した。評判のよくない鼻つまみ者だから、付き合わないほうがいい。いつか後悔するときがくる、と。

――おれにはみな、敬語を……。

いつかの赤城の言葉。この台詞《せりふ》はただの虚勢であったのだが、土地の者みなが赤城を知っているのは事実だった。揉《も》め事ばかり起こす余計者として、である。

赤城の実家が農家なのは事実だが、農業を継いでいるのは赤城の兄である。次男である赤城は農業を手伝うでもなく、日々怠惰に暮らしている。仕事は長続きせず、転職を繰り返してきた。よくない仲間と付き合い、よくないことで小金を稼いでいた、という噂もある。上田との関係性からも窺《うかが》えたが、リーダーとしての素質には欠けており、その時々のリーダーの背後に控え、力業をこなす道具として扱われてきた。以前、今はもう亡くなった彼の祖父が彼を救おうと資金を提供し、ラーメン店をオープンさせたことがあったが、店は一年経たずに潰《つぶ》れた。そのときの金銭的いざこざから、兄夫婦との仲は険悪だという。

　赤城は三十五歳。離婚歴があり、子供がひとりいる。子供は母親が引き取った。北の街に腐れ縁の女がいて、ときどき金をせびりにいっているとか、いないとか。これらのことはすべて、モウテルの同僚やガソリンスタンドの従業員たちから聞いた。侑也は事の真偽を赤城に尋ねなかった。赤城も、自分のことはほとんど話さなかった。

　いつだったか、会話の流れの中で赤城がぽつりと漏らしていた。

　——おれなんか、なんの役にも立たない木偶《でく》の坊ってところさ……でも、犬はいいねえ、奥野さん。だれかにこれほど頼りにされるのは、ダイナマイトがはじめてだ。


　六日後、九月最後の日。後悔を覚えるような出来事はなかったが、困ったことは一度あった。赤城がなにも知らず、モウテルの従業員に、侑也が赤城含め上田たちをロープで投げ飛ばしたあの夜のことを、かなりの尾鰭《おひれ》をつけて話したのだった。

　あとで加賀幸夫たちに話をせがまれて、説明にかなり困った。赤城が事実を百倍以上に膨らませて話したのだ、自分はただリードを振り回していただけだ、と釈明して難を逃れた。このこととの復讐《ふくしゅう》ではないが、あることを思いついた侑也は自分から赤城を海岸へ呼び出した。時節柄、辺りはすでに薄暗くなっている。

「ちょっと協力してほしいんだ」

赤城は笑みを大きくした。「よしきた。なんでもやるぜ」

「助かった。これを左腕につけてくれ」

侑也は寝袋の下に敷くウレタンマットを筒状に丸めたものを、赤城へ差し出した。筒の一方の端はきつく絞ってガムテープで留めてある。

「こうか？」赤城は筒の中へ左腕を突っ込んだ。赤城の左肘《ひだりひじ》辺りまでが筒の中に隠れた。

「ちょうどいい。右手にはこれを持ってくれ」

木の棒を手渡した。長さは五十センチほどで、直径は親指ぐらいの丸木である。

「……なんなんだい」

「本物の片袖《かたそで》が手に入らないから、ウレタンマットで防具を作ったんだ。木の棒はムチだ」

赤城が顔をしかめた。「まさか？」

「十メートルほど離れて立ってくれ」

「ちょっと勘弁してくれよ」

マクナイトが興奮のそぶりを見せた。明らかにこの出で立ちがなにか、分かっているのだ。

「いけそうだ。さあ指示に従えよ」

赤城はぶつぶつ言いながらも指示に従い、侑也から離れていった。「怪我しないように頼むぞ」

「左腕を前に出して構えていろ。マクナイトが近づいたら、ムチを振り回して威嚇してくれ。敵の武器をかいくぐる訓練も兼ねてるんだ。でも、マクナイトに当てるなよ」

マクナイトは明らかにテンションを上げている。経験があり、その記憶もあるに違いない。侑也はマクナイトを興奮させるため、声をかけながらその場で二度三度とマクナイトを引き回し、十秒咆哮《ほうこう》を二度させてから、フセの体勢を取らせた。顔を赤城へ向けさせ、注意を向けさせる。

マクナイトが興奮のあまり鼻を鳴らしはじめた。侑也は首輪を掴《つか》み、顔を近づけ、赤城を指差して言った。

「マクナイト……カカレ――」首輪を離したとたん、マクナイトが飛び出した。

赤城が小さな悲鳴を上げた。マクナイトが赤城の面前まで迫った。赤城はムチを振り回して威嚇しろ、という侑也の指示をすっかり忘れている。腰が引けたまま、じっとしていた。

マクナイトが赤城の左腕に飛びかかった。

――よし、いけた……。

思ったのも一瞬だった。マクナイトは甘噛《あまが》み程度に一瞬だけ赤城の左腕を咬《か》むと、あとは赤城の周りをぴょんぴょん跳ねるばかりである。ジャンプして、両前脚で赤城の体をつついている。

「おい……」戸惑いのこもった赤城の声。「こんなんだったか？」

「ああ……こんなんじゃない」

これまですべての課題をパスしてきたマクナイトが、はじめてミスした。絶対に大丈夫と思い込んでいただけに、残念というか、意外だった。

「マクナイト、ヨシコイ」

マクナイトが戻ってきた。

やっつけたぜ。マクナイトはそんな顔つきである。

「もう一度だ」

結果は同じだった。カカレの声符を聞くまでの様子に異常はないのに、いざ飛びかかるとただ赤城とダンスを踊るだけなのだ。声符が違うのだろうか。オソエやコウゲキ、シュウゲキなど思いつくだけの声符を使ってみたが、違う声符にはそもそも反応しなかった。

――え？　なに？

と、戸惑った様子で侑也を見つめるのだった。つまり、声符はカカレで合っている。だが、マクナイトはヘルパーへ牙《きば》を突き立てることができない。

赤城が尋ねてくる。「どういうことなんだ？　マクナイトはまだ習っていないのか」

そんなはずはない。カカレを聞いて飛び出すまで、完璧《かんぺき》である。左手の甲を見つめた。マクナイトの牙でつけられた傷跡は、すでに消えかかっている。はじめて会ったあの日、マクナイトは本気でためらいなく、侑也の手を咬んだ。あれから、マクナイトと暮らしはじめて二ヶ月が経とうとしている。カカレは理解している。だが咬みつかない。これはどう考えればいいのか。

こういうことが起きるのではと思っていた。だからこそ、血統書を見つけて犬舎の人や担当訓練士に話を聞きたかったのだ。ひとつ、確実に分かっていることがある。侑也との暮らしが、マクナイトの闘争本能を鎮めてしまったということだ。人との信頼関係を失って人を咬むようになり、信頼関係を取り戻して、人を咬まなくなった。

――マクナイトを変えたのはおれだ。いや……そうだろうか。それは不遜《ふそん》すぎないか。人を咬まないのは、もともとマクナイトの持って生まれた性分という可能性もある。

――人と暮らすにはまたとない性分だが……警備犬はおろか警察犬にも、絶対に採用されない。

マクナイトが訓練所を出て里親に貰《もら》われた理由を見つけたのではないか。

――マクナイトは戦えないドーベルマンだ。

そんなドーベルマンがいるとは、今まで聞いたことがない。

5

居間の隅に置いてある籠《かご》の中で、ダイナマイトがガムを嚙《か》んでいる。

ダイナマイトの愛らしい姿を横目にしつつ、赤城は仔犬《こいぬ》のしつけ読本を読んでいた。

ダイナマイトはまだトイレのしつけもできておらず、毎日粗相が絶えない。本によると叱り方にもコツがあるとか。これを間違えると、仔犬は排泄《はいせつ》自体が悪いことなのだ、と思い込んでしまう。激しやすい自分の性格を自覚している。ぐっと堪《こら》え、気長に付き合うのだ。

周囲は田んぼだらけ。防風林に囲まれた古びた日本家屋が、赤城のすまいだった。ここに独りで住んでいる。もとは曾祖父《そうそふ》が建てた本宅だったが、兄夫婦が村道に近くて便利な土地に新しく家を建て、今はそちらが本宅である。

兄夫婦とは正月も顔を合わせない仲である。子供のころから折り合いが悪かった。兄は赤城を役立たずの無駄飯食らいと思っていて、赤城は兄を神経質で人間味のない冷酷な奴と思っている。

子供のころは相撲で身を立てようと思っていた。相撲部のある高校へ進んだ直後、膝《ひざ》を壊してあっけなく夢が散った。もともと勉強はできるほうではなく、早々に高校も辞めてしまい、悪い仲間と付き合って日々を過ごした。親戚《しんせき》中から厄介者扱いされ、兄は出来の悪い弟を恥じ、兄の影響で義姉からも馬鹿にされ、義姉の影響で甥姪《おいめい》にも馬鹿にされていた。おまけに、仲間内でも喧嘩《けんか》が強いだけの能無しだと思われている。だれにも重きを置かれず、尊敬されることなどない。

――闘犬を見るのが嫌だ？　この玉なしが。

上田たちは赤城を見下げ果てていた。赤城はそれでも上田たちと付き合った。赤城が必要とされることがあったからだ。必要とされたのがその腕力だけだったとしても構わなかった。普段、赤城がだれかに必要とされることなど皆無だった。

あの夜も腕力を必要とされ、サイロへ出かけていった。そしてあっさりやられた。喧嘩に負けたのは生まれてはじめてだった。投げ飛ばされ地面に頭をめり込ませた瞬間から、腕力、喧嘩の強さという、赤城の自尊心を構成していた成分が飛んで消えた。

赤城は自分が分からなくなった。そんなとき、知人から侑也とマクナイトの話を聞いた。海岸で訓練しているという。これから自分はどうしようか、なにを頼りに生きていこうか。なにかのヒントを求めて海岸へ出かけたのだった。

それにしてもあのマクナイトがなあ、と考えてしまう。奇跡のような変わりようではないか。

赤城が闘犬に関わっていないのはほんとうだったが、マクナイトを借りにモウテルまでいく上田たちに同行したことは何度かある。牙を剝《む》きだし暴れるマクナイトを刺叉《さすまた》で追い込み網をかけて動けなくし、車に乗せるのを手伝った。

――マクナイトはおれを覚えているのか。

マクナイトは赤城が撫《な》でても嫌がりはしない。マクナイトを押さえつけ闘犬場に無理矢理連れていった人間の中に赤城がいたことを、どうか、忘れていてほしい。

赤城はだれかに尊敬の念を抱いたことは一度もなかったが、三十半ばになってはじめて尊敬できる存在と出会った。しかも、人ではなく犬である。

マクナイトはあれだけ酷《ひど》い扱いを受け続けながらも、人間への信頼を失っていなかった。侑也がマクナイトへ向ける親愛の情を、信じ抜き、同じだけの親愛の情を侑也へ返している。

こんなことは、犬にしかできないのではないか。

赤城はもう人間を諦《あきら》めている。ダイナマイトと真摯《しんし》に付き合えば、ダイナマイトはマクナイトと同じように、絶対の信頼と親愛を赤城に向けてくれるのではないか。そういう関係になりたい。

「こい、ダイナマイト、おいで」ダイナマイトが籠を無様に飛び越え、よちよちと赤城へと走り寄ってきた。ふわふわした毛の塊を持ち上げ、胸に抱いた。

「頑張るからな、おれ……いい相棒になってみせるぞ」

しかし犬一匹といっても案外金がかかる。侑也の助言に従って宮田動物病院で検診を受けさせたが、結構いい値段だった。侑也によると人間の残飯処理に犬を使ってはいけないそうだ。となるとドッグフードも毎食分必要になる。

赤城はダイナマイトを撫でながら呟《つぶや》いた。「心入れ替えて、どっかでちゃんと働くかな」

6

十月一日。衣替えの日。気温が二十五度を超えたこの日、恵造はだれの目にも明らかな形で衣替えを体現した。足首まである長さの、漆黒のマントを羽織り出したのだ。

ガソリンスタンドに寄った侑也は、二階から降りてきたマント姿の恵造を目撃し、玉田店長に衝撃の光景を報告した。玉田は言った。

「そうかあ……もうそんな季節か……秋本番だな」

毎年恒例なのだった。恵造の出で立ちを見て驚愕《きょうがく》を受けたのは、侑也とふみ、隼人だけだった。

「しかも裏地が深紅なんだぜ――」隼人はしきりに驚いていた。なにが、しかもなのか判然としないが、しかもと言いたくなる気持ちはなんとなく分かる気がする。

7

サイロのキッチン。侑也はひとりきりで、昼食を済ませた。ふみは仕事に出かけている。隼人ももちろんいない。人間の食べ物はまずいものだ、と思い込まされているマクナイトは、侑也の昼食になど興味を示さず、掃き出し窓近くで寝そべっている。どんちゃんがマクナイトの背中に止まり、うたた寝していた。

ふみによるとどんちゃんは、父親の贈り物だという。ふみが産まれた翌日に、父親から送られてきた。ふみは当時のことを覚えていないが、母によると、送られてきた当時から人慣れしていたそうだ。平均寿命が四十年という、長寿の種である。なぜどんちゃんかと言うと、赤子のころのふみがそう呼んだからだという。ふみにはもちろん、その記憶はない。

「どんちゃん、マクナイトの上に糞《ふん》をするなよ」

どんちゃんはあくびを返した。

掃き出し窓の向こうに小さな影がひとつ。またも現れた。猫のタイガーだ。ふみからは絶対網戸を開けたままにしないように、ときつく言われている。マクナイトの上にいるどんちゃんに、じっと注視を注いでいた。

追い払うのもなんだしな、と呟き、侑也は立っていって掃き出し窓のカーテンを閉めた。

侑也は今日、夕方五時から夜十一時までの半夜勤だった。いつもより早めの午後三時過ぎにマクナイトと散歩に出かけるとして、それまでなにをやろうか。なにも思いつかない。今日はごろ寝を決め込むか。テレビをつけ、ソファへ横になった。

吠《ほ》えない犬マクナイト。それも今では過去のこと。建物の警戒警備ができるようになっていた。いや、できるようになった、では正確ではない。もとからできる犬だったが、侑也がそれを見いだした。

モウテルフロント館の表玄関にマクナイトを移動させ、警戒任務に就かせてみたのだ。来客が少ないサイロではできないことである。マクナイトは遠くから車が近づくと間を置いてワン、ワンと吠えて知らせた。マクナイトの知らない車や徒歩の人間が玄関へと近づいてくると、ワンワン、と二回ずつ吠え続ける。マクナイトは侑也がそばにいなくても警備をこなせた。これには恵造ほか従業員たちも驚いていた。

　あれから二度、襲撃訓練を試したが二度とも失敗した。

　一方、銃器奪取は完璧《かんぺき》にこなした。犯人役が持っている銃器の奪取訓練である。本物の銃はもちろん手に入らないので、木を削って黒く塗り、ハンドガンとライフルの模型を作った。犯人役は赤城に頼んだ。赤城には軍手とスキーグローブを重ねてつけてもらい、模型の銃を持たせた。

　侑也の指示で飛び出したマクナイトは、赤城の右手にしっかりと咬《か》みついた。赤城が銃を落とすと、その銃を口でくわえ、侑也のもとへと運んできた。ライフルの模型でも試したが、課題を完璧にこなした。

　マクナイトが赤城の手を咬んだ。この流れならいけると踏み、襲撃訓練をさせてみた。結果は駄目だった。銃を奪うために人を咬むことはできても、人の制圧となるとさっぱりなのである。赤城とダンスを踊るだけだ。

　侑也は、マクナイトへ襲撃訓練を課すのはやめにした。もう一度基礎から仮想犯人への襲撃を教えることも考慮したが、結局やめた。マクナイトは家庭犬だし、競技会や審査会への出場を考えているわけでもない。

　警備犬扱いすること自体を、やめようかと考えはじめていた。ただし運動は必要だ。フリスビーキャッチを覚えさせるのはどうだろう、と思いはじめている。あれは、犬も人も楽しそうだ。

玄関のベルが鳴った。マクナイトが頭をもたげたが、騒ぎ出すことはなかった。

来客は宅配業者だった。受け取った荷物は贈答品でもらうシーツセットほどの大きさだが、重さはずっしりと腕にかかるほどだ。侑也宛に届いていて、送り人の欄には〝同上〟と書かれている。つまり、侑也が自分へ宛てて送ったということだ。侑也の身に覚えはなかった。

キッチンの食卓へ運び、封を開けにかかった。

マクナイトがとことこ歩いてくる。どんちゃんはマクナイトの背中に乗ったままだ。その様を横目に見てつい微笑みながら、箱の外装を解いた。素っ気ない段ボール箱が出てきた。段ボール箱の蓋《ふた》を開けた。

物々しい印刷が施された化粧箱が現れた。十八歳以下使用禁止の大人向け玩具《おもちゃ》、いわゆるトイガンだ。ガスブローバックの表記がある。ガス圧を使ってBB弾を発射できるもので、オートマチックタイプのものは、ガス圧を使って発射時のスライドブローバックをも再現する。隊にいたとき、このような玩具が好きな後輩がいたのでよく知っていた。

箱の外装には、ドイツ製モーゼルC—96の写真が印刷されていた。箱を開けた。確かに、モーゼルC—96が入っていた。ビニールを破り、銃を手に取った。百年以上前に産まれた銃で、第一次大戦から各国軍隊で使用されていた、現代では骨董品《こっとうひん》扱いされる銃である。一般的なオートマチック式ハンドガンは、グリップ部分に弾倉を差し込むが、この銃はグリップではなく、トリガー前部に四角い弾倉が取り付けられている。装弾は、ボルトアクションライフルと同じように、スライド上部からクリップに並んだ弾丸を差し込むという手順である。

だから、ハンドガンなのに馬鹿でかい。少々大げさだが、まな板にグリップをつけた、という感じがするのだった。この銃の携行にはショルダーバッグが必要、という揶揄《やゆ》がもととなって、あるジョークまで存在している。警備の現場ではショルダーバッグを下げている人物に要注意、そのわけは？

――オチは確か……ショルダーバッグで殴ってくるぞ、だったか？

銃は使い古された質感がよく表現されており、いかにもビンテージといった趣で……。

マクナイトが先に気づいたか。鼻をひくひくしてしきりに銃を気にしている。

侑也は銃の細部を調べた。機関は隅々までクリーニングが施されていて、銃身が新品のものと取り替えられている。

どう見ても、本物だった。クリップに挟まれた銃弾が、十発ずつ二個、同梱《どうこん》されている。専用のガンストラップまで入っていた。だれかが、箱は玩具のものを使って本物を送ってきた。

真っ先に思ったのは緒方だった。念のため侑也に武装させることにしたのでは、と疑ったのだ。

と、一枚の紙に目が留まった。箱の蓋の裏に張りついている。ほかに書類様のものはいっさい入っていない。侑也は紙を剥《は》がし、手に取った。紙ではなく、写真だった。裏の白紙部分に文字の羅列があった。

——武装をお勧めする。油断なきよう。葉山ふみを守られたし。だれも信用するべからず。

署名はない。裏返して画像を見た。女性がひとり写っていた。見覚えのある女性だった。

——アンリだ……。

※

ふみは隼人とふたりで夕食を済ませた。侑也は半夜勤のため、不在である。

夕食の料理は当番制になったはずだったが、今ではすべてふみが作っていた。隼人はいち早く当番から抜けた。侑也はやってくれようとしたが、ふみのほうから断った。理由はあまりに明確、侑也の料理はまずいのだった。なにを作ってもまずい。焼くだけで済むはずの焼き魚さえ、まずいのだ。侑也の焼く魚は基本、生焼けか焼きすぎのどちらかだった。隼人は自分のことを棚に上げ、下手にもほどがある、と侑也をからかった。

——今までずっと独り暮らししていたのに？

ふみの質問に侑也は、コンビニが冷蔵庫代わりだった、と言い訳した。そんな訳で、料理はふみが作る。洗い物は男たちの仕事だった。隼人はシンクの縁を使って上手に洗い物ができた。訓練の賜《たまもの》だよ、と得意げである。隼人がシンクを使い終わったあと、ふみは明日の朝食のための下準備を済ませておこうとキッチンに立った。

隼人はどんちゃんと遊びはじめた。約束を守ってくれている。

「一足す一は？」

「ニィ」

「一足す二は？」

「サン」

「一足す三は？」

「ヨン」

ふみは背後に隼人たちの声を聞きながら、シンクに向かって仕事をしていた。どんちゃんは一足す十まで答えられる。どんちゃんにこれを教えたのは子供のころのコウクンだった。

そのうち違う遊びがはじまった。「ほれ、どんちゃん。バンザーイ」

ふと振り返ってふたりを見た。止まり木に止まっているどんちゃんの前で、隼人がバンザイをしている。どんちゃんは体を上下に振りながら、ノっている様子なのだが、バンザイをするまでには至らない。

「バンザイだぞ、どんちゃん。ほれ、バンザーイ」

どんちゃんは応じない。ふみは手ふきで手を拭《ぬぐ》い、ふたりのそばへ寄った。

「隼人は動作が小さいんだよ。もっと大きくやらないと。見てて……どんちゃん、いくよ……バンザーイ」

どんちゃんが左右の翼を大きく広げ、片足を上げて高らかに声を張った。「バンザーイ」

ふみ。「バンザーイ」

「バンザーイ」

隼人を見て言った。「ね？」

よし、と気合いを入れた隼人が大きな仕草とともに声を張った。

「どんちゃん、バンザーイ」

どんちゃんは、隠密《おんみつ》同心の心得を暗唱しはじめた。

※

隼人は、ふみが風呂場《ふろば》へ消えたのを確認して階段を昇りはじめた。

隼人は週に一度、侑也の自室を探っていた。最近の侑也は自室に鍵《かぎ》をかけることが少なくなったので、楽に侵入できた。当初に比べ複雑な思いを抱きながらの仕事だった。侑也が金で転ぶような男には見えなくなっている。だが、作戦管理官から聞かされた話も気にかかる。

今日、侑也宛に侑也自身から荷物が届いていた。居間のゴミをまとめて、勝手口横のゴミ置き場へ持っていったとき、段ボール箱に気づいた。送り状が張ったままだった。

一応、確かめておくことにした。いったん自室に寄り、暗視スコープを手にして廊下へ戻った。四階で明かりをつけるわけにはいかなかった。四階の明かりはかなり遠くからでも見えるのだ。

四階へ上がった。四階廊下の明かりは落ちている。ここもそのままにしておく。ドアノブに手をかけ、回した。鍵はかかっていない。そっと中へ入り、暗視スコープをかけて電源を入れた。面前に緑色の世界が広がった。

物も家具も少ないので、探索自体は楽な部屋だった。ベッドサイドテーブルの上に写真が飾ってあった。侑也の妻冬子だ。侑也へ向けて永遠に褪《あ》せない微笑みを送り続けている。

タンスがひとつ、押し入れがひとつ、戸袋がひとつ。収納はこれだけだ。タンス、押し入れと改めていった。目新しいものはない。念には念、と押し入れをよじ登って戸袋の中を改めた。奥に箱がひとつあった。手を伸ばし、その場で箱を開けた。

こんな趣味があったのか。最初はそう思った。銃を改めてみて気がついた。これは本物だ。

考えられるとしたら、緒方から支給されたという可能性だ。隼人も作戦管理官からワルサーPPKを支給されているのだ。だが、侑也へ銃が届いたのは今日だ。任務開始当初から支給されていたならともかく、なぜ今なのか。なにかが起ころうとしているのか。あるいは、侑也自身がなにかをしようとしているのか。銃をもとの位置へ押し戻した。

侑也を疑いたくない。侑也への疑いを思うとき、同時に湧き上がる感情は悲しみだった。とことん信頼させてから裏切る。二重スパイの使う手だ。侑也とこの件について、いや、こればかりではない、作戦全体について、腹を割って話し合う必要があるのではないか。

だがそれは、作戦管理官からきつく禁じられている。知った以上、管理官へ報告しなくてはならない。これも義務だ。隼人は考え込みながら部屋を横断し、ドアを開けた。

そこに、ふみが立っていた。侑也の分の洗濯物を胸に抱えている。

明かりの落としてある暗がりの廊下、言葉もなく、互いに見つめ合った。

やがてふみが震える声を出した。「隼人？」

隼人はようやく自分が暗視スコープをしたままであるのに気づき、スコープを外した。

ふみは風呂に入ったとばかり思い込んでいた。

「いったい……なにを？　そんな格好で？」

「訓練の一環さ。気にすんな」隼人は言い捨て、歩き去った。

8

午後十一時、侑也は大した仕事もしないまま半夜勤を終えた。日勤ならこのあとガソリンスタンドへ寄って、コーヒーをごちそうになるのだが、当然今ガソリンスタンドは閉じている。

　まっすぐサイロへ帰った。サイロの居間はまだ明かりが灯《とも》っている。このぐらいの時間居間の明かりは、ついていたりいなかったり、その日によって違った。

　侑也が玄関のドアを開けると、いつものようにマクナイトとどんちゃんが飛びついてきた。居間へ足を踏み入れた。ソファに隼人が座っていて、ふみが食卓についている。冷たいものを感じ、つい床を検分した。床は磨き上げられ、輝いている。

「ただいま」

　ふみが答えた。「お帰り」

　隼人は押し黙ったまま、音量を絞ったテレビに目を向けている。

「なにか飲む？」

「いい」

　部屋の中に異変はない。だがふたりの様子は明らかにおかしい。緊張が張り詰めている。なにかあったのか、と訊《き》こうとしたとき、隼人が言った。「アネさんがなんか報告あるってよ」

　ふみは不確かな笑みを浮かべた。「あたしは別になにも」

「ふみはなにもないって言ってる。なんなんだ、隼人」

「どうせあとで告げ口するんだろ。今言いなよ。おれは構わない」

　侑也はふみへ視線を向けた。

「だから、あたしはなんにもないってば」

揉《も》め事があったことはあったらしい。様子から、酷《ひど》い揉め事ではなさそうだし、火急の件でもなさそうだ。

「なんだか分からないが、おれは風呂に入るぞ」侑也は着替えを取りに階段へ向かった。階段の一段目に足をかけたとき、隼人が声を投げてきた。「待てよ、おっさん」

「なんだ」

「おれ、あんたの部屋をときどき探ってたんだ。それを今日、ふみに見られた。洗濯物を届けにきたふみと鉢合わせしちまったのさ。おれとしたことがミスった」

ふみは各自の洗濯物をたたんでまとめ、ドア脇の床に置いておくのがいつものことだった。ふみ自身は部屋へは立ち入らない。

「おれの部屋に金目の物などなにもないぞ」

「おれが盗みなんかするかよ。馬鹿にすんな」

人の部屋を探っていた、と言っておきながら、随分な虚勢だ。

「お前が――」侑也は居間へ戻り、ひとり掛けのソファに腰を下ろした。「おれの部屋を漁《あさ》っていたのは知ってる」

隼人の顔に偽りのない驚きが広がった。「知ってただと?」

「最初のころにな。お前の脂足が部屋の床中にべたべたと……あれではプロとは言えんな。以来、ドアノブに接着剤を垂らしておいた。接着剤が崩れていれば、侵入者あり、という証《あかし》だ。おおかた、おれの〝転向〟を警戒せよ。そういう命令を受けていたんだろう？」

「まあ、そんなとこだ」

ふみが口を開いた。「転向って？」

「裏切りだ……おれがふみを敵側に売ることを警戒している。そうだな？」

「まあね」

「そろそろお互いの話を突き合わせる頃合いだと思うが、どうだ」

「そうだな」

「突き合わせると言っても、おれの側からの話はあまりない。Nしか聞かされていない……スカベンジャーとはなんだ？」

隼人は眉《まゆ》を上げた。知ってたのか、とその表情は語っている。「あんたも知っていたのか」

「ところが全然だ。八月の半ばごろ、緒方とは別陣営の刑事ふたりがモウテルに泊まった――」西和田らの話を語って聞かせた。「――帰り際、スカベンジャーという名を聞いたことはあるか、と訊かれたよ。おれが知っているのはこれだけだ」

隼人はじっくりと考え込んでいる。「緒方か、緒方の後ろにいる奴がふみやあんたを餌に、Nと手を結ぼうとしている。西和田って奴の話はこうでいいのか」

「ああ……いや……」

隼人が注視を向けてくる。脳内でやりとりを再現していった。西和田らの話に欠けているものを見つけた。

「西和田たちは、いっさいふみに触れなかった。あくまでも標的はおれ、ということだった」

「どういうことだ」

「ふみの存在を知らないのかも知れない。知っていたら話に出ていたはずだ。伏せたところで意味がない」

「確かにな」

「スカベンジャーとは？」

「そうだな……どう言えばいいのか」打ち明ける気にはなっている。どういう説明でいこうか、迷っているのだ。「警視庁公安部のＯＢ、それに何人か現役を含めた組織……いや組織じゃない。集団と言ったほうがいいかな。正規でも非正規でもない、ある集団だ」

「彼らはなにをしている」

「非合法工作を担っている。汚れ仕事を請け負っているそうだ。巨額の報酬が警察関連の外郭組織から彼らへ流れているそうだ」

「非合法とはどういう？」

「非合法は非合法さ。違法な捜査、違法な聴取、違法な証拠入手に捏造《ねつぞう》……何人かの現役警官を協力者として庁内に置いて、自らは外にいて自由に動く。しかも金が得られれば警察以外の組織とも手を組む。それが犯罪組織だとしてもね……殺しをまったく厭《いと》わない連中だそうだ。当然武装している……あんたもかつては公安にいたんだろう？　聞いたことはないのか」

「ないな。お前の上司は――」

「神之浦って人だ」

――あいつか……食えない奴だった……。

同じ部署にいたことはないが面識はある。悪評もさんざん聞いた。不思議なことに悪評が立つ奴ほど出世する。同じ人を見るとき上から見るのと下から見るのでは、よほど見え方が違うのだろう。

「神之浦はどうやって組織の連中をおびき寄せる気でいる？」

「それは……」言い淀《よど》み、ふみを見た。「ふみには外してもらったほうが――」

「駄目だ」言ったのは侑也である。「自らに関わることだ。ふみにも聞く権利はある」

「スカベンジャーの創立メンバーで、今も幹部を務めているのが、ふみの父親だというんだ」

ふみは大きく瞳《ひとみ》を見開いて隼人の言葉を咀嚼《そしやく》したあと、ふっと視線を床の一点へ落とした。

ふっと安堵《あんど》が降りてきた。「ふみに危険はないんだな？」

「ああ……ふみを取り戻しにきたところを捕まえるのさ」

「ここにきて二ヶ月が過ぎた。遅すぎないか」

「その辺りの事情は知らないよ。神之浦さんに尋ねるしかない」

「この話を西和田の話に合わせると、神之浦がスカベンジャーと手を結ぼうとしている、ということになる」

「神之浦さんから見ると、あくまで逮捕目的、ということになる……どっちが正しいと思う？」

本心を言った。「どちらも胡散臭《うさん》い」

「それを言っちゃあってやつだけどよ……緒方はどういう役割だろう」

「神之浦の命令を受けて作戦統括をしているか、あるいは、ほんとうに作戦を乗っ取られた哀れな若手指揮官か」

「あいつには後者のほうがぴったりくるぜ」

「それはかわいそうだ。中間管理職なんてどこも同じさ」

神之浦にしろ、西和田にしろ、どちらの側も話の筋は通っているように見える。

「神之浦はなぜスカベンジャーを逮捕する気になった？　今まで便利に使っていたのだろう？」

「増長するようになったんだ。彼らは多くの秘密を知り得る立場にいて、人の弱みを握ることも多かった。例えば刑事の不祥事をもみ消したりね。組織に頭の上がらない者が増えていく、わがままは通る、ということになる」

ちょっと引っかかる。神之浦は上昇志向が異常に強く、刑事でありながら人の命を虫けらほどにしか思っていない男だ。また徹底した組織人間でもある。そんな彼がスカベンジャー逮捕に向かうだろうか。スカベンジャーの存在が露見すれば、公安部への影響は計り知れない。

「隼人、スカベンジャーの規模は聞いたか」

「規模自体はごく小さいらしい。でも、いろいろな組織と繋《つな》がりがあるから、集めようと思えばかなりの数の兵隊を集められるようだ」

「神之浦は――」ふみがここにいるべきだ、と主張したのを後悔していた。「彼らを逮捕する気がないんだな？」

「ええと」隼人もふみを気遣っている。「……そういうことらしい」

話が腑《ふ》に落ちかけてきた。今の話に西和田らの話を突き合わせるとこうだ。西和田らは、神之浦の計画した暗殺行為を暴こうと動いている。だから監察官である入江が加わっているのだ。

「危険があるのはあんただぞ。組織はふみを救いにくる。神之浦さんのシナリオではあんた、自分を受取人にしてふみに巨額な生命保険をかけることになっている。あるいはもう、かけたことになっているかも」

「おれが保険金目当てでふみへ接近したと？」

「ああ……そりゃ組織の連中、怒るだろうよ」

月ヶ原までくるくらいだ、西和田らは多くの情報を握っているだろう。小さな引っかかりをまた感じる。なぜ西和田はふみの存在を知らないのか。

——あの示威的監視の意味がいよいよ分からない。神之浦の目的はなんだ。隼人の話を信じていいのか。

スカベンジャーの先遣隊が密《ひそ》かに月ヶ原へきたとする。侑也を見つけ、ふみを見つける。侑也についている示威的監視にもすぐ気づくだろう。スカベンジャーの側からはどう見えるだろうか。

——罠《わな》にしか見えない……神之浦、なにを考えている。

標的がほかにある、と考えればどうか。

——スカベンジャーは監視に気づいた。さてどうする？　おれへの接触を諦《あきら》めるか？

答えは容易に出ない。いったん諦めようとしたとき、つい今隼人へ言った自分の言葉が蘇《よみがえ》った。

——作戦を乗っ取られた哀れな若手指揮官……。

なにが引っかかったのか、心の中を探索し続けた。

——スカベンジャーは監視に気づく。さてどうする？

監視車の動向を探るだろう。やがて月ヶ原のどこか、あるいはもっと離れた場所に、緒方たちが詰めているであろう現場指揮所を発見する。

——餌は……緒方か？　緒方たち自身もスカベンジャーの餌なのか？

スカベンジャーの仕事は三つだ。まず指揮所を機能不全に陥れ、そのさなかに侑也を消し、かつふみを取り戻す。最低三班のグループが、同時多発的に行動を起こす必要がある。大規模な作戦だ。人員も数がいる。

――この月ヶ原にスカベンジャーに関わる者を数多くおびき寄せ、暴れさせる。彼らに緒方を見つけさせ、監視体制は完全に把握した、と思い込ませる。

スカベンジャーは指揮所を潰《つぶ》せば好きに仕事ができると考えているが、実は緒方の背後に神之浦の隊が控えている、という構図が完成する。考えているうちに、ふと、この作戦の異様さに気づいた。もう一度スカベンジャーの立場になって考えてみる。

――素早く現れ、ふみをさらえばいいだけのことではないか？　なにも事を構える必要はない。だが、罠の一端であるおれにわざわざ監視をつけている。なぜだ。監視車を見つけたらスカベンジャーは……待て。監視、監視というが……よく考えろ。見方を変えれば、あれはなにに見える？　監視以外に、なにに見える？

そうだ。ボディガードに見える。事実、西和田はあの車を終始〝護衛〟と呼んでいた。西和田はNを実在する組織として話していた。西和田はNが存在していると、本気で信じているようだった。ということは入江も信じている。その入江が、スカベンジャーの名も口にした。

真実のところだれがなにを追っているのか、分からなくなってくる。

――神之浦……おれをどこかの大立て者だとでも偽装したのか？　どこのだれなん

だ？　スカベンジャーか、Nか、ほかの組織か。

隼人がぽつりと言った。「神之浦さんにどやされちまうな」

「作戦について話すな、と言われていたんだな？」

「ああ」

「わざわざ神之浦に報告するまでもない。黙っていればいいさ……なぜ腹を割ってくれる気になったんだ？」

「そろそろ腹割らなきゃしょうがねえだろ……この家にはもうじき、赤ん坊が加わるんだぜ」

ふみが自らの腹に手を当て、俯《うつむ》いた。

ふいに冬子の面影が脳裏を過《よぎ》った。大量の血痕《けっこん》を残し、お腹の中の子とともに消えてしまった冬子。

あれから二十年が経ち、今、身重のふみがここにいる。

――あんな思いを味わうのはごめんだ。同じことを繰り返すわけにはいかない……この命に代えても……。

「お前はどこで神之浦に拾われた？」

珍しいことにふみがコーヒーを運んできて、ふたりにカップを渡し、隼人の隣へ腰を下ろした。ふみは両手でより小さなカップを抱いている。飲みはしない。香りを嗅《か》いだめに用意したものだ。

隼人が答えた。「渋谷。ゲーセンにいるとき、神之浦さんの部下が話しかけてきた」

「ゲームセンターで働いていたのか」

「遊んでたらっていう意味だ」

「なぜお前が選ばれた」

「リストから選んだ、説明はそれだけだった」

侑也のときと同じだ。彼らの選択が違えば、侑也と隼人は今、ここにはいなかったわけだ。ふみだけは、変わらずここにいる。ほかのだれかと一緒に。自分が選ばれてよかった。なにがしかのトラブルが起きる予感を抱きながら、そんなことを思う。

「隼人……おれが汚職警官だと言うのは事実だ。おれからの話を聞いてくれるか」

「もちろん」

五年前、庁内のある男が侑也に接近してきた。警務課資料係にいた男で、侑也へある取引を持ちかけた。冬子事件の捜査資料が欲しくないか。すべてをワンセットにしてきみに手渡せる、と。事件当事者である警官が捜査に関わるのも、捜査資料に目を通すのも御法度だった。

「おれは資料を買うことにした。金を作る必要があったが、おれはもう警官を辞める気になっていたから、退職金をそれに充てることにした」

「資料なんか手に入れてどうする気だったんだ」

「自分で犯人を見つけるつもりだった」

「でも時効が成立していたはずだ」

「そうだ……だからあのころ、おれはどうかしていたんだろうな……正直言うと、自力で犯人を見つけて殺す気だった」

ふたりはなにも言わず、カップを見つめていた。様子が似ている。ほんとうの姉弟《きょうだい》のようだ。

「警官を辞めると相手に伝えた。それは困る、と男は言った。金だけじゃ済まなくなった、とね。それを済ましてから辞めて金を作ればいい、と」

当時、侑也の隊が援軍として関わっていた、禁輸品目の第三国経由輸出疑惑の捜査について、進捗《しんちょく》状態を知りたいというのが、男の条件だった。内偵を受けている企業の中に、男の知り合いが経営する会社が入っていた。

「悪いがおっさん……同情の余地なしだな」

「弁解はしない。おれはどうしようもない復讐《ふくしゅう》心に憑《つ》かれていた。先方に渡す資料を作りはじめた。胸には退職届を抱いてね……悪いことはできないものだ。直後、監察官の調査が入ったんだ。おれも、警務課の男も彼らに摘発された。懲戒免職なので、退職金は出なかった」

「だれかにチクられたのか。どうしてばれた？」

「警務課の男は、以前から監察官の内偵を受けていた。資料横流しの常習犯だった。おれはなにも知らず、奴の取引に乗ってしまった。見事に弱みを突かれたわけだ」

ふみが言った。「まあ……ちょっとは同情の余地があるかな」

「余地はないさ……そうだ。時効制度の法改正があった。去年の話だが、おれには理不尽な話だった。怒ったところでなにもできないんだがね」

ふみが言った。「法改正って？」

「時効制度についての法改正だ。冬子の事件は、法改正の狭間《はざま》に落ち、二度と顧みられない。冬子の事件は遺体が見つからなかったが、殺人事件扱いされた。事件が起きた二十年前、時効は十五年だった。二〇〇五年の元日から新しい法律が施行され、殺人時効が二十五年に延びた。だが、この法律は前年までの事件は含まないことになった。その時点で、冬子事件の時効は変わらず十五年ということになる。二〇〇六年、冬子事件の時効が成立した。捜査担当の刑事たちがおれのオフィスにきて、泣いてくれたよ……二〇一〇年四月、また新たな時効制度が施行された。殺人事件の時効が撤廃されたんだ。この法改正では施行日時点で、時効が進行中の事件、すべてを対象とすることになった。冬子の事件は二〇一〇年以前に時効が成立したので、もともと対象にはならない。それは理解できる。理解できないのが、二〇〇五年の改正だった。二〇〇五年の改正で、時効進行中の過去の事件についても、二十五年に足りない十年分を加算してくれていたら、冬子の事件は今現在も、捜査対象だったはずだ」

ふたりは黙っている。どう返せばいいのか迷っているようだ。

努めて明るく言った。「まあ……済んだ話だ。世の中が理不尽で溢《あふ》れているのは常識だしな」

「理不尽さ——」不自然に高い声を張ったのは、隼人だった。「だから諦める。それが大人の対応ってやつだろうよ。おれだって理解はできる。世の中は理不尽だらけだってな」

隼人は突然激した。侑也への怒り、と最初は思った。だが、隼人の目は過去を見つめていた。

「おれは四人姉弟だった。おれの上に姉がふたり、おれの下に弟がひとり……賑《にぎ》やかな家だったよ。おれが七歳のころ、唐突に消えてなくなっちまったがね」

「消えた？　離婚か？」

「まず最初に弟が死んだ。おれはそのころのことをよく覚えていない。弟は里子でね、貰《もら》われてきた子供だったそうだ……その子が死んで、巨額の生命保険金が払われた」隼人の口に皮肉めいた笑みが浮かんだ。「二年後、いちばん上の姉が死んだ。水の事故でね……このときも保険金が支払われた。親たちは遊んで暮らしていた……分かってきただろう？」

「保険金殺人か？」

「その一年後、二番目の姉が死んだ。階段から足を踏み外したってことだったが、ここでようやく警察が疑惑の目を向けた。やがて、両親と親戚《しんせき》ひとりが逮捕された……貰われてきた里子は、借金を返すために最初から殺すつもりだったとさ……まさに笑える話だぜ」

　隼人が鼻の先で笑い、コーヒーをすすった。ふみはコーヒーの香りを嗅ぐのも忘れ、組んだ手をもじもじさせている。侑也はただ、コーヒーに映る自分の顔を眺めていた。

「なあおっさんよ……コウタはどうして産まれてきたんだ？　なんのために産まれてきた？」

「コウタ……弟か？」

「そうさ……ふたつ下だった」

　なんのために産まれてきたのか。哲学の命題めいた質問に、侑也は答えられない。

「笑えるったらないね。親がなんて言ったと思う？　働かずに暮らしたかった、だとよ……早く死ねばいいのに、まだ東京拘置所にいる……な？　おっさんに劣らずおれの話も笑えるだろ」

　侑也は自分が卑怯《ひきょう》だと感じながら話題を逸《そ》らした。「その後どうした」

　隼人は構わず続けた。「おれも笑える話をあいつらに返してやろうと思ってよ。まだ生きてんならあいつらに保険金かけようって思ったんだが、さすがにね、死刑囚に保険金はかけられないとさ……笑える話の締めにちょうどいいと思ったんだが、駄目だった」

「隼人？……隼人よ、その後どうしたんだ？」

「ああ？　その後？……その後はふみにもちょっと話したが施設暮らしをした。いやな場所だったね。おれは新天地を求めて中学卒業と同時に施設を出た。陸上自衛隊高等工科学校に入ったんだ。全寮制でね、仲間がいっぱいできた。親友もね」

——おれは陸自にいた。

あのときの隼人の呟《つぶや》きがここで繋《つな》がった。あの夜の侑也は情けないことに自分の変質に戸惑い、自分のことばかり考えていた。

「工科学校と言っても訓練はやるんだ。銃器の扱いを覚え、射撃訓練もしたし、格闘訓練もした。まさに天職を見つけたってくらい、おれの肌に合った。卒業後は工科学校だから基本、後方支援部隊へ配属になる。でも転科願を出せるんだ。おれは卒業が間近になって、転科を申し出た。最前線の陸戦員になるためにね。ゆくゆくはレンジャー隊員になりたかった。親友ふたりも、おれと一緒に転科願を出した。転科を認められたのはおれともうひとりだけだったが、これは仕方がない。成績や人員の配分、様々な要素が働くからな、好きに転科できるわけじゃない……普通科歩兵連隊へ配属になり、一兵卒のひとりとして歩き出したとたん、右手を失った」

隼人が憎々しげに自らの右手を凝視した。

「入隊して三ヶ月も経っていないころさ。手榴弾《しゅりゅうだん》の投擲《とうてき》訓練をしていたとき、ミスっちまった。塹壕《ざんごう》から目標へ向けて投げようとしたとき、手が滑って手榴弾を下に落としてしまった。塹壕の中には分厚いコンクリートでできた避難場所があってね、すぐそばにある。ぽんと飛び込むだけでいい。教官が待避しろって叫んだ。手榴弾はすぐに爆発しないから、充分逃げる時間はあった。焦ったおれは、そのすぐに爆発しないってのに、心誘われちまったのさ。拾い上げてもう一度目標に投げようとしてしまった……手榴弾はおれの手から離れた直後に爆発……指全部と手の甲半分を粉々に吹き飛ばした……おれの夢が散った瞬間だった……おれは陸自を辞めた」

「障害を持っていても働いている自衛官は幾らでもいる。残る道はあったはずだ」

「後方支援部隊なら残れた。この腕だし、書類仕事ばっかりの日々だったろうな。給料も入るし、残るのが大人の対応だった。でもおれはまっぴらだった。望む場所を得られないなら、もうここにいたくない。順調に訓練を積んでいく親友を、自分だけ事務部屋から眺めるのはいやだった。おれは自衛隊の暮らしが終わったと思った。続けられないってね」

「そのあとは？」

「渋谷とか新宿とか、繁華な場所をうろついて過ごしていた。金は……その……カツアゲで稼いでいた」

「さっきのお前の台詞《せりふ》をそのまま返すよ。同情の余地なし、だな。そのころのお前に出会わなくてよかったよ」

「オヤジは狙わなかった。若い奴ばっかりさ。なんか……どいつもこいつも憎たらしくてね。あんたを狙ったとしてもこっちがやられていただろうさ、あのロープ技で」

「いつもいつもロープを持ち歩いているわけじゃない」

「冗談だっての」

「そうか」侑也はようやく戻ってきた隼人の笑みに、自らの微笑みを返した。「自衛隊を辞めたのはいつだ？」

「去年の六月」

去年の六月ということは、隼人は今――。

「お前、今はたちか？」

「早生まれなんで、来年の二月ではたちだよ」

若いとは思っていたが、まだ未成年だったとは。

「で、渋谷のゲーセンにいたところ、神之浦さんの部下から声をかけられる、というところに辿《たど》り着く……おれにとっては大きな報賞を提示されてね」

「どんな？」

「最高級の生体電流感知式義手さ。神之浦さんは車で言えばマセラティかブガッティかってくらいの代物だって言っていた。これをつければ、原隊復帰も可能だと」

「原隊復帰？　義手で？」

隼人は諦観《ていかん》の滲《にじ》んだ笑みを零《こぼ》した。「分かってるって。うまく釣られたなってとこさ。どんな義手つけたって、原隊復帰の可能性はない。でもあのときは、すんなりと信じ込んでしまった……おれの側の話は終わり。隠していることはもうないぞ」

黙っていたふみが腰を上げ、上階へと消えた。

その様子を見送って隼人が言った。「ふみ、平気かな。今夜はおれとあんた、ショッキングな話の連続だったからな」

「ショックはショックだろうが、あの子だ、すぐ立ち直るよ」

「ところで戸袋に置いてある銃だけど？」

丹野のことを含め、事情を話した。

「また分からなくなるじゃねえか。丹野って何者なんだ。どっちの側だ」

「警告を与えてくれたという意味では味方と考えてもいい……だが銃はな。あの銃がどこかでだれかに向けて使われた前歴がある、なんてことだったら、おれは濡《ぬ》れ衣《ぎぬ》を着せられることになりかねない」

「処分するのか」

「そのほうがいいかも知れん」

「でもほんとうに必要になる局面がこないとも限らないぜ」

「その辺りはな……今心配したところでって話さ」

ふみが戻ってきた。胸にギターを抱えている。ふみは居間を横切り、キッチンの止まり木にいるどんちゃんを、止まり木ごと持ち上げ、侑也と隼人の座るソファの前までやってきた。

「どうした？　ふみ」

「えー、それでは一曲……あ、忘れた」

ふみはキッチンへとって返し、水飲みコップをひとつ手にして戻ってきた。ふみはコップをテーブルの上に置き、背筋をしゃんと伸ばした。

「えー、それでは一曲、お耳汚しですが、聴いてください。こちらの鳥はコーラス担当のオウムくん、どんちゃんです」

侑也と隼人の視線が合った。直後、ふたりは同時に拍手をはじめた。ふみが大仰な仕草で拍手を鎮めた。

「まずはスタンダードナンバーから名曲を……ザ・モンキーズで〝デイ・ドリーム・ビリーバー〟」

ふみがギターをかき鳴らしはじめた。独学ということだったが、どこにも破綻《はたん》は見当たらず、門外漢の侑也にもとても上手に聞こえた。前奏がはじまった直後から、どんちゃんが左右に体を揺らしはじめた。

ふみが歌いはじめた。普段の話し声より、ぐっと抑えられた深みのある低音だ。耳だけで聞いて覚えたという英語の歌詞は、やはり、どこも破綻していない。まあどちらにしろ、侑也は英語のリスニングに難ありだ。でたらめ英語だとしても、聞き分けられないだろう。

節々に、どんちゃんのコーラス、というより合いの手が入った。

――ギャー。

とか。

――ワオ。

だとか。

――イエーイ。

であるとか。

侑也と隼人は、手拍子でふみの歌を盛り上げた。どんちゃんは羽を広げ、片足まで上げてノリノリである。止まり木の下にはマクナイトがきていて、ふみとどんちゃんを交互に見つめていた。四センチほどしかない短い尻尾《しっぽ》が、しきりにぴこぴこと振られる。

ふみが一曲を歌い終わった。侑也と隼人は盛大な拍手を送った。

侑也は何の気なしに口を開いた。「まさに〝ザッツ・エキサイティング！〟だな」

ふみと隼人に笑いの連鎖が起こった。

隼人が言った。「フロント館のあれだろ？　ありゃないよな」

ふみも言う。「逆にあのレトロ感がいいんだよ。笑っちゃうけど」

侑也は言った。「確かめていないがあれ、きっと恵造さんだろうな」

ふみがテーブルの上のコップを覗《のぞ》き込んだ。「あのう、空ですけど？」

侑也は急いでポケットの中を探った。隼人も同じことをしている。

そんなふたりを放っておいて、ふみは言った。「二曲目はこれも名曲。ファイヤー・インクの〝今夜は青春〟」

つい侑也は言った。「映画〝ストリート・オブ・ファイヤー〟だな。マイケル・パレ、ダイアン・レイン、ウィレム・デフォー。ダイアン・レインがもう可愛くて――」

隼人が笑いながら遮った。「黙れよおっさん――」

「結婚する前の冬子と劇場まで見にいったよ。冬子はマイケル・パレのファンでね。おれは、あんな奴靴べらみたいな顔じゃないかって茶化していたんだ」

ふみと隼人、ふたりがしゅんとなった。

「すまない……ふみ、はじめてくれ」

ふみの曲調に合わせてさらに低くなった声が、心地よく侑也の耳朶《じだ》を打った。

9

「〝ストリート・オブ・ファイヤー〟を見た者はいるか」
《こちら待機車1、ありません。どうぞ》
《こちら奥野バック、こっちもふたりとも見てないですね。古い映画なんでしょう？どうぞ》
隊員の中に、件《くだん》の映画を見たことのある者はひとりもいなかった。緒方も見たことがない。ただひとり見たことがあるという石崎が、詠嘆している。
「おもしろい映画だったぞ、あれは。話がコンパクトにまとまっていて、登場人物がみんないい。アクション映画なのに、人がひとりも死なないのがまたいい。爽快《そうかい》な雰囲気隊員たちは盗聴しているという少々士気が緩んできている、と緒方は感じていた。石崎に一言もの申し、締めてもらう必要がある。

隊員すべてが常時、彼らが交わす会話を聞いている。隊員たちは盗聴しているというばつの悪い立場でありながら、サイロの三人に強い親近感を抱きはじめていた。

の溢《あふ》れた――」

佑也と隼人がこの作戦について語り合っていたが、ふたりは相当混乱しているようだった。それもそのはず。西和田と入江のせいで、彼らは話を自らややこしくしている。

緒方の認識はこうだ。緒方はあくまでもNを待つ。神之浦はスカベンジャーを待つ。

石崎が言った。「丹野の件、ミスったな」

「ただの変態じゃなかったようです。調べ直します」

「銃がどうのと言っていたな。どうする？」

「現状では放っておきます。下手に探りを入れたら、こちらの盗聴がばれかねないので」

10

日々は流れていく。

佑也は交番表に従って日勤、半夜勤、夜勤をこなし、朝夕はマクナイトと時間を過ごす。マクナイトの散歩や訓練にふみや隼人が同行するのも、ごく当たり前の風景の中に溶け込んでいった。

最近隼人は、ガソリンスタンドの鎌田とモウテルの加賀幸夫に誘われ、釣りをするようになった。腕はいい、と隼人は自分で言う。戦利品の魚を持って帰ってもくる。侑也が幸夫に尋ねたところ、隼人の腕はさっぱりだ、という。幸夫か鎌田が釣った魚を貰《もら》って帰っているそうだ。隼人の自尊心を傷つけないため、このことはふみにも黙っている。

隼人が持って帰った魚をふみは捌《さば》けなかった。侑也もさっぱりである。隼人が捌いた。工科学校の授業で習ったのだという。そんなことも教えるのか、と驚いたものだった。

ふみは庭で、隼人からスローイングナイフを習うようになった。隼人が用意した木の的に、ナイフを投げるのである。ギターと歌に加え、ナイフの曲芸があればもう食いっぱぐれることはない、と半分本気で話している。ふみの腕はみるみるうちに上達し、隼人に迫りはじめた。余裕の表情だった隼人は今、前にも増して真剣である。

赤城も相変わらず毎日やってくる。トイレのしつけに四苦八苦しているそうだ。残念ながら侑也にアドバイスできるほどの経験はない。悩む赤城に付き合ってやることしかできない。浜辺では、ダイナマイトに脚側歩行を覚えさせようと、砂の上に大きな足跡の輪を何重にも描いている。

赤城への警戒が不必要だと分かったので、マクナイトは日中、以前のように家でどんちゃんと留守番するようになった。四六時中構って欲しがるどんちゃんのお陰で、マクナイトはなかなか忙しい日々を送っているようだ。

隼人の特技、いや秘技、千里掌だとかいうものを侑也も体験した。離れた場所から失った手でものの感触を感じ、相手のほうもその感触を感じるという、オカルトめいた技だ。結果、侑也はなにも感じなかった。隼人はふてくされ、機嫌を損ねた。

——女の子のおっぱいを触る以外に、役に立たない能力なんじゃゃない？

ふみにしては珍しくデリカシーに欠けた発言が飛び、隼人はますます機嫌を損ねた。

——この力には意味があるはずなんだ。千里掌が役に立つときがくる。いつか、きっとな……。

夜はときどき、ふみのコンサートが開かれる。ふみの歌声とどんちゃんの合いの手が、月ヶ原を渡っていく。

緒方からも神之浦からも接触がないまま、あっという間に二十日が過ぎた。

ふみのお腹は、ようやく端から見てもふっくらして見えるようになっていた。

稗田から指示を受けた。「奥野さん、またH客だ。奥の院ロ号の準備をしておいてくれ」

「分かりました」車に乗ってモウテルを出て、奥の院へ向かった。侑也が仕事を終えるか終えないかというとき、奥の院を使う客たちが到着した。

命が消えかけているとおぼしき痩《や》せ衰えた病人を連れた、七人の男たちだった。病人は男で、あまりの憔悴《しょうすい》ぶりに年齢が判然としなかった。家の二階へと上がっていく間、ずっと点滴をしたままだった。気の毒だが、あまり長くはないと見えた。

事情を知りたがることは許されない。侑也は、ほかに用がないか、と確認したあと、口号をあとにした。奥の院での仕事を終え、フロント館へ向かっている侑也の携帯電話が鳴った。その場で車を停め、電話を手にした。かけてきた相手は恵造だった。

《あれだ、あれが見つかった――》現代社会における携帯電話使用時のエチケットである〝今話しても平気か〟という台詞《せりふ》を、恵造が使うことはなかった。《マクナイトの血統書がな、見つかったんだ。見たいだろ？》

急いでフロント館へ帰った。恵造が血統書を振り振り迎えた。

マクナイトの血統書は日本警察犬協会発行のものだった。保管書類の整理をしていた恵造が、過去の宿帳に挟まれた血統書を見つけたのである。血統書が挟まれていた宿帳は、一昨年下半期用のものだった。マクナイトがモウテルへ置き去りにされた時期と一致する。なぜ血統書が宿帳に挟まれていたのか、だれが挟んだのか、知っている者はだれもいなかった。

マクナイトは二〇〇五年五月六日産まれの六歳。人間で言えば四十歳ほどに当たる。平均寿命に照らし合わせれば、あと六年はマクナイトと暮らせることになる。誕生時、繁殖者がマクナイトにつけた名前はクリスだった。ガルマ、アイリスの間に誕生した六頭のうちの一頭、それがクリスだ。両親ともに競技会での入賞経験がある由緒正しい血筋だ。クリスと一緒に産まれた兄妹《きょうだい》は、雄が二頭、雌が三頭である。

モウテルの電話とインターネット回線を使い、血統書に記されていた犬舎へ連絡を取ることができた。犬舎は埼玉県内にあるドーベルマン専門ブリーダーだった。犬舎にもクリスの情報はきちんと残っていた。母アイリスの三番目のお産で産まれた子だった。お産はすんなりといき、クリスはほかの兄妹とともに、元気いっぱいの健康体で産まれた。生後三ヶ月を過ぎてから、同じ県内の民間訓練所へ預けられた。訓練の開始である。

侑也は犬舎から訓練所の連絡先を聞き、訓練所へ電話を入れた。クリスを担当した者と、直接話すことができた。担当者は新庄《しんじょう》という女性訓練士だった。新庄はマクナイトをよく覚えていた。

《奇跡のような犬でしたね……》覚えも早く、勘も鋭すぎるほど鋭く、パートナーの心を読んで、声符なしでも的確に行動することができた。《チャンピオン犬になれる素質も充分あったし、警察犬はおろか警備犬にもなれたでしょう》

クリスはここでの三ヶ月、埼玉県警警察犬訓練所の担当官による適正観察を受けた。適正観察に合格して選抜された場合は、警察犬訓練所がクリスを民間訓練所から購入することになる。もし、このときクリスが見事合格して選抜されていたら、クリスはまったく別の道を歩んでいただろう。警察犬あるいは警備犬として、ハンドラーとともに治安維持のために日夜働き、引退後は優しい里親家族に囲まれ余生を過ごす。同じく警察に属していたとしても、警視庁と埼玉県警、所属する本部が違う。侑也とクリスが出会うことはなかっただろう。

――いや、出会う可能性はあった。

両本部の合同訓練などで、出会う可能性はあった。だがその場合、すれ違いに近い接触だけで終わっていただろう。

クリスは、適正観察において不合格となった。新庄が奇跡と表現したクリスだがただ一点、ほんとうに一点だけ、欠点があった。

《やはりですか……ウチでもそうだったんです。どう教えても駄目でしてね。それさえなければクリスのその後もだいぶ変わっていたはずです》

訓練を次々こなすクリスだったが、やはり、襲撃訓練だけはうまくいかなかった。人を襲うことがどうしてもできなかったのだ。

《襲撃は競技会でも必須《ひっす》の項目ですからね。残念なことに、あれだけ優秀なクリスですが、競技会や審査会には一度も出さなかったんです》

その後、里親募集の一覧に載せられたクリスは、犬好きでドーベルマンの飼養経験もある埼玉の実業家のもとへ引き取られた。新庄の口から、血統書に記されているクリスの所有者と同じ名前が出てきた。このとき里親は、正式な名称変更をしなかった。だからマクナイトの名は以前の調査でヒットしなかったのだ。

新庄は言った。《マクナイトを置き去りにした人は、里親さんとは別人だと思いますよ》

この辺りの事情は、新庄が動いてくれて判明した。労を厭《いと》わず過去のファイルを繰ってくれた上、いったん侑也との電話を終え、里親宅へ電話を入れてくれたのである。里

親の実業家はマ　育て暮らした。マクナイトとは、ある映画の登場人物の名前だと　を引き取って一年も経たないうちに、その里親は急な病で死された家族らはそれほど犬の飼育に興味がなく、ドーベルマンといこの才てあることも災いして、マクナイトを持て余すようになった。死んだ里親の知り合いだという同業者が、連れていると目立つしかっこいい犬だ、とマクナイトの引き取りを申し出てきた。

《マクナイトを置き去りにした人がだれかも分かりましたが……所在不明だそうです。経営していた会社が倒産し、夜逃げ同然で消えたそうでして》

「会社が倒産したのはいつごろですか」

《一昨年の秋ごろだそうです》

マクナイトをモウテルに連れてきた旅行は、会社が潰《つぶ》れる前、最後の家族旅行だったのだろうか。家も手放さなくてはならず、マクナイトを飼えなくなると考えたのか。ペットの置き去りなど許されるものではないが、その人物がマクナイトを動物愛護センター送りにしなかったことだけは、評価していいのかも知れない。

「マクナイトの最初の里親さんは、どの映画からマクナイトと名付けたんでしょうか」

《そこまでは……もう一度里親さんに電話して――》

「いやいや。そこまでは申し訳ない。結構です」丁重に礼を述べ、電話を終えた。

――いろいろあったが、とにかく今、マクナイトはおれのそばにいる。

気持ちがすっきりした。訓練士が奇跡の犬と評する犬など、なかなかいるものではない。自分の息子が褒められたようで、侑也の鼻も高くなる。

気分よく仕事に戻った。十分もしないうちに、新庄から侑也宛に電話がかかってきた。

《やっぱり、飼い主さんは名前の由来が気になるだろうと思いまして――》

もう一度、里親宅に連絡して尋ねてくれたのだという。答えは意外だった。てっきり映画の主人公クラスから名前をつけたのだろうと思っていたが、違った。映画は〝ブラックホーク・ダウン〟である。言わば主人公のいない映画といってよかった。

劇中、押し寄せる数え切れない民兵から壮絶な攻撃を受けつつ、ソマリア・モガディシュの町中を彷徨《さまよ》う車両部隊の指揮官、ダニー・マクナイト中佐から、その名前がついた。侑也も見たことのある映画だ。骨太で経験豊富、剛胆な人物をトム・サイズモアが演じていた。映画は基本的に史実に基づいているので、ダニー・マクナイト中佐は実在の人物である。

――トム・サイズモアか。まあ、いいだろう。

彼はマクナイトの持つスマートさに欠けるが、頼れる兄貴的雰囲気は悪くない。車両部隊指揮官というのも、マクナイトに合っている気がする。

それ[illegible]ったら教えてやろう。お前は中佐殿だぞってな。

[illegible]して、と気になる。里親はなぜダニーでなく名字のマクナイトを採用したのか。

——語感を気に入ったのかな。まあ細かいことだ。

これぐらいのことで、再び新庄の手を煩わせる気にはなれなかった。

※

ふみは原稿用紙に向かっていた。ガソリンスタンドの二階である。

「てにをは、てにをはに気をつけるんだよ」

「はい」

その周りを治子が、後ろに手を組み、ゆっくりと歩き回っている。恵造はいつもの定位置、窓辺近くの安楽椅子に腰かけ、遠くの海を眺めていた。

空は一面、明るい白けた曇り空。開け放った窓から、潮の香りを含んだ秋風が吹き込み、レースのカーテンを躍らせる。風に混じるガソリンやオイルの臭いも、すっかり馴《な》染《じ》みのものとなっていた。

「はい。できました」

「じゃあ音読するんだ。音読の意味は？」

「文章を、声を出して読むことです」

「よし。はじめ」

「昨日のこと。奥野ふみ」

きのうは、あさおきてすぐさんぽにいきました。父とマクナイトといっしょでした。かぜがつよかったので、しのぎみさきにいくのをやめました。

はまべをあるきました。マクナイトはげんきにはしりまわりました。マクナイトはくろさぎを見つけておいかけました。くろさぎはとんでにげました。

しごとはあさ八じからしました。おひるはモウテルののりこさんとしました。のりこさんはとてもいいひとです。おしゃべりです。くろあめをくれました。

ごごはオーナーとあいくらへいきました。とちゅう、どうろのかんばんをよみました。おいしゃさんはあかちゃんがげんきだという。あと、かいものしました。オーナーがソフトクリームをごちそうしてくれました。あんこのかかっているのです。これがすきです。

しはいにんがはやぶさのはねをくれました。ふゆになったらかぶるぼうしに、はねをさしました。かっこいいとおもうからです。

よる、どんちゃんははじめてはやとにばんざいしました。はやとはうれしそうでした。よる、父は、オーナーとしはいにんには、あしをむけてねられないな、といいました。ここにきて、オーナーとしはいにんにあえて、よかったとおもいます。

わたしはおじいちゃんとおばあちゃんにあったことがないので、オーナーとしはいにんをおじいちゃんとおばあちゃんのようにおもいます。

※

治子はふみの音読が終わると、原稿用紙を手に取り、もう一度黙読した。なぜか知らないが、恵造がくすくす笑っている。

治子が言った。「言ったじゃないか。てにをはが抜けてる部分があるよ。ですますの統一ができてないところも一ヵ所ある。あと、看板でなくて標識だよ」

「はい」

いつもなら、書いた原稿用紙をそのまま使って添削がはじまるのだが、今日は違った。

治子は原稿用紙を自分の机の上にそっと置き、その上に文鎮を載せた。

「さて……お茶にしようかね」

恵造が、なぜか分からないが、再び笑った。

※

隼人は今日も藪《やぶ》の中である。

めっきり過ごしやすくなった。陽が照りつけても、頭のてっぺんにじりじりとした熱を感じることがない。茂みの中の監視もずいぶんとやりやすくなった。面前のガソリンスタンドは今日も通常営業中、異常なし。迷彩テントの中であぐらをかいている隼人は、焦りにも似た気持ちを感じるようになっていた。早く任務が終わってくれたらいい、と。

そのためには、一悶着《ひともんちゃく》か二悶着が起きることを覚悟しなければならない。

――くるなら早くこい。すべて終わってしまえ。

そしたら自分も、侑也やふみと同じステージに踏み出せる。月ヶ原の新住民として、陽の当たる場所に出られるのだ。右手の障害はあるが、なんとか仕事を見つけてやる。

――なんでもいい、早く起こることが起こってくれ。

終われば、はじまる。これが生涯最初で最後の任務になるだろうと、隼人は思いはじめていた。

11

秋が深まり、虫の声が哀調を帯びはじめた。

侑也ひとりきりの夜勤がはじまっていた。月曜日ということもあり、本日の稼働率は三割を切っていた。夜勤の引き継ぎで、稗田から別の携帯電話を持たされた。T客こと特別客、H客こと秘匿客用の携帯電話である。普段の夜勤なら侑也はこの電話を預かることはないが、先週金曜に奥の院ロ号へ宿泊した客が、いまだに逗留《とうりゅう》を続けているので、今夜はこの電話を預かった。

侑也はこれまでにも何回かロ号から用足しで呼ばれた。重病人とおぼしき男は二階にいて、侑也は彼と顔を合わせることはなかった。彼らが訪れた初日、ほかに七人の男を目撃したが、今ロ号に何人いるのか分からなかった。

日付が変わる直前、件《くだん》の携帯電話が鳴った。と号コテージからである。

かけてきた相手は、西和田だった。


と号には、あの夜と同じに西和田と入江が待ち受けていた。

居間で以前と同じように盗聴器検査を受けた。結果は異常なし。以前と同じに携帯電話の電源を切るように求められ、侑也は自分の携帯電話の電源を落とした。フロント用携帯電話は持っていることを知らせもしなかった。もとからなんらかの記録を残す気もなかった。

「それで今夜は？」

西和田が尋ねてきた。「我々へ連絡がないが、きみは緒方につくのか」

「判断がつかない。保留している」

入江が言った。「実はすでにNと通じている。違うか？」

「どうだかね。緒方にしろ、あんたたちにしろ、信じるには材料が少ないんだ」

「材料か。困ったな……特に物証というものはないしね」

「物証の代わりにはならんが――」入江が胸のポケットへ手を突っ込み、一枚の写真をテーブルの上に置いた。「この男に見覚えはないか？」

侑也は写真を見つめた。五十代から六十代。白髪の交じった頭髪で、顎《あご》ががっしりと張り、脂ぎっていて生気に満ちた顔だ。覚えはない。

「知らない」

「よく見てくれ」

もう一度見つめた。「知らない」

「彼は今では少々人相が変わっていると考えてくれ。髪は抜け落ちていると想像し、肌も青白くて、極限までやせ細っているとイメージしてほしい」

「だったらその写真を用意してほしい」

入江が不機嫌そうに言った。「手に入らないから頼んでるんだ」

もう一度写真を見た。この顔をやせ細らせ、髪を丸禿《まるは》げにし、肌を青白く……。

「この男は今、病気ってことか？　重病だな？」

西和田と入江が一瞬顔を見合わせた。入江が言った。「……見かけたことがあるんだな？」

奥の院ロ号にいるあの病人のイメージと重なる部分が多い。だが彼だと断言まではできない。奥の院の宿泊客については秘密厳守が絶対である。

「そういうわけじゃない。あんたが言ったイメージから病人かと思っただけだ」

西和田が目を細めて侑也を探っている。「嘘だ。見かけたなら教えて欲しい。重要なことだ。もちろんきみの安全にも関わってくることだぞ」

侑也の中に迷いが生じた。強烈に、この男がだれなのか知りたい。侑也たちが今どんな立場に置かれているのか、真実を知る手がかりになるかも知れないのだ。だが、モウテルの方針をそう簡単に破ることもできない。この職を失いたくなくなっていた。

「この男はだれなんだ。彼はなにをした」

「見かけたことがないのなら、気にしなくていい。どうだ？　ほんとうに覚えはないのか」

侑也の頭は激しく回転していた。見たことを隠したままでどうやって彼の情報を得ればいいのか。有効な返答はどんなものか。

「おれはすべてを保留中だと言ったろう。まず情報をくれ。彼はだれで、なにをした」

入江が身を乗り出した。「ということは……この男を見たんだな？」

「そうは言っていない。情報を――」

携帯電話が鳴り出した。一瞬三人とも体をこわばらせた。テーブルの上に置いたままの侑也の携帯電話は反応していない。それもそうだ。さっき電源を落とした。携帯電話は侑也の上着の内側から響いている。

西和田が言った。「もうひとつケイタイを持っていたのか」

「これはモウテル従業員用のものだ。わざわざ知らせる必要もないと思ってね」

失礼、と言って席を立ち、廊下へ出た。番号非通知でかかってきている。

「もしもし、フロントでございます」

《久方ぶりだな。覚えているか、神之浦だ》

神之浦か。小太りでふてぶてしい顔が目に浮かんだ。「お久しぶりです」

《おれのことは坂本隼人から聞いたな？》

「ええ」

《写真の男は今、奥の院ロ号にいると教えてやれ》

瞬時に悟った。この部屋の会話が盗聴されている。しかし、方法は？

《用件は以上だ》通話は勝手に切れた。

番号非通知でかかってきた。神之浦へ返信し、写真の男の情報を得ることはできない。

居間に戻って座った。「ほかの客から用事でね。あまり時間がない」

「で、どうなんだ？」

「どうしても男の身元を教えてくれないのか」

「くどい」

「見たことがあるとしたら教えてくれるのか」

「考慮はする」

「今決めてくれ」

西和田はほとんど悩まず言った。「分かった。教えてやる」

「よし……その男と断言はできないが、かなりの重病人がここにいる」

間。

入江が口を開いた。囁《ささや》くような小声だった。「ほんとうだな」

「ほんとうだ」

「いつ、どこで見た？」

「いつもなにも……今ここにいる——」刑事ふたりは、奥の院の存在そのものを知らなかったようだ。

入江が尋ねてくる。「同行者は七人と言ったな？」

「宿泊初日はそうだった。今、何人いるのかは分からない」

西和田と入江が顔を寄せ合って数語会話した。

そんな彼らに声をかけた。「それで？　この男はだれなんだ？」

顔を戻した西和田が言った。「約束だからな、教えてやろう。この男はNの日本人幹部だ」

「Nの？」

「そうだ。Nの日本人幹部で、末期ガンを患っている。彼はNへの、いわばプレゼントといったところだ。Nが迎えにくるのを待っているのだよ」

「彼はもともとどこにいた。なぜここにいる」

「言ったろう。きみは名目上Nとの連絡員だと。Nにこのモウテルを日本におけるアジトとして使わせる気でいる」

入江が口を挟んだ。「海岸がすぐそばだしな。海からの不法入国は彼らの得意技だ」

「質問に答えていない。彼は今までどこにいてなぜここにきた？」

「ホスピスと思ってもらえばいい。海外を違法な手段で渡り歩き、好き勝手に暮らしてきたが、よる年波というものはだれにでも襲いかかる。死に至る病もね……彼はここでときに仲間の見舞いを受けながら、死を迎える準備をするのだ」

それにしても、と疑念が広がる。西和田らはなぜ、ここまでNの存在を信じ切っているのか。

「このあいだ、あんたはスカベンジャーと口にした。あれはどういうことだ」

「今は言えない」

入江が唐突に言った。「ふみさんは元気かね」

「元気だ」

「弟さんも相変わらずかね」

「ああ」

「それはなにより」

会話が途切れた。侑也は、この唐突な会話の意味はなんだろう、と考えた。以前会ったときは、ふみに言及さえしなかった。

「あとは我々に任せることだ」

西和田が話を引き取った。「その奥の院とやらには近づかないほうがいい」

「そうはいかない。仕事なんだ。指示されたらいくしかない」

侑也がNへのプレゼントだとしたら、N幹部のもとを何度も訪れている侑也をNはどう思っているのか。思うもなにもない。Nは存在しない。だがこのふたりは、あの病人がNだと言う。

ロ号にいる病人がNでないなら、何者なのか。

――神之浦は、存在しないNをあたかも存在しているかのように偽装して、なにかをしようとしている。神之浦が西和田へ病人の情報を流したのは、意図あってのことだ。

侑也は西和田、入江両刑事を眺めた。神之浦が釣り上げようとしているのがこのふたりだ、ということなのか。

――だとすると西和田と入江は、スカベンジャー、ということになる。

12

翌朝。きりりと冷えた強い風が大地に吹きつける。晴れ渡った空の遥《はる》か上空、筋雲が幾筋も走っていた。今年はじめての低温注意報が出されていた。散歩は侑也とマクナイトだけだった。海岸へ出て、マクナイトを好きに走らせた。朝は散歩だけで、訓練めいたことはしない。

毎日の散歩と訓練によって、マクナイトの体は当初とは見違えるほど鍛え上げられていた。侑也の目には、世界一美しい犬に見える。まあ、どこの飼い主もそう思うのだろうが。

砂浜の遥か遠く、人影が見えた。監視車から徒歩でついてきた監視員だ。

躍動するマクナイトの背中を眺めながら、胸の内に居座る不安を思う。昨夜、西和田らとの面談は、あのあとまさにそそくさといった感じで終わった。彼らの様子から、彼らは侑也から得たい情報はすべて得た、という印象を受けた。奥の院ロ号の病人がまさに基軸なのだろう。

西和田の捜し物を神之浦が用意した、という構図だろう。西和田たちは侑也を取り込むため、侑也暗殺云々、と嘘を並べたわけだ。

なんの気なしの連想だった。見方を変えて、あの病人がスカベンジャー側の人間だとしたら……。

遠く、エンジン音が聞こえてきた。海上、二百メートル沖合を小型ボートが走っていた。漁船には見えない。この辺りでは珍しい。

と、もうひとつ陸側から別のエンジン音が聞こえた。監視員とは逆方向の浜を、一台のバイクが走ってくる。バイクは荒れ地走行に強いトレール型だった。ライダーはフルフェイス型ヘルメットを被《かぶ》っている。侑也まで二十メートルほどに迫ったとき、ライダーが小さく手を振った。

侑也はライダーを見守った。ライダーは速度を徐行まで落として近づいてきて、バイクを侑也の真横、海へ向けて停めた。

「どうも――」男の声だ。男はバイクのエンジンを切った。「奥野さん」

声には覚えがある。男はヘルメットのバイザーを上げて顔を見せた。見たことがあるような、ないような。

「思い出せませんか。なら成功だな」声は明らかに、丹野の声だった。ただ、顔が違う。いや、今ここにいる丹野は、丹野に似た人になっていた。

「あれは……変装だったのか」

「そういうことですな」眉《まゆ》の細さが違い、目の細さ、瞼《まぶた》の厚みが違う。ふっくら小太りだったが、ここにいる丹野はスマートな体軀《たいく》だった。ヘルメットのせいで髪型が分からないが、たぶん、まったく印象の違うものになっているだろう。

「丹野とはだれだ。あんたはだれだ」

「丹野とは実在するカメラマンですよ」

「彼に似せて変装したのか」

「いいえ。わたしに顔の似ている人物を探したんです。そのほうが造作は簡単ですからね」

「あのラブドールはいったいなんだ」

「本物の丹野がラブドール愛好者なので仕方なく。彼は世間にも公言していて、ホームページまで開いていますよ」

「あれは印象が強烈過ぎて、かえって変装の助けになったかもな」

「どうでしょうね……ところで奥野さん、自分が盗聴されていると疑ったことはありますか」

昨夜の神之浦とのやりとりを思い起こした。「盗聴されている。だが方法が分からない」

「緒方から支給された携帯電話ですよ」

「緒方を知っているのか」

丹野は無視した。「その型の古い携帯電話の中には、最新型の携帯電話の基板が、二台分仕込まれているんです。一台はあなたがたが日常使う。もう一台は常時回線が開いていて、常に周囲の音声を発信し続けている。日常会話も通話も、メールの内容もすべて、です」

「しかし、盗聴検査にひっかからなかった」

「当然です。正規の番号を持つ正規の携帯電波ですからね。盗聴検査機は通常、この電波は除外するものです」

「常時といったな？」

「あなたがそれを受け取ったその日から、ずっと盗聴されていた」

――電池の減りが早いのはおれだけか？

間倉へ食事にいった帰り、隼人が言っていた。型が古いから電池も古い、勝手にそう納得していた。電池の減りが早いわけだ。二台分を一個の電池でまかなっていたのだから。そのうち一台分が常に通話状態なら、減るのも早くて当然だ。

「ということは今の会話も緒方に聞かれている？」

「なので時間がない。手短に話します」

マクナイトはふたりの周りをうろつき、丹野のバイクの臭いを嗅《か》いだりしている。丹野はマクナイトがいないかのように無視していた。

「最初はあなたを調べさせてもらいましたよ。次に、あなたを囲っている者たちがだれかを調べ、辿《たど》った。あなた、緒方の監視体制がどうなっているか、知っていますか」

「知らない」

「指揮所はほら――」南を指した。「ちょっといったところに、遺棄された消防団倉庫がありましたね。あそこに指揮所が置かれています」

※

《――あそこに指揮所が置かれています》

緒方はマイクへ言葉を投げつけた。「待機車両、追尾態勢を整えろ。南、北、どちらにいっても対応できるように」

各班から了解の報告が届く。

石崎が苦い顔で言った。「確保しちまえ。確保させろ、緒方。泳がす手間なんか省いちまえ」

「石崎さん黙って。あいつらの話を聞きましょう」

※

「──使い古された手ですよ。分かりますよね」

「あんたがモウテルに泊まって、三泊していったあのときか」

「怪しくうろついて見せた。簡単に引っかかりましたよ。あとは？」

「……尾行の尾行をする。古典的な手法だ」

「指揮所を突き止めたらあとは簡単。マイクを仕掛けて彼らの会話に耳を澄ませばいい。手落ちですよねえ。自分たちは尾行されない、見つからない、だれも接近してこないって思い込みです。彼らは指揮所に歩哨《ほしょう》を置きさえしなかった。あれではプロとは言えませんな」

「まさしく」

これを今緒方が聞いていると思うと、突然おかしみがこみ上げてきた。「笑えるね」

「捕まえにくるぞ。あの監視員は──」浜にいる監視員に目を向けた。もとの場所にとどまったままだ。「近づいてはこないが」

「おれのことはご心配なく。さて、一ヶ月以上彼らの会話に耳を澄ませた結果、分かったことをお知らせしておきます」

「ぜひ頼む」

「緒方は件《くだん》の倉庫に指揮所を置いて、特別装備部隊を二小隊展開させています。あなたのいたところだそうですね？」

「そうだ」

「隊の指揮は石崎という男が執っています」

「知っている男だ。いい奴だよ」

「サイロの玄関と掃き出し窓を見渡せる東側の茂みの中に、小さな監視点が置かれています。ほかにも何ヵ所かありますが、そちらは日々場所が変わるようです。昔この辺り一帯が畑だったときの農道跡があちこちにありますね。その農道跡の奥に車両隊を分散して配置しています」

「さすが、と言いたいところだが、緒方たちにまったく知られずにそこまで摑《つか》めるのか」

「指揮所の会話を聞いているんですよ。可能です。あなたが〝ストリート・オブ・ファイヤー〟を好きなこともね。このことは隊員みなが知っています。情報共有のため、隊員みなにも音声を聞かせているようです」

隼人はともかく、ふみはショックを受けるだろう。隠しておいたほうがいいだろうか。

丹野は空を指さした。「それにまあ……実はあまり地を這《は》うような真似は好きじゃないんでね」

「まさか……人工衛星か」

丹野はおもしろそうに眉を上げた。「高高度を飛ぶ航空機かヘリコプターかも知れませんねえ。最近の光学機器は素晴らしいですから。例えばだれもいないであろう原野に赤外線を当てれば、どこに人が潜んでいるかなんてすぐに分かることです。ま、あなたの言うように人工衛星かも知れないが、そんなものを使うにはたいそうな金やコネ、あるいはハッキング技術が必要でしょう。この辺りのことはあなたの想像に任せます……で、本題です。緒方は確かにNとかいう組織を追っている。これは間違いないところだ。問題は神之浦です」

「おれもそこまでは辿り着いた。そこから先がさっぱりだ」

「スカベンジャーとはどんな組織か、あなたは知っていますね」

「裏の仕事をこなす者たちだとか」

「ちょっとニュアンスが違う。歴史を聞いたほうがいい。緒方か、神之浦からね」

「あんたは知らないのか」

「話に耳を澄ませているだけでは限界があるんですよ。彼らの会話の断片を繋《つな》ぎ合わせるとこうなります……反社会的性向を持つ者たち数人が、偶然ある機密任務に携わったせいで種が蒔《ま》かれ、やがて密《ひそ》かに組織化された。組織化されたのは二十数年前のことらしいです」

「それがのちのスカベンジャーというわけか。彼らの機密任務とはなんだ」

「表に出せない死体の処理です」

侑也は言葉の意味を咀嚼《そしゃく》した。「……ありえない……表に出せない死体とは、例えば?」

「違法な取り調べをしている最中に突然死した者、などなどでしょうな。詳細は緒方なり神之浦なりに聞いてください」

「神之浦の目的はなんだ」

「スカベンジャーの抹殺ですよ」

「間違いなく?」

「間違いなく」

「Nは関係ないんだな?」

「関係あります」

「どう関係あるんだ」

「神之浦はある機密部隊を率い、数年前からスカベンジャー抹殺のため暗闘を繰り返してきました。その機密部隊がNを名乗っているんです」

「現実、Nは存在しない。だがNの名を借りた組織がスカベンジャーと戦っている、という理解でいいのか?」

「その通りです。スカベンジャーは、公安から仕事を請け負ったNが、自分たちを狩っていると思い込んでいる」

「奥の院にいるあの病人は?」

「スカベンジャーの幹部です。重い病を患って闘病中、という情報を聞きつけた神之浦がこの夏の間に療養場所を突き止め、ここへ連れてきた。スカベンジャーにはさっそくこの情報が流されるでしょうね」

まだ距離は遠いが、海岸の両側に車両が現れた。たまりかねた緒方がやってきたのだ。

「時間がなさそうですな」丹野は懐から照明弾発射筒を取り出し、空へ向けて点火した。赤い炎が青い空へと舞い上がっていく。海上にいたボートが方向を転じ、こちらへ向かいはじめた。

「スカベンジャーはあの病人を奪還にくるというのか」

「殺しに、です」

口封じか。今に至って殺しても、口封じの意味はない気がする。

「あんたは西和田という刑事を知っているか」

「ええ。神之浦による常時監視がついているそうです」

「彼らの役割は？」

「彼らは警視庁内で蠢《うごめ》く、スカベンジャーの仲間だ」

──やはりか……。

砂煙を上げた車両が迫る。

「すべて伝えました。あなたはすぐ、ふみと隼人を連れて逃げることです。それがいちばんだ」

「ふみも危ないのか」

「当然でしょう。スカベンジャーはふみを、敵対しているN幹部の娘だと信じ込まされている」丹野は早口になっていった。「彼女、狙われますよ。あなたもただでは済まない。常にボディガードがついている。Nと公安の接点と思われている。止められてもなにされても、ふみと隼人を連れて逃げるんです。隼人の監視など、大きな罠《わな》を隠すために置かれた置き石のようなものです。たったそれだけのことで、未来ある若者が殺されようとしている」

小型ボートが浜へと突き刺さった。丹野が波の中に走り込み、舳先《へさき》を押しはじめた。電子的に増幅された声が響き渡る。「止まれ——そこのボート止まれ——」

ボートの底が海底から離れた。「あともうひとつ。入江です」

ボートが唸《うな》りを上げる。背後からはスピーカーによる大音量である。

侑也は声を張り上げた。「なんだって?」

「入江……です」

侑也は波へと分け入った。マクナイトがついてくる。

「入江は……です」

ボートが離れはじめた。

「聞こえない——言ってくれ——」

侑也は泳ぎはじめた。ボートに近づいた、と思った瞬間、ボートは後退しはじめた。

「もう一度言ってくれ。入江がなんだって?」

意外にはっきり、丹野の声が届いた。「入江は、冬子さんの事件の参考人だったようです」

侑也は波打ち際で四台の車に取り囲まれた。各々の車からばらばらと人が降りてきた。水上警察へ連絡している者、海上保安庁へ連絡している者、指揮所へ連絡している者、それぞれの声が交錯した。

ひとりが声をかけてきた。「どうも、奥野さん」

「エンドウか」侑也が隊にいたころの部下である。「こんな形で会うとはな」

「まったくです。お元気そうでなによりです」

辺りには私服姿の六人とスーツ姿のふたり、計八人の隊員たちがいた。八人のうち、三人は侑也の顔見知りだった。

エンドウが言った。「あいつは何者です？」

ボートはすでに姿が見えない。

「聞き忘れたよ」話に引き込まれ、誰何《すいか》するのを忘れていた。丹野という名前でないことは間違いない。また丹野には、緒方たちを完全に出し抜くことのできる仲間がいる。

——人工衛星？　おれを担いだのか、それとも……。

空を見上げた。丹野が地を這い航空機が支援する。丹野がアンリを連れて現れたあの日、空を航空機が飛んでいたか。

——知るか。気にもしていなかったんだ。

「海の支援は間に合いそうか」

ウチカワというかつての部下が答えた。「間に合いそうにないですね」

「船舶についてはノーマークか」

「人員にも限界が……というか苦情は石崎さんへどうぞ」

「あの古狸はまだ現場主義か」

隊員たちが訳知り顔で笑みを浮かべた。

通信を終えたエンドウが振り向いた。「奥野さん、指揮所へきてくれますか」

「こいつも」マクナイトを示した。「一緒でいいか」

「お前がマクナイトか」エンドウは腰を屈《かが》め、マクナイトを撫《な》でた。「会いたかったぞ」

エンドウが侑也たちを車へ誘導する。

「お前たち、おれの屁《へ》を聞いていたそうだな。記録は取ってあるのか。都合何回だった?」

エンドウが答えた。しごくまじめな顔である。「知りたければ、記録ファイルを調べますが?」

「いや……相変わらずお前、冗談が通じないな」

間納へいくときには必ず前を通過していた旧消防団倉庫へ着いた。古びているが、丁寧、頑丈な造りだ。築八十年になる、とはいつか恵造たちと交わした世間話の中に出てきた。中はがらんどうの大空間だった。中二階があり、そこに隊員たちの寝床が設《しつら》えてある。一階の中央に、簡素な指揮台があり、そこに緒方と石崎がいた。

石崎がしれっと言った。「よう、潜入工作員さま」

「あんたはおれより年上だろう。早く楽な部署へ異動しなよ」

「敬意の欠片《かけら》もない話しぶりは相変わらずですな」

「相手による」

上着を脱ぎ、ネクタイを外し、大汗をかいている緒方が言った。

「これを」長机の上に、音声モニター機器が置いてあった。「奴が仕掛けたというのはこれだ」

天井付近にある小さな風通し窓の隙間に、高指向性マイクが仕掛けられていたという。

「まったく気づかなかったのか」

緒方、石崎それぞれ、口の端を歪《ゆが》めて黙った。

「定期クリーニングはしなかったのか」

石崎が答えた。「していたが、この建物付近では電波が発信されていない。探知しなかった」

マイクのコードは総延長半キロほどもあったそうだ。天井の小窓から屋根の上を伝い、雨樋《あまどい》へ落とされ、雨樋の中を伝って地面へ。地面からすぐ茂みへと伸び、あとは原野の中をうねうねと数百メートルも進んで、街道脇の街路灯へと辿《たど》り着く。そこに高出力の発信機が隠されていた。電源は街路灯から拝借していた。

侑也はつい大声になった。「雨樋の中だと――」

石崎の表情がさっと陰った。「すみません……」

石崎は年上だが、かつては奥野の部下だった。

「これだけのことをされてお前ら、よく特装隊を名乗っていられるな。恥を知れ――」

部屋の中が静まりかえった。

「えー」緒方だった。「元作戦統括どの、ちょっと外へ出ませんか」

「緒方よ、丹野の再調査には取りかかっていただろうな、当然のことに？　銃が届けられたことは知っていたんだろうしな」

緒方はうんざりした顔をした。「……今度はわたしですか」


建物の裏手から外へ出た。車両を停めておくために、大きく下草が刈られている。エンドウとウチカワが、マクナイトの相手をしてくれていた。

いっときの怒りを静め、侑也は言った。「で？　知っていることを話せ」

「丹野の説明でだいたい合っています。ただ、ふみさんや隼人の命まで犠牲にするつもりなど、ないと思いますよ」

「ほかに親しい係累のいない三人だ。可能性はなくはない」

「我々がいます。好きにはさせません」

「スカベンジャーの歴史について、丹野はお前か神之浦と話せと言っていた。歴史とは？」

緒方は嘆息した。「こうなったら仕方ないでしょうな……何年前かははっきり特定されていません。二十数年前のことです。ある公安刑事が、任意で取り調べていたある容疑者を、誤って殺してしまった。容疑者は持病持ちだったようで、死因は病死と思われます――」

その程度なら、経歴に傷はつくかも知れないが、なんとか躱《かわ》せるはずだった。だが、遺体には拷問の傷跡があり、これが問題となった。対象は若い女性で、外国人だった。国籍は不明である。

ほかにいろいろ方策があったはずだが、パニックにでも陥っていたのか、その公安刑事は最悪の方法を選んだ。今となっては、その辺りの事情はだれも知り得ない。

この事故は都内、どこかのホテルで起きたらしいが、場所の特定はされていない。公安刑事は、当時若手だった部下四人に、遺体の処理を任せた。四人の部下たちは、遺体をこっそり運び出し、粉々に刻んで処理した。事件は公に露見しなかった。それがすべてのきっかけとなった。

四人に、この事件は大きな変化をもたらした。絶対に知られてはならない、あるいはそれまで自分自身でさえ知り得なかった、それぞれの性的嗜好《しこう》に気づくこととなったのである。

四人のうちふたりは自分に強い殺人願望があることを自覚しており、ひとりは自分に死体損壊の趣味があることを知り、ひとりは拷問及び死姦《しかん》の趣味があることを知った。恐ろしい偶然が起きたのだ。もともと反社会的性向を持つ者が、強烈な体験をさせられた。四人は遺体処理を押しつけた担当刑事に、新しい機密組織の設立を申し出た。もちろん了承されるわけはない。だが話だけは上層部のある一部へと届いた。それはどこの書類にも記載されていない。

半年も経たないうち、彼らは仕事をすることになった。噂を聞きつけたある官僚が、内々に彼らへ遺体の処理を頼んだ。そのとき処理されたのは、高級コールガールだったという。

彼らに仕事を依頼すれば、現在の社会的地位を維持できる。だがそれは同時に、彼らへ魂を売るに等しい行為だった。彼らにしてみれば、自らの異常性欲を満たすと同時に、地位の高い人物の弱みを握ることもできる。あまりに都合のよい任務だった。

噂は深い場所で流れ、広がった。噂は噂、都市伝説として語られることがほとんどだったが、噂を知る者の中には困った立場に置かれる者もたまには出る。試しに、と噂に注目し、連絡先を探りはじめる。運のいい者は、彼らの連絡先を知る者に出会えた。その者とは、過去に彼らの助力を得た人物か、助力を得た人物を知っている者である。

一度悪魔に魂を売った者は、自分と同じ地獄に落ちる者が増えるのを、待ち望むものだ。

数年経たないうちに、彼らは殺しを請け負うようにもなった。警察の予算を使わせ、遺体を処理できる工場のような場所も作らせた。だが、ある事件が起きた。四人のうちひとりが完全におかしくなり、拳銃《けんじゅう》自殺した。彼は告白文を書いており、この文書は刑事部捜査第一課宛に送られた。

スカベンジャー誕生のあらましが分かったのは、この告白文のお陰である。

刑事部は事実確認に着手したが、その手は彼らまで届かなかった。彼らの身になにかあれば、現在の地位を失うだけでなく、これまで積み上げてきたすべてのものを失う者、言わば奴隷がいた。また、高い地位にある奴隷に、本来の意図も分からず使われる多くの部下たちがいた。刑事部の事実確認は、不可能だった。

仲間の自殺で危うい経験をした彼らは、警察を辞め、地下に潜った。彼らは公安上層部に、ホットライン番号を残していった。ホットライン番号は、部内のある者からある者へと受け継がれた。トラブル収束の最後の手段として、決して利用などしないが、するわけもないが、一応こんな手もある、と番号は維持され続けた。

そして彼らには、順調に依頼が舞い込んだ。そのうち、依頼者は警察内部にとどまらなくなっていった。政官財、そして国内外の犯罪組織や諜報《ちょうほう》機関などへと紹介の輪が広がった。

そのころになって彼らはスカベンジャーと名乗るようになった。スカベンジャー創立者のうち存命なのはふたり。いずれも五十代。同じ嗜好を持つ若手が何人かいて、彼らの部下として活動している。現在のスカベンジャーの規模は、はっきりしていないものの、十人ほどではないかと思われる。みな、殺しと拷問とレイプが好きな連中である。


「今回スカベンジャーを始末する気になったのは？」

「神之浦さんがその気になったから、としか言えません」

「スカベンジャーの奴隷は、庁内にまだいるのか」

「何人もいるようです」

「西和田と入江はスカベンジャーの仲間か」

「これまではっきりとは分からなかったようです。神之浦さんがあなたとNに関する情報を、庁内各所にばらまいた。食いついてきたのが、あのふたりというわけです」

「奴隷というわけでは？」

「わたしにその情報はありません。彼らはただの協力者かも知れません」

「丹野が最後に言った話はほんとうか」

「最後？」

「おれの妻の事件だ」

緒方の眉《まゆ》に皺《しわ》が寄った。「あなたが海へ飛び込んで聞いた話ですか」

「そうだ」

「奥野さん、あなたの携帯電話はあのとき水没しました。防水仕様ではないものでして」

侑也はむっつりと言った。「なぜ防水仕様にしなかった？」

緒方はあらぬ方向へ視線を泳がせた。「まあその……手落ちということでいいでしょう、わたしの」

13

侑也は緒方の携帯電話を借りて、ふみへ連絡した。携帯電話が水没したこと、偶然緒方と会ったこと、緒方から電話を借りて話していることを伝えた。

ガソリンスタンドの手前まで彼らの車で送ってもらい、マクナイトとふたりで歩き出した。

緒方は神之浦の居場所を知らなかった。指揮所をどこか別の場所に移すそうだ。緒方は、入江が冬子事件の参考人であるという情報を把握していなかった。消防団倉庫内でそんな話をした覚えもない、とか。ことさら強調したのがこれだ。

——あなたがたのガードは完璧《かんぺき》に行う。安心してください。

別れ際、緒方から侑也の私物である携帯電話を返された。復帰の手続きを取るが、数時間かかるという。

サイロに戻ったが、中は無人だった。テーブルの上に一枚の紙が置いてあった。

――オーナーにさそわれたのであさいちにいきます。はやともいっしょです。ついでにかいものやびょういんをすませます。

口元が綻《ほころ》んだ。ふみの書いた文字をはじめて見た。ふみは今日、休みである。隼人がふみへ付き従っている。少なくとも今日の日中は大丈夫だろう。

ふみたちの携帯電話が盗聴器を兼ねていることは、とりあえず伏せておくことにした。確かに気分のよくないことだが、ふたりにとって生命線となるものだ。そのときまでは伏せておく。

そのときとは、三人でここを出るときである。早ければ今夜にも、ここを出るつもりでいた。

その前に、神之浦と会う。奥の院のどこかにいるはずだ。

侑也は急に熱が出たので休む、と話すことに決めた。できれば携帯電話で済ませたかったが、今すぐ使える電話は手元にない。一度モウテルへいくしかない。

ドアを開けると、十月末だが寒風と言っていい風が吹き荒れてきていた。今夜は荒れそうだ。

「マクナイト」玄関先で侑也はマクナイトの頭を撫《な》でた。「留守番、頼むぞ。どんちゃんもな」

侑也はドアを閉めかけた。

「ワン――」マクナイトが吠《ほ》えた。しきりに尻尾《しっぽ》を振っている。

「なにか不安か」もう一度かがみ込んで撫でた。「もうすぐ終わる。少しの辛抱だ」

侑也と一緒に外へ出たがるマクナイトを押し戻し、ドアを閉めた。


侑也は車でモウテルへ向かった。フロント館の玄関前には、事情により臨時休業の表示が出されていた。フロント館横のゲートを潜り、裏手へ回って車を停めた。フロント館へ顔を出すと、事務室では恵造と稗田が電話にかかりきりだった。フロントには宿泊客たちのチェックアウトに備え、久保田範子が待機していた。

侑也は範子に尋ねた。「臨時休業って？」

「水道がおかしくなっちゃったのよ。今日から最低三日ほど全館休館だってさ。予約客へのキャンセル連絡がたいへんよ――」

――……タイミングばっちりだな。

神之浦か、スカベンジャーか。人払いをしたのはどちらだろう。

モウテルは全館湧水《ゆうすい》を汲《く》み出して使っているが、突然濁り水が出たという。何らかの薬品のような悪臭まで放っているとかで、貯水タンクからなにから、水道設備の洗浄が必要だそうだ。

「絶対だれかの嫌がらせかいたずらだよ」

オーナー指示により、警察への通報はしないそうだ。範子はすべての客のチェックアウトが済んだら、早退だという。今日から三日の休業だ。給料が下がってしまう、と不満たらたらだ。

範子との話を終えた侑也に、稗田が声をかけてきた。

「ちょうどいいところにきた。うっかりして客室整備のパートさんに休業を伝えたんだが、今日チェックアウトする客の分の客室整備を考えに入れていなかった――」

侑也はひとりで八室分の客室整備をすることになった。もともと出勤予定だったのだから、断ることもできない。今さら風邪を引いた、は通用しない。

――まあいい。午後には終わる。神之浦探索の時間は充分ある。

客室整備と言っても、コテージの中だけではない。ベランダやウッドデッキ、玄関周りから駐車場、建物外周の掃き掃除も含む。一室念入りにやれば四十分ほどはかかる。侑也は今日の客室整備を、昼休憩を挟んで午後二時過ぎに終えた。昼休みを抜かなかったのは、みなに普段通りだと見せたかったからだ。

事務室に戻った侑也はいったん奥の倉庫へいき、ロッカーの中に〝パニックベル〟を置いた。これにもGPS発信機が備わっている。今は、だれの邪魔も受けたくない。

「ちょっと出ます――」事務室のみなに言い置いて外へ出た。上着のポケットの中には、マスターキーが収まっている。モウテルの車ではなく自分の車に乗り、中央路を奥へ向かった。

一分も経たずに森の際についた。侑也は、た号に続く横道へ車を乗り入れ、路肩ぎりぎりに寄せて停めた。従業員用の上着を脱ぎ、馬鹿に大きなモーゼルC―96用のガンストラップを肩に装着する。モーゼルC―96を手にし、上部スライドを解放して弾丸十発分の弾丸クリップを弾倉に押し込んだ。スライドを操作して薬室に弾丸を送り込み、安全装置をかけた上でガンストラップへ収めた。上に黒いフリース素材のハーフジャケットを羽織った。衣擦《きぬず》れ音が目立たない。

こちらの無理が通らないなら、押し通す。そのために必要ならこれを使うつもりだった。もとよりだれかを傷つける気はないが。

車を降り、歩き出す。中央路を探った。慣例通り、監視車はついてきていない。侑也は森へと足を進めた。くねくね曲がる森の道を奥へ奥へと進む。風に吹かれて枯れ葉が舞っている。葉擦れの音は乾いていて、夏に比べると寒々しい。

三十分ほど歩いて、木板でできた高い塀が見えてきた。この先危険の看板を無視して塀へと取りつき、その場で一分耳を澄ませ、素早く塀をよじ登り、反対側へ降りた。

辺りは広葉樹ばかりの肥沃《ひよく》な森だ。紅、黄色、黄金色と、美しい錦繡《きんしゅう》の眺めが広がっている。道という道はない。侑也は奥の院を目指し、左手方向へ進みはじめた。

枯れ葉を踏みしめるたび、乾いた音が響く。完全に音を消して歩くのは不可能だった。〝圧《お》し歩き〟をして歩を進めた。枯れ葉を地面へ圧着するように足をつけ、足を上げるときは地面を擦らず、蹴《け》ってもいけない。音はだいぶ弱くなるが、速度はかなり遅くなった。

途中、未舗装の車道が現れた。侑也の頭の中の地図にはない道だった。はたと思い当たる。

——大きな陸屋根《ろくやね》が見えたけど……鉄筋コンクリート造りのように見えたな。

侑也の知らないもう一本の道だろうか。奥の院は三棟それぞれ、道の終わりにあるのだ。だがこの道は、奥の院のいちばん北の端にある八号より、さらに北へと延びている。詮索《せんさく》は後回しだ。先を急いだ。やがて、木立を透かして一軒家が見えてきた。三棟あるうちの北端にある奥の院〝ハ号〟だ。ハ号前庭に続く未舗装の車道が現れたが、森の中を進み、ハ号を通り過ぎた。一度車道を横切って再び森の中へ。

当たりをつけた方向へ進んでいく。遅い歩みで十五分ほど歩き、〝ロ号〟が見えてきた。木立の陰から周囲を探る。人影がないのを確認し、ジャケットのジッパーを半分ほど下げ、中に手を突っ込んでガンストラップの固定ベルトを外し、銃を取り出しやすいようにした。が、一度、二度と挙動を試してみたところ、この大きな銃はストラップからすんなりと出てくれない。銃を抜き、腰のベルトに差した。

今までよりさらにゆっくりと、森を進んでロ号に近づく。予想と違い、車は一台も停まっていない。足を止め、じっくり辺りを窺《うかが》う。罠《わな》の気配は感じられない。皮肉に思う。

——気配が感じられないのが罠ってことだ。

今さらどうしようもない。侑也は先へ進んだ。車道の際まで進み、ここでも辺りをじっくり観察したあと、腰を屈《かが》めて一気にロ号の玄関まで走った。ドアに取りつき辺りを窺う。異常なし。ドアの枠に視線を走らせた。感知機器の類《たぐい》は、少なくとも外から見た限りでは見当たらない。

マスターキーを取り出す。このキーは一般コテージと同じマスターキーだ。管理が面倒だから、と奥の院専用のマスターキーを作らなかった恵造に感謝だ。

マスターキーを使い、ドアを開け、耳を澄ませた。無音だった。そっとドアを開け、中を探る。静まりかえっていた。中に入った。右手を後ろに回し、モーゼルの銃把を握ったままにしておく。

廊下があり、左手に寝室のドア、右手に居間とキッチンのドアがあり、廊下の突き当たりに階段がある。一階の各部屋を改めていった。だれもいない。だれかがいた痕跡《こんせき》さえ見つからない。

二階は二部屋あった。左手の部屋を覗《のぞ》いた。だれもいない。右手の部屋を覗いた。ベッドの上に、あの病人が横になっていた。侑也は部屋に入り、ドアを閉めた。クローゼットがひとつ、椅子が三つ、小さなテレビ、ラジオ、点滴、酸素吸入器。目につくのはそれだけだ。

侑也は枕元へ近づいた。ドクロめいた顔をした、異様に白けた顔の死期近き男が、目を閉じていた。胸が微《かす》かに上下している。

——スカベンジャーの幹部……警察の身分証を胸に抱いた快楽殺人者か……。

声をかけてみた。反応はない。肩を揺すってみた。反応はない。彼がここで死んだら、彼の遺体もまたどこかで処理されるのだろうか。

——彼はどうせ死ぬ。スカベンジャーが口封じに殺す？　なにを今さらって話だ。

彼がここにいるのは予期していたが、彼に会うのが目的ではなかった。神之浦はどこにいるのか。きびすを返して転じた視線がドアを捉《とら》えた。閉めたはずのドアが開いている。

一瞬後、人影が見えた。侑也は銃を抜きにかかった。が、相手のほうが早かった。テーザー銃から射出されたワイヤーが侑也の胸へ飛んだ。侑也が避ける間もなく、ワイヤー先端の針が侑也のジャケットに突き刺さった。

電気ショックを浴びた侑也は体の自由を奪われ、なすすべなく倒れ込んだ。

14

ふみは最大限に甘い声音を出した。「マクちゃんおいで……ほれほれ、いい子いい子……」

ソファでは隼人がにやにやしながら様子を窺っていた。

マクナイトが甘い顔つきで近づいてきた。

「よーし、いい子ですねえ」ふみはマクナイトの背中に、犬用ダウンジャケットをそっと被《かぶ》せた。マクナイトの脚を持ち上げ、服に通そうとした。途端、マクナイトが体を捻《ひね》り、ふみから跳んで離れた。

隼人が声を上げて笑った。「服は嫌だとさ。いつまでやってんだよ。いい加減諦《あきら》めなよ」

「もうすぐ冬だしさ。マクナイトは毛が短いし、寒いよきっと」

「おっさんが助けるまで、ずっと外に放って置かれてたんだぞ。寒さなんか平気さ。それに先祖はドイツ生まれなんだろ」

「ドイツ生まれだからなによ」

「ドイツは寒いところだろ」

「ほんとに？」

「そう言われると……」曖昧《あいまい》に笑う。「……あれだけどさ。寒いイメージがしないか？昔の戦争映画を見ていると、なんか寒そうだぜ」

「そうかなあ。あたしはあれ、ビールフェスタっていうんだっけ？　あったかいイメージだな」

「ともかく無理強いはよくないぜ。冬本番になったら着てくれるかもよ」

「服の暖かさが分かって？　そうかもね。今日はやめておこうかな」

ガソリンスタンドの二階。治子と恵造が茶を啜《すす》っている。ふみのいない部屋はどこか寂しげだ。

ふたりはマクナイトとお揃いのダウンジャケットを、暖房の効いた部屋で着たままだった。

※

15

「随分長く寝ていたな。死んだかと思ったぞ」

侑也の視界に男の顔が入ってきた。顔の背景は天井である。意識がはっきりしてくると同時に、一気に痛みが襲ってきた。侑也は目をきつく瞑《つむ》って耐えた。

腕をついて起き上がった。古びた鉄製のベッドの上に寝かされている。がらんと広い部屋だ。タイル張りの床、がっしりとした鉄筋コンクリートの柱、大きな窓。古風な造りの洋室で、奥の院とは別の建物である。

辺りにはふたりの男がいた。ふたりとも電池式ランタンを手に提げている。うちひとりは神之浦だった。スーツにコートという出で立ち。黒いショルダーバッグを肩にかけていた。

「神之浦――」

「待て。まずは診察だ」

別の男が近づいてきて、心拍数と体温を測り、心音を聴き、小さなライトをかざして瞳《ひとみ》の状態と動きを調べた。

「吐き気はしますか」

「いや」

立って歩くよう求められ、指示に従った。痛みの状態、痺《しび》れの有無を尋ねられ、診察めいたことは終わった。侑也を診た男は診察を終えると部屋を出ていった。

「あれをやられたとき――」頭に手をやった。「倒れて頭を打ったのか？」

「そうだ」

「テーザー銃は日本国内で所持も使用も禁止だ」

神之浦は鼻の先で笑った。「モーゼルを持っていた奴がなにを言う」

それは確かにそうだ。侑也はベッドの上に腰を下ろした。「久しぶりだな」

「まあ」丸く肉の溜《た》まった顔に笑みの皺《しわ》が広がった。「今のお前がおれに敬語を使わないのは、仕方のないことだろうな」

「当然だ」

「これも新鮮だ。現役時代はぺこぺこしていたのに、今は虚勢を張って強面《こわもて》を作っている……気づいていないかも知れないがお前な、そういう態度を取る元刑事ってのは多い。

お前もご多分に漏れずという奴だな」

「なんとでも言え」

大きな窓へ目を向けたが、分厚い板で塞《ふさ》がれていた。腕時計を見た。すでに午後五時だった。

神之浦が言った。「おれに会いたいのなら緒方に頼めばよかったんだがね」

「頼んでも断られると思った。あんたはとにかく陰に隠れているのが好きな人だ……陰に隠れて突然現れ、他人の獲物を奪う。他人の窮地は高みの見物」

「お前の認識は所詮《しょせん》その程度か。現場統括止まり、出世できなかったわけだな」

痛みの小波がきた。呻《うめ》きながら続けた。「こんな下らない話をしにきたんじゃない。ロ号にいる病人はスカベンジャーの幹部だな？」

「そうだ。もはやろくに話もできんがね。近づく者は全員拘束する。森の中に潜んでいたレンジャーに気づかなかったようだな。レンジャーは規定に沿った行動をしたまでだ。恨むなよ」

隼人の顔が脳裏を過《よぎ》った。「レンジャー？　陸自のか？」

「いいや。米国の民間軍事会社から借り受けたレンジャーだ」

「やばいものをまた……」

「忠誠心は期待できんが、腕は確かだ」

民間軍事会社は、広く世界中に展開して軍事活動に従事する。傭兵《ようへい》と言ってもいい存在だ。正規軍と遜色《そんしょく》のない訓練を受け、装備もある程度までは軍隊のそれに準じている。紛争地帯での要人や施設の警護、ときには政府系の機密工作まで請け負う。以前、アメリカの情報機関が暗殺任務を依頼したという疑惑が出たこともある。

「みな外国人なのか」

「当たり前の話だが、ここには東洋人しかいない。東洋系の隊員を借り受けた」

「外国籍の連中に武装をさせ好きに森を歩かせて、恥辱は感じないのか」

「指揮所の盗聴を易々と許し、それに一ヶ月以上気づかないどこかのポンコツ部隊に頼る気は、さらさらない」

それを言われると、一言もない。「規模は?」

「少数精鋭、とだけ言っておこう」

奥の院で病人を迎えたとき、そばに七人の男がいた。彼らが件《くだん》の隊員だろうか。

「日本語を話せるのか」

「日本出身者も何人かいる。問題ない」

「緒方は二小隊率いていて丹野を逃した」

「数が多けりゃいいってもんじゃない。特別装備部隊は、その存在意義からもう一度隊の有りようを考え直す時期だろう」

隊を潰《つぶ》す、という意味だ。「……好きにしろ。おれは降りた人間だ」

「人生そのものからも降りたと思っていたが、ここにきて気が変わったようだ……お前がおれに会いたかったのは、あのふたりの若者を心配してのことだな？」

「そうだ……くそ……」

「なんだ？」

侑也は頭を抱えた。「痛みがぶりかえしてきた」

「後日精密検査を受けることだ。闘犬場で右を殴られ、今度は左か」神之浦がくつくつ笑った。「年を考えろ」

「あのふたりをどう考えている」

「どうせ、ただの捨て石とでも考えている、と疑っているんだろう？」

「そうでなかったことがあるか」

「おれの下で働いたことがないくせによく言えるな。おれの部下になった者はみな、順調に上へ昇っていく。おれは部下に厳しいが同時に篤《あつ》い。いつかはみなおれに感謝する……おれのもとを離れたあとだがな」

チームワーク大事、仲良しこよしで捜査活動がうまくいかないのは事実だ。認めざるを得ない。神之浦のような毒ヘビは組織に必要なのだった。

「おれはあのふたりが無事であればそれでいい。あんたがここでどんなことをしようと、告発などしない」

「よかろう。あのふたりは緒方が守っている。だからおれがとやかく言う立場にないが、言おう。ふたりの身の安全を最優先に置く」

「口ではなんとでも言えるだろうな」

「その通り。だが今は口でしか言えない」

「おれはふたりを連れて逃げるつもりだ」

「試みてもいい」

「止めに入るのか」

「葉山ふみにはここにいてもらわなくてはならない」

「危険過ぎる」

「なぜ今になって？」

「だれにでもできる簡単なお仕事です。その文句につられてここへきたんだ」

「ふみと隼人の身辺には全力をかける。これは嘘偽りないところだ。お前は犬のために人を殺しかけたくらいだ……ふたりになにかあったら、お前はおれを付け狙うだろう？安心しろ。ふたりは大丈夫だ。そしておれに、スカベンジャーを始末させろ」

「なぜそこまで熱を上げる」

「緒方から話の概要を聞いたそうだな？」

「聞いた」

「スカベンジャーの四人のうち、ひとりが自殺し、刑事部へ告白文を送ってきたという話は？」

「聞いた」

「当時刑事部にいたおれが扱った事件だった」

数々の妨害に悩まされ、結局事実確認さえできなかった。あのときの再戦というわけか。

「あの病人を殺した者が、次のリーダーだ」

「そういう血の密約でもあるのか」

「まさしく……次のリーダーはあの病人しか知らないスカベンジャーの歴史を受け継ぐ。血塗られた揉《も》み消し工作や暗殺工作の全記録だ」

「記録とはどういう形のものだ」

「分からん。だがそれを手に入れられれば、と考えている」

皮肉に思う。Nの伝で、そんな記録はもとから存在しないのかも知れない。

——自分が司直の手に落ちたらどういう扱いを受けるか、分かっているのだ。自分たちがこれまで好きに利用してきた警察にだけは殺されたくない。自分亡きのちの世界を陰から動かせる記録集をやろう、だから殺しにこい……事実はこんなところじゃないのか。

神之浦は記録の存在を信じ、それを手に入れて個人的に利用しようと考えているのだ。

神之浦が続けた。「お前にもここを離れないほうがいい理由がある」

「なぜだ」

「入江がくるぞ。話し合ってみたくはないか」

神之浦はショルダーバッグから平べったい携帯端末を取り出し、画面を指で撫《な》でて操作すると、侑也へ手渡した。冬子事件についての捜査資料の一部が表示されていた。被害者の交友関係のリストである。表示されているリストは、冬子とともに姿を消した棚《たな》橋智恵《はしともえ》という女性の交友関係についてだった。

リストを辿《たど》っていき、入江の名前を見つけた。入江の妻も元警官であった。入江の妻と棚橋智恵は友人関係にあり、夫の入江とも面識がある。入江は妻へ会いにきた棚橋と、数回顔を合わせている。人物評定はF。疑いなし、だ。現場不在の確認欄にもチェックがついている。事件当夜のアリバイは確認済みということだ。慣れない手つきで画面を動かし、書類の細部を調べた。本物に見えることは見える。所詮電子化されたデータだ。頭から信用する気にはなれない。

「彼と会ったところでなにもできない。やったのか、やりました、となるわけがない。こちらには一切手札がないんだ」

「試してみたいと思わんかね」

「なにをだ」

「ここに監禁されているスカベンジャー幹部が、棚橋智恵の事件についてゲロったぞ、と……おれなら訊《き》いてみたいがね」

「そのブラフ、すでに入江へ投げたんだろう？」

神之浦は口の端を曲げて言った。「ご明察。入江が焦って口封じにやってくれば、その行動自体が彼をクロだと証明することになる」

「口封じになどこない。所詮時効が成立した事件だ」

「お前がNに入江の暗殺を依頼する予定だ、と耳にしたら、入江はどうするだろうね？」

「……あんたって奴は……」

「悪魔的才能の持ち主だろう？」

「N幹部の娘であるふみがここにいることを、入江たちに流したな？」

「なぜそう思う？」

「あんたならそうするはずだ」

入江らには二度会った。一度目のときはふみの話がまったく出なかった。彼らはあの時点でふみを知らなかったのだ。二回目に会ったときは、ふみへ言及した。神之浦の流した情報が届いたからだ。

神之浦は平然と言った。「緒方の茶番に付き合うのも飽きたのでね。事態を進めたかった」

神之浦がすべてを神のように操っている。月ヶ原にいる者、月ヶ原を目指す者、すべてが神之浦の手のひらで転がされているのだ。

「気になっていたことがある。なぜおれに示威的監視をつけた」

「西和田らに見せつけるためだ。彼らは、きみがNとの連絡員として選抜されたと思っている。そんな人間には護衛がついて当然だろう」

西和田らが常に監視を護衛と呼んでいたことに、はじめて会ったときから引っかかりを覚えていた。

「隼人になぜあんなことをさせた？」

「おいおい」含み笑いを漏らした。「ふみのボディガードだ。それ以上でも以下でもない」

「隼人がふみをガードしていると、西和田らに流しただろう？」

神之浦は眉《まゆ》を上げた。「そんなことをするわけがない。ガードの意味がなくなるじゃないか」

——この……毒ヘビ野郎め……。

まず間違いない。隼人のことも西和田らに流した。

「隼人には係累がいない。あんたには消費しやすい人材だろうな」

「彼を選んだとき、その点を考慮に入れなかった、とは言わない」

「その同じ口で隼人を守ると言うのか」

「くどい。そんなことより、おれに警官らしい仕事をさせろ」

神之浦は侑也に四人の男の写真を示し、面通しを行った。五十代から二十代、年齢がそれぞれ違う四人だった。四人にはある共通点があった。四人とも、物静かで思慮深く、優しげな印象を漂わせているのだ。

この四人が、スカベンジャーだという。

「緒方は十人ほどと言っていたが？」

「中核がこの四人だ。手下がいるが、正確な数を把握していない。ふたりが元警官、ふたりが民間人で、縁あって仲間になった。創設メンバーで生きているのは、あの病人とこの男だけだ」

神之浦はいちばん年かさの男を指し示した。七三分けにメガネ、どこにでもいるサラリーマンといった風情の男だった。とても快楽殺人者には見えない。

「名前は？」

「機密情報だ。写真の裏にコードネームが記してある。名を呼びたければそれを使え」

写真の裏を改めた。五十代の男から順に、チョーク、ソード、ブリット、ショックとコードネームが書かれてある。

「コードネームの意味はあえて尋ねないことにしておく」

だが神之浦は言った。「各々の好み、特技からつけたものだ」

「この写真が欲しい。ふたりに覚えさせたい」

神之浦は一瞬迷い、写真を差し出した。「コピー不可、要返却だぞ。いいな」

侑也が写真を懐に収めていると、神之浦が言った。

「モウテルでなにかあった場合、この建物に避難してもらう。堅牢《けんろう》な建物だぞ」

ならば中をよく見ておきたい、と侑也は申し出て、神之浦の案内で建物の中を見回ることになった。部屋を出るとき意外にも、神之浦が侑也のモーゼルを返してきた。

「必要にはならんだろうがね。事が済んだら処分することだ」

部屋を出た。数歩離れて、さっきの男とは違う男がついてくる。神之浦の護衛だろう。

「電気は通じていないし、水も止まっている」

廊下は薄暗いを通り越し、暗闇に閉ざされていた。ランタンの明かりを頼りに進んだ。

「一階の窓はすべて塞《ふさ》がれている。我々がした処置ではない。支配人が獣の侵入を防ぐためにに窓を塞いだ。いつか売れることもあるかも知れないと、最低限の保守をしているそうだ」

「支配人と会ったんだな？」

「そうだ。料金のつり上げに必死なじいさんだったよ」

思わず笑みが零《こぼ》れそうになる。せいぜいたんまり貰《もら》えることを祈る。

廊下に出て歩くと、立派な洋館造りであることが分かった。太い円形の飾り柱が林立し、扉があるものないものと、数え切れないほど多くのアルコーブが設《しつら》えられ、廊下の窓はすべてベンチつきの出窓造りである。

三メートルはあろうかという大扉のある、中央玄関ホールへきた。三階までの吹き抜けがある大空間だった。扉の対面には円形階段があり、無数の蜘蛛《くも》の巣をまとった巨大なシャンデリアが吊《つ》るされている。

大扉から外へ出た。建物はコの字型で、中央玄関はコの字の真ん中にあった。前庭には円形の噴水が造られていた。水は涸《か》れている。中央に背の高い彫像が立っているが、冬枯れた蔦《つた》がびっしりとからまり、その顔は判然としない。

この建物は丹野が航空写真で見たという、あの建物に違いない。奥の院ハ号の、さらに北側の森の中にある巨大な建物である。

「建物は南向きだ。コの字の左が西棟、右が東棟、中央はそのまま中央棟と呼称する。念のために覚えておけ」

侑也は西棟一階の一室に寝かされていたことが、外に出てやっと理解できた。中へ戻り、二階へ上がった。二階は窓が塞がれていない。だいぶ暗くなった森を眺めることができた。廊下の窓は上げ下げ窓で、部屋の窓は両開き窓だった。廊下側にも居室側にも、バルコニーは造られていない。窓ガラスが割れているところもあるが、やはり板で塞がれていた。

「ここをなんと呼んでいる？」

「ホテルの者は屋敷と呼んでいた。だからそのまま使っている」

ホテルか。モウテルの内情をまったく知らないのだろうか、などと思った。

「ここへはどうやってくる？」

神之浦が地図を広げた。建物前の道は、それぞれの奥の院へ続く専用路が集合していた、森の中の広場に繋《つな》がっていた。はじめて奥の院へ向かうとき、稗田が右端の封鎖を指し示し、先はないと言った、あの道である。侑也が奥の院ロ号への侵入のため森の中を進んでいたときに出くわした、脳内の地図に見当たらなかった道が、この建物への道だったのだ。

「この建物はどういういわくがある？」

「七〇年代に間倉出身の大立て者が建てた。七〇年代と言えばまだまだ核戦争の危機が叫ばれていた時期だ。核シェルターを兼ねた別荘として、建てられたのだ。これだけ広いのは、一族郎党みなが集まって暮らせるように、という目的のためだ」

「核シェルターというなら、地下室も当然あるんだろう？」

神之浦は間をとった。やがて意味ありげな視線を侑也へ向けた。

「特別サービスだ。ついてこい」

神之浦のあとについて廊下を歩いていった。途中、ホテルなみのキッチンや洗濯室も見かけた。神之浦は備品倉庫めいた小部屋に入って家捜しし、古びた黄色い傘を見つけて侑也へ手渡した。

「地下は狭くてガラクタだらけだ。杖《つえ》の代わりに」

歩を進めた。コの字の西棟側、角にある階段を降りていく。塗装が剝《は》げ落ち、小さなヒビもあちこちに走っている。暗がりの湿った場所はカビで黒く変色していた。

「地下へはこの階段でしかいけない。随分深いところまで掘ってある」

階段を降り続けた。三階分は降りただろうと思われるとき、やっと突き当たりに着いた。丸い鉄製ハンドルのついた、大きな扉だった。神之浦がハンドルを回してロックを解除し、扉を開けた。扉の厚さは五十センチほどもある。

漆黒が広がる。神之浦の持っているランタンと、杖代わりの傘を頼りに歩いていく。ランタンの明かりが照らしだした光景は、潜水艦の内部を思い起こさせた。全体にちまちまとした造りである。狭い廊下があちらへこちらへと入り組んでいて、あちこちにドアがある。

どこかから水の滴る音が聞こえる。天井が崩れ落ちている箇所が方々にあり、崩壊寸前といった様相だった。

「こっちだ」神之浦が右へと歩き出した。侑也もついていく。廊下が曲がりくねっているのは、階段シャフトを中心に、大きさの違う部屋が放射状に配置されているからだという。案内者がいないと迷ってしまいそうだ。

神之浦はあるドアの前にくると足を止め、ドアを開けて侑也を招き入れた。丸テーブルと椅子があり、控え室といった印象の小部屋だった。さらに奥へと進むドアがひとつあった。

神之浦が部屋を横切っていき、ドアを開けた。侑也もあとに続いた。中は意外なほどの大空間だった。天井も高い。

「地下ではいちばん広い部屋だ」

「機械室か」

教室二個分ほどの広さの部屋だった。空気はじっとりと湿り気を帯びている。床や壁はカビだらけだ。そんな中、工作機械めいたものが並んでいた。そのすべてが錆《さ》びついていて、長い間使われていないことを示していた。

どこかから水の流れる音が響く。さきほど聞いた滴る音とは明らかに様子が違う。広い鉄製の作業台が二台並んでいる。二ヵ所に万力が取り付けられていた。天井に鉄骨のレールがつけられている。すっかり錆びついた滑車もあった。クレーンのようだ。作業台の次には侑也の背丈より高い、金属製の四角い箱状の機械があった。機械の上部に開口部があり、作業台と開口部をベルトコンベアが繋いでいた。

「これはなんだ」

「破砕機だ。砂利を作ったり、木のチップを作ったりもする」

神之浦が先へと進んでいく。破砕機の奥には、丸いドラム状の機械が横たわっていた。

「これは？」

「遠心絞り器だ。本来は食品加工用らしい」

遠心絞り器の横手には、大きな釜《かま》のようなものがあった。侑也はもう、神之浦に説明を求めるのはやめた。

水の流れる音が大きくなった。遠心絞り器の奥に、井戸のような穴があった。そこから絶えず、水の流れる音がしているのだ。

気味の悪い液体が喉《のど》を遡《さかのぼ》ってくる。「ここが……かつての処理工場か？」

「そうだ。ここで奴らは好きに遺体をいたぶって遊んでいたのだ。井戸は地下水脈だ。ここから水をくみ上げ、浄化するための施設があった場所だ」

「遺体を粉砕して……ここへ流した……」

「破砕された欠片《かけら》はここから海へ流された。鎬岬の岸壁には小さな地下水脈の出口が数え切れないほど開いている。そのどれかから、あるいは複数の穴から、欠片は海へと流された。毛髪や爪などはあの釜で燃やしていたようだ……おぞましいこの設備も、もとを正せば警察の裏金を使って造られた……これ以上の皮肉はない」

体を折って吐き気を堪《こら》えた。大量の唾《つば》が口の中に溢《あふ》れ、床に汚らしい筋を作った。

「奴らを殺してもいいと、お前も思いはじめているだろう？」

侑也には答えられなかった。

「入江が遺体の処理をスカベンジャーに頼んでいたとしたら、彼女たちはここで――」

思わず声を張った。「やめてくれ――」

意志は決壊した。侑也の口から吐瀉物《としゃぶつ》が迸《ほとばし》った。

16

ようやく指揮所の移設が終わった。

緒方は午前中も早くから地図を眺め、ここかあそこか、と当たりをつけては下見にいき、消防団倉庫に戻ってきてはまた地図を眺める、ということを繰り返していた。遠すぎる、狭すぎる、電源が取れない、目立ちすぎる、などなどの欠点がひっかかり、もともと建物自体が少ない土地で、場所選びに苦労した。

結局、やや目立つ可能性はあるが、モウテルのコテージを選んだ。フロント館にいちばん近い場所に建っている一般客室の、ろ号である。二階建てで、一階居間をモニタールームに、一階の主寝室と二階を隊員たちの休憩場所に充てた。奥の院を使うことは最初から考えなかった。街道から遠すぎるし、道も悪い。地図上、奥の院はサイロに近いように見えるが、実際に走ってみると案外時間がかかる。道が悪いせいだ。この事実は半年以上前、指揮所探しのため月ヶ原を訪れたときに、すでに確認済みだった。

緒方は石崎と一緒に、モニター機器を並べた居間にいた。キッチンでは隊員三人が夕食作りに取りかかっていた。

「あの倉庫より居心地はいいが、少々狭いな」

「エアコンが使えて快適でしょう、石崎さん」

「ところが今度は水が使えない」

フロント館から、大量のミネラルウォーターを買い込んでいた。

石崎が言う。「見たところ水は綺麗《きれい》に見えるがね」

「臭いもない」

一瞬ふたりの視線が引き結ばれた。

「なにか起きるか？」

「休業は三日間です。なにが起きるか、じっくり待ちましょう」

ドアが開き、侑也が顔を出した。「また、ずいぶんな場所に指揮所を置いたな」

ＧＰＳデータにより、侑也がずっとフロント館に詰めていたのは確認済みだ。

「最適な場所と思っていますよ。最初からここにすればよかった」

「おれは帰るぞ」

「お好きにどうぞ。いつも通り、従者が付き従いますからね」

侑也が顔を引っ込めてドアを閉めた。

「奴のケイタイ、どうする？」

「新しいのを発注済みです。素直に持ってくれるか怪しいものですがね」

17

治子はしみじみ言った。「今までいろんな奴が連れてこられたが、あんな組み合わせははじめてだ。ふみの妊娠だって嘘だと思ったがねえ……」

治子と恵造は鎬岬のたもと、治子の自宅にいた。どこもかしこも古び、くすんでいる純和風家屋。一週間ほど前にふみが取り替えた丸形蛍光灯だけが、煌々《こうこう》と白々しく輝いている。居間は、治子と恵造が絶えず吹かすタバコの煙で霞《かすみ》がかかったようになっていた。

「最悪なことが起きてもふみだけは守る。神之浦って人が約束してくれた。警察の作戦だろう？　万事きっちりと手当するだろうさ」

モウテルがこのような使われ方をするのは久しぶりだ。今まで四回か、五回あった。そこでなにが行われどう始末がついたのか、治子も恵造も知らない。知ることを避けてきた。それが当局の指示でもあった。警察の指示により、モウテルから稗田はじめ従業員全員を引き上げた。

「ハルちゃんよう。おれたちゃ、ここまでの仕打ちをされるようなことをしたかね」

「したのさ」

もう何十年前だろうか。最近は数えるのも面倒だ。治子と恵造、のちに治子の夫となるモウテルの跡継ぎ仙波一郎《いちろう》の三人は、東京の私大で出会い、親友となった。一郎と治子はやがて付き合いはじめた。一郎が左翼思想にかぶれ、某学生団体に入ったことがすべての発端だった。

一郎につられて治子も団体に入った。直後、公安当局の接触を受けた。犬になれ、というのである。貧しい家庭に生まれ、無理して大学に入れてもらった治子の目に、東京は冷たく映っていた。金がないと堪能《たんのう》できないのが東京という街だと、治子は常々寂しく思っていた。一郎のあとを追っただけで、もともと左翼思想に興味はない。遊ぶ金欲しさに公安の犬になった。

やがて治子は、団体のある者に犬ではないかと疑念を持たれてしまった。当時、犬と分かれば凄惨《せいさん》な私刑が待っていた。

もののはずみ、もののはずみ、とそのあと念仏のように唱えることになる。治子は親友恵造の手を借りて、その人物を殺してしまった。ふたりはそれぞれ大学を離れ、逃げた。事件は露見したものの、意外にも治子まで追及の手は伸びてこなかった。あとで知ったことだが、被害者は急性アルコール中毒死と断定されていた。つまり事故死扱いである。治子と恵造が二人がかりで度数の強い酒を無理矢理飲ませたことは、ばれなかったのだ。

大学を卒業した一郎と再会した治子は、一郎に請われ、月ヶ原へと辿《たど》り着く。一郎は恵造を捜し出し、月ヶ原のリゾート開発を目論《もくろ》んでいることを伝え、右腕として働いてくれと要請した。各地を転々としていた恵造が、居場所を求めて月ヶ原にやってきた。一郎はその後早くに亡くなった。治子がオーナー、恵造が支配人という形ができあがってすぐ、警視庁公安部の者だという者が現れた。我々のために特別に秘匿された場所を確保しろ、というのが刑事の要請だった。

刑事は治子と恵造の犯した罪を知っていた。治子は刑事の言いなりになるしかなかった。今から思えば、あの刑事に担がれたのではないか。刑事は疑念くらい抱いていたかも知れないが、当時口にしたような物的証拠や目撃証言などはなかったのではないか。

刑事の策略に嵌《はま》り、奥の院を造った。奥の院の禍々《まがまが》しい歴史のはじまりである。

恵造が呟《つぶや》く。「もうみそぎは済んだだろう？」

「馬鹿言っちゃいけない。みそぎなんか、永遠に済まないのさ」

「今夜ふみのためになにかすりゃ、みそぎは済ませられるだろうな」

「馬鹿って何回言わせる気だい。じじいになにができるってんだ。ぶっ殺されてえのか」

「あの子にここをあげて、じじいとばばあは退場するってのはどうだい」

「まっぴらだね。あたしはとことん長生きするつもりさ……でも……ケイさん？」

「なんだい？」

「ふみだけでもなんとかしたいもんだね」

「老いぼれふたりになにができるってんだよ」

ほんのいっとき、治子と恵造の視線がしっかりと結び合わされた。

18

隼人は音を聞きつけ、玄関まで歩いていった。「配送トラックがきた」

ふみがキッチンから声を張った。「どこの」

「さあな。二トントラックがバックでこっちに入ってきた。玄関につける気だな」

首を捻《ひね》ってトラックの横を見た。エモト家具配送、と書かれてあった。

「家具を運んできたらしい。アネさんなにか知ってるか」

「知らない。親父どのじゃない？」

話している間にもトラックの背面が玄関すぐにまで迫り、停まった。車のドアを開け閉めする音が二度して、配送業者の制服を着た男がふたり、玄関までやってきた。隼人はドアを開けた。

業者のひとりが言った。「奥野侑也さんのお宅ですか」

「そうです」

「安楽椅子を一脚お持ちしました」

「椅子？」

「搬入しますのでドアを」

「ああ、はい」隼人はドアを大きく開けた。

※

《こちらドア前監視。家具の配送トラックがきた。どうぞ》

「こちら指揮所。ナンバーが見えるか」

《ここからは見えない。移動して確認しますか。どうぞ》

「サイロ近くの徒歩班、展開を知らせろ」

《コンドウです。こちらGS横のT字路――》

《オカダです。こちらサイロ西側の道路脇――》

「徒歩班各員、サイロ至近へ移動をはじめろ。待機車両一号と二号、急行準備。こちらも向かう。事変確認次第、突入だ」

緒方は石崎を見た。石崎に緊張の色が見える。石崎のこんな顔を見るのはここにきて二度目、しかもその二度は今日という同じ日のことだった。

「モニター頼みます――」緒方は上着を引っ摑《つか》んで部屋を飛び出した。侑也もふみも隼人も、だれも家具の注文などしていない。第三者からプレゼントされるという会話も交わされていない。

※

作業員ふたりがかなり大きな安楽椅子を運びあげ、居間に入ってきた。

隼人がそれを見守る。ふみも濡《ぬ》れた手を拭《ふ》き拭きやってきた。

「どの辺りに置きます？」

「ええと、じゃあ」ソファの脇の空いたスペースを指した。「ここに」

「そこですね――」

ふたりが腰を屈《かが》めて椅子を置いた。

ふみがさらに近づいた。「大きな椅子だね。だれが注文したの」

「分からない。ねえあんた、送り状見せてくれないか」

「はいはい」椅子の設置を終えた男ふたりが腰を伸ばした。

一瞬の出来事だった。腰を伸ばした男のひとりが隼人へ、ひとりがふみへ飛びかかった。弛緩《しかん》の極みにあった隼人はあっさり背後を取られた。ふみも背後から押さえつけられ、喉元《のどもと》にナイフを突きつけられている。

——ちっくしょう……ミスっちまった……。

隼人は口を塞《ふさ》がれた。ふみも同様である。突然興奮したマクナイトが激しく吠《ほ》えだした。

トラックの荷台からさらにふたりの男が入ってきた。うちひとりの男が唇に立てた人差し指を当てた。喋《しゃべ》るな、と伝えている。そのあと、手を頭の上に組む仕草をした。

マクナイトは依然、激しく吠え立てる。

隼人はパニックベルを玄関脇の下駄箱《げたばこ》に置いていた。外から戻るといつもそうするようになっていた。ふみはいつもかけているが、背後から押さえつけられている今、パニックベルは服の内側にあった。

隼人は突然後頭部に打撃を食らい、思わず膝《ひざ》をついた。ふみの悲鳴が聞こえるのと同時に、脇腹へ蹴《け》りを食らい、床に転がった。屈辱にまみれ、隼人は床を見つめた。神之浦から支給されたワルサーPPKは腰に差していたが、男に抜き取られてしまった。

突然、絶叫が響き渡った。マクナイトの咆哮《ほうこう》は止んでいる。隼人は首を捻って絶叫のした方向へ目を向けた。

ふみが床に尻《しり》をついている。ふみを取り押さえていた男が、絶叫をあげながらマクナイトとダンスを踊っていた。ステップのたびに、床へおびただしい量の血液が振りまかれている。

マクナイトが男の手に咬《か》みついていた。全身の筋肉を使って首を振り、男の手をずたずたにしていく。

あとから居間に入ってきた男のひとりが、小さなハンドガンを取りだしてマクナイトへ向けた。

隼人は叫んだ。「マクナイト――」

声に反応して辺りを一瞥《いちべつ》したマクナイトが、すぐに男のハンドガンへ目を留めた。

「逃げろ。マクナイト――」隼人は叫びながらも自分の行動をはじめていた。隼人を叩《たた》き伏せた男がマクナイトに気を取られていたのである。ジーンズのポケットからスティックを取り出し、跳ね起きざま男の膝裏へ突き立てた。

「あっ」男がバランスを崩した。隼人は素早い動作で男の脇腹、喉《のど》をスティックで突いた。

男がくずおれる。と同時に、マクナイトが銃を持った男へ突っ込んでいった。

ふみの悲鳴がこだました。「マクナイト、ダメ――」

近づくマクナイトに男が照準を合わせる。隼人が男へタックルしようと力んだそのとき、マクナイトが左へ軽やかにステップし、進路を変えた。

一瞬後、男が銃を撃った。弾は床にめり込み、木くずが散った。

――すげえ……回避行動しやがった……。

マクナイトが男の銃を握った右手へ咬みついた。男が叫び声を上げ、銃を取り落とした。

残りはあと一人。最後のひとりがハンドガンを手に進み出たところで、開け放ったままの玄関ドアから投げ入れられた音響閃光《せんこう》弾が炸裂《さくれつ》した。

第六章

1

侑也はモウテル玄関前の路上で、緒方と対峙《たいじ》していた。強い木枯らしが体を煽《あお》る。

一連の騒ぎが一応の沈静を見せはじめたころには、すでに日没していた。モウテル前には警察や救急など、十台近くの車両が集まっていて、辺りに赤色灯の赤光がまき散らされていた。

緒方がコートの前をかき合わせながら言った。「子供たちの様子は？」

「大丈夫だと思う」

「わたしは拘束した奴らを連れて、いったんここを離れます。いちばん近い所轄署へいくつもりだったんですが、神之浦さんの横やりが入りましてね、県警本部までいきます。神之浦さんがかつて面倒を見ていた者が県警本部公安部長だそうで、いろいろ融通がきくから、と」

県警本部まで二時間のロングドライブです、と緒方は溜《た》め息をついた。どんなに急いでも明日まで戻ってこられない、とも。神之浦は、拘束した奴らを引き渡せ、とは言ってこなかったという。雑魚《ざこ》には興味がないのだろう。得た情報のみを知らせろ、とのことだ。

「奴らは仕事を請け負った外部の人間のようです。完全黙秘しています。今夜はサイロに戻らないでください。隊をふたつに割ります。一小隊はわたしと護送、聴取のために県警へいきます。もう一小隊をここに残します」

「サイロの現場処理はどうなっている」

緒方は所轄へ連絡を入れなかったが、救急隊から連絡がいったらしく、所轄の警官たちが現れた。緒方は公安の機密案件であることと、神之浦の口添えを利用し、彼らの介入を避けた。

「彼らには鑑識と現場保存だけお願いしました」

まさに道具扱いだ。連中の腹は煮えくりかえっていることだろう。

「緒方、Nだかスカベンジャーだか知らないが、みなの待ち望んでいたアクションがあった。これで作戦終了だな？」

緒方は、まだなんとも、と難しい顔をした。

隊統括の石崎が現れ、緒方を呼んだ。緒方が石崎に歩み寄り、ふたりで話しはじめた。一分もかからず話し合いが終わり、ふたりは侑也のそばにきた。

緒方が話し出した。「神之浦管理官から提案がありまして、今夜、モウテルのフロント館を罠《わな》に仕立てます。あなたがたがここに避難していると見せかけ――」

と、緒方の視線が別方向へ飛んだ。巨大な四駆が猛スピードでやってきて、モウテルの敷地内へ消えた。

「あいつはいいんだ。赤城といっておれの友達だ」

「まあ、いいでしょう……隊員たちはモウテルで獲物を待ちます。あなたがたは屋敷に隠れる。危険度合いは減り、こちらは任務に集中できる、というわけです」

「神之浦の提案、じゃなくて、神之浦の命令、なんだろ？」

緒方は微《かす》かに苦い顔をした。

「しかしなぜ避難するのが屋敷なんだ？　ほかのホテルでは駄目なのか」

「街道付近に監視の目が張られているかも知れない、とのことです。それで……神之浦さんはフロント館にあなたがたがいる、という偽装のために仕掛けが必要だと……マクナイトをフロント館に残す——」

侑也は遮った。「却下。当たり前だろう？」

「そう言うと思っていましたよ。あなたと隼人くんの車を停めておく、というのは？」

侑也は頷《うなず》いた。「それならいい」

緒方はいっとき強い視線で侑也を見つめた。「それではこれで。明日、会いましょう」

緒方と別れ石崎とふたりでフロント館に戻ると、マクナイトが隊員たちから歓待されている最中だった。方々から手が伸びてきて、マクナイトは大忙しだ。隊員のひとりがマクナイトへこう声をかけた。お前、ウチの隊に入らないか？

マクナイトを囲む隊員は五人。侑也と顔見知りであるエンドウとウチカワもいる。隊員たちは任務に応じて装備を変える。車両担当はスーツもしくはラフな私服姿、潜伏監視員は迷彩服にギリースーツといった具合だ。今夜の石崎含む隊員たちは、深い紺色の正式な隊員服を着込んでいた。防弾チョッキ、腕、肩、股《また》、膝、脛《すね》の各所に防具、ヘルメットに暗視スコープ。腰にはシグ・ザウエルＰ―２２６、肩にはヘッケラー＆コック社製サブマシンガンＭＰ―５を提げている。

戻ってきた侑也を部屋のいちばん奥にあるたたきから、ふみと隼人が見つめていた。ふみは幾らか落ち着いた顔つき。隼人は、相変わらず自分に腹を立てている。突如降ってきた危急の場面、収めたのはマクナイトと言ってよかった。自分がやらなければならない場面で後れを取り、マクナイトに助けられたことは隼人にとって恥辱でしかないのだろう。

ふたりのそばには籠《かご》に入ったどんちゃんと、赤城、ダイナマイトまでいる。

ついさっき、ガソリンスタンドの玉田店長が顔を出した。無事を伝え、強盗が入ったようだと説明して玉田を帰した。玉田から治子や恵造へ連絡がいったと考えていいが、ふたりは顔を見せない。ごまかす手間が省けていいが、ふみはふたりに会いたいのではないか、とそんな気がした。

石崎が声を張った。「これからの手筈《てはず》を説明する――」

フロント館に罠を仕掛け、隊員たちが待ち伏せ、侑也たちは屋敷へ避難、と石崎は一連の流れを説明していった。

「みなさん、念のために彼ら隊員五名の顔を覚えてください」

ふみと隼人、赤城が五人の顔に視線を走らせた。隊員たちは軽く頷いただけで、名乗りさえしなかった。特別部隊員には当たり前の対応だった。


隊員たちが散り、侑也たちは準備をはじめた。侑也はあれからふみたちとゆっくり話す時間さえ取れていない。事務室や備品倉庫、商品棚から、必要かつ充分な装備が得られた。必要とした品はいわゆるキャンプ道具のそれだった。マットや毛布、寝袋、ランタン、ランタン用ホワイトガソリン、ガスコンロ、飲料水に食料、携帯カイロやフラッシュライトなどなどを、バッグやリュックに詰め込んでいった。

侑也はマクナイトとダイナマイトの食事も用意した。ドッグフードがないので、レトルトの米と解凍した挽肉《ひきにく》やツナ缶を混ぜて作ることにした。調味料はいっさい使わない。

隊の車に乗り込み、ウチカワの運転でフロント館をあとにした。

「どうすんだ？」隼人が後ろから言ってきた。「あいつは関係ない。帰したほうがいい」

後ろを、赤城の四駆がぴったり追走してくる。

「おれもそうは思うんだが……」

フロント館を出る前、赤城が侑也に近寄ってきて耳打ちした。

——強盗事件と聞いて飛んできたけど、嘘だな？　訳ありなんだろ？　なんだよあの警官。サブマシンガン持ってるじゃねえか。おれもとことん付き合うぜ。ダチのピンチだからな。

こうなってしまったら、赤城は聞く耳を持たない。

「好きにさせろよ」侑也は隼人に言った。「どうせ、暇な一夜を過ごして終わるだけさ」

ウチカワはモウテル内の中央路を奥へと走っていく。侑也は敷地内から屋敷へ車でいける道が見いだせない。そのうちに車は〝グランド〟へ入った。今夜は花火を上げている者も、穴を掘っている者もいない。

ウチカワは西側の森の際までいって、車を停めた。「あの人に——」森の中にフラッシュライトを点滅させている者がいる。「ついていってください。神之浦さんの部下です」

「ここからは歩きか？」

「すみませんがお願いします。近道だそうです。二十分ほどだとか」

侑也はみなに降りて歩きになるから荷物を持てと指示し、再びウチカワと向き合った。両腕に大量の荷を抱え、大きなリュックまで背負っている赤城を見て、さっそく役に立ってくれたか、と皮肉な思いを感じた。

ウチカワに尋ねた。「お前は戻るのか」

「ええ。相手の規模が分かりません。数は揃えておいたほうがいい」

といっても、石崎含め六人である。

「ウチカワ、実はおれも武装している。おれもお前たちと一緒に——」

ウチカワが遮った。「駄目です。あなたはもう民間人ですよ。今夜は我々に任せてください。うまくやってみせます。それに——」ウチカワは不敵な笑みを浮かべた。「そんなモーゼル、弾がちゃんと出るかも怪しいものです。最新型のＭＰ―５に任せてください」


強風は相変わらずだが、雲が切れはじめ、空が見えてきた。月明かりがふってきて、森を白々しい光で満たす。

ウチカワは二十分ほどと言ったが、実際は三十分ほど歩いて、ようやく屋敷の前庭に着いた。コの字型のへこんだ中央部分、蔦《つた》に覆われた噴水の奥にある中央玄関前である。

いっさいの自己紹介を避けた案内役が言った。「ほかに出入り口は三カ所ありますが、すべて封鎖してあり、使えるのはここだけです。広い建物なので呼称を教えておきます。建物に向かって右手を東棟、左を西棟、真ん中は中央棟です。わたしがこれからあなた方を案内するのは、東棟二階、ということになります」

案内役が大扉を開けた。悲鳴のような軋《きし》みが響く。

「暗いですから、ライトを持っているならつけてください」

それぞれがフラッシュライトを点《つ》け、中に入った。玄関ホールは吹き抜けの大空間だ。

蜘蛛《くも》の巣だらけのシャンデリアが、隙間風に揺れて陰気な音を立てる。相変わらず窓はすべて塞《ふさ》がれている。

侑也たちは案内に先導され、正面の円形階段を昇り、東棟二階の真ん中辺りの部屋へ通された。前にきたときと同じように、二階は窓が塞がれていない。侑也が今日の夕方寝かされていた部屋とほぼ同じような広さ、様相であった。

「殺風景ですが我慢してください。翌朝までの辛抱です。階段はさきほど我々が昇ってきた中央階段のほかに、コの字の角と両端、計四ヵ所あります。トイレはそこ――」部屋の横手を指し示した。「ドアの奥にバスルームがあります。設備が壊れていて水が流れませんので、したものはそのまま放置してくださって結構です」

それぞれ部屋を検分しはじめた。侑也は窓辺へ寄った。前庭の涸《か》れた噴水が見下ろせた。

「神之浦は？」

「保安上明かせません」

「建物内にいるんだな」

「申し訳ありませんが、明かせません。この部屋を出ないでください。夜間はたちまち迷子になります」男は傍らに立てかけていたパイプ椅子を持ち上げた。ぴかぴかの新品様に見えた。外から持ち込んだものだろう。「わたしはドアの外に控えています。なにかあったら呼んでください」

男は部屋を出た。ふみたちが荷解《にほど》きをはじめた。

2

部屋をホワイトガソリン式ランタンの明かりがぼうっと照らす。小さなガスコンロを中央にしてウレタンマットが敷かれ、侑也たちはそれぞれ好みの場所に落ち着いた。簡素な食事はすでに済ませていた。

犬たちのリードは外されている。しばらくの間は大きなマクナイト、小さなダイナマイトともに落ち着かない様子で、しきりに床の臭いを嗅《か》ぎ、空気の臭いを嗅ぎと、辺りを探っていたが、今はそれぞれの定位置について寝そべっていた。

マクナイトは侑也とふみの間に寝そべり、ダイナマイトは赤城の股の間に潜り込んでいる。ふみのそばには、籠に入れられたままのどんちゃんがいた。ふみは、ここではどんちゃんを自由にさせておく気にならないと言っている。隼人はひとり、窓辺に立ち尽くしていた。辺りを警戒しているらしい。

窓ががたがたと揺れ、隙間風が暴れる。赤城が身重のふみを心配して、大量の毛布をふみにかけた。

侑也はだれにともなく言った。「大嵐の中の船に乗っているみたいだな」

「まったくだ」赤城が応じた。「建物が揺れないだけましだよ」

「あんたはここを知っていたか」

「いやあ」辺りを見回した。「知らなかったなあ。みんなに知れ渡っていたらこんな場所、肝試しの名所になっていただろうな。廊下を見たかい？　落書きひとつなかった」

「ああ、きれいなものだった」

「ふみちゃん、平気かい」

「うん。大丈夫」

赤城がふみをふみちゃんと呼ぶたび、なぜか苛《いら》つきを感じた。赤城に他意はないのだ、と自分に言い聞かせる。そんな自分を内心笑ってもいた。

――赤城よ、悪いがふみはお前には渡さない。学歴は問わないが定職についているふみと年の近い若者がいい。安定を考えるなら役人がいいかな……。

いい加減にしろ、と自分を諫《いさ》めた。

「よくやったな、マクナイト」

侑也はマクナイトを撫《な》でた。ふみと隼人からそのときのマクナイトの様子を詳しく聞いたが、それでもにわかには信じられない。

マクナイトの襲撃訓練がうまくいかなかったのは、マクナイトが本気を出していないからではないか。犯人役のヘルパーはもちろんそれらしく振る舞うが、本気で傷つけようという感情は皆無である。マクナイトは、ヘルパーが本気ではないという感情を感じ取っているのではないか。

銃を奪うという行為は無機質物に対する行動である。銃を落とさせるために必要な手順だから、ヘルパーの手を咬《か》む。一方、襲撃訓練の対象は人間そのものである。マクナイトの人間観察は犯人役の心理状態にまで及んでいるのだ。だから、本物の敵意を感じ取れないヘルパーに、本気で飛びかかることができない。

——奇跡……マクナイトはほんとうに奇跡の犬かも知れない。

「どんちゃん、お前も無事でよかったな」

ふみはおぼつかない笑みを浮かべ、平気、と頷《うなず》いてみせた。

「ふみ？」

——クルルッ。

どんちゃんが妙な鳴き声で応じてくれた。

「マクナイト。お前はもう家庭犬マクちゃんだぞ。無茶をするな。いいか？」

「家庭犬？」窓辺の隼人がこちらに背を向けたまま言った。声音に自嘲《じちょう》めいた調子が滲《にじ》む。「マクナイトは立派な兵士だったよ。度胸一本頼みでない、凄腕《すごうで》の兵士さ」

隼人の心情に思いをはせたふみが、虚《うつ》ろにランタンを見つめている。

赤城が言った。「明日になればサイロに戻れるのか」

「無理だろうな」

ふみが口を開いた。「じゃあどうするの？」

「どこかほかを探すか、いっそのことモウテルのコテージを借りるか」

「コテージのほうがいいんじゃない？」

隼人が言った。「おれも賛成だ」

「明日、支配人に頼んでみるよ」

ふみがお腹を気にする素振りをした。

「大丈夫か」

「うん」

味噌汁《みそしる》が駄目になったということ以外、目立つつわり症状はない。順調でなによりだ。

「お腹、触ってみる？」

侑也がそっとふみのお腹に手を当てた。しっかりとした膨らみと温かみを感じ取れた。

「隼人と赤城さんもどうぞ」

隼人はこわごわと、赤城はじっくりとふみのお腹を触った。

赤城が言った。「性別はまだ？」

「まだ知らない。産まれてからのお楽しみ」

隼人が言う。「名前を考えておけよ」

「もう決めてるよ」

隼人が笑みの滲んだ声で言った。「葉山どん、じゃないだろうな」

ふみがころころと笑った。「そんなのつけるわけないじゃないの」

侑也が聞いた。「なんてつける気なんだ」

「男だったらコウタ、女だったらフユコにしようかな」

一瞬の静寂が降りてきた。事情を知らない赤城が、みなの表情を探っている。

「ああ、そうだ」侑也は我ながらわざとらしいか、と思いつつ話題を変えた。「緒方仕様の携帯電話を水没させてしまってね――」

侑也は、私物の携帯電話番号とメールアドレスをみなと交換した。侑也の携帯電話はすでに復帰処理され、使えるようになっていた。

「それにもうひとつ――」侑也は神之浦から預かったスカベンジャーたち四人の写真を取り出した。「スカベンジャーの幹部四人だ。ふたりには顔を覚えておいてもらおうと……」

侑也の目が、話が分からずきょとんとしている赤城の顔を捉《とら》えた。その視線に気づいたふみと隼人は、同時に小さく頷いた。

侑也は口を開いた。「赤城、聞いてくれ」

「なんだい」

「友人のピンチなら事情は問わずに手を貸す、という姿勢は立派かも知れないが、ときにあんた自身のためにならないこともある」

赤城は思案顔になった。「まあ、そうかな」

「おれたちのことを話そう。三人それぞれどこからきたか、なんのためにきたのか。月ヶ原で今、なにが起こっているのか……それを聞いたあと、今夜自分がここにいるべきかどうか、冷静に判断してほしい――」

3

時間は午後十一時を過ぎた。

モウテル内、ろ号に置かれた指揮所には、石崎ただひとりである。「各員、状況を」

《こちら屋根エンドウ、異常なし――》

フロント館下手のハネダ、上手のフナコシ、フロント館正面ウチカワ、車両待機のコグレ、いずれも異常なし。相手の数が分からない。各員には独断による即時発砲を事前許可している。装備は充分、後れを取ることはないだろう。

モウテルのフロント館は誘蛾灯のごとく煌々《こうこう》と明かりが灯《とも》っている。テレビの音も抜かりない。ウチカワの報告によると、街道を通り過ぎていく車両は、このところ一時間に一台ほどにまで減っている。零時を過ぎるとほぼゼロになるのは、三ヶ月近くここに滞在した石崎も当然知っていることだった。

一時間ほど前、神之浦から連絡が入った。

――いい知らせだ。今夜は成果を上げられるだろう……。

襲撃の兆候を捉えたという。ある筋の情報によると、奥野侑也と葉山ふみ、ふたりの首に賞金が懸けられた、というのだ。侑也は殺害で二千万円、ふみは拉致《らち》で三千万円。

——どこのだれにせよ、獲物が近づいているのは確かだ。しっかり頼むぞ。

石崎は思った。

——そのある筋ってのは……神之浦、あんた自身なんじゃないのか。

スピーカーから、微《かす》かな衣擦《きぬず》れの音が聞こえてくる。屋敷に待避した侑也たちの会話は途切れ、静かなものだ。葉山ふみと坂本隼人、ふたりが持つ携帯電話が拾い、別回線で送られてくる音声は、石崎の目の前にあるラップトップパソコンのUSBハブに差し込まれた携帯端末へと届く。つまり、こちらでも会話を聞き録音するために、常に携帯電話の回線を開いているわけだ。一ヶ月の通話料を思うと、ぞっとする。

——少なくとも彼らは今夜、安全な場所にいる。

石崎はラップトップパソコンの画面で、携帯端末用アプリケーションと音声データ処理用アプリケーションのふたつを終了させ、USBハブから携帯端末を抜いた。小さいものだ、なくさないよう胸のポケットに入れた。

——今夜は特別だ。久しぶりにほんとうのプライベートを満喫すればいい。

突如隊員たちの無線が開かれた。

《こちら屋根エンドウ、各員、なにか異音を聞かなかったか。どうぞ》

《こちら正面ウチカワ、異音とはなんだ》

《こちらエンドウ、破裂音のような、発砲音のような鈍い音だ。どうぞ》

ほかの隊員が答えはじめた。異音を聞いた者はほかにいなかった。

「こちら指揮所。エンドウ、異音が聞こえた方向は？　どうぞ」

《こちらエンドウ。西の森方向からのように感じましたが、はっきりしません。空耳だったかも知れません。どうぞ》

「こちら指揮所、了解した。引き続き警戒せよ。アウト」

石崎は無線のバンドを切り替え、神之浦を呼び出した。応答はない。携帯電話を取りだし、通話を試みた。通話相手は圏外にいる、と宣告された。嵐のせいだろうか。

石崎は侑也の携帯電話へかけた。侑也はすぐに出た。「そちらに異常はありましたか？」

《なにもないが、そちらは？》

「こちらも静かなもんです。神之浦と連絡が取れないんですがね、そっちで会いました？」

《会っていない。どこにいるかも分からない》

――いかにもあいつらしい処置だな。ほんとうは自分だけ、月ヶ原を出ているんじゃないのか。

「ウチの隊員が、西の森から破裂音のような音が聞こえてきたと言ってるんです。本人はそれほど自信がないようで、空耳かも知れないと。屋敷も西の森にあるでしょう？　そっちのほうが近いけど、なにか聞こえましたか」

《この暴風だし、建物は分厚いコンクリート製だ。おれはなにも聞いていないな》

「了解。翌朝に会いましょう」

通話を終えた。自ら呼び寄せた奥野にさえ会おうとしないとは。

――あいつはどうでもいい。好きにやらせておけ。

石崎の脳裏から神之浦は完全に消えた。

4

隼人は侑也のそばへ寄った。「ちょっとその辺、見回ってくる」

ふみが横になったまま言ってきた。「部屋を出るなって言われたでしょ」

「あまりに暇な上に眠れそうにない」顔を侑也へ戻した。「状況把握はいつも大切だろ」

「迷子になるぞ」

「そんな遠くまでいかないさ。お化けを捕まえてきてやる」

なにかあったら携帯電話に連絡する、そう言い捨てて隼人はさっさと部屋を出た。廊下の窓の外にはさっそく亡霊。強風に煽《あお》られた木立がそろってダンスを踊っている。

隼人は腰からワルサーPPKを抜き、初弾を薬室に送り込んだ。「さて」

辺りに目を凝らした。明かりひとつない闇。無人のパイプ椅子が目についた。部屋を警護すると言っていた男の姿がない。トイレにでもいったのだろうか。

隼人は耳を澄ませつつ、静かに歩き出した。まずは基点となる中央玄関を目指した。

廊下は太い飾り柱やアルコーブなどが数多くあり、遮蔽物《しゃへいぶつ》には事欠かない。

神之浦に尋ねたい。自分は作戦にほんとうに必要だったのか。侑也がロープワークを披露したあの夜、侑也は監視体制が妙だと疑問を呈した。そのときはなんとも思わなかったが、ときが経つにつれて、気にかかりはじめた。藪《やぶ》に潜み、自分はなにをしているのかと自問しはじめた。

やがてある推測に辿《たど》り着く。自分は、罠《わな》の前に置かれた罠、敵に差し出すために用意された捧《ささ》げ物ではないか。敵はその捧げ物に食いつかない、という選択をしたのが、今日の襲撃だった。サイロに直接押し入ったのだ。隼人がいようがいまいが関係なかったことになるのだ。

この結末はあまりに惨め過ぎた。自分は機能することを求められない自動機だった。ますます分からなくなる。なぜ自分はここにきたのか。神之浦に真実を確かめたい。直接話すしかない。電話ではごまかされる。その目を直接見つめ、真実を質《ただ》したいのだ。

闇に包まれた洋館は、なにが出てきてもおかしくない雰囲気だった。

――例えばドラキュラとか……。

あまりに子供臭いぞ、と自分を叱った。だが、気味が悪いのは事実だった。

中央階段の二階から、眼下の中央ホールを見下ろした。大扉のそばにランタンが灯っていて、ふたりの人影が見えた。ふたりとも知らない顔だった。ふたりはタバコをふかしつつ小さな声で談笑している。話の内容は隼人の耳には届かない。

男のひとりがランタンを手に、一階西棟への廊下を歩いていった。

隼人は即座に方針を決め、二階廊下を西棟へと急いだ。外を荒れ狂う暴風の騒音が隼人の足音を消してくれる。

やがて西棟側角の階段へ辿り着いた。壁に沿って慎重に階段を降りていき、踊り場の手すりの陰に身を伏せた。耳を澄ませるが足音が聞こえない。隼人の移動を助けた暴風が、今は隼人の探索を邪魔していた。踊り場からそっと下を窺《うかが》った。

男が途中でどこかの部屋に入ったという可能性もあるな、と思いはじめたとき、件《くだん》の男が現れた。隼人は顔を一旦《いったん》引っ込め、再び下を覗《のぞ》いた。

男は西棟へは向かわず、隼人の潜む階段へと近づいてきた。男が二階へ上がってくれば鉢合わせだ。隼人は階段を数段昇って隠れる備えをし、耳を澄ませた。足音がろくに聞こえない。じっと待つ。

何事も起きない。隼人は慎重に階段下を覗いた。揺らめく光が一瞬目に入った。男は二階ではなく、地下へと降りていったようだ。

神之浦から支給された暗視スコープを持ってくればよかった。まさかこんな事態が待っているとは思っていなかった。暗視スコープやギリースーツなど装備一式は、フロント館の駐車場に停めた隼人の車の中に置いたままだ。

隼人は階段を地下へと降りていった。進むほどにすえた悪臭が濃くなる。

男が階段を最下部まで降りたようだ。隼人は耳を澄ませながら、後を追った。暴風音が届かないので、小さな物音がよく聞き取れる。重々しいドアの開け閉めの音が聞こえてきた。隼人は階段を最下部まで降りた。丸い大きなハンドルのついたドアがひとつあるだけだ。隼人はドアに耳をつけ、しばしドアの向こうを探った。なにも聞き取れない。

ハンドルを引っ張ってみた。ロックはされておらず、ドアは滑らかに開いた。中を覗いたがランタンの明かりはどこにもない。今度こそほんとうに漆黒だ。体をドアの向こうに滑り込ませた。

ドアを閉め、周囲に頭を巡らせた。ランタンの明かりは見えない。隼人は所持していたフラッシュライトを取り出し、レンズを手のひらで覆って点灯した。僅《わず》かな光で辺りを探る。入り組んだ路地のような廊下と、崩れかかった天井や梁《はり》が目についた。

なにか聞こえた。人の声のような。隼人は音の聞こえた方向へいこうとし、すぐ足を止めた。

――ドアノブの接着剤……。

辺りを見回すと、いきなり鮮烈な黄色が目に飛び込んできて、どきりとした。こんな場所には不似合いな元気色である。その黄色のものとは、傘だった。なぜこんなところに、と思いつつ、傘をドアに立てかけた。

歩きはじめた。クリーチャーが跋扈《ばっこ》するテレビゲームの舞台に似つかわしい禍々《まがまが》しさが漂っている。幾度か角を曲がって進むうち、ドアの隙間から漏れる微かな明かりに気づいた。隼人は近づいていき、耳を澄ました。くぐもった話し声が聞こえてくる。ドアを細く開けた。

大きな丸テーブルのある小部屋だ。テーブルの上につけっぱなしのランタンが置いてある。奥にドアがあるが、そのドアは開け放ったままだ。話し声はドアの奥から聞こえてくる。

隼人は素早く小部屋を横切り、ドアに身を寄せると奥を覗いた。思いがけないほどの大空間である。ぱっと見、機械室のように見えた。広い作業台めいた台の手前に、二十畳はあろうかというなにもない空間があり、そこに神之浦がいた。

隼人は口にきつく手を押し当て、声が漏れないように歯を食いしばった。

――たぶん……あれは神之浦さんだ……。

椅子が置かれていて、血まみれの人が縛り付けられている。顔が激しく変形していて、すぐにそうとは判別しかねた。神之浦は息をしていた。まだ生きている。よくみると、部屋の隅に人が四人転がっていた。みな縛られている。三人は息があるようだが、ひとりは身動きしない。神之浦の部下だろう。作業台の上には、神之浦たちが所持していたらしい銃器が並べられている。

なにが起きたか、可能性はひとつしかない。

――神之浦さんが後れを取った……奴らに出し抜かれたんだ……部屋の前にいた刑事がいなくなっていたのもきっと……。

部屋の中にはほかに男が三人いた。相手は油断している三人。ワルサーPPKはここにある。

――やるか。ここは地中深い。分厚いドアも閉めてある。銃声は聞こえない。

隼人はワルサーを抜き、左手に持った。右手を失いすぐに陸自を辞した。左手での射撃経験はまったくない。右手のときのようにやればいいだけの話だ。だが、と不安が過《よぎ》る。ほんとうに左手でうまくやれるのか。

――いや……左手云々《うんぬん》の話じゃない。

あれだけ任務に燃えていた当初が嘘のように思えてくる。

――正直、できれば、できれば……殺したくない……。

銃を構えて警告すれば、ホールドアップするだろうか。すんなりといかないことは目に見えている。と、背後の奥からカーンと乾いた音が響いてきた。

傘が倒れた。だれかくる。部屋の中では三人ともにドアへと視線を向けた。隼人は首を引っ込めた。一瞬の判断。背後からだれが何人くるのか、分からないうちは行動を起こせない。奥の部屋からだれかがこちらに歩いてくる。隼人は床を滑って移動し、大きな丸テーブルの下に潜り込んだ。直後、部屋から出てきた男の下半身が見えた。片手にランタン、もう片方にハンドガンを持っている。ややあって廊下側のドアが開いた。入ってきたのは男がひとりだ。

「なんか音がしたけど」

「傘だよ傘。そこらに転がってたのか、つまずいた」

新手の男は丸テーブルへやってきて、椅子を引いて腰を下ろした。男の膝《ひざ》が隼人の鼻先まで迫る。男が缶入り飲料を開ける音がした。出迎えたほうの男は奥のドアに寄りかかった。

新手の男が言った。「ここに全部運ぶってよ。結構な数だろうな」

「いったい〝指令〟は何人動員したんだ？」

「三十だか四十だか、おれもよく分からんよ。これから二手に分かれるそうだ。上の奴らはどうするんだ？　犬連れた奴ら」

「女残してあとは始末するそうだ」

「そりゃ女は残すだろうな。おれたちに回ってくるかな？」

「回ってきたとしてもそのときゃ、廃人同然だろうよ」

ドアに寄りかかっていた男が奥へと消えた。

隼人は銃を腰に戻し、小ぶりのナイフを手にした。位置を整え、息を鎮め、機会を待つ。

男が飲料を飲むため大きく仰《の》け反った。隼人は素早く飛び出し、天を仰いでいた男の顎《あご》の下にナイフを突き入れ、一瞬で引き抜き、胸へ突き立てた。男は声もなく、震えながらくずおれた。男の持っていた缶が床に落ち、やかましい音を立てた。隼人はナイフを男の上着で拭《ぬぐ》って収めると、腰から銃を抜き、ドアへと歩いていき、真ん中、右、左と、三回撃った。

三人はほぼさっきと同じ場所に立っていた。三人とも、くずおれていった。

神之浦の瞼《まぶた》が開いた。「坂本か……」

「これは任務だ。そうですね」

「もちろん……だ」

「おれが罪に問われることは？」

「生まれてはじめて、神に誓って言う……罪に問われることはない」

※

男はベッドに歩み寄った。

家の外での喧噪《けんそう》も、いっときの宴を終え、今では静まっている。奥の院ロ号の二階、男はベッドに横たわる悪鬼を見つめた。

「義理があるかと問われたら、あると答えるしかない。今夜わたしがあなたにすることは、はっきり言ってしまえばモノのついでだ。大事な目的はほかにある。わたしはこのままあなたを放置しても構わないと思っている。だが……義理があるかと問われたら、あると答えるしかない。だから約束を果たそう。それがあなたのたっての願いとあれば」

男は自分なりの流儀で事を済ませた。公安当局者が自分にチョークというコードネームをつけていることは知っていた。チョークは、組織の祖である男の首に両手をかけ、締め上げ、締め上げ、締め上げ、締め上げ、喉仏《のどぼとけ》を握り潰《つぶ》した。

義理は果たした。窓辺に寄って、下の景色を眺めた。男たち数人が、肉片を拾い集めていた。神之浦の連れてきた兵隊を始末するのは簡単だった。アジアンマフィア五人を奥の院へ突入させた。うちひとりには無線発火装置を仕込んだ手榴弾《しゅりゅうだん》を持たせてある。当然ながら、彼らは兵隊たちに制圧される。

兵隊たちは侵入者を庭の一ヵ所に集め、拘束とボディチェックの作業に入った。ほどよいところで、囮《おとり》に持たせた手榴弾に点火。この爆発で兵隊七人のうち、ふたりが即死しふたりが重傷を負った。周辺警戒に散っていたあとの三人の位置はこのときまでに把握している。兵隊たちもまさか日本で自爆攻撃を受けるとは思っていなかっただろう。

腕はない者たちばかりだが数を用意した。数に圧倒され、残りの兵隊も息絶えた。こちらの陣営にも犠牲者は出たが、死ぬ危険があると分かって参加した者たちだ。憐憫《れんびん》も同情もお門違いだ。

「さて……」チョークは部屋を出た。神之浦が用意してくれた獲物に会うために。

5

「ん?」赤城が外を気にした。囁《ささや》き声である。「車の音がしなかったか」

侑也も囁き声で返した。「おれは聞こえなかった」

ふみは眠り込んでいた。どんちゃんも、マクナイトも、ダイナマイトも目を瞑《つむ》ってい
た。赤城がそっと立って窓辺に寄った。ガラスに顔をつけ、目の辺りを両手で囲って下
を覗《のぞ》き見ている。

「前庭に二トントラックが停まってる。きっとあれの音だな」

侑也も立って前庭を見下ろした。確かに二トントラックが停まっていた。ひとりの男
が姿を現し、荷台の中に消えた。

しばらく見ていたが、男が出てくる気配はなかった。

背後から遠慮がちな声がかかった。「奥野さん」

ドアのそばに男がひとり立っている。はじめて見る顔だ。

「わたしは神之浦の部下です。神之浦が会いたいと言っているので、きてもらえます
か」

やっとか。いつもいつも、登場まで時間をかける男だ。「いってくる。ここを頼むよ」

「任しとけ」

侑也はドアまで歩いていった。途中、ふみを見た。眠ったままだ。よほど疲れていた
のだろう。ドアを潜りかけ、足を止めた。一瞬迷う。だが決めた。男が歩き出している。

侑也は振り向き、赤城を呼び寄せた。

「さっきの話に出てきたモーゼル、これだよ」侑也はモーゼルをストラップから引き抜
いた。「お前、どうせ銃を撃ったことあるんだろう?」

赤城は困ったように笑った。「実は……上田のをね……」

侑也は安全装置の操作を教えた。「あとで困ったことになったら、モデルガンだと言って渡されたと説明するんだ。本物とは知らずに護身用として持たされた、とな。現実になにかあったら、天井に向けて一発撃て。すぐ駆けつける」

「分かった。あんた、嘘がうまいな」

この程度で、との思いを振り払う。「腰に差して、上着で隠しておけ。あんたなら体が大きいし目立たないだろう」

「よし、分かった」

「じゃ、いってくる」

マクナイトがついてこようと近づいた。

「ダメ……ここにいてふみを守っていろ」

侑也はフラッシュライトを点灯し、携帯電話の電波状態を確認してから男のあとを追った。

――気にしすぎかも知れないが……念のためだ。

侑也たちは神之浦からすれば警護対象者のはずだ。なのに部屋前の歩哨《ほしょう》が消えている。人手が足りないだけかも知れないが、不審ではある。男へ追いついた。男はちらっと振り向いて侑也がついてくるのを確認した。東棟の廊下を角までいき、中央棟の廊下へと進んでいった。侑也は前庭を見下ろした。トラックが停まったままだ。

「あのトラックはなんだ」

「あなたがた用です。姿を隠して移動する必要があるかもしれませんので、用意しました」

「念のいったことだ……神之浦は厳しい上司だろう？　今、彼は参事官だったな？」

「ええ」

「神之浦の階級は？」

「警視です」

警視は当たった。だが、神之浦は参事官ではなく管理官だ。なぜこんなやりとりをする気になったかと言えば、男の耳だ。侑也は任務に就くにあたり、ずっとつけたままにしていた結婚指輪を外した。自分が演じる偽の経歴を考えたとき、結婚指輪をしていては不自然だからだ。この男はどうか。

──そう。耳に三つもピアスをしている。おれは二十年以上警官をしてきた。ピアスをしている警官に会ったのは何度だ？　一度もない。穴を開けている奴はいたが、任務中にピアスをつけたままにしていた奴は、ゼロ、皆無だった。

あの神之浦が部下にピアスを許すはずがない。

中央棟の廊下を歩き切り、角へとやってきた。

「この階段から下へお願いします」

男が先に立って降りていく。侑也はフラッシュライトを消してベルトに挟むと、男の股《また》の間に手を差し入れてベルトを摑《つか》み、もう片方の手で背中を摑み、力いっぱい男を階段下へ投げた。男は突然のことでなにもできず、声さえ上げず、踊り場へ頭から落ちた。

侑也は階段を跳んで男のそばへいき、半ば朦朧《もうろう》としている男の体を探った。やはり銃があった。コルト製の小型オートマチックだった。銃を奪い、男の半身を引き起こして銃を突きつけた。

「簡潔に答えろ。一、どこに何人の仲間がいる。二、神之浦はどこだ。三、このあとの計画は。まずは一からだ――」

※

部屋のドアが再び開いた。はじめて見る顔が現れた。「お休みのところすみません」

赤城は答えた。「あんたは?」

「神之浦の部下です。葉山さんにちょっときていただきたい」

「なんだよ。さっきまとめて言ってくれりゃいいじゃねえか」

「申し訳ない」

「だけどあとにしてくれ。彼女、寝てるんだ」

「起こしてもらえませんか」

「疲れてるんだ。あとにしろ」

「急ぎの用なのでお願いしますよ」

「おい。しつけえぞ――」

怒鳴ったせいで、ふみが目を覚ましてしまった。「なに？」

「あ、ごめんな。警察がきてよ、神之浦が話したいってさ」

「分かった」ふみが毛布の山から抜け出して立ち上がった。「親父どのは？」

「ついさっき、神之浦に呼ばれて出ていった」

「隼人もいない」

「出てったきりさ」

「ふーん」ふみがさっと服のずれを直し、髪を手櫛《てぐし》で整えて立ち上がった。「いきます」

赤城も立ち上がった。と、刑事が言った。「あなたはここでお待ちください」

赤城の答えは簡潔だった。「ぶちのめすぞ、こら」

刑事は苦笑を浮かべた。「まあ、いいでしょう。ただし犬はここに。暗い中うろうろされては困ります」

三人は廊下に出た。当然の顔をしてついてくるマクナイトを、ふみが押し戻した。

「待ってて。すぐ戻るから。どんちゃんをお願いね。それとダイナマイトも」

ふみはマクナイトの鼻先に手を広げてみせ、ダメの視符を形作った。マクナイトが不承不承下がった。ふみはそっとドアを閉じた。

赤城もふみもそれぞれフラッシュライトを灯《とも》し、刑事のあとをついていった。

※

「簡潔に答えろ。一、どこに何人の仲間がいる。二、神之浦はどこだ。三、このあとの計画は。まずは一からだ――」

階下から衣擦れの音が昇ってきた、と次の瞬間には踊り場に新手が現れた。

視線が合い、時が止まる。一瞬後、同時に動き出した。男はすでに握っていた銃を侑也へ向ける。侑也は狙いもつけずに発砲しながら上へと飛び退った。新手が二発、三発と銃をでたらめに発砲した。侑也もそれに応じて撃ちながら、上へ上へと逃れていった。

※

赤城たち三人は中央階段へと差しかかっていた。破裂音が轟《とどろ》き、みなが足を止めた。

赤城は怒鳴った。「今のはなんだよ」

刑事が言った。「きっと車のバックファイアとかで――」

降りようとしていた階段から数人の男たちが上ってきた。と、破裂音が連続し出した。

赤城はふみを自分の背中に隠した。腰に差した銃の柄を握る。「なにが起きてる――」

振り向いた男の形相は変わっていた。今まで何度も見たことのある類《たぐい》の顔。大した理由もなく人を見下げ果て、虫けら扱いする糞《くそ》野郎どもの顔。

刑事の右手が上着の懐に入ったのと、赤城がモーゼルを腰から引き抜いたのはほぼ同時。

「ふみちゃん、逃げろ——」背後からふみの気配が消えた。赤城はろくに狙いもつけずに、数も数えずに、何度も引き金を絞った。壁材が散り、床材が散り、ガラスが割れる。

刑事は壁に寄りかかり、荒い息をしながら腰を落としていく。と、一旦《いったん》引いた階段下の数人が、発砲しながら押し寄せてきた。赤城は応戦しながら、急いでふみのあとを追った。

※

頭の中は真っ白だ。考えるのは後回し。ふみは中央棟を東棟目指して走った。怖くて背後を振り返ることができない。中央棟の廊下を走りきり、角を曲がって東棟の廊下へ進んだ途端、廊下の先に人影が見えた。人影はふみを見ると急に走り出した。暗くてだれか分からない。

——馬鹿、ライト。

ふみは人影へ明かりを向けた。銃を持った知らない男がぎらつく形相で走ってくる。

ふみはきびすを返し、角の階段を降りようとした。だが、下から声と足音が接近してくる。上しかない。ふみは三階へと階段を駆け上がり、廊下を走って目についた部屋に飛び込んだ。

驚きに足を止めた。まさに展望ラウンジ様の大空間が広がっていた。どれだけの広さがあるか、畳に換算して数えるのを諦《あきら》めてしまうほどの広さだった。丸テーブルや、長テーブル、数々の椅子。埃《ほこり》が積もり、蜘蛛《くも》の巣が揺れている。

物音が迫る。ふみは逃げ場所を求めて走りはじめた。

※

隼人たちは部屋を出て、階段へ向かっていた。

部下に支えられて歩く神之浦がしきりに呻《うめ》く。「おれとしたことが……先手を取られた」

神之浦の部下は四人だけだった。そのうちひとりは息絶えていた。息絶えていたのは、隼人たちを屋敷へ案内した男だった。三人はそれぞれ怪我を負っていたが、自力で歩けるし、銃の扱いも問題なくこなせた。男のうちひとりは、渋谷のゲームセンターで隼人に声をかけてきた神之浦の腹心、ミウラだった。

ミウラが言った。「きみを選んで正解だったよ。一生、恩に着る」

「存分に着てください。上にいる者はおれたち以外、みな敵と考えていいんですね」

「そうだ。詫《わ》びのしようもない……奥野さんはこの事態に気づいているのか」

「まだでしょう」駄目だと思いながらも一応、携帯電話を確かめた。やはりここは圏外だった。「これからどうします」

「そっと抜けだそう。かなりの数がいる。正面から戦うのは自殺行為だ」

「おれが何食わぬ顔で出ていって、親父たちに知らせてくる」

階段へと続くドアへ辿《たど》り着いた。隼人は分厚いドアを開け、先を窺《うかが》った。

「なんだかごちゃごちゃと物音がします。さっきは静かだったのに」

「慎重に上がっていこう」

一階までもうすぐというとき、いろんな音が同時に耳へ届いてきて、隼人は混乱した。絶叫に近い悲鳴、破裂音、破裂音より大きな爆裂音。

「……戦争でもはじまったみたいだ」

一階すぐ下の踊り場まできた。しばらく音に耳を澄ませた。と、男がひとり転がるように階段を落ちてきた。隼人とミウラはふたりで男を確保した。迷彩服を着込んだ東南アジア系の顔立ちをした男である。

「いったい上でなにをやってる。お前はだれだ」

「ワカラナイ、ワカラナイ……タスケテ、ワカラナイ」

ミウラが男の体を強く揺すって注意を自分へ向けさせ、英語で話しかけた。男は英語で応じはじめる。隼人にはさっぱり内容が分からない。

男の話を聞いたミウラが隼人に言った。「こいつは外で兵隊と戦っていたそうだ。七人いて全部始末した。戻るよう指示されて戻ってみたら、撃ち合いがはじまっていた。だれとだれが撃ち合っているのか、さっぱり分からない。仲間同士で相撃ちになっている……相当な混乱のようだ」

「七人の兵隊って？」

「神之浦さんが呼んだ民間軍事会社の者だ。奥の院を警戒警備していた」

ミウラが男を武装解除させ、階段の下へと蹴《け》り落とした。五人は一階へ上がり、様子を探った。発砲音や叫び声は相変わらずだが、ここからだと人影は確認できない。隼人は携帯電話を取りだした。地上に戻ったのになぜか圏外のままだ。

隼人は言った。「別れましょう。ミウラさんたちは一刻も早く外へ。森の中に入ってしまえば逃げられます」

「一緒に逃げよう。逃げて、モウテルの隊員たちを呼び寄せる」

「六人しかいないんですよ。制圧は無理です」

「増援部隊を呼ぶさ。県警の機動隊員を総動員してやる」

「それはいい考えですが、おれはまず親父たちを助けないと――」

――カン……コン……。

階段上から鈍く光る金属筒が転がり落ちてきた。隼人が飛び退るのと、筒の破裂はほぼ同時だった。音響と衝撃波、そして閃光《せんこう》。一瞬なにがなんだか分からなくなった。

頭がぼうっとする。壁や床が破壊され、煙が充満していた。音響閃光弾ではない。これは手榴弾《しゅりゅうだん》だ。壁際まで這《は》っていき、手をついて立ち上がろうとした。体の各所が痛む。手榴弾外装の欠片《かけら》や爆風によって生み出された微細な瓦礫《がれき》が、体中に突き刺さったのだろう。

顔に何ヵ所か傷があるが、手足はちゃんと動くし、内臓にも損傷はないようだ。左手に握っていたワルサーがどこかへ飛んでしまった。

銃を連射する音が至近で発生し、隼人は頭を抱えて丸くなった。

銃声が止んだ直後、襟元を摑《つか》まれて引き起こされた。スキンヘッドで爬虫類を思わせる顔が、目の前にあった。冷酷な瞳《ひとみ》が、隼人を覗《のぞ》き込む。男は〝ブリット〟だった。

※

「ふみ――マクナイト――」侑也は部屋へ走り込んだ。最初に侑也たちが案内された部屋である。しかし、部屋は無人だった。マクナイトもダイナマイトも、どんちゃんもいない。侑也たちが持ち込んだものは隅々まで荒らされていた。

呆然《ぼうぜん》と、床に転がりひしゃげているどんちゃんの籠《かご》を見下ろした。乱暴にされたのだろうか、白い羽根が散乱している。どこを捜しても、どんちゃんの姿はなかった。ひとつ気休めになるのは、血痕《けっこん》がないことだった。

携帯電話を開いた。やはりなぜか、圏外である。ふみと隼人の携帯電話は未《いま》だ、盗聴器仕様のままだ。携帯電話さえ生きていれば、通報しなくても石崎たちにここの異変が伝わるはずなのに。

侑也は辺りに視線を走らせ、マクナイト用とダイナマイト用、二本のリードを見つけた。ランタンのすぐ横に置いてあった。犬たちと再会したとき、必ず必要になる。侑也はしゃがみ込み、二本のリードを上着の左右ポケットにしまい、そばにあったランタンの暖かみに、つい手をかざした。

背後から声がかかった。「動くな」

そのままの姿勢で首を捻《ひね》った。男がひとり、ハンドガンをこちらに向けていた。

「ゆっくりと銃を出せ」

どうせ、敵から奪ったハンドガンはもう全弾撃ち尽くし、捨てようと思っていたところだ。侑也はコルトのハンドガンを左手の人差し指に引っかけ、腕を水平に伸ばした。同時に、右手を使って上着のポケットからリードを取り出した。

「止まれ。右手はなんだ」

侑也は右手を軽く挙げた。「犬のリードだ」

侑也は大儀そうに体を捻って立ち上がるふりをしながら、リードの留め金具をランタンの取っ手に嵌《は》めた。

「銃を滑らせろ」

侑也は相変わらず男に背を向けたまま、わざと離れた場所に銃を放り投げた。

男が移動をはじめた。侑也は慎重に距離を測っていた。

男が侑也の銃へ向けてしゃがみはじめた。視線はずっと侑也へ当てたままだ。男の手が侑也の銃に届いた。「よし」男が背を伸ばした。「こっちを向け」

「撃たないでくれ」

「いいからこっちを向け」

振り向きざまリードを振るった。リードの先端に繋《つな》がれたランタンが弧を描き、男へ当たった。男の服に炎が燃え広がる。侑也は横っ飛びして床を滑り、ホワイトガソリンの缶を摑むと、缶の蓋《ふた》を弾《はじ》き開け、男へ投げつけた。男は途端に火柱と化した。男は絶叫しながら銃を乱射した。

侑也は身を屈《かが》めてタイミングを計り、ジャンプして男の胸に蹴りを当てた。男が銃を手放してよろめき、廊下へ転がり出ていった。

男の銃を拾って調べてみたが、ちょうど弾を撃ち尽くしたところであった。

「どこへ……どうすれば……」じっと考える。ほんのさっきまで携帯電話の電波は通じていた。部屋を出るとき確かめたのを覚えている。なにが起きてから通じなくなった？

まさか奴らは、基地局を破壊したのではないだろう。そんなことをすれば、事態の露見を早めるだけだ。携帯電話が通じなくなるまでに、なにか変化があったか。

――あのトラック……二トントラック……。

窓辺に寄り、前庭を見下ろした。トラックはまだ停まっている。確かトラックはあそこへ停まったあと、人が荷台に入っていき、人はそれきり出てこなかった。そこまで見たところで、偽の刑事に呼ばれ、ここを離れた。

――強電磁波発生装置か？

公安部でも密《ひそ》かに配備してあるものだ。スカベンジャーの祖が公安出身なら、同じものを欲しがっても不思議はない。

侑也は当座の方針を決め、移動をはじめた。

※

隼人は左腕を背後にねじ上げられ、顎《あご》の下にハンドガンの銃口を当てられたまま、中央玄関まで連れてこられた。神之浦やミウラの安否は分からない。ブリットの部下が待っていて、隼人たちを認めると玄関の大扉を開けた。

ブリットが男へ言った。「プラン2だ。ここを逃れた者がいる可能性に備える」

隼人はブリットと男に連れられ、前庭に停まっている二トントラックまでいった。隼人はカーボンファイバー製の義手を、ブリットに奪われてしまった。ブリットは義手を乱暴に引きはがし、地面に放り投げたのである。ブリットはプラスチック製の結束バンドで、隼人の左手をジーンズ背中側のベルト通しに固定した。片手がないので、両手を縛ることができないからだ。右腕は肘《ひじ》の下辺りを、粘着テープで体に固定した。

ブリットが後部のハッチを開き、隼人を押し上げた。中にはハンドガンを持った手下がひとりいて、空間の大部分が、隼人には用途の分からない大きな箱形の機械で占められていた。かなり暑い。隼人を押し上げたブリットがあとから乗り込み、ハッチを閉めた。明かりが灯《とも》され、その明かりの下、隼人はボディチェックを受けた。所持品はみな没収された。ナイフ、スティック、携帯電話に財布、ポケットの小銭やキーホルダーも。

なにが合図か分からないが、突如車のエンジンが始動した。ふたりとも、なぜか腕時計を見つめている。片手には携帯電話を握っていた。

手下が言う。「タイマーは二分のままで？」

ブリットが答える。「そうだ。八分起動、二分休止」

なんのことを話しているのか、さっぱり分からない。

時間だ、とブリットが言う。ふたりは同時にどこかへ電話をかけた。通話の内容は隠語ばかりで、まったく意味が摑めない。車が動き出した。二分が経つ前にブリットは電話を切った。もうひとりはまだ通話を続けている。が、男はやがて、うわっと声を上げて電話を終えた。

「強烈だ……大した代物ですね」

「大したことはない。高校の化学をちゃんと学べば高校生でも作れる。欠点は、こちらの通信も利かなくなることだな」

――携帯電話の電波を妨害しているのか。だからずっと圏外だった。

これさえ潰《つぶ》せれば。隼人は機会がくるのを待った。

※

「ひいいい」つい情けない声が出てしまう。赤城はこれも当然だと自分を許した。サブマシンガンを乱射しながら追ってくる男から必死に逃げているのだ。悲鳴くらい出て当たり前だ。

侑也から預かったモーゼルは、とっくの昔に全弾撃ち尽くしてしまった。赤城がいるのは東棟一階のどこかだ。正確な位置は分からない。巨大なキッチンやら洗濯室やら用途の知れない小部屋やら物置やら、ドアとドアで繋がった部屋がごちゃごちゃと固まっている区画だった。

さらなる逃げ場所を求めて飛び込んだのは、スチール棚が乱立している大きな部屋だった。大小のガラス瓶やプラスチックボトルが散乱している。食料庫だったのだろうか。

背後から怒声が響いてきた。「出てこい、こら――」

続いてサブマシンガンの連射音。何発弾を持っているのだろう。いつまで経っても弾が切れる気配がない。そして、赤城を諦《あきら》めてくれない。

どうやら撃ち合いの混乱の中で、赤城は男の相棒を殺してしまったようだ。男は怒り狂い、赤城を付け狙って追い続けてくるのだった。

すぐ隣の部屋で発砲音がした。赤城は急いで出口を探したが、迷路のような部屋の中、そして真っ暗である。出口が分からない。開いたままにしていたドアから数発の弾丸が飛び込んできて、跳弾を繰り返したあと、窓に当たった。がたんと音がして、窓を塞《ふさ》いでいた厚い板が外れた。とたんに風と月明かりが差し込んできた。

赤城は窓に取りついたが、板は二十センチほど下にずれただけで、どこかに嵌《はま》りでもしたのか、びくともしない。

「てめえ、おい、出てきやがれ――」

足音、荒い息づかいまで耳に届く。もうすぐそこだ。赤城は窓の下、棚と棚の間の隙間に身を縮こまらせた。自然、ぼとぼとと涙が、たらたらと鼻水が流れる。

――死にたくない……死にたくない……。

赤城は必死に念じ続けた。

――これからはちゃんと生きます。人に優しくします。ちゃんとダイナマイトを育てます。だからだから神様……助けて……。

「そこにいるのは分かってんだぞ――」

――駄目だ……見つかる……。

手にくすぐったい感触を感じた。思わず身を縮こまらせた。またも手に生暖かい感触を感じる。

――あいつじゃない？

赤城はそっと目を開けた。月明かりが作るスポットライトの中に、ダイナマイトとマクナイトがいた。

赤城は犬たちを抱き寄せた。「お前たち」

男の声が地獄から呼びかける。「出てこいよ、勝負しろ――」

赤城はダイナマイトを見つめ、マクナイトを見つめた。奇跡の犬と侑也が呼ぶ、マクナイトを見つめた。赤城は自分がこれからなにをすればいいか、ひとつだけ思いついた。

それはとても怖いことだった。一層激しく涙が零《こぼ》れ落ちる。

「でもやるしかない」鼻水を啜《すす》り上げ、赤城はマクナイトを見つめた。「おれがあいつの気を引くから、ダイナマイトを連れて逃げるんだ。いいな？」

——馬鹿を言うな。

「いいんだ。これでいいのさ……どうせ生きていたっておんなじことの繰り返しよ……なんの役にも立ちゃしねえ余計者ってね。だがお前は違う、マクナイト……」

侑也はマクナイトが子供を作れると言っていた。マクナイトの子なら、競技会でチャンピオンになれるし、警察犬にも警備犬にもなれる。すごい可能性を秘めた犬がマクナイトだ。

「おれになんの可能性がある？　なんもねえよ……だったら盾になるのはこのおれだ」赤城はそっと立ち上がり、マクナイトとダイナマイトを隅にやった。「でも……こええなあ……」

赤城は空の銃を構え、飛び出す準備を整えた。

「いてえんだろうなあ……ほんとはいやだなあ……」

でもやるのだ。人類史上初かも知れない。犬をかばって人が死ぬのである。足音がすぐそこまで近づいた。もう、すぐだ。

と、赤城の股《また》の間から黒い影が飛び出した。「マクナイト——」

マクナイトが突然飛び出し、棚の角を曲がって姿を消した。

男の声。「なんだ――」

一瞬後、サブマシンガンの連射音が轟《とどろ》いた。

「ああ……マクナイト……」一気に全身の力が抜け、へなへなと腰を床へ落とした。

「そんな……そんな……」

次は自分の番だということも忘れ、赤城はダイナマイトをきつく抱きしめた。隣の部屋からは、おぞましい呻《うめ》き声が聞こえてくる。赤城は耳を塞いだ。物がなにかに当たる音や衣擦《きぬず》れの音、息づかい。いろいろな音が交錯して赤城の耳まで届く。

――すまねえ奥野さん……あんたの宝物を……おれのせいだ。おれがびびってねえですぐにいきゃよかったのに……。

棚の角に影が現れた。人ではない。犬だ。

「マクナイト？　お前無事……」

マクナイトが歩いてきた。口にくわえているのは、サブマシンガンである。マクナイトは赤城の足下にサブマシンガンを落とした。

すうっと、涙が止まった。「これは……お前……あっ」

マクナイトが再び姿を消した。数秒後、再びマクナイトが現れた。今度はハンドガンをくわえている。ハンドガンを赤城の足下に落とし、またも姿を消した。赤城は言葉もなく、目を見開いてただ成り行きを見守っていた。

次は大きなコンバットナイフである。赤城へ届け、またも去る。次に現れたとき、マクナイトはなんと、サブマシンガンの予備弾倉をくわえていた。予備弾倉を落とすと、赤城を見つめた。

——これだけあればなんとかなるだろう。

「ああ……たぶん大丈夫だ……」

——おれはいくよ。みんなを捜しに。

「そうか。おれもいく」

——あんたは足手まといになる。森に入って、夜明けを待つんだな。

「ほんとうにそれでいいのか」

——もちろんさ。じゃ、いくよ。

マクナイトが歩きはじめた。

「マクナイト……」

マクナイトが足を止め、振り向いた。

「なんでこんなおれを……おれを……」一度止まった涙が再び流れ出した。「おれは仲間と一緒にお前を闘犬場まで無理矢理連れていったんだぞ。刺叉《さすまた》で追い込んで網をかけて……あの中におれもいたんだ……悪かった、酷《ひど》いことをした……ごめんな」

——いいってことよ。水に流そうぜ。

「マクナイト……ごめんよ……」

マクナイトは月明かりのスポットライトをその流麗な全身に浴び、奇跡のような美しさを放ってみせた。その身にまとう香水は、人間の血の香りだ。

マクナイトは姿を消した。

赤城はしばらく呆然《ぼうぜん》としていたが、やがて立ち上がり、ハンドガンとナイフをベルトに差し、予備弾倉をポケットに入れ、サブマシンガンを肩にかけると最後にダイナマイトを抱き上げ、歩き出した。戸棚の隙間を出て、隣の部屋を覗《のぞ》いた。

男の姿が見えた。ここでも乱射のせいで板が数カ所外れていて、月明かりが差し込んでいる。男は身悶《みもだ》えしていた。男の両手、両腕は骨が見えるほどにまで、ずたずたに引き裂かれていた。

――鬼神……マクナイトはきっと鬼神の生まれ変わりに違いない。

赤城は服の袖《そで》で涙と鼻水を拭《ぬぐ》い、しっかりとダイナマイトを抱いて、その場をあとにした。

6

方々で散発的に発砲音が響く中、侑也はやっと中央玄関に辿《たど》り着いた。ドアの施錠はされていない。大扉をそっと開け、前庭へ視線を走らせた。

トラックがいない。侑也はそっと大扉の隙間から外へ出ると、辺りを窺《うかが》ってから携帯電話を開いた。まだ圏外だ。妨害装置の有効半径はどれくらいだろう。出力によって決

まるのだろうが、その出力が分からない。屋敷とモウテルフロント館は直線距離でざっ

と一キロ半ほどか。こちらが有効半径から外れても、フロント館が有効半径に入れば、

どっちにしろ連絡を取り合えない。

豪風が髪を好きに乱す。これからどうやってみなを捜せばいいのか。

──もう一度、建物に入って部屋を虱潰《しらみつぶ》し。これしかない。いったい何部屋あるのか。

だれか倒れている奴を見つけて、もう一度武装する必要がある。と、トラックが停ま

っていた場所に、あるものが落ちているのに気がついた。暗闇の中、微《かす》かに白く浮き上

がって見える。侑也は扉から離れてそこまで走っていった。

隼人の義手だった。隼人がトラックのからくりに気づき、トラックを奪って屋敷を離

れた、と思いたかった。未《いま》だ携帯電話が不通であることを考えると、それはないと考え

ていい。なにより義手がここに転がっているのがその証拠だ。隼人はトラックに乗った

のではなく、乗せられた。

──みんな、見事に散り散りじゃないか……おれのせいだ。隼人をいかせるんじゃな

かった。

背後に迫る息づかいに気づき、はっと振り返った。マクナイトが侑也に飛びついてきた。

「マクナイト──」侑也はマクナイトを抱き、背中を撫《な》でた。「無事だったか。怪我は

ないか」

侑也はマクナイトの全身を調べ上げた。怪我はしていない。

「血の臭いがするから、怪我したのかと思ったぞ。無事でよかった」

侑也は立ち上がり、しばし考えた。黒く浮かびあがる屋敷の影と、森の中に消えていく道とを、交互に見つめた。

――すまん隼人。しばらく辛抱してくれ。お前なら分かってくれるだろう。

侑也はマクナイトを連れて、屋敷の玄関ホールへ戻った。「マクナイト、ツケ」

マクナイトが侑也の左についた。マクナイトが一心に見上げてくる。

「隼人には悪いがまずはレディファーストだ。マクナイト……フミ、イケ」

※

ふみは大食堂からボールルーム、遊戯室、キッチン、テラスと絶え間なく移動しながら、うろつく影から逃れ続けていた。今は再びキッチンへ戻り、大きな金属製の棚の陰に隠れていた。携帯電話をそっと開く。駄目だ。なぜか圏外だ。ぽろぽろと涙が零れ落ちる。

――どうしてどうしてどうして……。

パニックベルはもうとっくに作動させている。〝緊急通報〟という小さな文字の脇にあるミカン色のランプがせわしく明滅しているのを、何度も確認した。なのに助けがくる気配はまったくない。

――このポンコツポンコツポンコツ……。

せめてどんちゃんだけでもいてくれたら、どれほどの慰めになるだろうか。

膝《ひざ》小僧を抱こうとして、お腹の膨らみに気がつく。どうしたって、今は死ぬわけにいかない。生き延びなければならない。助けがこないなら、自分でなんとかするしかない。

ふみは棚の中をそれぞれ改めていった。戸を開け、引き出しを引き、中を探る。なんでもいい。なにか身を守る武器になるようなものはないか。だが、どこを見ても空っぽである。テーブルや椅子など、かなりの調度品が放置されているのに、スプーンひとつフォークひとつ残っていない。

割れたガラスを踏む音が聞こえた。近かったか遠かったか、よく分からない。一度立って辺りを見回したいが、怖くてできない。

「いたか」

声が聞こえ、体が凍りついた。

「いない。もう一度キッチンから見てみる」

「おれは廊下を押さえておく」

動き回る衣擦れの音が大きくなる。

ふみはキッチンを出て、ラウンジへ移動した。椅子やテーブルが数多く放置され、身を隠しやすいと考えたのだ。

さっとフラッシュライトの光跡がふみをかすめた。身をさらに低くして様子を窺いながら移動していく。がたんと大きな音がして縮み上がった。テラスのガラス戸が風に煽《あお》られ、開いたのだった。フラッシュライトの光がガラス戸を捉《とら》えた。足音がガラス戸へ近づいていく。ライトを握っている男の姿が見えた。

男はテラスを右から左へと照らして確認し、きびすを返して離れていった。

さきほどテラスに出て逃げ場を探したが、並びの遊戯室やキッチンに通じるガラス戸があるだけだった。テラスにはプランターや大きな植木鉢がたくさん放置されていた。どの鉢も枯れた雑草が陰気な様子で風にそよぐばかりである。

──プランター……植木鉢……。

なにかを見たような気がした。なんだったか。人の気配が充分遠くなるまで待ち、ガラス戸へと進んだ。人影が見当たらないか探り、テラスへ出た。風が髪をかき乱す。

──なにかを見た。さっきは探していないもので、今は探しているもの。

プランターや植木鉢を改めていく。

──見つけた……これだ。

植木鉢に突き刺さったまま放置された、剪定《せんてい》ばさみである。取っ手を握り、引き抜いた。手のひらサイズの小さなものだ。刃はすっかり錆《さ》びついているが、先端は未だ鋭く尖《とが》っている。

自分で気づき探しておきながら、がっかりした気持ちで剪定ばさみを見つめた。手にしてみると、なんと頼りない武器だろうか。相手はみな銃を持っているのだ。

「ふみさん……」

体が凍りついた。

囁《ささや》き声である。「ふみさんはいますか……いたら小声で返事を……」

ふみは大きくて丸い植木鉢の陰に、お腹を抱えて縮こまった。

「ふみさん……警察の者です……」

——え？

「神之浦参事官の部下のキノシタです。ふみさんいますか。助けにきました」

——神之浦さんの……やっと……やっときてくれた。

ふみは押し殺した声で言った。「ふみです。ここにいます」

「どこですか。わたしは今、ガラス戸のところにいるんですが」

「今、そっちにいきます」ふみは辺りを窺いながら、屈《かが》んだままで植木鉢の陰から出た。

ガラス戸のそばに人影がひとつ。月明かりが男を照らしていた。男は二十代、スーツ姿でジャケットの下に防弾チョッキを着込むという、刑事ドラマでお馴《な》染《じ》みの格好をしていた。右手に銃、左手にフラッシュライトを握っている。

「あなたが葉山ふみさんですか」

「そうです。突っ立っていると見つかりますよ」

「奴らは東棟へいきました。もういません。今のうちにここを出ましょう」

「はい」涙が滲《にじ》んできた。ようやく腰を伸ばして立つことができた。思わず腰に手を当てて伸びをした。「パニックベルの信号が届いたんですね」

「はい？　ああ、そうです。こっちへ」

ふみは男のもとへと歩きはじめた。近づくごとに、男の顔がはっきり見えてきた。

——そんな……どうしよう……。

ふみの歩みが自然と止まった。

——間違いじゃない？……そう、間違いじゃない……。

「どうしました。こちらへ」

男が一歩踏み出した。ふみの体が意思とは関係なく震えた。男の顔に怪訝《けげん》なものが浮かぶ。

——コードネーム〝ショック〟……スカベンジャー。

「あの……いきますから、先にどうぞ」

ショックは柔らかな笑みを浮かべた。「どうしました？　一緒にいきましょう。さあ、早く」

ふみが動かないでいると、ショックの表情が変わった。いや、変わったわけではない。表情が消えた。感情がいっさいなくなった。

ショックが銃口をふみに向けた。「こっちへこい。命は助けてやる」

ふみは両手を痛いほど握りしめた。右手が妙に痛い。視線を落とすと、右手はさっき見つけた剪定ばさみを握ったままだ。ふみは剪定ばさみの刃先を握り、半身になって肩の辺りに構えた。

ショックはおもしろがりもせず、眺めていた。「なに、それ」

ふみは黙ったまま、隼人からサイロの庭で受けた手ほどきを思い出していた。

「こっちくるのか、それ投げるのか、どっちかにしろ」

「あの……恨まない？」

ショックは鼻で笑った。「なにがあってもお互いさまさ」

「痛いと思うんだけど」

「やってみろよ」

ふみは腕と手の力を抜き、スナップを利かせて指と指で刃先を擦るように、剪定ばさみを投げた。剪定ばさみは、ショックの左目へあっさりと突き刺さった。

剪定ばさみが突き刺さったのも意外だったが、ショックの反応も意外だった。一度ぐらついたが立て直し、フラッシュライトを手放した左手で、剪定ばさみを引き抜いたのだった。

ショックの眼窩《がんか》から血が吹き出した。「……やるもんだ」

ショックは足下に剪定ばさみを放った。

「どいてくれないの？」

「駄目みたいだな」ショックが銃を構え直し、銃口をふみへ当てた。

「助けて。お腹の中に赤ちゃんがいるの」

「胎児か……大好物だよ」

突然、ラウンジ内部から耳をつんざく絶叫が響き渡った。さすがのショックも一瞬首をすくめたほどの、この世のものとは思えない大絶叫である。

ショックがたまらずラウンジへ頭を巡らせた。ふみは滑るように歩いていき、流れるような挙動で剪定ばさみを左手で拾い上げ、ショックの右目へ突き刺した。

絶叫が止んだ。中空を白い物体が近づいてくる。

「どんちゃん……」

どんちゃんがふみの肩に止まった。と、月明かりの輪の中に黒い影が入ってきた。猫のタイガーだった。どんちゃんはタイガーに追われ、恐怖の叫び声を上げていたのだった。

このときも、ショックの反応は意外なものだった。右手で剪定ばさみを引き抜き、床へ放り投げた。

「まいったねどうも」

ふみは足音を立てないように、ショックから離れていった。「ごめんね」

「いつかこんなことになるんじゃないかと思っていたさ。それが今日だっただけのことよ」

「これからはもう、悪いことしなくて済むね」

ショックはにやりと笑った。「……しなくて済む、か」

「さよなら」

「やばいな……きみに惚《ほ》れそうだぜ」

「それだけは勘弁して」

「冷たいな。きみは、おれが肉眼で見つめた生涯最後の女だ」

「それって名誉なこと？」

「名誉さ。おれはたぶん、きみの顔を一生忘れない」

「あたしはあなたの顔、忘れちゃう」

「それでいい……元気な赤ん坊を産めよ」

「ありがとう」ふみはきびすを返してラウンジを横切っていった。途中足を止め、振り返った。ショックはこちらを向いて立ち尽くしていた。月明かりが優しく彼を包んでいる。すでに視力はないはずだが、なぜか、彼にじっと見つめられている気がした。

ショックが突然、こちらに手を振った。見えているのだろうか。いや、見えていないはずだ。ふみは手を振り返したが、ショックの表情に変化はない。彼は心のどこかで、こうなることを望んでいたのかも知れない。彼の背景は知るよしもないが、根は悪い人ではないのだろう。彼の周りに悪い人がいたのだ。

前言撤回。ふみはショックの顔を一生忘れないだろう。

再び歩きはじめた。廊下への出口に近づいたところで、ふたりの男が並んで立ち塞《ふさ》がった。さっきまでしつこくふみを捜していた男たちだ。

――あたしってほんとうに馬鹿。

ショックの仲間である彼らが待っていて当然だということを、失念していた。

「こっちへこい。おれたちが代わりに可愛がってやる」

男ふたりの腕が水平に上がった。もちろん手には銃が握られている。

もう手はない。諦《あきら》めるしかなかった。

次の展開は一瞬で、はじまったと思ったらもう終わっていた。

右の男の腕から首にかけてロープが巻きついたと思ったら、次の瞬間、男がどこかへ吹っ飛んだのである。男が吹っ飛ぶと同時に、マクナイトが宙を飛んで現れ、左の男の右手に咬《か》みついた。男が悲鳴を上げてくるくるとダンスを踊った。

男が銃を取り落とした。マクナイトが銃をくわえると、侑也が姿を現してマクナイトから銃を受け取った。

ふみは両手を広げて走っていった。

7

トラックがようやく動き出した。どれくらいの時間が経ったのか分からない。一時間以下でないのは確かだ、と隼人は当たりをつけた。

隼人は拘束されたまま、荷台の壁に背を預けて座っていた。途中ブリットがトラックを降り、荷台には隼人と手下のふたりになっていた。大きな箱形の機械から発生している熱で、隼人も手下も大汗をかいていた。ファンのような音が聞こえるので、排熱はされているのだろう。しかし人間が閉じこもっているには暑すぎる。

トラックが突然停まり、荷台のドアが開いた。ブリットが立っている。「降りろ」

隼人は地面に降り立った。

――なんで……ここに？

モウテルのフロント館裏手だった。フロント館の明かりは灯《とも》っているようだ。トラックは荷台の中に手下を入れたまま、街道へ消えていった。

一瞬火薬の匂いを感じたように思ったが、豪風が匂いの痕跡《こんせき》を運び去ってしまった。

「歩け」

吹きつける寒風が汗まみれの体から体温を奪い去り、一瞬にして隼人の体は凍えた。隼人は広場を挟んで対面にある倉庫へと連れていかれた。縦はそれほどないが、横の長さは二十メートルほどもある倉庫で、前面すべてがシャッター造りだった。シャッターの一角が一メートルほど開いていて、明かりが漏れている。隼人は頭を乱暴に押さえつけられ、シャッターを潜った。

除雪機や耕耘機《こううんき》などの間をすり抜けながら奥へといった。やがて開けた場所に出た。バドミントンコート二面分ほどの広さがある。たぶん、日常の汎用《はんよう》な作業スペースとして開けてある場所だ。側面の壁際に棚が設《しつら》えられていて、大小さまざま工具類が収められている。建物の奥は中二階になっていて、上階、下階とも収納棚が列を作っていた。

中二階の梁《はり》の下、ふたりの男が吊《つ》るされていた。いや、よく見ると違う。ふたりとも地面に足が着いている。両腕を真上に挙げさせられ、両手首を中二階の床を支える梁に結ばれているのだった。ふたりは生きていて、じっと隼人を見つめている。

ふたりは特別装備部隊の隊員だった。ふたりとも制服は血まみれで、所々裂けたり焦げたりしている。ふたりの名は知らないが、今日の夕方にフロント館で顔を合わせた。怪我の程度は分からない。あと四人いるはずだが、彼らの姿は見当たらない。

「石崎さんは？」

ブリットの張り手が飛んできた。「喋《しゃべ》るな」

隼人は彼らの対面に当たる場所に停めてある、大型除雪車のドアの取っ手に、立ったままで左腕を固定された。手錠ではなく結束バンドだった。これが彼らの流儀らしい。隊員たちになにが起きたのだろう。制服の傷みを見るに、至近で爆薬でも破裂したかのようだ。

壁際の隅に小さなテーブルが置かれていて、ひとりの男が椅子に腰かけていた。

――あいつは〝ソード〟だ。

チョークに次いで年長の男だ。痩《や》せていて背が高く細長い印象を受ける。天性の陰気を思わせる暗い顔だ。ブリットもそうだが、ソードも上から下まで真っ黒な服を着ていた。

あとの四人のうちひとりでも逃れ、援軍要請に成功してくれていたらいいと願った。

フロント館が襲撃されたとき、石崎はやや離れた指揮所にいたのだから、逃げられた可能性が高い。と、広間の中央、血だまりに気がついた。天井からぽたぽた血が滴り落ちてくる。隼人は天井を見上げた。

石崎が、農地用鉄条網で縛り上げられ、逆さまに吊るされていた。

※

チョークは警官たちが指揮所として使っていたモウテルの部屋にいた。ブリットから坂本隼人を倉庫に連れてきたと報告が入ったが、坂本に興味はない。

指揮所といっても最近はあっさりしたものらしい。テーブルの上にラップトップパソコンが三台並べてあり、外部スピーカーやマイク、ヘッドセット、外付けハードディスク、プリンタなどが繋《つな》がれている。むろん無線機もあった。外にパラボラアンテナが設置してある以外、主な機器はこれだけである。自分が現役のときとは随分変わった。映像監視はしていないようだ。すべて音声に頼っている。

チョークはモニター画面のひとつを見つめていた。〝パニックベル〟から発せられるGPSデータによると、奥野侑也と葉山ふみは屋敷内で合流している。地図上に示されたそれぞれの点が重なり合い、一緒に移動していた。さきほどまでは葉山ふみの携帯電話からの位置情報も記されていたが、突然データが途絶えた。携帯電話のバッテリーが消耗したものと見える。

――ショックはしくじったか。

公安当局が自分たちにつけたコードネームを知ったとき、あまりにセンスがないと大笑いしたものだ。ショックがふざけてみなをコードネームで呼びはじめたのをきっかけに、コードネームで呼び合うのが定着した。

ショックからの連絡は途絶えた。一見したところ洒落者《しゃれ》で、体面を気にする男、その実、人生を諦めていて、かなりのニヒリストだった。虚無を愛し、相反して、そんな自分を正してくれる存在を探し続けてもいた。腕はいいし、裏切りは考えられない。ショックは死んだ。

奥野はこれからどうするか。携帯電話が依然使えない状況で、取るべき道は？

――隊員たちを頼ってここにくる。こちらは彼らの位置を八分おきにではあるが、確認できる。なんと楽な仕事か。

こんな追跡装置があると知っていたら、もっと早くここを制圧していた。計画に狂いが生じ、できれば手をつけたくなかったモーターモウテル・光芒に、手をつけざるを得なくなった。そのお陰で追跡装置に気がついたが、チョークたちがそれに気づいたのは、僅《わず》か十分ほど前のことだ。もっと早く奥野の位置が割り出せていたら、ショックは失敗などしなかっただろう。

本来なら事はすべて屋敷の中で済んだはずだったのだ。なにが計画を狂わせたのか。

――坂本隼人も大暴れしたようだが、結局のところブリットに捕縛された……やはり、奥野侑也を始末できなかったことが、すべての原因だ。

神之浦がなぜ屋敷に指揮所を置いたのか、最初は理解できなかった。今夜、神之浦と直接話してみて、やっと理解できた。神之浦は我々の注目が〝ハング〟の幽閉されていた奥の院にのみ注がれる、と思い込んだのだ。神之浦の目算では、すべての事象は奥の院周辺でのみ発生し終了する予定だった。首尾よく我々のだれか、あるいは全員を捕縛したら、屋敷へ監禁し、好きに尋問なり拷問なりするつもりでいた。屋敷を使って我々を痛めつけるのは、一種の意趣返しになるとでも考えたのか。

もし遺体が出たら、地下の処理室を復活させて始末する気でいたそうだ。神之浦も我々と少しも変わるところがない。笑える話だ。我々と屋敷が数々の思い出を共有している古なじみだということを、まったく考慮に入れていない。神之浦には作戦立案、作戦指揮、どちらの才能もない。神之浦のせいで、有能な若者が何人も死んだ。海外からお越しの民間軍事会社の七人、神之浦の腹心四人、医療担当のフリーランスひとり、全員の死亡が確認されている。

もちろん神之浦自身も死んだ。ブリットが、手榴弾《しゅりゅうだん》を投げつけたあとで全員の頭部に二発ずつ銃弾を撃ち込んで仕舞いにした。

チョークは懐かしの月ヶ原に、持てる陣容のほぼすべてを集結させた。チョーク自身とソード、ブリット、ショックの中核メンバーと、それぞれが抱える日本人の手下が総勢十人。外部組織に招集をかけて動員した日本人が八人、アジアンマフィア組織から二十人。全体で四十二人だ。

闇に閉ざされた屋敷の中で相撃ちが発生し、混乱が拡散した。どの組織がどのくらい無事なのか把握できていない。屋敷での作戦行動はショックを最後に停止している。

作戦参加している者は、モウテル周辺に集まっている。ショックを除いた中核メンバー三人と手下が六人。外部組織の日本人が四人、アジアンマフィアが九人である。屋敷で活動している者も数人いる。彼らは作戦から離れ、遺体を見つけてはせっせと地下室に運ぶ作業をしている。

現在、万が一の車両突破を警戒して、強電磁波発生装置の保守担当及び運転担当のふたりを除いた手下四人と、外部日本人四人を車数台に分乗させ、周囲に展開させている。マフィア九人は、フロント館の中で待機させていた。

この数に入っていない者すべてが死んだと決めたものではない。混乱の中、戦線を離れて逃走した者がかなりいる。死んではいないものの怪我を負い、屋敷の中で苦しんでいる者もいる。また、チョークの立案した自爆作戦で死んだ者もいる。

奥の院で使った罠《わな》をここでも使った。武装したアジアンマフィア四人を突入させ、警官らに確保させた。警官らはフロント館裏の広場に確保した四人を並ばせ、ボディチェックや人定に取りかかる。そこを狙い、爆発物に点火。助けに駆けつけた者を多勢で取り囲み、武装解除させた。

相手の特別部隊の陣容は、夕方のサイロへの襲撃でだいたい摑《つか》んでいた。サイロへの襲撃は、情報を得るためにやらせたものだった。もちろん、娘の拉致《らち》が成功していたらもっとよかったのだが。

　指揮所にいた石崎という作戦統括が、無謀にも広場へ突入してきた。射撃の腕は確かで、彼のMP―5により三人が死に、四人が負傷した。彼は最新装備で訓練も充分積んでいた。だがやはり、数には勝てないのだ。

　妨害電波が解除される二分間が訪れた途端、携帯電話が鳴った。相手はソードだ。

《マフィア連中が疑いを持ちはじめている。二度の暴発はおかしいと》

　自爆作戦のことを言っているのだ。奥の院とモウテル、二度連続で我々が支給した手榴弾が暴発した。最初から爆発させる予定だったのではないか、と疑いはじめている。血も涙もないアジアンマフィアでも、フレンドシップというものを持ち合わせているらしい。

「奴らの残りは九人だな」

《そうだ》

「手榴弾の件は二件とも偶発的なものだと言って押し切れ。屋敷に戻る気があるなら、戻ってもいいと伝えろ。必要な装備は支給する。全員分の暗視スコープも用意する。目標のふたりはまだ屋敷を彷徨《さまよ》っている。男を殺し、女を生きたまま捕まえろ。ボーナスはどんと増額の一億円だ」

　いったん電話を終えた。終えた直後に妨害電波の発信がはじまった。八分後、すぐに電話がかかってきた。

《あいつら残り九人、全員屋敷へ向かう。仲間の生き残りも捜したいそうだ》

「携帯端末をマフィアのリーダーに渡せ。ＧＰＳデータを送るから目安にしろと」

《了解した》

――さて奥野侑也、切り抜けられるか。しばし観覧と……。

ＧＰＳデータ上の点は依然、ふらふらと移動し続けている。まるで各部屋をすべて確認しているかのようだ。

――奴らがさっさと屋敷を出ないのは……坂本隼人を捜しているからか？

じっと八分待った。我々の仲間がまず仕込まれるのは、何時間でもじっと一所で待つ忍耐力である。八分が過ぎた。チョークはソードへ自分から電話を入れた。

「妨害装置をいったん切って、坂本隼人から奥野侑也へ電話させろ。自分は無事モウテルに到着した。警官たちに保護されているから、早くモウテルにこい、とな……坂本が抵抗するようなら、左腕を切断しろ」

チョークは確信した。

――詰んだ……坂本にこの脅しが効かないはずがない。

8

隼人の目に、石崎は死んでいるように見えた。

時間だけが過ぎていく。ブリットが全体に目を配り、ソードは相変わらず机について携帯端末をいじっている。隊員たちも静かだ。虚《うつ》ろな目つきで地面を見つめ続けている。

どれほど時間が経ったころか、東南アジア系の顔つきをした男がふたり入ってきて、ソードに英語で話しかけた。ソードも英語で答える。静かにはじまった話し合いだったが、しだいにふたりのほうが興奮しはじめ、興奮は激高寸前まで高まった。ソードがふたりを連れて出ていった。ふたりは歩いている間も両手を振り回し、ソードに何事か訴えていた。

なぜ揉《も》めているのだろう。なんにせよ、隼人には話の内容がまったく分からなかった。一時の喧噪《けんそう》も収まり、再び風の音に耳を澄ます時間がはじまった。

今何時なのか。しきりにそれが気になる。隼人は夜明けがデッドリミットだと考えていた。夜明けまでにここを脱することができなければ、恐らく命はない。もちろん、夜明け前に彼らがなんらかの決断を下す可能性もある。いちばん長くもって夜明けまで、という意味だ。

ブリットの様子を探った。まさにブリットという名の通りの男だ。西部劇のガンマンふうのガンベルトを腰に巻き、腰の左右に型の違うらしいハンドガンを差している。弾倉ベルトを肩にかけ、背中側の腰にも一丁ハンドガンを差している。ブリットはMP－5をしきりにいじっている。隊員から奪ったものだろう。

やがてソードが戻ってきた。ブリットへ近寄り、顔を寄せ合って話し合いをはじめた。一分も経たず話し合いは終わり、ふたりの顔が同時に隼人へ向いた。凶事の予感。血の気が引いた。

ブリットが隼人のもとへ歩み寄った。手にはペンチ。ペンチでなにかされるのかと、一瞬体が強《こわ》ばったがそうではなかった。ブリットは左腕を固定していた結束バンドを切り、隼人を広間へ引っ立てた。すぐ横に、石崎の血で作られた血だまりがある。

ソードがそれまで自分で使っていた小さなテーブルを持ってきた。ブリットが隼人の体を俯《うつぶ》せにテーブルの上へ押しつけ、隼人の携帯電話を差し出した。携帯電話の画面では侑也の番号が選択されている。

「奥野侑也へ電話しろ。電話して、自分は無事だと伝えるんだ。モウテルのフロント館に辿《たど》り着いて、警官たちに保護されているとな。ここにくれば安全だと言うんだ」

「おれがそんなことをやると思ってんのか」

横向きに押さえられている隼人の面前に別の男が立った。首を捻《ひね》って上を見た。ソードが肩に斧《おの》を担いでいる。隼人は急いで目を逸《そ》らした。

「勘弁してくれ。おれが電話したって信用しないさ。馬が合わなくてね。お互い嫌ってるんだよ。こんなときにおれが猫なで声でこっちへおいで、なんて電話したら罠だと思うに決まってるんだからな」

ソードの声。「やらないとというのか」

「だからさ、やらないとかやるとかそういうことじゃないだろ。放っておいてもじき、ここにくるんじゃねえの――」

ソードの股間《こかん》が膨らんでいた。ソードというからには、人を切り刻むのが好きなのだろう。その行為自体に性的興奮を覚えるのだ。つまりソードは、事の是非はともかく腕を切断したがっている。隼人の全身から汗が噴き出した。

「待てよおれが電話したって駄目なんだって家の中でも敵対していたんだおれは奴が裏切ると思ってずっと監視してたのさそんな様子をあいつは感づいていてよく思っていないんだおれはふみと仲良しだがあいつはそうでないすげえ嫉妬《しっと》してだからおれが電話なんかしても――」

隼人は絶叫を上げた。左の二の腕に生じた激痛が体の隅々まで駆け回り、隼人を悶絶《もんぜつ》させた。自然に涙が零《こぼ》れ、涎《よだれ》が流れた。息を吸っても吸っても、息苦しさは消えない。濃い血の臭いが漂いはじめた。

「おい――」ソードの声。「聞こえているか」

「……ああ」全身に震えが走り、止まらない。「まだ……やるともやらないとも答えてねえ……ひでえよ」

「安心しろ。肉をちょいと切っただけだ。今ならまだ間に合う」

胸の奥から嗚咽《おえつ》がこみ上げてくる。

――絶対にいやだ。こいつらの前で泣くなんて絶対にいやだ。

だが堪《こら》えきれない嗚咽が、食いしばった歯の間から次々と漏れていく。ソードの股間の張りは最高潮にまで達しているようだ。

「おれは……おれは……」

――ちきしょうちきしょうちきしょうちきしょうちきしょうちきしょう。

「答えろ。やるのかやらないのか」

――裏切るわけにはいかない……でもおれの左腕、左手は？……こいつを失ったらおれの人生は終わる。なにも楽しめない。なにをするにもだれかに助けられ、頭を下げ、だがおれはだれかに手を差し伸べることはできず、そうすることも求められない……永遠の傍観者、数に入らない者、余計者……おれはだれかのためになりたいと思って陸自に入ったんだ。

「泣いてばかりじゃどうしようもない。背中を押してやるよ」

ソードが斧を振り上げた。

「待て――待ってくれ――」声に懇願が混じってしまう。「待ってくれよ……頼む」

「お前が電話一本かければ済むことだぞ」

――そうだ……おっさん、おっさんだ……あいつは凄《すご》い奴だ。おっさんならおれみたいにド壺《つぼ》に嵌《はま》っても、なんとかする、なんとかできる奴だ。だっておっさんは凄い奴だから……。

佑也がふみを連れてきたら、どうなるのか。佑也ひとりでふみを守り、隼人を、石崎や隊員たちを助けることができるとでも思っているのか。

——ふみの赤ちゃんを、守れるとでも？

隼人の体から力が抜けていった。諦観《ていかん》が心の中を満たしていく。

——これはおれが志願したことだしな、仕方ねえ。だれのせいでもないさ。ただ、ちょっとだけ神様よ……少しばかり、おれにだけ辛《つら》く当たり過ぎてねえかい？　なあ、神様？

隼人は声を張った。「ようし——分かったぜ——」

「やるのか」

「覚悟を決めたぜ。ばっさりとやっちまってくれ」

「お前——」ブリットの声である。「なに言ってるか分かっているのか人間。

「もちろんさ。さあ、ひと思いにやってくれ。切り口はできるだけ綺麗《きれい》に頼むぜ——」

※

「——坂本が抵抗するようなら、左腕を切断しろ」

チョークは確信した。

――詰んだ……坂本にこの脅しが効かないはずがない。

頭に固いものが押しつけられた。「動くな」

銃口を押しつけられたようだ。一瞬体が凍りついたが、意識して自分をリラックスさせた。彼がだれか、予測がついた。

「手榴弾《しゅりゅうだん》の暴発をまだ気にしているのか」

「指揮所に歩哨《ほしょう》を置くのは、常識中の常識ではないのか。人手不足か？」

「あれは真に暴発だ。こちらで細工したわけではない」

「手を首の後ろで組め、チョーク」

「落ちついてわたしの話を……」チョークは仲間内でしか使われない名だ。あるいは、公安関係者。「チョークだと？」

ふと気づく。モニターに背後の男が映り込んでいた。

「……奥野侑也か……なぜ？」

GPSデータ上の点は、未《いま》だ屋敷を彷徨《さまよ》っている。

※

「もちろんさ。さあ、ひと思いにやってくれ。切り口はできるだけ綺麗に頼むぜ――」

一瞬の静寂ののち、ブリットが言った。「よく聞けよ。左腕を切断する、と言ってるんだぞ」

ソードの声。「本人がいいって言っている。やるぞ」

別の怒号が響き渡った。「待て。坂本くん、待《っ》つんだ」

声のするほうを見ることができないが、声は吊るされた隊員が発しているようだ。

「もういい。きみの思いは充分分かった。だがもういい。電話するんだ。奥野さんも恨みはしない。裏切りとも思わないさ。分かってくれる」

――一度決めたってのに……なんだよもう。

嗚咽が再びこみ上げてきた。「いや……おっさんだって同じ立場ならきっと同じ選択をしたさ。だからおれもそうするんだ」

子供のようにしゃくり上げてしまった。これではいつかのふみと同じではないか。

隊員の声が響いた。「おれはそうは思わないぞ。奥野さんだって引くときは引く。引かざるを得ないときは引く。そして時機を待つだろう。あれかこれかと計画を練りながら、時機を待つはずだ。違うか？　きみがここで左腕を失ったから、電話をかけたから、それですべて終わりか？　もう可能性は一パーセントも残っていないのか」

今やただの子供の嗚咽だった。「ふみがここにきたらどうするんだよ」

「だとしても可能性はゼロじゃないぞ」

「いや」ソードが言った。「限りなくゼロだね……お前に関しては」

ソードの股間が隼人の視界から消えた。ソードの声が聞こえた。「そいつにこっちを向かせろ」

ブリットが隼人の体の向きを変えた。隼人の視界に、吊るされた隊員ふたりが入ってきた。

隊員を目の前にして、ソードが斧を振り上げていた。

隼人は怒鳴った。「止めろ——」

「お前はお前のポリシーを貫け。こいつは死ぬ」

隊員はじっと隼人を見つめていた。ソードもソードの持つ斧も無視している。恐怖のあまり見ることができないのだろう。

——違う……彼は……。

覚悟を決めている。真摯《しんし》な目を隼人に向け、瞳《ひとみ》で話しかけてくる。

——おれは警官だしな。死ぬのも職務のうちだ。気に病むなよ。

隼人が電話をかければ命は助かるのに、斧を向けられたとたん隼人への説得をやめた。なぜだ。

——命乞《いのちご》いと受け取られかねないからか？

隼人はソードの顔を見つめた。クライマックスを待ち望む、期待に満ちた瞳。

——おれが電話をかけ終わったら……どっちにしろ奴は隊員を殺すつもりなんだ。

侑也がきてなんとかしてくれる以前の問題だ。隼人は電話をかけ終わったら用なし。処分されるだけだ。隊員たちは、侑也をおびき寄せる有効手段が見つかるまでの保険でしかない。ほかに効果的な手段が見つかれば、その時点で即用なしと見なされる。つまり、いずれはみな殺される。

——どうせ殺されるなら……最後だし、親父とふみを救って死のぅ。

「ソードよ、獲物はそっちでなくておれだろ」

「なんだと」

「おれは電話をかけない。おれの左腕を落とせよ」

隊員の声。「坂本くん——」

「そうしないと、あんたの皮かむり、射精しないんだろ」

ソードの顔色が一瞬で変わった。ソードは大股《おおまた》で隼人のもとへ歩み寄り、斧《おの》を振り上げた。

「お前に自分の腕の丸焼きを食わせてやる。嫌がっても無理矢理全部食べさせるぞ。文字通り、骨までしゃぶらせてやる」

ソードの体に力がこもった。

隼人は息を詰め、そっと瞳を閉じた。

——ダンダン。

銃声が二回。

——ダンダン。

もう二回。隼人の耳がきいんと鳴った。

斧が床に落ちて甲高い音を立てた。ソードがくずおれる。隼人を押さえつけていた圧力が解け、ブリットも倒れていった。

隼人は相手も確かめずに怒鳴った。それは願望でもあった。

「おせえぞ、おっさん――」

声が降ってきた。「おれは……お前を尊敬するよ。心の底からな」

「よせよ、気持ち悪い……女を亀甲《きっこう》縛りにでもしてろっての」

※

侑也はみなの拘束を解いた。隊員はウチカワとエンドウで、ふたりは銃創こそないものの、爆発に巻き込まれており、全身傷だらけだった。ウチカワは膝《ひざ》の皿を割り、エンドウは肋骨《ろっこつ》を数本骨折していた。隼人に携帯電話を使って侑也に電話するよう説得していたのは、ウチカワだった。

侑也が倉庫に侵入したのは、隼人が左腕に一撃受けたあとのことだった。周囲の状況を見定めながら、聞こえてくるやりとりに耳を澄ませた。本来ならもっと早くこられたはずだが、チョークを縛りあげて指揮所を出たあとの侑也はまず、明かりが灯《とも》ったままのフロント館を探りにいったのだ。倉庫のシャッターが開いていて、奥に人がいることは分かっていたが、状況把握を優先した。フロント館の中に手下がうじゃうじゃいては、銃を使えない。

相変わらずマスターキーを持ったままだったのが、ここへきて二度幸いした。一度目はチョークがいる指揮所に潜入するとき、そしてフロント館内部を探るときである。フロント館ではまず駄目だろうと思いながら、固定電話を試してみた。手抜かりはない。電話線は切られていた。

自由になった彼らは、互いに簡単な自己紹介をした。隼人とウチカワはほとんど知らぬ同士だが、今では完全に信頼の絆《きずな》を結び合っている。

侑也とウチカワ、エンドウの三人で石崎を下ろした。石崎は腹部に一発銃弾を受けていた。弾丸は貫通し背中から抜けていた。幾度呼びかけても意識は戻らない。脈は弱く、呼吸も浅い。

侑也はフロント館へいき、商品棚や備品室からありったけの包帯やガーゼ、タオルや消毒液、鎮痛剤やミネラルウォーターを抱えて倉庫に戻った。石崎の手当は隊員に任せ、隼人の傷を診た。五センチほどのざっくりと深い傷だったが、骨までは届いていない。いずれ元通りに治る。

「応急処置だ。これなら傷をしっかり塞《ふさ》げる。歯を食いしばっていろ。気絶したほうが楽かもしれん」

隼人が侑也の手にしたものを眺め、呆《あき》れたように言った。

「よく思いつくな、そんなの……さっさとやれよ」

傷の縫合に用意したのは、建築用ステープラーだった。念のため隼人にはそこらにあったウェスを噛《か》ませた。隼人の腕に、都合四つの針を打ち込んだ。隼人は激しく顔を歪《ゆが》め、針を打ち込まれるたび激しく身《み》悶《もだ》えしたが、最後まで気絶しなかった。傷所を消毒してガーゼを当て、包帯を巻き、タオルで腕を吊った。鎮痛剤も飲ませた。

隼人が落ち着くのを待って、お互いに別れてからの行動を話し合った。

神之浦はNの名を利用したが、N自体は存在しない。従ってふみにはなんの関係もない。侑也はチョークにそう説き、作戦終了と撤退を迫った。

――娘に直接訊く。

これがチョークの答えだった。神之浦はNとふみの関係について口を割らなかったらしい。その意地が今、悪いほうに転んでいる。もし口を割ってくれていたら、チョークはこの襲撃の無意味さを知り、自ら撤退していただろう。

「隼人、トラックの行方は分かるか」

「分からない。おれをここに降ろして、すぐどっかにいっちまった」

内心、あのトラックがここにいてくれたら、と願っていた。「隼人は赤城と会ったか?」

「会ってない」深い溜《た》め息をついた。「無事だといいけどな」

「ふみの話だと、捕まりそうになったとき、赤城が銃を乱射して逃がしてくれたそうだ」

「赤城が?　銃を?……それじゃあいつ……」

隼人の抱いた最悪の憶測が侑也にまで伝わってきた。「まだそうと決めるな」

隼人が呟《つぶや》いた。「分かってるよ……神之浦さんたちの安否も分からないんだ」

「神之浦なら……」一瞬迷った。今隠してもしょうがない。「残念だが死んだ。部下もみな死んだ。ブリットに射殺されたよ」

「そうか……ミウラさんも……」隼人は沈思の深みに落ちた。

「指揮所にいたチョークを拘束してある。奴がそう言っていた」

独りにしておこう。侑也は隼人から離れ、ウチカワとエンドウのそばにいった。「様子は？」

ウチカワが答えた。「まだ息はありますが危ないです」

エンドウはショックのせいだろうか、まったく口をきかなかった。

「ほかの隊員は？」

ふたりとも動きを止めた。

「そうか……」

「遺体はどこかへ運ばれていきました」

「たぶん屋敷だろう」

「捜しにいかないと」

「待て。とにかく今は石崎を救おう。それから屋敷だ」

「はい……悔しいです、奥野さん」

「それも、後回しだ」

「……はい」

隼人の声が飛んできた。「おい。ふみはどこにいるんだ」

「途中で別れた」

隼人が顔をしかめた。「なんだって？」

「仕方なかった。二択を迫られてね」

屋敷の前庭で隼人の義手が見つかり、隼人は拉致《らち》されたと推定した。ふみを見つけたときと同じやり方で、マクナイトに〝ハヤト、イケ〟を命じるのは時間の無駄だと考えた。隼人は車で連れ去られたからだ。

スカベンジャー側から考えてみた。屋敷内で終わるはずの作戦が屋敷内では終わらなかった。侑也を始末できずふみを捕らえることもできない。なら、罠《わな》をどこに置き直せばいいか。通信を遮断された侑也やふみが真っ先に頼るところ、徒歩でも辿《たど》り着ける場所。モウテルである。罠をモウテルに置くというなら、隼人もモウテル内かモウテルの近くに置いておくだろうと考えた。

ここで二択問題が出てくる。ふみをどうするか、だ。同行させるか、させないか。

「ふみだけじゃない。どんちゃんもマクナイトもいるしな……正直、かなり迷った」

「で、どうしたんだ。まさか屋敷に戻したんじゃないだろうな」

「そんなことはできない。徒歩で、オーナーの家に向かわせた」

「鎬岬の？」隼人は考えに沈んだ。「そうか」

「原野の中を北へ進めと指示した。街道には近づくなと。車両に乗った監視が必ずいると考えていい。鎬岬入り口までいって、もしケイタイが復活したらそこから県警本部に向かった緒方へ急報を入れろと。まだケイタイが使えなかったら、充分に時間をかけて周囲を観察し、だれもいないことを確かめ、街道を横切ってオーナーの家までいけとね。周囲に民家はあそこしかない」

「大丈夫かな……ふみ、ちゃんとやれてるかな」

「ちょっと待ってろ」侑也は倉庫を出て、草むらの中に置いていた隼人の義手を持って戻った。

隼人が目を丸くした。「わざわざ？　ありがとう」

「礼はふみに言え。おれはできるだけ身軽なほうがいいと言ったんだが、ふみが、あとで必要になるから置いておけないというんだ。だったらおれが持つと言って預かった」

侑也は隼人に付け方を指示されながら、義手をはめてやった。

「とにかく、ふみは無事だ。危険があるとすれば、鎬岬へいくのに街道を横切るときだけだ」

「ほんとにぎりぎりのところを助けてもらっておいて、こんなこと言うのもなんだけどさ。離ればなれにならないほうがよかったんじゃないか。あんたがオーナー宅まで付き添ってやる、とか……でもそれだとおれは時間的には腕を落とされていたのか……なんとも言えないな」

小さな不安が胸を刺す。侑也はスカベンジャー側に立ってものを考え、作戦を立案した。当然のことながらこのような考え方は、侑也の専売特許というわけではない。スカベンジャー側も、同じように考えて作戦を立案したはずだ。

――周囲に民家はあそこしかない……あそこだけだ……。

地図を見て周囲を観察すれば、そんなことはすぐに摑《つか》める情報だ。チョークが屋敷と縁が深いのなら、仙波治子がモウテルのオーナーだということぐらい、事前に知っていて当然ではないか。

――でもチョークは今、身動きが取れない状態にある。コテージの浴槽に、文字通り簀《す》巻《ま》きにして放り込んでおいた。自力では到底抜け出せないだろう。ショックは戦線離脱したし、ソードとブリットはおれが倒した。

簡単なことに思い当たった。スカベンジャーの四人は消えた。指揮官がいなくなったのだ。

「スカベンジャーは瓦解《がかい》した。あとに残るのは下っ端ばかりだ。ここと連絡が取れなくなれば――」

そう、様子を見にくる。辺りを見回した。膝をやられて満足に動けない者、肋骨をやられて呼吸に難がある者、頼りの左腕を負傷し銃器を扱うことのできない者。そして昏《こん》睡《すい》状態にある銃創患者。素早く考えをまとめた。

「手下がくるかも知れない。移動しよう。厳しい追跡を受けるかもしれないが、車で突破しかない」

　隼人、ウチカワが頷《うなず》いた。エンドウだけが考え込んでいる。

「どうした、エンドウ」

「奥野統括……おれは石崎統括とここに残ります」

「なぜだ」

「だって、見てくださいよ……こんな状態じゃ動かせません。だからおれは石崎統括とここに残ります。みなさんは出発してください。逃げ切ったら救急隊の手配を最優先で頼みます」

　みなが考えに沈む中、侑也は言った。「エンドウ、残念だが選択の余地はない」

「しかし――」

「動けない石崎を守って陣を張るのか？　ひとりで？　どう張る？　手下の陣容は？　何人がくる？　武器は？　いつくる？」

「それは……」

「おれは残るからみなは先に？……くだらない映画の見過ぎだぞ。どう考えても全撤退しかない。車がないというならまだしも、車はある。簡単な道理だ。石崎をここで寝かせておいても、車に乗せても、どちらにしろ危ないんだ。石崎には耐えてもらうしかない」

　一瞬の間。

隼人が静寂を破った。「決まったな」

ウチカワも言った。「そうだ。撤退だ」

エンドウがまだ不服そうながらも頷いた。「分かりました」

侑也は言った。「よし。じゃあまず担架を――」

「ちょっと待った」隼人だった。「ここはいい。今すぐあんたは出発するんだ。北と南、二手に分かれる。あんたは北にいってふみと合流しろよ。おれはウチカワさんたちといく」

「どうして？」

「おれは銃も握れないんだ。なにかあったらおれは役に立たないどころか、足手まといにしかならない。今夜のおれは丸腰で、だれかに手を貸してもらわないとなにもできない」隼人はウチカワとエンドウを交互に見た。「今夜のおれは赤ん坊さ。よろしく頼むよ」

――あの隼人が……こいつも随分変わった……。

「そういうことなら――」ウチカワが言った。「おれが奥野さんと同行しよう」

エンドウが言った。「全員で北に向かうのはどうです」

「いや」即座にウチカワが打ち消した。「分散する。それがセオリーだ。ですね？　奥野さん」

侑也の決断は早かった。「おれはひとりで北へ、あとのみなは南だ」

「しかし奥野さん――」

「ウチカワよ。これも簡単な道理だ。意識のない石崎、銃を握れない隼人、ふたりを安全地帯まで護送する任務だと考えろ。より厚い警備警戒の手が必要なのは、どちらだ」

方針は決まった。

9

ふみは侑也の言いつけ通り、街道から百メートル以上離れた原野の中を、慎重に進んできた。

――慎重過ぎると自分が思う、その二倍慎重にな。

侑也がそう言っていた。無風の夜なら、冬枯れた草をかき分けて進むと意外に大きな音がするものだが、今夜は台風並みの暴風だ。音をみな消してくれる。空が明るい。風は台風並みだが、空は澄み渡っていた。月明かりが降り注ぐ。

どんちゃんが何度も風で飛ばされるので、ふみはどんちゃんを上着の中に入れた。どんちゃんの爪を胸元に感じる。どんちゃんは静かにしていてくれた。

マクナイトがふみを先導してくれた。マクナイトには侑也が持っていたダイナマイト用のリードを繋《つな》げていた。

ふみは歩を進めながら月に祈った。

――赤城さんとダイナマイトが無事でありますように……。

そしてもちろん、隼人も。絶対無事でありますようにと、何度も祈った。

侑也は街道に近づくなと言うけれど、あまり離れすぎては、自分がどこにいるのか分からなくなってしまう。少しずつではあるが、ふみは街道寄りに進路を取った。途中携帯電話を何度も確かめた。ずっと圏外のままだった。

茂みを透かして、街道を渡った向こうに鎬岬の大看板が見えるところまで辿り着いた。侑也がいちばん気をつけるべきポイントとして挙げたのがここだ。道の左右を調べた。近づく車も遠ざかる車も、停まっている車もない。

――もうすぐだ……そしたら、固定電話を使わせてもらって通報だ。待っててみんな。

もう一度よく辺りを探る。車も人もまったく見当たらない。街道はずっと一本道に見えるが、かつての農道跡が無数にあり、車を隠すのは簡単だ。侑也はそう言っているが、ここから見る限り、その農道自体が見当たらない。

――ここは安全。

「マクナイト、ツケ」

マクナイトがふみの左側についた。愛《いと》しさがこみ上げてくる。

「ここを渡ったらもう終わりだからね……マクナイト、アトへ」

ふみとマクナイトは並んで茂みを出て、小走りで街道を横切った。鎬岬の大看板脇へ到着。辺りを探るが、だれもいない。

「あとは簡単――」マクナイトを見下ろした。「マクナイト、いこう」

松林の中の道を歩いていく。治子の家までは徒歩で十分弱といったところか。ひねこびた松が風に煽《あお》られ、ぎしぎしと軋《きし》む。耳に障る嫌な音だが、もうすぐ助かると思うと気分は明るかった。心なしかマクナイトの足取りも軽いようである。治子の家へと向かう曲がり角が見えてきた。自然、歩みが早くなった。

——パン。

軽く乾いた破裂音が響いた。あまりに軽いので、銃声ではないと思った。

だが直後、マクナイトの足がもつれだし、得意の脚側歩行ができなくなった。

「マクナイト?」

マクナイトがついに足を止め、うずくまった。

「マクナイト——」

小さく叫んでマクナイトへ取りついた。マクナイトを抱き起こそうとして触れた手が、血に染まった。

「そんな……マクナイト——」

ふみたちが目指していた曲がり角から、一台の車が飛び出した。

10

隼人とウチカワがフロント館から担架を運び出し、エンドウがシャッターを開け放った倉庫に四駆を横付けした。侑也はすでにモウテルを出ていった。四駆の後部シートをフラットにし、石崎を担架ごと寝かせて、体を固く固定した。エンドウが運転席、ウチカワが助手席、隼人が後部、石崎の隣に座った。

ウチカワがエンドウへ指示した。「頑丈な車だ。障害物が現れても停まらずに突っ切れ」

「分かってます。行き先は駐在ですか」

「不安だな。所轄署まで直行だ」

エンドウがイグニッションを捻《ひね》ろうとした。

「ちょっと待て」隼人は声を上げた。車が一台、広場に入ってきたのが見えた。「あれ見ろよ……あのトラックだ……」

ウチカワが振り向いた。「あれが？　例の電波妨害装置を積んでいるという？」

トラックはフロント館裏手に停まった。荷台の扉はこちらに向いている。運転席から男が出てきた。ウチカワとエンドウはそれぞれ、サブマシンガンの銃把を握った。

だが男の取った行動は意外なものだった。男は四駆に向かって一度手を振ると、タバコを取り出して火をつけようと試みはじめた。ライターを手で覆い、体の向きを変えながら何度もタバコに火をつけようと試みる。が、この強風では無理だった。男は諦《あきら》め、フロント館の勝手口から中へ入っていった。

「おい」ウチカワの声に凄《すご》みが加わった。「あいつ、おれたちを仲間だと思っているぞ」

エンドウが答えた。「やりましょう」

隼人は口を挟んだ。「あんな雑魚《ざこ》――」

「違う、隼人くん。殺そうっていうんじゃない。装置を破壊しよう」

自分を叱った。

――一度逃げるときまったらそればっかりか？　情けねえぞ。

「さっきも言ったけど、おれは役立たずだぜ」

「我々ふたりで充分だ……あの装置さえなかったら我々は……」

その通りだ。あれがなかったら、今夜のかなり早いうちにモウテルも、屋敷も警察車両で溢《あふ》れていたことだろう。隼人は自分が見た装置の概要を語って聞かせた。

「手下のひとりが装置につきっきりだった。荷台の中にひとりいると考えたほうがいいぞ」

ウチカワとエンドウが話し合い、手筈《てはず》を決めた。四駆で至近まで近づき、荷台のドアを開けて中の手下を無力化し、スイッチが切れるなら切り、その上で火を放つ。火は、倉庫にある混合ガソリンを使う。草刈り機などに使われる燃料で、倉庫には混合ガソリンを入れた缶が豊富にあった。

エンドウが車を降り、混合ガソリンの入った缶を持ってきた。缶はウチカワが預かり、腿《もも》の上に置いた。

「隼人くん、一応横になっていてくれ」

「分かった」隼人は横になって車の天井を見つめた。とたん、四駆が動き出した。

エンドウの声。「フロント館の奴が出てきたら？」

「おれが無力化する」

ごくゆっくりと車は進み続け、やがて停まった。隼人はじっと耳を澄ませていた。

ウチカワの押し殺した声。「いくぞ」

エンドウの声。「はい……カウントを」

「三でいく……一……二……うわあ──」

ウチカワの悲鳴が轟《とどろ》き、あとはもうなにが起きたか分からない。隼人の体は吹っ飛び、宙を舞いつつあちこちへと激突した。

ようやく四駆の動きが止まった。四駆は右の側面を下にして、横に転がった状態になっていた。

頭ががんがんし、体中どこもかしこも痛い。石崎は担架ごとしっかりシートに固定されていたため、飛ばされることはなかった。もとの場所で、体の右側を下にして寝ている。

助手席のドアが大きく内側へひん曲がっていて、フロント側とドアサイドのエアバッグが膨らんでいた。ウチカワとエンドウは運転席側に折り重なっている。外に出ようとしていたため、ふたりともシートベルトを外していたのだ。

「ウチカワさん？　エンドウさん？」

微《かす》かな呻《うめ》き声が届いた。幾度か呼びかけたが、明瞭《めいりよう》な言葉は返ってこない。と、頭上のガラスが割られ、破片が降り注いだ。

外から声がかかった。「動ける奴は出てこい」

隼人は辺りを探ったが、銃も、銃以外で武器になるようなものも見つけられない。前の座席に身を乗り出し、隊員たちが持っていたサブマシンガンを捜したが、見つからない。前座席ではウチカワ、エンドウともに気を失っていた。

揮発性の油の匂いが鼻をつく。ウチカワが持ち出す予定だった混合ガソリンの缶から油が漏れている。肝心の缶がどこにあるかは分からない。

再び外から声がした。「火をつけるぞ……十秒後だ」

――今夜って夜は……もうこれで何回目だ？　諦めたのは。

隼人は痛みに呻きながら立ち上がり、頭上の窓枠に各々の指を鉤状《かぎじよう》に保持させた義手をかけた。足をシートにかけて踏ん張り、体を引き上げた。窓の外に胸まで出たところで、上にいた男から乱暴に引きずり出された。隼人は横転した車の窓枠に腰かけた。隼人を引きずり出した男は、車から飛び降りて隼人から離れた。

フロントグリルが大きくひしゃげたセダンが一台停まっていて、その前に三人の男が立っていた。ひとりはトラックを運転してきた男で、もうひとりはトラックの荷台の中で隼人を見張っていた男だ。

あとのひとりは、今夜はじめて会う男〝チョーク〟だった。

※

「マクナイト……マクナイト……」

　ふみはマクナイトをかき抱いて、涙声で呼びかけた。マクナイトは荒い息を続け、ときどき身悶《みもだ》えする。即死は免れたようだ。マクナイトのお腹の辺りに、小さな穴が開いていて、どくどくと血が流れていた。ふみはマクナイトの傷に手をきつく押し当てた。マクナイトが鼻を鳴らし、か細い鳴き声を上げた。こんな鳴き方をするマクナイトを見るのははじめてだった。

　気づくと、車がそばに停まっている。男がふたり降りてきて、ふみを見下ろした。

　ふみはマクナイトを励まし続けた。男がふみの頭を小突いた。

「車に乗れ。犬は気の毒だった。諦めて別なのを飼えよ」

　ふみは反射的に立ち上がり、男へ摑《つか》みかかった。自分のものとは思えない奇声が、喉《のど》から迸《ほとばし》り出た。渾身《こんしん》込めたふみだったが、あっけなく男に取り押さえられた。男はそのままふみを車の後部ドアへと引っ張っていく。ふみは足を突っ張って抵抗したが、男の力には敵《かな》わない。じりじりと車のドアへと運ばれてしまった。

　一筋のヘッドライトが差し込んできた。街道を折れてこちらに車がきたのだ。

「おーい」もうひとりの男が道の中央に出て、両手を振った。

　車が猛スピードで突進してきて、すんでのところで横たわるマクナイトを躱《かわ》し、手を振っていた男を――。

――がつん。

撥《は》ね飛ばした。車は侑也の車だった。急ブレーキをかけて停まった車から侑也が降りてきた。

ふみが呼びかける前に、侑也は歩みを止めぬままサブマシンガンの連射をはじめた。ふみを押さえていた男が身を屈《かが》め、頭をかばって逃げていく。男は片手に銃を持っていたが、侑也へ銃口を向ける余裕がないほどの激しい連射だった。車のガラスが砕け、車体に幾つもの穴が開いた。

男はふみを離し、松林へと逃げ込んだ。

「ふみ、車へ乗れ」

「マクナイトが――」

ふみは助手席へ乗り込んだ。侑也がマクナイトを抱き上げ、車の後部座席へ寝かせた。侑也はマクナイトへ声をかけ、体を撫《な》でた。

「ごめんなさい。あたし――」

「いいんだ。おれが悪かった」

「違うよ。あたしがもっと注意して――」

「そういうことじゃないんだよ」侑也は不確かな笑みを浮かべた。「根本の話さ」

「根本?」

「サイロが襲われた直後、みなで月ヶ原を離れればよかった。それだけのことだったのさ。おれの判断ミスだ」

「でもあのときは、おまわりさんがたくさんいたし――」

「そうか？　でも結局、六人しか残らなかっただろう？」

「それはそうだけど」

「おれのせいだ……」侑也は後部座席から抜け出した。

直後、銃声が響いた。侑也があっけなく倒れた。

「親父どの――」ふみは車を飛び出して、侑也へ取りついた。左側頭部から出血している。

「しっかり、しっかりして――」

侑也は呻いた。「また、また頭だ……頭ばっかり怪我してる……薬師さまへ祈禱《きとう》にいこう……」

侑也は意識が朦朧《もうろう》としているようだ。ふみは侑也の体を揺すった。

「ねえ、親父どの？　しっかりしてったら。ねえ――」

傷を改めた。銃弾は侑也の側頭部の肉を浅く削《そ》いでいたが、頭蓋骨《ずがいこつ》の中へは入っていない。軽い怪我とは言えないが、命に別状はなさそうだ。

ふっと、侑也の瞳《ひとみ》の焦点がふみに合った。「ふみ？」

車の音。ふみは顔を上げて周囲を改めた。治子宅へ向かう曲がり角から、もう一台の車が出てきたところだった。あの道の奥に二台いたのだ。車の中には三人いて、うち後部座席の窓から銃を構えているのは、さっき侑也が銃弾を浴びせて追い払った男だ。侑也が地面に手をついて立とうとするのを、ふみは引き戻した。

「別の車がくる」

侑也が珍しいことに、毒づいた。「くそ……」

脳に衝撃を受けたからだろうか、侑也の手が細かく震えている。侑也はその震える手でサブマシンガンを構えようとするが、うまくいかない。

――あたしがやるしか……。

だが、ふみが銃に触る前に銃声が轟いた。ふみはとっさに侑也へ飛びついた。さらに二発目、三発目、四発目と銃声が轟いた。なぜかふみも侑也も無事である。車を見た。近づいてきていたはずの車は、窓という窓にヒビが入り、穴だらけだった。ふらふらと蛇行しながら道を外れ、松の幹にぶつかって停まった。

ふたつの人影がふみたちに近づいてくる。

「だらしない――」治子だった。「奥野、あんたは短気なだけで喧嘩《けんか》もできないのかい」

侑也が返した。「お言葉ですが、今夜は頑張ったほうかと……」

「ふみ、怪我はないか」恵造である。「お腹の子は?」

「あたしも赤ちゃんも大丈夫です」

ふたりは、馬鹿に大きな猟銃を担いでいた。

「すごい威力ですね」

恵造が誇らしげに言った。「熊殺しだからな。人なんかイチコロよ。ま、おれは熊殺されえけどよ」

治子が言った。「おい、奥野。車は運転できるのかい」

「たぶん……なんとか」

ふみと恵造で侑也を立たせた。

侑也が言った。「オーナー、いったいどうして？」

「ちょっと前にさ、警視庁公安部のもんって奴がきてね。軟禁だよまったく。電話は不通にさせられるし、酷《ひど》いもんだ。ほかに二台車がきてね、ずっといるんだ。目障りったらありゃしない」

恵造が話を引き取った。「でもよ、警察ってよりチンピラにしか見えねんだよ。こっそり話を盗み聞きしたら、ふみと奥野が必ずハルちゃんの家にいくから、捕まえろとかなんとか話してるじゃねえか。これは黙っちゃいられないってことになった」

再び治子である。「日が変わったころ、二台の車が出ていった。そんで、仕事にかったのさ。ウチん中は男ひとりだ、簡単だったさ。火鉢でぶん殴ってやったよ」

侑也が治子と恵造を交互に見つめた。「おれがどうしてと尋ねたのは、別の意味です。どうして今回だけ、という意味です。モウテルが機密作戦に使われるときは、ずっと目を瞑《つぶ》ってきたんでしょう？」

治子と恵造は一瞬目を合わせた。恵造が言った。「魔が差したのかね……ふみを放っておけなくなったのさ。奥野、悪いがあんたはどうでもいい」

侑也が苦笑を浮かべた。

「オーナーと支配人は家に戻ってじっとしていてください」

「そうはいかねえ。事情はさっぱり分からんけど、警察どもは失敗したんだろう？　で、餌として用意されたお前たちが追われていると」

侑也が頷《うなず》いた。

恵造が言った。「どっちが狙われてんだ」

「ふたりともです。おれを殺そうとしていて、ふみを拉致《らち》しようとしている。ふみを巨大な犯罪組織の幹部の娘だと思っていて、ふみを拉致してなんらかの交渉事に使うつもりのようです」

「なるほどねえ……おっと」治子が道の先を眺めて言った。「まずいねこりゃ」

ほかの三人は治子の視線の先を追った。

三台か、四台か、それ以上か。松林を透かして車列が見えた。ふみにも分かった。退路を断たれた。

恵造が侑也に鍵《かぎ》を手渡した。小型のカラビナをキーホルダー代わりにして、三つの鍵がついていた。「これが岬の門の鍵、これは灯台周りのフェンスの鍵、そしてこれが灯台の鍵だ。あんな場所にある灯台だからすんげえ頑丈でな。ミサイルだって跳ね返しちまう……ま、それは嘘だけどよ。マシンガンぐらいじゃびくともせん」

「そこへ逃げ込めと？」

「ああ。あそこで夜明けを待てばいいのさ。話している暇はもうないぞ。車に乗った乗った」

治子と恵造に促され、侑也とふみは車へ戻った。

「ふみ、たぶん無事に済むだろうけど、念のためにこれを」治子がふみへ封書を手渡した。「手紙と弁護士の名刺が入っているからね。あたしらになにかあったら、そのとき開けるんだよ」

「なにかって――」

「いいから……奥野、車を出せ」

だが侑也は車を出さなかった。「なぜ、ここまでしてくれるんです」

「なあに、酔狂ってだけさ……詳しいことは……」治子は悲しく笑った。「言わぬが花よ」

侑也は車を出した。ふみが窓から身を乗り出し、大きく手を振った。

「おじいちゃん、おばあちゃん、家で隠れててね――」

※

「さて……」恵造が言った。「おれらは引っ込もうかね」

ふたり並んできびすを返した直後、治子宅へ通じる道を車が猛スピードで走ってきた。

「それがいい」

「おいおい。あいつ、公安の刑事を名乗ってた奴だ」

「まったくあんたは。ちゃんと縛ってないからこういうことになるんだよ」

十数メートル先で車が停まり、中の男がハンドガンを撃ち出した。

治子と恵造はさっき自分たちが蜂の巣にした車を盾にして、撃ち返しはじめた。男はおしゃかになっていく車を離れて松林へ飛び込んだが、逃げてはいかない。幹の陰に隠れ、撃ってくる。

と、車列の先頭が面前まで迫ってきた。彼らに見つかったのは明らかだ。

「ハルちゃん？」

「あいよ」

「どうもすんなり家には帰れそうにないな」

「こうなったときのことは決めてあったろう？」

「おうよ……せめて、ふみの産んだ赤ちゃんを抱きたかったなあ」

「情けないこと言ってんじゃないよ。これも因果と諦《あきら》めな」

「分かってら……おさらばする前に、どでかい花火を上げてやろうかい」

ふたりは熊撃ち銃の銃口を車列の先頭へ向け、発砲しはじめた。

11

門の前で車を停めた。さらに強まった暴風がふたりの体を煽《あお》る。

侑也が門を開けた。ふみへサブマシンガンを預け、侑也自身はマクナイトを抱きかかえ、門を潜った。門を閉めて手を伸ばし、鍵をかけた。門を越えるなどそう難しくない。気休めだった。

左右は二十メートル以上の高さがある切り立った崖《がけ》。幅一メートルほどしかない木道へ、足を踏み入れた。不思議な光景が広がっていた。ちぎれ雲が駆け足で過ぎていく晴れた空に、月が浮かぶ。これだけ見ればとても穏やかな風景だ。なのに地上の侑也たちは、ちょっとの油断で飛ばされてしまうほどの暴風を浴びているのだ。

風に負けないよう怒鳴った。「絶対に鎖から手を離すな」

ふみはサブマシンガンを肩にかけ、片手で鎖を握った。もう片方の手は胸元を押さえている。

「両手で摑《つか》め」

ふみが怒鳴り返した。「ここにどんちゃんがいるの。飛ばされちゃう」

どんちゃんをすっかり忘れていた。「分かった。気をつけて」

侑也にはふみを支えてやる余裕がない。マクナイトは体重三十キロ以上もあるのだ。

マクナイトを抱きかかえるのに両手が必要で、侑也自身も鎖など摑んでいられない。

身を屈めて一歩一歩、木道を進んでいく。ふみは何度も風に煽られ、バランスを崩した。そのたびに侑也は声をかけて励ます。木道の全長は約百五十メートル。風のないときならほんの数分でいける距離だ。今日は十分ほどかけてやっと三分の二まで進んだ。

鼓膜を絶えず震わせる暴風の音に混じって、乾いた発砲音が聞こえた。後ろを振り返ると、木道の突端に数人の男たちがいて、こちらへ向けて発砲している。この状況で弾が当たるとは思えないが、侑也はふみに急ぐよう促した。

じりじりと先へ進む。背後の男たちも木道を進み出したが、歩みは鈍い。五分かけてようやく灯台へ到着した。灯台本体を囲む古びた金網フェンスが激しく震え、不気味な不協和音を奏でている。マクナイトと幾度も訪れた、お馴染《なじ》みの場所だ。灯台の海側へ回り込み、マクナイトをベンチに寝かせた。マクナイトは起き上がろうとするが、それを優しく押さえ、耳元で言った。

「マクナイト、ヤスメ」ヤスメとは本来、くつろいだ姿勢をしろ、という声符であり、ほんとうの意味での休息の意味は含まない。起き上がろうとするマクナイトを静かにさせておくために、ヤスメを指示したのだった。

ふみはベンチに座り込み、荒い息を吐いている。声をかけると、ＯＫサインを指で作った。息を鎮めるのに必死で、話す余裕がない。

侑也はふみとマクナイトを残し、灯台を回って木道の出口へ向かった。

男たちが列を作り、じりじりと進んでくる。まだ三分の一もきていない。

侑也はふみたちのもとへ戻った。「灯台の中へ入ろう」

ふみが細かく幾度も頷く。金網フェンスの上は塞《ふさ》がっていないのでよじ登ることはできるが、マクナイトを抱いては無理だ。侑也は鍵を取り出し、フェンス入り口の施錠を解いた。フェンスの内側に入り、灯台のドアへ取りつく。ドアは重厚な鉄の扉で、恵造の言通り頑丈そうだった。

鍵を鍵穴に差し込み回すと、すんなりと錠が解かれた。風に煽られながら重いドアを引き開け、中を覗《のぞ》いた。がらんどう。配電盤らしきものと保守用道具入れらしきロッカーがあるほか、目につくものはなにもない。そして――。

――残念だが恵造さん、ここはだめだ。壁もドアも分厚くて頑丈には違いないが……。

侑也は握ったままのドアノブに視線を落とした。灯台を構成するほぼすべてのものが堅牢《けんろう》な造りで、立てこもりには申し分がない。ただ一点、錠だけを除いて。ドアの錠は、数度の銃撃で簡単に壊せる。もう一度灯台の中を眺めた。恵造の丁寧な仕事によって、ちりひとつない。ドアを内側から塞ぎ、かつ破られないほど頑丈なもの、という条件を満たすものは見いだせない。

ほんとうに、どこにも逃げ場所はない。松林の中を街道方向へ走って逃げるほうが、まだ可能性はあった。辺りを見回す。可能性を探し、必死に見回した。

ひとつ、ある。ここから海へ飛び込むのだ。助かる可能性がゼロではない。ゼロではないが、十中八九、死ぬ。

侑也はふみのところへ戻った。ふみは息が落ち着いていて、マクナイトを優しく撫《な》でていた。

「ふみ――」自分の見立てを語って聞かせた。「だが時間稼ぎにはなる。ふみは灯台の中にいろ」

ふみは瞳《ひとみ》を見開いて侑也を見つめ、再びマクナイトへと視線を落とした。「……仕方ないね」

「おれはあいつらを足止めしてくる」

ふみはなにも答えなかった。

侑也はマクナイトのそばにしゃがみ込んだ。マクナイトの目は虚《うつ》ろで、目を見開いていながら、なにも見ていないようだった。まだ息はある。マクナイトの頬を撫でた。

「マクナイト、こんな飼い主じゃなかったら、こんな目に遭わずに済んだ……すまなかったよ」

――もう痛くなくなってきた。平気さ。

「そうか……それはよかった……」

侑也の目に涙が滲《にじ》んできた。

――あの海岸が見える。いつも遊ぶところさ。

「そうか、見えるか」

――見ろよ。ほら、あそこだ。

「見てるよ。確かにあの海岸だな」

――あそこは足の裏が気持ちよくってさあ。

「ああ。気持ちいいよな、ほんとに」

――今日はあそこにいかなかった。明日は？

「いくさ。天気もいいらしい」

――あそこは大好きさ。あんたは？

「ああ……おれも好きだ」

――よかった。あんたがおれの好きなところを好きで、よかったよ。

「好きに決まってるさ」

――あんたがきてくれてから、毎日楽しいんだ。

「おれもさ」

――あんたがきたと思ったら、ふみに、隼人に、どんちゃんに、赤城に、ダイナマイトだ……もう、毎日忙しいったらないよ。

「面倒をかけてすまんな」

――みんながおれのこと好きなんだ……まいっちゃうよ、まったく。

「ああ……みんな……お前のことが大好きだよ」

――おれ……あんたのこと好きだ。

「もちろんおれもさ」

――なあ……あそこにいる女の人、だれだい？　大きなひまわり柄のワンピースを着ている、髪の長い人。

「その人はな……おれの妻だ……お前と友達になりたいらしい」

――そっか……優しそうな人だね……挨拶《あいさつ》しなくちゃな……。

マクナイトはゆっくりと、瞳を閉じた。

「冬子――」

侑也はサブマシンガンを手に立ち上がった。

「手を貸してくれ……大きな黒い犬がそっちにいくから、頼む、追い返してくれないか……怖い顔してダメって言ってくれ――」

12

横転した車の窓枠に腰かけている隼人を、チョークが見上げていた。「坂本隼人だな」

「ああ、そうだよ……あんた、ほんとうに執念深いね」

侑也はチョークを確保したと言っていたが、見張りをつけたわけではない。偶然仲間がチョークを見つけ、助けたのだろう。

チョークが嘲《あざけ》りの笑みを浮かべた。「ごくごく簡単な罠《わな》だったのだが、疑いはしなかったのか」

「ああ……罠ってのは単純なほうが効果的なんだと学んだよ」

「学びはどんなときでも重要だ」

「で、おれはこれからも学べるのか」

チョークは手下ふたりに何事か指示した。ふたりはトラックへ戻っていった。ひとりが運転席へ、ひとりが荷台の中へ。トラックはエンジンを始動させ、フロント館脇の車両出入り口へ消えた。だがアイドリングは聞こえている。チョークが戻るのを待っているようだ。

　チョークは右手にハンドガンを持ち、左手に銀色の小さな缶を握っていた。

「我々も今夜は様々なことを学ばせてもらった。数が無意味なこともある。どんな計画にも穴がある」

「計画に穴があったとは思えない」

「ほう？」

「計画が破綻《はたん》したのは、奥野侑也がいたからだ」

チョークは感情の消えた瞳で、隼人を見つめた。「彼の幸運は尽きた……お前の幸運もな」

チョークは隼人に銃口を向けた。

まったく別方向から声が響いた。「動くな――」

チョークが反射的に銃を声のした方向へ向けた。隼人も声のした方向を見た。十メートルほど離れたところに、男がひとり、サブマシンガンを構えて立っていた。足もとには、仔犬《こいぬ》がまとわりついている。

「きみはだれかね」

「赤城ってもんだ。ここらの土地のもんは、みんなおれに敬語を使うのさ」

「なんの用かな」

「銃を下ろせ」

「なぜ」

「そいつはおれのダチだからさ」

「ダチね……わたしの銃もきみを狙っている。わたしも言おう。銃を下ろせ」

「おれが先に言った。だからおれの命令が先さ」

チョークは軽く笑った。「きみは小学生か」

チョークは銃の扱いに練れていることだろう。腕は当然赤城より上だ。だが持っているものが違う。赤城はサブマシンガン、チョークはハンドガン。距離は僅《わず》か十メートルだ。チョークは迂闊《うかつ》に動けない。またそれは、赤城も同じだ。

「赤城さんよう」隼人は努めて気軽に話しかけた。「よく無事だったたな」

「あとでたんまり聞かせてやる。マクナイトがどれだけ凄《すご》い犬かを」

——そうか。マクナイトに助けられたのか。

「赤城さん……おれが奴の気を逸《そ》らすから、必ず仕留めろよ」

チョークの声。「きみになにができると言うのだ」

あまり時間はない。それに義手を嵌《は》めたままでもある。これまで、義手を嵌めたままであれを成功させたことはなかった。隼人は目を瞑《つむ》り、右腕をチョークへ向けた。チョークの顔を脳裏に焼き付け、一心にイメージを念じる。

ふみも侑也も信じなかった、隼人の特別な力。たぶん、神がこのときのために与えた力。

――おれが右手を失ったのは、あんたが今夜を見越していたからだ……そうだろ、神様？

そうに決まっている。女の子のおっぱいを触るために授かった力ではないのだ。隼人のイメージが次第に固まってきた。空気が濃密に集まり、隼人の失われた右手が形作られていく。

――おれの右手……飛んでいけ……おれの千里掌……。

「きみ、なんの真似だ」

無言。ただ、意識を集中させ続けた。

チョークの声。「きみのダチとやらは、おかしくなったようだぞ。さあ、銃を下ろせ。きみの腕ではそんなもの、扱えはしない――」

――いけいけいけいけいけいけいけいけいけいけいけいけいけいけいけいけ。

「きみだけは助けてやると約束しよう。わたしは約束を守――」

短い連射音が響き渡った。

隼人は目を見開いた。チョークが倒れている。赤城はしゃがんだ状態で、サブマシンガンをチョークに向けたまま固まっていた。銃口から出た硝煙が風に乗って運ばれていく。

「隼人……なにをやった？」

「奴はどうした？」

赤城はゆっくりと立ち上がった。「分からねえけど……突然首をすくめて……びっくりしたみてえにお前へ顔を向けたんだ。だからおれはその隙に引き金を……なにが起きたんだ」

「あとで教えてやるよ。おれを下ろしてくれ。奴が持ってたその缶を」

赤城がチョークへ近づき、そばに転がっていた銀色の缶を拾った。

「これか？　なんだい、これ」

「さてね……すぐそこにトラックが停まっているから、ちょっと中身を確かめてみようぜ」

13

侑也はサブマシンガンのセレクタを単発に切り替え、灯台の縁を回って木道へと戻った。途中から匍匐《ほふく》前進に切り替え、鳥居に見えなくもないただの石門までくると、柱の陰に身を寄せ、片膝《かたひざ》立ちの姿勢をとった。立てた膝の上に右肘《みぎひじ》をつけて固定し、右目と銃口、ぎりぎりを木道の先が見える位置までずらした。

侑也たちが渡るのにあれだけ苦労した木道を、男たちが歩みは遅いものの易々と進んでくる。人影が重なり合い、相手の数はよく分からない。十人近くはいるらしい。

侑也がここにいることに男たちはまだ気づいていない。侑也は待った。この風である。危険なほど引きつけないと、弾が当たらない。

男たちの先頭との距離が二十メートルを切ったとき、侑也は男たちを屠《ほふ》りはじめた。一列縦隊でしか進めない木道である。的は順番にひとつずつだ。

先頭の男が倒れ、男たちは銃撃されていることに気づいた。男たちは全員が身を低くし、反撃に出てきた。

侑也のそばの地面がはじけ、石の柱が砕け散る。男たちの素性は知らないが、狙いは意外に精密だった。侑也は粉塵《ふんじん》に耐えながら、精密射撃を心がけた。マシンガンを、銃把を握る手を、側頭部を銃弾が掠《かす》める。

侑也は五年前まで、年五百時間の射撃訓練をしていた。素性を知らない男たちの中に、侑也以上の手練《てだ》れはいなかった。

ひとり、またひとりと倒していく。

狙い澄ましたものか、まぐれ当たりか、侑也は脇腹に敵の銃弾を食らった。さらに跳弾が侑也の肩の肉を削《そ》ぎ、腿《もも》の筋肉を裂いた。歯を食いしばって耐え、動くものを狙い撃ちしつづけた。

木道の上にできた遺体の小山を盾にして反撃していた男ふたりが、身を翻して木道を戻りはじめた。侑也は柱の陰から出て木道を走りはじめた。豪風が襲いかかる。罠の可能性もある。侑也は遺体の小山に近づくと立ち止まり、小山へ慈悲のない連射を浴びせかけた。

反撃してくる者はいない。この連射で侑也のマシンガンは弾切れになった。落ちていた敵のマシンガンを拾い上げて再び前へと進んでいく。

逃げた男のひとりが立ち止まり、侑也へ狙いを定めた。侑也は、男が引き金を絞る前に男を屠った。

あとひとり。侑也は体中の痛みを堪《こら》え、豪風に煽《あお》られながら遺体の小山を乗り越えると、膝をつき、逃げていく背中へ照準を合わせた。男は走りながら振り返り、侑也を認めると銃口を向けようとした。

侑也はなんの斟酌《しんしゃく》もなく、男へ連射を撃ち込んだ。男は絶叫を上げ、体をよじらせて崖下《がけした》へ落ちていった。

こちらには大事な宝物がある。待ち伏せを防ぐために、ひとり残らず殲滅《せんめつ》する必要があった。逡巡《しゅんじゅん》はしないし、恐らく後悔もしないだろう。

侑也はさらに歩を進め、木道の突端までいった。門の向こうに駐車場が見えた。侑也の車が動かされている。男たちが乗ってきたらしい車四台とともに、駐車場の中央辺りに並んでいた。車の列まで歩いていき、車内の無人を確かめ、辺りの無人を確かめた。

――終わったのか？……終わったんだな。

侑也はふみのもとへ帰った。

ふみが疲れた顔で侑也を見上げた。「終わったの？」

「終わった。いこう」侑也はサブマシンガンを肩にかけてマクナイトを抱き上げ、歩き出した。ふみが後ろをついてくる。きたときより充分時間をかけて、木道を渡り、門を潜った。駐車場のほぼ真ん中に停まっている車列へと近づいていく。

疲れもピークだったのだろうか、侑也の耳に銃声めいた破裂音はまったく聞こえなかった。だが、気がついたときには、侑也はアスファルトの上に転がっていた。傍らには意識のないマクナイトが横になっている。

ふみが侑也に取りつき、半身を起こした。撃たれたのはふくらはぎだった。

二軒並んだ売店の間から、男がぞろぞろと出てきて走り寄ってくる。十人はいた。いったい奴らはどれだけの人数を集めたのか。

倒れた拍子に、肩にかけていたサブマシンガンが背中側に回ってしまった。向きを直そうとしてもがいているうちに、男たちの銃口に囲まれてしまい、侑也は反撃の機会を失った。

スマートな型のライフルを構えた男がふみへ銃口を突きつけ、武装解除を迫った。従うしかなかった。侑也に武装解除を命じた男は、入江だった。

「どうだ奥野、おれの狙撃《そげき》の腕は？　距離は三十メートルほどしかないが、この強風、そして夜間……この状況で足を撃っただけにとどめてやった」

侑也は無言で入江の勝ち誇った顔を見つめた。

最後の最後でしくじった。自分が疲れ切っていたこと、痛み切っていたことなど言い訳にならない。

もうすべて終わった、と自らが望む結末を盲信したのだ。

入江たちは数メートル離れて、扇状に散開した。

「奥野。おれを殺すよう、Nに依頼をしたがっていたそうじゃないか」

「Nなどいない。何度言わせるんだ」

「あのときで、やっかい払いが済んだとばかり思っていたがな。まさかこんな形で出会うとは」

「どういう意味だ」

「お前が棚橋智恵事件の捜査資料を買おうとした件だ」

「……」

「あれはおれが仕組んだ。お前を退職させるためにな」

「事件は時効を迎えていた。おれは立場上、あの事件の捜査資料には触れられない。なぜわざわざそんな工作をする」

「お前の捜査第一課転属が決まりかけていたからだ」

緒方とはじめて会った日の会話が蘇《よみがえ》った。

——転属話がありました。移動先は刑事部捜査第一課。このときも太田さんが動いていた。よほどあなたを買っていたんでしょうな。

「接触不可とは言っても、同じ課の同じ資料室にあるんだぞ。お前は資料を見るだろう」

「見てどうなる？　あんたの名が被害者の接触者リストにあったからと言って、なにができる」

「なにができる？　お前は実際おれの工作に乗って資料を買おうとしたじゃないか。買ってどうするつもりだったんだ」

侑也は答えられない。関係者にひとりひとり当たるつもりだったのは確かだ。疑念を抱かざるを得ない関係者が現れたら——。

——拷問してでも口を割らせるつもりだった……。

「……おれが資料を買おうとしなければ？」

「お前は今も刑事を続けていただろう。しかも捜査の花形、捜査第一課でな」

突如、笑えてきた。堪えきれず、声を上げて笑った。

「おかしいか？　そりゃおかしい、笑えるだろう」

侑也は笑いを抑えて言った。「冬子を殺したのはお前か」

「そうだ。予定になかった。棚橋智恵がおれとの付き合いを止めたいと言い出して、連絡を絶ってしまった。おれとしてはまだまだ楽しみたかったし、ちょっと説得するつもりで、彼女がいるNPO事務所にいった。あいつはちょっと図に乗りすぎた。おれの、人とは変わった性癖まで罵倒《ばとう》しはじめた。それまで自分も喜んでいたくせに。旦那《だんな》とじゃこんなことはできないってね。ちょっといたぶるつもりが、やり過ぎてしまった」

「そこに冬子がきたんだな？」

「パニックになってしまった……おれとしたことが……遺体の処理を噂に聞くスカベンジャーに頼むことにした。スカベンジャーに連絡がついたのが夜明け間近……遺体の搬出だけで精一杯だった。結果として大量の血痕《けっこん》を残すことになってしまった。スカベンジャーが完璧《かんぺき》に仕事をしてくれてさえいれば、智恵もお前の妻も、特異失踪人《しっそうにん》扱いで、捜査本部が置かれるような事件になったかどうか——」

「了解した」

「なにがだ？」

「委細了解、さ」

「お前」入江が侑也の瞳《ひとみ》を探る。「もう、なにもないのだな。諦《あきら》めたのだな」

「そのようだ」

「そちらのお嬢さんには聞かせられない話のように思うがね」

確かに。ふみの顔を見ることが、どうしてもできなかった。

――最後の最後に油断して、しくじった……もう手はない。ほんとうになにもない。動かないマクナイトをそっと撫《な》でた。

「仕方ないよ、お父さん」ふみの声が降ってくる。「精一杯やったもの。ね？」

どうしてもふみを見ることができなかった。

笑みを含んだ入江の声。「さてご両人――」

携帯の着信音が響いた。ふみと別行動を取ると決めたときにふみへ持たせた、侑也の私物携帯電話が鳴っていた。ふみの〝紐《ひも》つき〟携帯電話は、念のために電池パックを抜かせてあった。結果、指揮所を押さえたチョークにふみの移動先が伝わらなかった。こうなってしまった今、あまり意味はないが。

入江が腕時計を見た。直後、仲間たちと顔を見合わせ、怪訝《けげん》な表情を浮かべた。

だれかが言った。「時間外だぞ……妨害電波が切れてる」

ふみが携帯電話のモニターを見て言った。「隼人からだ」

――あいつら……あのトラックを潰《つぶ》してくれたんだな。

入江がふみへ言葉を投げた。「電話に出るな」

ふみが体を凍りつかせた。そのうち、着信音は途切れた。

入江は侑也へライフルの銃口を向けた。「お前はここで退場だ。事件からも人生からも、世界からも宇宙からも」

「覚悟はできてる」

ふみが侑也の手をぎゅっと握った。

「お前たちが〝ハング〟を監禁してスカベンジャーをおびき寄せたように、スカベンジャーもそのお嬢さんを使って、Nをおびき寄せる」

「さっきからスカベンジャー、スカベンジャーというが、だれのことを指してるんだ？ モウテルを覗《のぞ》いてきたか？ チョークはおれが押さえたし、ソードとブリットは死んだ。ショックは両目を潰された」

「チョークはおれが解放した。再興は可能だ。モウテルに残った奴らを始末しているだろう」

「ではなぜ、妨害電波が途絶えている？」

入江は唾《つば》を飲み込み、押し黙った。いっとき侑也を睨《にら》みつけ、ライフルを構えた。

「今後の事態はどうあれ、その世界にお前がいないことは確かだ」

遠くで爆音が聞こえる、と感じたのは一瞬。突如頭上すれすれにヘリコプターが現れた。強烈なダウンウォッシュが襲いかかり、立っている者はみなよろけている。

──隼人たちが呼んでくれたのか……無事脱したんだ……通報が間に合ったんだ……。

ヘリコプターのドアが開き、ロープが垂れ下がる。しかしこの風の中、よく警察はヘリコプターの飛行許可を出したものだ。通常なら、海保でも躊躇《ちゅうちょ》する風だ。

ロープが垂れ下がってきた一瞬後、全身タクティカルスーツに身を固めヘルメットに防弾チョッキ姿の一団が舞い降りてきた。ヘリコプターは風に煽《あお》られ、左右に大きく揺れる。だが、降下は決行されたのだ。機体が頭上ぎりぎりまできているのは、ローターの作る強烈なダウンウォッシュを地上にいる者たちへぶち当てるためだ。

その方面にはあまり詳しくない侑也だが、ヘリコプターの型番は分かった。

――MH―60シリーズ……ブラック・ホークだ……。

特殊部隊員は地上に降りると、なんの警告もなく、水平射撃をはじめた。ばたばたと男たちが倒れていく。

入江がなにか怒鳴りながら警察手帳をかざしたが、隊員はなんの躊躇もなく、入江へ連射を浴びせた。入江は胸に連射を食らい、ダウンウォッシュに煽られて吹っ飛んだ。

侑也はふみとマクナイトの上に覆い被《かぶ》さっていたが、近寄ってきた隊員のひとりに引き起こされた。顔全体を覆うマスクと暗視スコープで、顔の造作がまったく分からない。

「怪我は？」

「おれはいい。犬を動物病院へ連れていきたい。血が止まりにくい遺伝病にかかってるんだ」

「犬は……死んでいるように見えるぞ」

「いいから早く車を――」

「分かった。なんとかしよう。知っている病院はあるか？　場所は？」

隊員の声を聞いてようやく、彼らが特殊部隊員でないことが分かった。

隊員の声は、丹野のものだった。

14

猫のタイガーは小うるさい屋敷の探索を諦め、外に出た。今夜は妙に人が多いし、とてもうるさくてかなわない。辺りを見回すが、あの白い鳥の姿はどこにも見当たらない。あの鳥はきっとおいしい。丸々と太って、たっぷり脂が乗っていそうだ。

タイガーは歩き出した。もうしばらく捜してみて、駄目だったらモウテルへ帰ってひと眠りするつもりだった。タイガーは思わず首を何度も振った。鳥の飼い主と黒い犬の飼い主が、タイガーの首輪に小さな箱をふたつもくくり付けて、どこかへいってしまったのだ。

――オトリニナッテクレヨ……。

確か、男のほうがそんな声を発していた。タイガーには理解できない人間語である。意味など分かろうはずもない。

タイガーは邪魔なものを首にぶら下げたまま、鳥の姿を捜し続けていたのだった。音がしないのは幸いだが、ミカン色の光が点滅を続けているので、わずらわしくて仕方がない。

なんの箱だろう。食べ物でないことは確かだった。

邪魔で仕方がない。だれか人に会ったら、その人に取り外してもらおう。

終章

左側頭部、右肩、右脇腹、右太もも、右ふくらはぎ。侑也が銃弾で負った傷はこれだけあった。

侑也は救急指定病院へ運び込まれ、緊急手術を受けた。傷が全身にわたっているので、全身麻酔をかけられ、ずっと眠っていた。

侑也が目覚めたときはすでに、窓から朝日が差し込んでいた。なぜ自分はまだ生きているのだろう。生き残ったことが信じられない思いだった。そこでまた眠りに落ちた。

次に目覚めたのは昼過ぎだった。やっと頭がすっきりした。医師の診察と治療の説明を受け、昼食を食べた。食事を終えた直後、大勢の刑事が部屋に入ってきて侑也のベッドを取り囲んだ。ボイスレコーダーが起動しみなが耳を澄ます中、侑也は事情説明をさせられた。屋敷で、奥の院で、モウテルで、鎬岬で起こったこと、見聞きしたこと、すべてを話した。

聴取は夕食を挟んで延々と続いた。侑也の説明のあとは、質問時間だった。永遠に途切れることがないのでは、と思うほど、大量の質問、確認が浴びせられた。ようやく終わったと思ったら、また最初から話をするよう求められた。疲れ果てていたが、指示に従い、頭から話しはじめた。緒方と会った新宿駅近くのコーヒーショップでのことから、である。

ふみには会えず、話もできなかった。隼人も同様である。刑事はふたりの無事を伝えはしたが、それ以上の情報は一切出してくれなかった。マクナイトに関しては、確認中、とだけ伝えられた。

日付が変わり、ようやく刑事たちは帰っていった。また明日、と言い残して。

血の饗宴《きょうえん》から、あっという間に丸一日が過ぎた。ベッドに横たわり、星の瞬きを見つめる。

――丹野たちは無事逃れたのだろうか……逃れたのだろうな……。

鎬岬の駐車場。倒れていく入江たち。天空から突如ブラック・ホークが降りてきたのも驚きだが、そのあとの展開はさらに驚きだった。丹野は侑也たちをブラック・ホークに乗せ、宮田動物病院まで搬送したのだ。着陸場所は宮田動物病院の駐車場である。法律、法令、規制、規則、すべてを無視した荒業中の荒業だ。

ブラック・ホークの中は意外に広い。十五人以上は乗れそうだった。ヘリには丹野のほかに、操縦士が二名、降下支援要員が三名、降下員が七名乗っていた。丹野以外の全員、侑也たちの前でマスクを外すことはなかった。頭部全体を覆うバラクラバを首もとまで被った上で、マスクをしている。肌の露出はまったくなく、瞳の色も見分けられないので、人種や国籍を推し量ることはできなかった。分かったのは、丹野たちの交わす言語が英語である、ということだけだ。

――あんたからもらったモーゼルは、友達にあげてしまった。なぜあんな銃を？

――父が愛用していた銃があれでね。ちょうどいいと思ったんですよ。ま、一種の遊び心です。

――あんたたちはどこのだれだ。

――ラブドール好きの丹野ですよ……なんてね。おれたちはあなたがたが呼ぶところの、Nです。といってもNはあなたがたが勝手につけた名前です。

――正式名称は？

――そんなものがあったとして、教えると思います？

――だな……なぜここまでのことをしてくれる。

――あなたと隼人さんが、ふみを守って戦ってくれた。だからです。

――ふみの父親は、きみたちの仲間なんだな？

――仲間だった、です。数年前、病気で亡くなりました。どこでどう死んだのか、どこに葬られたのかは明かせません。

――だからと言ってここまで？　それほどの大物だったのか。

――大物は大物です。だがそれだけじゃない。もうひとつ、確たる理由があるんです。

──それは？

──葉山ふみは、おれの実の妹だ。母親は違いますが、父親は同じです。

思わず横にいたふみを見た。ふみは瞳《ひとみ》を大きく見開き、丹野を見つめていた。

──確認も済んでいます。確かに血が繋《つな》がっています。

──確認？

──おれが月ヶ原をうろついていたのは知っていますね。

──もちろんだ。

──ふみが勤めるガソリンスタンドに寄った。

見た。マクナイトと散歩の途中、丹野の車がガレージに収まっている光景を思い浮かべた。

──あのとき、更衣室に侵入してふみの使っているブラシから毛髪を失敬したんです。あとはDNA鑑定というわけです。おれが今何歳かは伏せますが、見た目通りおれが上、兄です。けっこう年は離れている、とだけは明かしておきます。

丹野は自らの生い立ちを手短に語った。子供時代を日本で暮らした。父親はそのころすでに失踪《しっそう》していた。はたちになったとき、突然父親が姿を現した。世界というものを知りたくないか、と父親が持ちかけてきて、若く好奇心旺盛《おうせい》だった丹野は、誘いに乗って日本を出た。ふみの存在はまだ知らなかったという。

──あんたの父親はそもそも、どうして国を捨てたんだ？

――詳細は彼が墓場まで持っていきました。刑事時代の経験がきっかけで、国のかたちを守る仕事に疑問を持ちはじめ、ひいては国というかたちを否定するにまで至ったらしいですがね。

――ふみの母親とはどうやって知り合った？

――詳しくは……父が警察官時代、捜査活動中に知り合ったとしか知りません。

――きみははたちで国を出た。なぜふみには声をかけなかった。

――父は声をかけるつもりでいたんですが、その前に亡くなってしまった。死ぬ間際、父はふみの存在を明かし、ふみの扱いをおれに一任しました。おれの考えは父とは違っていて、ふみはふみで、日本で平凡な暮らしをするほうがいいと思ったんです……父も手落ちでしたな。延々と送金を続けるほど気にかけていたのなら、たまにはふみの顔を見に帰ればよかった。そうしていたら、ふみはまっとうな子供時代を過ごせたでしょう。

――父親の死後、きみは送金を続けたのだな？　利用していた地下銀行が摘発された。

――そこは違いますね。我々は地下銀行など使わない。送金に使っていた口座をふみの側から押さえられたんです。

皮肉なものだ。緒方はNが実在する証拠として、ふみの父親による地下銀行の利用履歴を挙げていた。だが、まったくの人違いだったのだ。地下銀行の利用は一度きりで、送金先はふみと接点のない相手だった、と緒方は言っていた。緒方は父親と同姓同名の別人を追い、結果ふみへと辿《たど》り着いたわけだ。

——緒方がNの発祥はイタリアだと言っていたが？

——ノーコメントとしますよ。

——ふみの身に起きた異変、月ヶ原への移住をどうやって知った？

——ですから、口座ですよ。今年の春前、口座が凍結されたので、様子を見に帰ったというわけです。おれも忙しい身なので、ちょっと遅くなりましたがね。おれが日本にきたとき、すでにふみはここへ移ったあとだった。あとはご存じの通り、仲間の助力を得て調査をはじめました。

——ヘリは持っている。武装も人員も豊富。なぜこんなにタイミングよく助けに現れた？　襲撃の情報をすでに握っていたのか。

——タイミングよく助けに？　ぎりぎり、運よく間に合ったというのが本当のところです。異変の情報を得たのは今日、正確には昨日の午前中です。警察がうまくやれば我々の出番はなかった。だが警察はしくじった。

——おれたちがあの岬にいると知ったのは？　どうして？

——発信機です。

——妨害電波の傘がかかっていた。受信は無理だ。

——ええ。我々が海岸に近づいたときは、妨害電波でこちらの無線も使えなかった。だが、突然妨害電波が途絶え、信号が復活しました。

隼人から携帯電話がかかってきた、あのときか。

——信号信号と言うが、どの信号だ。

——マクナイトの首輪です。

侑也は意識を失っているマクナイトを見下ろした。首輪はいつもの革製のものだ。革の厚さは五ミリほどしかない。ここに発信機が入っているなど、信じられなかった。

——スパイ映画も真っ青だな。ただ発信するだけならとても小さくできるとは知っているが、電源は？

——最近は腕にはめて歩いているだけで、充電できる腕時計があるくらいですからね。我々の仲間にはそういう工作が好きでたまらない奴がいるんです。

——話をもとに戻してくれ。襲撃の情報をどこから仕入れた？

——襲撃ではなく異変、ですがね。

——どちらでも同じことだ。だれかほかに協力者がいた……そうだな？

だれだろう。黙考に沈んだ。思い当たる人物といえば、仙波治子か井辺恵造ぐらいしかいない。

——教えても問題ないでしょうね……久保田範子さんです。

モウテルのフロント担当で、ふみの友人だ。あまりに意外な名が出てきて、しばし絶句した。

——おれには情報をくれる協力者がどうしても必要だった。周囲を当たって適任者を見つけた。それが久保田さんです。言っておきますが、彼女は完全なる善意の第三者です。ふみの身に危険が迫っていると正直に伝え、どんな小さなことでもいいから異変が起きたら連絡してくれ、と頼んだんです。もちろん、ふみには内緒でね。

範子は依頼通り、モウテルの水道の異変、それにともなう休業を丹野へ知らせたわけだ。

ヘリが速度を落とし、高度を下げはじめた。宮田動物病院に近づいたのだ。丹野が言った。

——ふみ……ほっといて悪かったな。

ふみはただ、丹野を見つめるばかりだった。

——いろいろありすぎて混乱しているだろう。あとでじっくり話したい。また会いにくる。

ふみは微《かす》かに頷《うなず》いた。

——こんなところを飛び出して、おれと一緒にくるか？　世界がどういうものか見せてやる。

ふみは首を捻《ひね》った。

——考えておけ。いつでも迎えにくるからな。

ヘリがホバリングをはじめた。街中は風がそれほど強くなく、機体は安定していた。

——無事に子を産めよ。いつか、おれにもお前の歌を聴かせてくれ。

丹野は視線を侑也へ転じた。

——申し訳ないが奥野さん、マクナイトの首輪を回収させてもらう。

ヘリが地上に接地した。

——それともうひとつ、申し訳ない、ふみをよろしく。

——あなたが殺人罪で刑務所へ送られるようなことがあったら、救い出しにきますよ。ふみを守ってくれたあなたにそんな暮らしはさせられない。ただ、その場合、自由になっても日本で暮らせないことは、覚悟していてください。

地上に降りた侑也に、丹野はそう言い残して去っていった。

宮田医師へ連絡を取り、きてもらう段取りを整えた。宮田を待つ間、緒方に連絡を入れて話をした。モウテル周辺の凶事は、隼人から緒方へ伝わっていた。緒方はすでに県警の機動隊へ大動員をかけていて、自身はすでにモウテルへ向かう車の中だという。地元の所轄署から警官隊が向かっていて、出せるヘリコプターはすべて出しているそうだ。

隼人へ連絡し、ことの顚末《てんまつ》を話し合った。ふみも隼人と話し、涙を流して互いの無事を喜び合った。赤城とも話せた。詳しくはあとで、と赤城はマクナイトに命を救われたと語った。

まだまだ話し足りないが、通話はここで終わった。パトカー数台と救急車が現れ、侑也とふみは彼らに拘束されたのだった。

事情聴取は、一週間ずっと続いた。一週間、担当刑事以外のだれとも話すことができなかった。

テレビでは連日事件の報道が続いた。公安部の機密作戦という文言はまったく出ず、敵対する犯罪組織同士の衝突が起こった、という論調だった。この事件と公安部の関わりをもみ消すには、公安幹部が相当回数、各方面に頭を下げねばならず、方々に借りを作らなければならない。

公安部はしばらくの間、息を潜めておとなしくしているしかない。

拘束されて二週目に入ったとき、やっと緒方と会えた。警察庁、警視庁、県警と、上を下への大騒動だそうだ。アジアンマフィアがほとんどだが、なかには数人の日本人もいた。そのうちのひとりは〝ショック〟だそうだ。ショックは未《いま》だ、完全黙秘を貫いているとか。収容された遺体は二十以上。身元を調べると、チョークたちのほかにも警察のOBが七人いたという。

入江の相棒だった西和田は拘束され、事情聴取を受けているという。事件の真相が隠《いん》蔽《ぺい》されるため、残念ながら西和田の送検はない。西和田の処遇がどうなるにせよ、彼の未来は明るいものではないだろう、と緒方は言った。

西和田を突破口にして警察内部にいるスカベンジャーの奴隷や協力者の人定をしているはずだが、その後彼らをどうするのか、緒方に情報はなかった。

侑也だけでなく、ふみや隼人、赤城もそれぞれ別の場所で拘束され、聴取を受けているそうだ。これからどうなるのか、緒方にも分からないという。事件は完全に緒方の手を離れたのだ。

特別装備部隊員ウチカワとエンドウは、大怪我を負ったが無事だった。石崎は何度か危篤状態に陥ったが、つい昨日、意識が戻ったそうだ。油断は禁物だが、とりあえずは命を取り留めた。亡くなった三人の隊員の遺体は、屋敷の地下室で発見されたという。

仙波治子、井辺恵造の遺体は鎬岬の松林の中で見つかった。

つい緒方に詰め寄ってしまった。「なぜ？　なぜだ。オーナーたちは関係なかった。家が襲われたのか？　口封じか？」

「ふたりは熊撃ち銃を使って、押し寄せる車列を食い止めようとしたようです。奥野さんと別れたあと、どういう経緯を経てそうなったのか、証言できる人物はいません」

全弾撃ち尽くし、松林の中へ待避したが、逃げ切れなかったようだ。

――オーナー、支配人……約束通りふみは無事です……なんと礼を言っていいか……。目を瞑《つむ》り、黙禱《もくとう》を捧《ささ》げた。黙禱を終えた侑也に緒方が切り出した。

「言いにくいですが、正直に言います。奥野さん、困ったことになってます」

「だろうな……おれは何人殺した？」

「把握できているだけで十三人です」

「もっと多いと思っていた……言い逃れできん……ふみは救えたし、よしとするか」

「言い逃れなんて……奥野さんは、特装隊の崩壊が招いた事態に巻き込まれたわけですし、同時に、神之浦さんの機密作戦にも巻き込まれたんです。わたしや生き残った隊員たちの証言でどれだけのことができるかわかりませんが、精一杯やります。人を殺したのはあなただけじゃない。隼人くんもそうだし、赤城さんもそうです。こっちがやらなきゃやられていた。みな、状況はそうです。警察への通報手段は断たれていた。あなたはふみさんを治子さんの家へ伝令として送るという、通報目的の行動もしています。フロント館に戻ったのは、隼人さんが心配だったからで、殺意にかられて、というわけじゃない。なんとか正当防衛へ持っていきますよ」

「いいさ……あんたがやってくれなきゃ、丹野がなんとかするそうだ。その場合は脱獄ということになるから、二度と日本では暮らせないがね」

「ほんとうに現れるとは……しかもヘリコプター？　どれだけの規模の組織なんだ」

緒方はしきりに悔やんでいた。ヘリコプターは太平洋上の海で忽然《こつぜん》と消えた。海保が捜索に出たが、発見されなかった。その消え方と気象条件から、ヘリは墜落したとの観測も出ている。

——潜水艦を持っていたって不思議じゃない。丹野は無事だろうよ、きっと。

「名前こそNじゃなかったが、Nは実在する。それが分かっただけでもよかった。わたしはやりますよ。Nをとことん追い詰めてやります」

「見違えるようだな」

「わたしが？　そうかな……陣容も拡充されることが決まりました。部下が十人増えます」

「あんた自身の責任は問われないのか」

「わたしはNを追っていただけですから」しれっと言う。「責任は神之浦さんが負うんですよ」

「せいぜい頑張ってくれ。おっかない組織だぞ。慎重にな」

「ところで、丹野にモウテルの異変を知らせた久保田範子さんの線なんですがね。丹野の連絡先にはフリーメールが使われ、追跡をはじめたころにはすでにアカウントが削除されていた。メールのやりとりをしていたサーバーも突き止めましたが、そこまでです。追跡は止まっています」

「久保田さんはなにか罪に？」

「もちろん問われません」

久保田範子がメールを送ってくれなかったら、鎬岬の駐車場に丹野たちが現れることはなかった。心中、感謝の言葉を贈った。

侑也は言った。「丹野はマクナイトの首輪を、発信機内蔵のものに付け替えた。そうだな？」

「ええ」

「丹野がマクナイトを知ったのは、ラブドールを連れて現れたあの日だ。ということは、首輪をすり替えたのは、あの日以降ということになる。特注品だというその首輪、いつだれがどうやってすり替えた？」

「それは……」

「マクナイトがサイロの室内で暮らしはじめる前、まだ外にいたころと考えていい。そうだな？」

「ええ……」

「隊員の監視点は玄関と掃き出し窓を同時に監視できる位置にあったとか。マクナイトのケージも見えるはずだ。不審人物を見なかったか？」

緒方は不機嫌も露《あら》わに言った。「なにもあそこですり替えたと決めたもんでもないでしょう？」

「ではどこで？　刑事らしく推理願いたいもんだが？」

緒方は両手を挙げ、ひらひらさせた。「降参……われわれも調べましたが、分かりません。完敗です」

「そんな組織を追おうっていうんだ。あんたで大丈夫か？」

「だからですよ奥野さん」

「なにがだからだよ」

「奥野さん、嘱託として警察に戻りませんか。その気があるならわたしがなんとかします……わたしと一緒にNを追いませんか」

緒方との話し合いからさらに二週間ほど、侑也は拘束された。あの夜から約一ヶ月経った十一月末、なんの予告もなく、侑也は解き放たれた。

侑也は半信半疑のまま退院の支度をして、病院一階へ降り、入院費用の精算をしようとした。係員がその必要はないと言ってきた。警視庁の緒方という人物がすべて払う、という取り決めになっているそうだ。それくらいしてもらって当然か。侑也は病院を出て、タクシーに乗った。運転手に場所を告げる。

車を出した運転手が言った。「ああ、おれのこと覚えてます？」

彼の顔をよく見た。思い出した。八月一日、モウテルへきた最初の日に乗ったタクシーの運転手だった。

「思い出した。よく顔を覚えていたな」

「それも商売のうちですからな。月ヶ原へいくんですね」

「そうだ」

「あそこのオーナー、亡くなったそうですね。同じ日に支配人さんも……撃ち合いに巻き込まれて――」

「知ってる。あまりその話はしたくない」

「そうですか、すみませんね……」運転手はしばらく黙っていたが、根っからのお喋《しゃべ》り気質なのか、再び話し出した。「あそこ、モウテルとガソリンスタンド、潰《つぶ》れちゃうんだろうなってみんな思ってたんですけど――」

「知ってるよ。オーナーが変わったんだろう」

う。

「あのごうつくばあさんが赤の他人に、株式全部譲っていたなんてねえ」

その報は侑也にも届いている。入院中、電話は許されなかったが、手紙を出すことも受け取ることもできた。その手紙で知ったのだ。新しいオーナーの名は、葉山ふみという。

——あれだけの凶事に見舞われた場所なのに、よく決断できたな。

ふみは奥の院と屋敷を完全撤去することに決めていて、数社の解体業者に見積もりをしてもらっているという。

「その新しいオーナーてのがね、まだ若くて独身、しかも妊娠しているというべっぴんで——」

彼には好きに話させておき、車窓を眺めた。冬の本番がはじまっている。

鈍い色の海がどこまでも続く。

——この海が墓標……冬子の墓標だ。

そう思うと、ここを離れたい気持ちになり、一瞬後には離れたくない気持ちになる。

もし冬子が存命だったら侑也はここにくることはなく、ふみや隼人、マクナイトと出会うこともなかった。理屈に合わないことは重々分かっているが、こう思わずにいられない。

——なぜ冬子はここにいない。

どこを捜しても冬子の姿がない。ふみに料理を教え、隼人の粗雑さに小言を言っているはずの冬子がいない。いないのが、不思議に思えてならないのだ。

タクシーはガソリンスタンドを通り過ぎ、横道へと入った。

サイロが見えてくる。四階の窓に人影が見えた。人影は大きく一度手を振り、姿を消した。

冬子はいないが、再び日々は流れはじめるらしい。侑也はようやく決心した。

――冬子……お前を諦《あきら》めるよ。

二十年にわたる片思いが終わった。

タクシーは冬枯れた原野を進んでいき、サイロの前に着いた。タクシーのドアが開くと同時に、サイロから人が飛び出してきた。

――あなたにとって良い想定外になると、約束したっていい。

はじめて会った日の、緒方の言葉だ。

――緒方よ、あんたは約束を守ったようだな……あの夜の惨劇だけは余計だったが。

ふみと隼人が歓声を上げて走り寄ってくる。ふみの肩にはどんちゃんがいる。ふたりの背後からすっかり大きくなったダイナマイトと、ダイナマイトを連れた赤城が続く。

そんな一団の先頭を切って、笑顔で走り寄ってくるのは、冬子が送り返してくれた我が家の守護天使、奇跡の犬マクナイトだ。

了

解説

成川　真（ブックポート203・書店員）

書店員として、毎年、年末が来るたびに必ずといっていいほど本屋大賞の一次投票で頭を悩ませ続けている。その年に自分が読んだ本「ベスト3」を、投票のために選ばなければならないからだ。（このように多くの書店員によって一次投票された上位一〇作品が、ノミネート作としてエントリーされる）

本屋大賞が設立されて十年が経つが、すんなりと一次投票の三作品が決まったことは一度としてない。

一年間読み続けてきたたくさんの本の中で、たった三冊にしか投票できないのだから、簡単に決まるはずもない。悩みに悩んだ末、投票期間の締め切り間際に投票するということを毎年のように繰り返している。

そんな中で、本当に稀《まれ》にではあるが、読み終えた瞬間に「この本は一次投票する本に決定！」と確信することがある。『約束の森』もその確信を得た一冊であった。

元警視庁公安部の刑事だった奥野侑也は、殺人事件で妻を亡くし、退官した。無為に時を過ごす侑也に、かつての上司を通じて潜入捜査の依頼が舞いこむ。内容は、海岸沿いのモウテルに勤めながら、見知らぬ人物と三人で疑似家族を演じるという不可解なものだった……。

設定からして心が躍る。そして、ベストセラーとなった『償いの椅子』のイメージから遠く離れず、『約束の森』にもハードボイルド的な空気が漂っている。沢木作品全体に通じるこの雰囲気は、ハードボイルド的というより、もはや「沢木ワールド」といっていいのではないかとすら思える独特のものだ。

一言でくくってしまったが、『約束の森』には、初期作品の『愛こそすべて、と愚者は言った』『償いの椅子』という全編を通して緊張感が続く作品群とは決定的に違う点がある。それは弛緩《しかん》である。

「おれが名を呼んだら返事をしてくれ」と言った侑也にふみが「ワン」と返事を返したり、どんちゃんにバンザイをさせようと隼人ががんばったにもかかわらず、どんちゃんが隠密《おんみつ》同心の心得を暗唱したりという、思わず笑ってしまう場面がところどころに挟みこまれているのだ。この弛緩があるからこそ、より一層緊張した場面へのふり幅が大きくなり、読者を物語の奥深くへ引きずりこんでいくのだろう。

中でもふみに取りつけられた家事の約束事によって、男二人がタジタジになってしまうところは、とくに強烈である。件《くだん》のシーンで「分かった。顔を変える」といった時の侑也の表情はどんなものであったろうか。想像するだけで、なんともいえないおかしさがある。

　こうした場面はそのまま読者層の幅を広げることに役立っている。ハードボイルドというと男性読者がメインターゲットであるような感が強いのだが、「これを男性だけに読ませておくのはもったいない！」という声は多くの女性書店員からあがり、まったくもってその通りであろう。

　男性だけに読ませておくのは惜しい。日夜、会社で戦い続けるサラリーマンだろうと、いたいけな主婦だろうと、この本は守備範囲であろうし、むしろ女性にこそ読んでもらいたいと思うほどだ。


　他の多くの沢木作品と同じように、『約束の森』もまた東北地方の海岸沿いの町が舞台になっている。この作品を書くにあたり、著者の中に東日本大震災への思いがあったのかどうかはわからない。けれど、どうしても単行本発売から逆算した執筆の時期を思うと関連づけずにはいられない。読後に抱いた思いは、心の繋《つな》がりの素晴らしさであり、絆《きずな》の強さであり、未来への希望であった。

　過去に決別を告げ、前をむいて歩いていく侑也の姿は、どんなに暗い闇の底に落ちても、いつの日か必ず希望の光を見いだせるのだ、という著者からのメッセージに思えてしまうのは穿《うが》ちすぎだろうか？

さて、マクナイトである。

『約束の森』において真の主役といっても過言ではない一頭のドーベルマン・ピンシャー。あまりにも劣悪な環境下に置かれて人間不信になっていたマクナイトと、なんとか救い出そうとする侑也の関係は、物語の主軸の一本である。両者の関係がとても繊細に、丁寧に描かれていて感情移入しやすく、だからこそ最後に侑也とマクナイトが目と目で語り合う場面が盛りあがる。感情の高まりは言葉では言い表せないほどだ。この場面は何度読んでもいい。何度読んでも泣ける。

当然のことながら、侑也と隼人、ふみの関係も丁寧に描かれている。はじめは侑也に近づくことすらできなかったふみが、いつしか「親父どの」と呼ぶようになり、最後には無意識に「お父さん」と侑也に呼びかけている。隼人ですらはじめは見下し敵対視すらしていた侑也を、すでに疑似家族を演じなくてもいいシーンにもかかわらず、無意識に「親父」と口にしている。

疑似家族を演じる任務のため、そう呼び続けてきたから癖になっていただけかもしれない。そんなわずかな疑いは、最後の最後で払拭《ふっしょく》される。

主役にばかり目を奪われがちだが、脇役についても魅力に溢《あふ》れた面々が連なっている。最初はやられ役として登場したチンピラの赤城。侑也に人類の滅亡を二度も予感させたラブドール愛好家の丹野。野生動物をこよなく愛する支配人の井辺恵造に、口が悪いが人情家のオーナー仙波治子。ウチカワという下の名前はおろか漢字すら与えられなかった特別装備部隊の隊員ですら魅力的なのだ。

物語の魅力という点においては、前半のマクナイトを含んだ三人と一匹の関係性の変化だけでなく、後半部の怒濤《どとう》の展開にも注目しなければならない。

『償いの椅子』の銃撃シーン、『天国の扉』の真剣勝負のシーン、『ライオンの冬』の戦闘シーン。それらに匹敵する、いや凌駕《りょうが》したすさまじい激闘シーンは、息継ぎすら忘れるほどの苛烈《かれつ》さである。とくに灯台へと続く橋の上での銃撃シーンは、読後二年を経過した後も脳裏に色濃く残っていたほどだ。

主人公なのだから途中で死ぬことはないのだろう、という思いは、どんな小説を読んでも心の片隅にひっそりと置かれているものである。それがわかっていながら読者を心配させ、興奮させるというのは並大抵の手腕ではない。

個人的には台詞《せりふ》回しにも注目してもらいたいと思っている。心の底まで痺《しび》れる台詞というのが沢木作品には必ず登場するのだ。『約束の森』では、「おれの番がきたと考えていいのか？　おれはマクナイトの代理ということになるが」という突然の不可解な侑也の言葉に、地元の不良リーダー上田が「なんだ？」と答えた後の、「おれがお前の耳を焼く番がきた。順番から言ってそうだろう？　違うか？」という強烈な台詞！

この台詞を読んだ時、体中に電気が走り抜けたような感覚を味わった。口調は静かだが、それが逆に侑也の怒りの大きさを感じさせる。

この後、侑也は本当に上田の耳を焼こうとするわけだが、その危うさも奥野侑也という人間の魅力のひとつであろう。普段静かな男ほど、怒らせたら怖いという典型である。そしてもうひとつ、侑也が亡くなった妻の冬子へ最後に投げかける台詞も、同様に心の琴線に触れるのだが、これについてはもはや解説する必要はないだろう。

全体を漂う重厚な雰囲気、過去の出来事にとらわれた人々、先の読めない展開、怒濤のクライマックス……それらは過去の沢木作品群に通じている要素ではあるが、すべてをグレードアップさせ、新たなステージを示した作品、それが『約束の森』である。

最後に、『約束の森』は結果としては残念ながら本屋大賞のノミネートには及ばなかった。それは作品の内容がどうというよりも、その当時に読み終えていた書店員の絶対数の問題だったと勝手に思っている。

今でももっと多くの書店員に読まれていればノミネートされていたことに疑いは持っていないし、「ノミネートされていればもしかして……」という思いは抱き続けている。

そして、自分の中でその年の本屋大賞は『約束の森』をおいて他にはないのである。

侑也にとってマクナイトが奇跡の犬であったように、私にとって『約束の森』が奇跡の一冊なのだ。

『約束の森』で新たなステージに立った沢木冬吾の次の作品が楽しみでならない。首を長くして待ち続けたい。

本書は二〇一二年二月に小社より刊行された
単行本を加筆修正の上、文庫化したものです。

約束《やくそく》の森《もり》

沢木《さわき》冬吾《とうご》

平成26年 7月25日　初版発行
平成26年 12月15日　5版発行

発行者●堀内大示

発行所●株式会社KADOKAWA
〒102-8177　東京都千代田区富士見2-13-3
電話 03-3238-8521（営業）
http://www.kadokawa.co.jp/

編集●角川書店
〒102-8078　東京都千代田区富士見1-8-19
電話 03-3238-8555（編集部）

角川文庫 18660

印刷所●旭印刷株式会社　製本所●株式会社ビルディング・ブックセンター

表紙画●和田三造

ISBN978-4-04-101778-4　C0193

角川文庫発刊に際して

角川源義

第二次世界大戦の敗北は、軍事力の敗北であった以上に、私たちの若い文化力の敗退であった。私たちの文化が戦争に対して如何に無力であり、単なるあだ花に過ぎなかったかを、私たちは身を以て体験し痛感した。西洋近代文化の摂取にとって、明治以後八十年の歳月は決して短かすぎたとは言えない。にもかかわらず、近代文化の伝統を確立し、自由な批判と柔軟な良識に富む文化層として自らを形成することに私たちは失敗して来た。そしてこれは、各層への文化の普及滲透を任務とする出版人の責任でもあった。

一九四五年以来、私たちは再び振出しに戻り、第一歩から踏み出すことを余儀なくされた。これは大きな不幸ではあるが、反面、これまでの混沌・未熟・歪曲の中にあった我が国の文化に秩序と確たる基礎を齎らすためには絶好の機会でもある。角川書店は、このような祖国の文化的危機にあたり、微力をも顧みず再建の礎石たるべき抱負と決意とをもって出発したが、ここに創立以来の念願を果すべく角川文庫を発刊する。これまで刊行されたあらゆる全集叢書文庫類の長所と短所とを検討し、古今東西の不朽の典籍を、良心的編集のもとに、廉価に、そして書架にふさわしい美本として、多くのひとびとに提供しようとする。しかし私たちは徒らに百科全書的な知識のジレッタントを作ることを目的とせず、あくまで祖国の文化に秩序と再建への道を示し、この文庫を角川書店の栄ある事業として、今後永久に継続発展せしめ、学芸と教養との殿堂として大成せんことを期したい。多くの読書子の愛情ある忠言と支持とによって、この希望と抱負とを完遂せしめられんことを願う。

一九四九年五月三日